敌开微臣

秋若耶 著

百花洲文艺出版社
BAIHUAZHOU LITERATURE AND ART PUBLISHING HOUSE

图书在版编目（CIP）数据

放开微臣 / 秋若耶著. — 南昌：百花洲文艺出版社, 2016.2
ISBN 978-7-5500-1605-7

Ⅰ. ①放… Ⅱ. ①秋… Ⅲ. ①长篇小说—中国—当代
Ⅳ. ①I247.5

中国版本图书馆CIP数据核字（2016）第026003号

出 版 者　百花洲文艺出版社
社　　址　南昌市红谷滩区世贸路898号博能中心20楼　邮编：330038
电　　话　0791-86895108（发行热线）　0791-86894790（编辑热线）
网　　址　http:www.bhzwy.com
E-mail　bhz@bhzwy.com

书　　名　放开微臣
作　　者　秋若耶
责任编辑　王丰林　周振明
经　　销　全国新华书店
印刷装订　北京鹏润伟业印刷有限公司
开　　本　700mm × 980mm　1 / 16
印　　张　16.5
字　　数　278千字
版　　次　2016年3月第1版
印　　次　2016年3月第1次印刷
定　　价　32.80元
书　　号　ISBN 978-7-5500-1605-7

赣版权登字号：05-2016-29

如发现图书质量问题，可联系调换。质量投诉电话：010-82069336

目录

〔第一章〕

公主的风流事儿

“殿下，您的汤里含有鹤顶红、断肠草、夹竹桃、曼陀罗、七星海棠、见血封喉、鸢尾和鸩羽八种剧毒。”

宫廷药师高唐一手捻着银针，一手端着碧玉汤碗，观察了针面每一寸的色泽后，笑得如春风般温暖，对我款款道。

我翻着奏折，欣慰地道：“我家侄儿果然长大了，居然晓得要用剧毒，而且一下子就是八种。”

高唐笑得如春日般明媚：“这第二百五十次毒杀虽然又一次以失败告终，但圣上的成长速度是惊人的。上月将毁了容的刺客安置在茅厕伪装成厕石，虽然未能伤到公主，但终是令公主受了惊，五日不能如厕；这月竟已将眼线安插到了厨房，直接往公主的养颜补肾汤里下了八种剧毒，吾皇如此超速成长，皇陵里头躺着的先皇若地下有知，不知是该挠墙呢还是挠墙呢？”

我连忙朝批朱阁内供奉的牌位拱了拱手：“皇兄，您可千万别化了粽子，只管寻我托梦就好。您仙去托孤时口齿不清，给我封姜国时念成了监国，彼时皇妹我正攒嫁妆嫁人，您一个吐字不清，再加上国丧，皇妹我生生错过了最佳嫁人芳龄。如今妹妹我把持朝政，把这监国公主做得鞠躬尽瘁死而后已，白天被人唾弃为牝鸡司晨，通俗点儿说就是母鸡打鸣天下要乱，晚上春宵寂寞一个人搂着被子睡，这都怨谁啊皇兄？您就不能坚持个三五年等你那叛逆儿子长顺了再驾鹤西去？”

“停！”高唐做了个忍受不了的手势，“抱怨也要有个限度啊，公主。方才臣注意到一个关键词来着，春宵寂寞，试问公主哪一夜寂寞了？”

我春愁颇深地道：“夜夜寂寞得很呢。”

“公主——”阁外一声极度兴奋的高喊，正是我那为非作歹、仗势欺人的狗腿子家仆从良，“公主以后春宵不寂寞了，快看我把谁捉来了！”

听到那个“捉”字，我合上奏折叹口凉气：“明日早朝本宫化什么妆比较好应付言官弹劾？”

高唐回道：“公主只需素面朝天，微微一笑，最好是对那言官款款一笑，他自然会离得你八丈远，为了保住贞操，指不定当日便要告老还乡。”

“你果然是本宫的贴心智谋团。”我握着奏折起了身，向阁外走去。

批朱阁外是公主府的大片荷塘以及小桥流水，情调意境都是首屈一指的暗通款曲之所，据说也是京师著名的八景之一，与醉仙楼、红袖招并列为三大风月场所。如此深具韵味的地方，本宫为之取名为：春潮带雨晚来急。不过旁人嫌其繁复，一般简称为春潮。

荷塘外，小桥上，一身白衣翩翩的浊世佳公子成了神来之笔，即便被捆成了粽子，也是春潮的画龙点睛之笔，如斯画面令人沉醉。直到一声“扑通”，将我从沉醉中惊醒。

高唐不知何时来到我身边，也同我一般望向桥下：“也该找人修修那桥下的坑了，长年这么砸人，不晓得该有多深了。”

我愁眉一皱：“你说他们怎都喜好往那里跳？”

“这春潮带雨晚来急的黄金分割点便是那座小桥，人从那里往下跳，从园林学与审美学上来说，最醒目也最凄美。”

就在我们进行美学探讨的同时，那位跳水的粽子已被公主府的下人熟练地打捞了上来。

我对从良道：“本宫近来不太喜欢用强，你怎又逼良为娼？将好好一个公子捉了来，你忘了平日本宫的教诲了吗？”

从良神采奕奕又神秘兮兮地道：“公主，您好生再看一眼，那是谁？”

是时，那白衣滴水的公子用生死置之度外的冷漠眼神朝我瞥了一眼，顿时，一种熟悉感扑面而来。

从良提示道：“春日游，杏花吹满头，陌上谁家年少，足风流？”

我恍然，竟是那日春游时我遥遥望见的一位公子，当时没忍住感叹了一下：“陌上谁家年少，足风流？”不想我这家仆竟如此会琢磨主子的心意，笃定我觊觎了人家。

“妾拟将身嫁与，一生休。纵被无情弃，不能羞。”我拿奏折敲向从良的脑袋，“你琢磨着本宫该是这么个意思吗？”

就在本宫潇洒地挥了挥手，令那陌上公子自行离开公主府时，他气度从容、不卑不亢地转身离去的瞬间，某个东西击中了我紊乱的感情线。

“慢着！”

他停了身形，回头冷冷道：“学生是读书人，万不会做你裙下之臣！”

我又被击中！

像！太像！那冷傲的模样，我原以为本朝不会有第二人！

从良不知我是什么主意，问道：“公主，放他回去，再补偿二百两银子？”

我牵动嘴角，喉中一声笑：“来了公主府，岂有回去的道理？读书人怎样，科考所图的还不是功名？要多大的功名，本宫不能给你呢？”

白衣公子身体一震，嘴唇血色褪去：“你、你、你……”

我广袖一挥：“带下去洗白了，今晚给本宫送来。”

从良十分开怀地去命人烧水了，白衣公子欲再次纵身池塘，被人拦了下来，扭送去了浴房。

高唐笑吟吟道：“恭喜殿下觅得枕边人。”

我却不敢太乐观，未雨绸缪一下，到时候枕边暴乱也好应对：“这种拒死不从的，恐怕得使些手段。”

“殿下要哪种程度的药？热情似火主动解衣的，还是昏迷不醒任人轻薄的？”

我考虑一番后，道：“来个折中的，不能太热情，否则夺了本宫的主动权；也不可太昏迷，否则本宫少了些趣味。”

夜风徐徐、凉月弯弯之时，我踏进了藏娇阁。被强行洗浴更衣后的公子穿着一身宽松衣袍，约莫是从良准备的便于宽解的意思，头发也是从良擅长的低束式，便于躺平的意思。这位公子此刻正在灯下看一卷书，知道我来了也视而不见，果然淫威不能屈。

我这人真的不喜用强，即便要来强的，也是先礼后兵。

“这么晚了还看书呢，当心伤着眼睛。”我将灯火往他身边移了移，顺便人也坐到了紧挨着他的凳子上，淫爪搭上他的胳膊，“还不知道公子怎么称呼呢。”

他身体僵硬地坐着不动：“学生楼岚，请公主自重。”

瞧他神色煞是有趣，白净的俊脸透着些粉色，侧容棱角分明，夜里灯影下尤其透着重重冷峻，拒人于千里之外。

我又凑近他几分：“我自重，你读书，岂不辜负了如此良辰？”

他面色忽白忽红，视线始终不与我交错：“公主府的美男子还少吗？公主何苦非与学生为难？！”

“那日陌上，是你生生闯入我的视线……”我深情款款，一指钩起他的下颌，“看这一江春水，看这清溪桃花，看这如黛青山，我竟与君相逢。来的是谁家的公子，生的是春光满面、美丽非凡？这位公子，请停下美丽的脚步，你可知自己犯下什么样的错误？”这段情话脱口而出，竟然已是如此顺溜，记得年少时从某本艳词话本中背下来的时候还磕磕巴巴。

楼岚公子脸色血红，忙离凳起身，试图逃离本色魔的控制：“你、你、你……荒唐！”

我亦起身跟上，步步逼近，抓住他的手臂：“你就从了本宫吧！”情话说完，该办正事了。我抬手对着他面门一抖袖口，迷烟扑面，他呛了一口后便乖乖倒入了本宫怀里。

高唐这药果然有奇效，比含笑半步颠还厉害。

门外候着的从良与一名护卫赶紧进来将我怀里的七尺男儿拖上了床榻。临去时，从良笑眯眯地道：“公主的情话前奏配合表情、语气已然炉火纯青了，不过后半夜的主题需悠着些，明日还要上朝。”

我轻抚美人面，点头欣然道：“你们也不必守在外头了，不然本宫发挥不出来。”

从良乖巧地带着护卫撤了。

轻薄美人这种事，本宫可谓颇有心得。当下除了楼公子的外袍，凝视着他冷清清的面容，一时情不自禁地俯身亲上了他的唇角：“拾遗……”

兴许是彼时本宫太过投入，未曾察觉身下人儿紧绷的状态，这才直接导致了本宫的悲惨境遇。

“噗”地一下，某种锋利冰冷的刃，刺入了我的下腹……

这后半夜，整个公主府陷入了一团混乱之中。

——大长公主被行刺了！

被刺的消息被严密封锁，不过自古宫闱无秘密，尤其是那些风月秘闻。

四更天的时候，我气息奄奄地躺在凤榻上，由高唐给我止了血，上了药，缠了绷带。

“大长公主牡丹花下死的风流韵事，明日一定会传遍京师各个角落。”高唐剪了绷带最后一处，状似同情。

“本宫可是被你害死的……”我有气无力，“你那药，为何对他无效？你如此偷工减料，制造伪劣药品，是为哪般？”

高唐沉思：“对他竟无效吗……”

我腹痛得厉害，懒得去想其中关窍，只觉“色”字头上一把刀，诚不我欺。

“殿下，宰相来了！”

我一惊，险些坐起，顿时牵动伤处，痛得额头冒汗。

本朝宰相简拾遗在房门外见礼，独具穿透力的嗓音回旋到耳边：“臣拜见殿下！”

“进、进来……”

我扯了半截枕头遮住脸……

高唐咳了一声：“公主，还是先把肚皮遮上吧……”

本宫将将遮好肚皮，宰相便进来了。高唐告了声退，留下我与本朝著名的雍容宰相两两相望。他穿的是居家闲服，竹青色的长衫，系一条麻布腰带，怎么看怎么清贫。少有见他如此衣着，莫非是来不及更衣？我心头不由自主地荡漾了一下。

他长身立在我榻前两丈远处，居然还是不肯缩短距离，我心头那点荡漾连个水花都没能溅起来。

“公主伤势如何？”宰相大人终于出言关心了一句，不过视线仍在我凤榻以下，并不直视于我。

“不打紧。”刀入寸余，若是那上面再有点毒，此刻本宫早就呜呼了，若不是高唐医术高明，我此刻也牵不出那丝虚伪的笑。

“刺客在何处？可曾交与大理寺？”

“……这个，他若入了大理寺，只怕免不了受皮肉之苦……”想到楼公子细皮嫩肉，恐怕挨不得板子，我一边忍着痛楚一边沉吟，忽感一股异样，眼睫一转，竟见简拾遗一双眼已抬了起来。蓦然与宰相对视，本宫竟一时有些不习惯。也难怪，他时常不以正眼看我，但凡甩我一个正眼，那必然是我于事应对太过专断不合正常人思维。

“这位公子是出于什么目的行刺公主，还需调查清楚。”称呼由刺客变为公子，不愧是一代名相啊，几句话便套出了我禽兽的真相。

我咳嗽一声，索性承认了：“床笫间不太和谐，他失手伤了本宫，倒也无须过多调查。”

“为公主侍寝竟私自携带凶器，如何不调查？”

“他又不是自愿的……”

“公主怎知他不是自愿？”

“……”我盯宰相一眼，“简相对自家姬妾夜里是否自愿难道不清楚？”

我那贤侄为拉拢宰相，不知赏赐了多少美姬艳妾到相府，男人为官纵然清廉正直，也未必就不好色。虽然本朝的长公主——我那蛮横的侄女明恋宰相已久，多番闹到她那皇帝弟弟跟前，掀了龙椅，却也无法将那帮相府姬妾毒打一顿。当然，本朝的大长公主——本宫我气度岂是常人能比？为表示对臣子的赏识与嘉奖，亲自赐下绫罗绸缎、珠宝玉石给相府的姬妾们，下完旨回来便扑上凤榻咬被子。

想起那些心酸事，本宫心中便是酸上加酸。

果然，清廉正直的简相不说话了。被本宫戳到短处了吧？天下乌鸦哪有不黑的！黑得本宫心口好疼，似乎也是戳到了自己的痛处。

快狡辩呀，为什么不狡辩？不狡辩就是默认了呀，本宫心口太疼了……

“殿下可是伤口疼了？要唤高御医吗？”简拾遗不觉上前了几步。

我瞧了瞧那距离，当即从靠枕上滚到床边：“莫非有刀片未曾取出……”

简拾遗三步并作两步，近了凤榻，将我扶住：“公主！”

我奋力往地上滚去，简拾遗一把将我抱住，以自身胸膛挡住了我滚落的姿势，慌乱中竟拿袖子给我擦额头汗珠：“公主勿动，臣去唤御医……”

我牢牢拽住他，直抽冷气：“你别动，再动，本宫伤口要裂开了……”

如此一番折腾，委实要裂开。

我疼得浑身直冒冷汗，抓着简拾遗的胳膊，也不知用了多大的力。本宫不负荒淫公主之名啊，如此剧痛之下，还能抽空辨别他身上隐隐的香气，有没有当初我赐给那些姬妾的香料中的某一种。

正分辨着，便觉他一手掀了被子，只见被褥上全是血，我腹上亦都是血……

“传御医！”简拾遗一边按着我不让我再动，一边朝房外急唤。

昏倒前，我拉着宰相的手，吃了一把豆腐，对他道：“本宫随先帝去了，你们就都能睡个安稳觉了……”

今夜同他扯的那些话，唯这一句，不打诳语。

高唐再度将我从鬼门关拽了回来。

第二日，我彻底清醒过来时，公主府里已候满了文武百官。一时间，春潮带雨晚来急的荷塘内每隔三枝芰荷便有一名朝廷大员，黄金分割点的小拱桥已被踩出了裂痕。

我拽着一人的手痛心道：“本宫还没死，叫他们都回去歇着！”

从良望了我身边某人一眼，答应了一声便跑出去了。

我拉着的一只手，骨节修长，手感让人十分受用，捏了捏，揉了揉，摸了摸……

从良跑了回来，语气较为紧张："公、公主，收、收敛，低、低调，手、手、手……"

本宫好不容易被行刺一回，正是吃豆腐的好时节，收敛什么！我半眯着的眼里，一团牡丹拥了进来，艳光四射，晃得我一时睁不开眼。

"听说姑姑霸王硬上弓被良家男子行刺了，姑姑您以后还行吗？"这幸灾乐祸的腔调，除了本宫的贤侄女——本朝长公主洛姜不作第二人想。

我和蔼可亲地一笑，缓缓睁开眼："姜儿怎也来探望姑姑了？"

却见我那贤侄女的目光灼灼地落在她姑姑的手心上……

我不自觉地松开了手。简拾遗重获自由，瞬间退后三步远，不过神色依旧是淡定如常。别说是本宫崩了，就是泰山崩了，他也未必会慌乱一丝一毫。既然如此，为何要退得那般远？

洛姜盯了宰相一眼，再将犀利的视线转到我身上，明媚一笑。洛姜是皇室的小天香，年方十四，艳名远播，是京都贵公子可望而不可及的梦中情人。这一笑，果然倾国倾城。

"姑姑，您这是何苦？虽说您早过了豆蔻碧玉之年，可咱们皇族的大长公主想要男宠还不容易吗？早些年不堪您折辱、出了家的叶公子，嫁了藩国的林公子以及不愿做驸马、跳了渭河的宋公子，诚然伤了您的心，但也不见得就找不到一个愿意受您折辱，且不会出家抑或远嫁以及跳水的驸马。姑姑放心，替您物色驸马，照料您的老年生活的重任，就交给侄女了。"

我颤着心肝，欣慰地笑了笑："姜儿委实孝顺。"

洛姜再转头瞧向宰相："简相以为呢？"

简拾遗目光轻轻地从她面上一掠："为大长公主屏选驸马一事，需慎重，倒也不急在一时。"

洛姜冷哼一声："不急在一时？简相可知姑姑今岁已然春秋几何？"

简拾遗不假思索，不动声色："殿下十七岁辅政监国，历时三载，今岁足双十。"

"简相可知女人青春最是耗不起？姑姑作为女人的大好年华都已逝去，还不急选驸马，简相是希望姑姑春宵寂寞、孤苦一生？"

"臣并不是反对遴选驸马，只是需慎重，对驸马才华、品行以及祖上三辈都需细细考察。"

洛姜气得一甩袖子："你怎么不说八辈祖宗也要从坟里刨出来一一验身细细考察？"

简拾遗淡淡道："八辈难以追溯，五辈倒是可行。"

"简拾遗！你故意跟本宫抬杠？！"我那贤侄女终于忍无可忍，踢翻了一个凳子。

"臣不敢。"宰相大人默默望向那只翻了肚皮的凳子，走过去将其扶正。

洛姜带着怒气转向了躺在床榻上养神的我："姑姑，我已经给您物色好了驸马，不必谢我。"

霎时，我被愁云惨雾笼罩："姜儿，再逼人跳了渭河，我有何面目去见你地下的父皇？"

"姑姑放心，这位是自荐的。"

我一骨碌爬起来："当、当真？"难道本宫真要铁树开花……

"绝不骗姑姑。这位正是宰相大人的得意门生，祖籍洛阳，太学出身，现任庐州刺史，姓何，名解忧。"

我一颗欢快的心停在了半空：简拾遗的门生……

宰相大人终于抬起了头，面色微变："解忧？"

洛姜以一种将人一军的姿态愉悦地道："简相以为如何？何解忧才华品行是得了宰相大人认可的，祖上五辈皆是名士，京都人提起洛阳何家，那都是仰慕得恨不能摸一摸人家门前的石狮子。"

这些我却不甚在乎，只在意一事："那何解忧长得可过得去？"

"秒杀京都才俊，瞬灭公子王侯。"

我屏住了呼吸，瞧向简拾遗。

洛姜善解人意地回答了我碍于脸面问不出口的问题："比之简相，也不差。"

我又屏住了呼吸。

就在室内三厢静穆之时，外头从良又号了起来："楼岚公子服毒了，公主，救他不救？"

"救不活楼公子，叫高唐挥刀自宫！"

我不顾刀伤，暂时搁下那位传说中自荐的驸马，左边宰相，右边侄女，去了藏娇阁。

公主府里的藏娇阁一直都是名声在外，有人以能入藏娇阁为莫大荣幸，有人以一入藏娇阁为莫大耻辱，都因这里是大长公主宠幸男人的地方。所以简拾遗抬头看着金碧辉煌、金光闪耀的三个大字匾额时，脚步停了下来，目中若有所思。

虽然我无数次梦见自己将简拾遗诱进我的藏娇阁，再强行推倒施暴，但每每都于中途心惊胆战地醒过来。强暴宰相的恶行实在闻所未闻，我甚至梦见驾鹤西去多年的三皇兄从地底下跑出来，站在我床头意味深长地观看，再幽幽地道："阿姒，你果然让朕刮目相看。"

事实上，故去的先皇委实不必对我刮目相看，因为梦中的情景借我十个胆儿我也是不敢加以实施的。

但我依然年复一年地做着这样的梦，可见觊觎简拾遗的贼心不死。

如今，他果真站在了这方牌额之下，眼波沉沉，不知想些什么。

我侄女伸手一拦："简相就不必进去了，这是男人伺候姑姑的地方。"

简拾遗目中深如渊涧，淡淡望了我一眼，随即转身走开了。我被那一眼望得心中如有一只小手挠来挠去，极想跟上去拉住他，做一些无谓的解释："这事不能说得太细，但真心不是你想的那样。"

我侄女笑靥如花地对我耳语："姑姑，你不必妄想解释了，大家都懂的。"

洛姜不愧是从小在我脚边长大的，简直长成了我肚子里的蛔虫。

我在心中叹了一口气，捂着刀伤进了藏娇阁。

"楼公子服的是一品红，再晚一刻，高唐便只能自宫了。"高唐收拾了银针药剂，退离了床榻，经过我身边时耳语道，"公主府未有一品红，此中大有蹊跷。"

楼岚公子躺在被褥下，脸色雪白，眉头紧蹙，一副不堪折辱之态。不过在我看来，却别有一番弱质纤纤的惹人怜惜之感。

"啧啧，难怪被行刺了也要留个活口，姑姑的口味一向既重又不走寻常路。"洛姜在床边研究着，"我怎么觉得，这位公子从某个角度看，很是像一个人呢？"

我执着她的手，连忙拉到一边，和蔼地道："贤侄女，那位自荐的何公子，什么时候带来给我瞧瞧？你要什么，姑姑都绝不吝啬。"

她眼中光芒一闪："侄女给您物色驸马，姑姑您把简相赏赐给侄女。"

我被口水呛到。

洛姜给我捶背："姑姑，您悠着点儿。简相那种廉洁的重臣，您是吃不到的。肥水不流外人田，您就给了侄女吧！"

我好不容易缓口气，拉过椅子坐下："那简相，你也知道是股肱之臣，逼不得，杀不得，掳到床榻上，就更是使不得。"

洛姜娇嗔："谁要掳他到床榻！姑姑的心思忒龌龊！人家只是想跟他发展发

展感情。当然，凭着姑姑一手遮天，将侄女赐婚给他，谅他也不敢拒绝！”

我再顺了口气：“相府姬妾众多，你嫁过去定会受委屈，姑姑于心不忍啊。”

洛姜握拳道：“本公主嫁过去，岂会怕了那些姬妾？大不了宅斗嘛！”

“住口！”我拍案，“堂堂公主，岂能与那帮贱人混战？失了身份！”

贤侄女果然不买账，“哼”了一声，指着床上的楼公子道：“哟，这位公子怎么看怎么像简相啊！”

“当然嘛，发展发展感情还是可以的，年轻人嘛！”我欣然道，“赐婚嘛，就看你们感情发展得怎么样了。”

“就知道姑姑最疼人家了啦！”洛姜给了我一个熊抱后欢快地跑了出去，约莫是跟简拾遗发展感情去了。

姑姑我一人黯然神伤。

榻上神似简拾遗的楼公子撑着起了身，漠然看向我：“只因学生像了简相，便要受你辱没，还是那句话，学生宁死也不做你的裙下臣，若再逼迫，学生便一头撞死！”

我心肝一颤：“你这宁死不从的模样，甚合本宫心意。”

血一般的事实证明，调戏良家男子，万不可在人家万念俱灰的时候，否则，报应就在当下。

楼岚公子当即便要碰床柱，我眼明手快奔了过去，他一头碰在我腹上……

再度，血崩。

高唐三度将我从鬼门关拽了回来。

据我的贤侄女说，她与简相正在花间相谈甚欢，忽闻藏娇阁内一声厉呼：“公主！”

洛姜认为那是闺阁间的情调，尤其是她的姑姑颇为重口味，折腾得男宠告饶也未可知，所以不必理会。

直到又一声厉呼：“来人！救公主！”

众人这才知道是本宫出事了，于是一同闯进了藏娇阁。

“且慢！”我打断洛姜的叙述，“这么说，简相也冲进了藏娇阁？”

洛姜哼哼道：“姑且是吧。您应该注意的不是这件事。当时，姑姑腹下血流如注，跟流产了似的，血腥得要死，哼，简相当即抱起姑姑……”

“且慢！”我再度打断洛姜的叙述，“这么说，简相抱了本宫？”

洛姜重重一哼：“姑姑再打断，我就不说了！”

“好好，你快说，简相是怎么抱着本宫的？”我心头一阵荡漾。

“就跟抱木头一样抱呗！”

“然后呢？”

“然后就是高唐妙手回春、起死回生。”

“然后呢？简相呢？”我急得咬被子角。

洛姜悠悠然到桌边倒了杯茶，一边吹一边喝：“拾遗呀，他得知姑姑没事了，就去藏娇阁把楼公子带走了。”

我心一暖，再一凉：“带走了楼公子？去哪里了？”

“相府。”

我一惊：“拾遗私设刑堂，刑讯逼供？”

“指不定是与楼公子把酒言欢、普天同庆呢。”

只因简拾遗率先冲进藏娇阁，抱了本宫，又强行将楼岚公子与本宫隔离，洛姜心中不太痛快，邪火都发到了本宫身上，发泄一阵后累了，便踹了从良一脚，扬长而去了。

从良揉着膝盖，委屈道：“殿下什么时候把襄城公主嫁去番邦和亲？”

襄城是洛姜的封号，寻常国人只能唤她封号，如我这般随意称呼公主闺名的却不多。

我躺在床上，望着床顶：“这个想法，本宫筹划了十年了。”

为了避免洛姜逼我下旨给她赐婚宰相，必须尽快替她物色驸马。趁着她十四岁大好年华，赶紧把她嫁掉，这样皇宫就安宁了。想到当年自己十四岁的时候，未能带着嫁妆与白老将军家的公子私奔，我就愁绪满怀。

我在皇宫长到十四岁，都未有一位少年对我一见钟情，直到御园酒宴那回，白老将军家的公子躲在假山后，一钩脚，将我绊倒，我放声便要大哭，他一手捂住我的嘴巴，一手捏了捏我的脸，十六岁少年刚刚变音的嗓子调笑道：“你叫什么名字？愿不愿意跟本公子私奔？”

我被他捂得快要断气，他才松开手，对着我的嘴唇亲了一口：“别哭，本公子对你一见钟情。”

本宫的初吻便是在那时候没的。

以前听三皇兄说，女子被男人亲了嘴后，就必须嫁给这个人。当时我小脸通红，以为他便是我将来的夫君，糯着嗓音答道：“我叫重姒，父皇叫我重重，哥哥们叫我阿姒。”

那小子当时一听“父皇”二字，脸色变得跟翻书不相上下，当即扔下我便跑：“小公主长大了，本公子再来娶你，今日之事不要告诉别人！”

不晓得怎么就将未来夫君给吓跑了，我撇撇嘴就要哭。

这时，假山对面走过来一个少年，青衣翩翩，气度从容，对我道：“一定是舞阳公主吧，不要受他诱惑，等你长大了，会有更多的诱惑。当你看过沧海后，还有什么可以称之为水？”

“你是说，观于海者难为水？”我拽着他的衣角，不安道，“你是谁？刚才的事，你不要告诉我父皇。”

他笑了笑：“公主这么小就看过《孟子》了，将来定不是寻常的公主。家父是简学士。我不会告诉别人的，重重放心。”

接下来的几年，父皇驾崩，大皇兄与二皇兄作乱，三皇兄与我联手将二人干掉后登了基。那时，我梦中时常见大哥、二哥泣血逼问于我，为何临阵倒戈，父皇明明传位于大哥的。

我没有告诉他们，父皇传位于大哥，却没有在诏书中提到将三哥一家斩草除根，而这项血洗计划却在大哥二哥醉酒后为我所知。我倒戈了，成了大哥二哥计划中的致命一击。三哥继位后，遵守了与我的密约，留了大哥二哥两家的骨血到民间，命他们永生不得返回帝都。

生在帝王之家，我两手沾满血腥，何以解忧？唯有男色。我作为唯一的长公主，时时为非作歹，刻刻逼良为娼，处处调戏美男。据说，掌管帝王家起居注的史官将我评作“空前绝后第一荒淫公主”。

此后，因我属意叶侍郎家的公子，他察觉后立即剃了度出了家；又因赞美过林尚书家的公子，他听闻后请赴藩国入了赘，嫁了人，一时京都传为笑谈。

到本宫十七岁时，三皇兄决定招宋尚书家的公子为驸马，结果那公子听闻了我的种种劣迹后，毅然跳了渭水。我还来不及伤情，三皇兄突然驾崩了，将他的一儿一女外赠一个朝堂交到我手。

三哥儿子登基后，我由长公主升级为大长公主，帝王家再没有辈分比我高的。那时，我也不过十七岁。何以解忧？唯有男色。我便更加荒淫得连史官都流泪感叹：罄南山之竹，书罪未穷；决东海之波，流恶难尽。

当然，我就更加嫁不出去了。

自然，也再没人叫我重重。

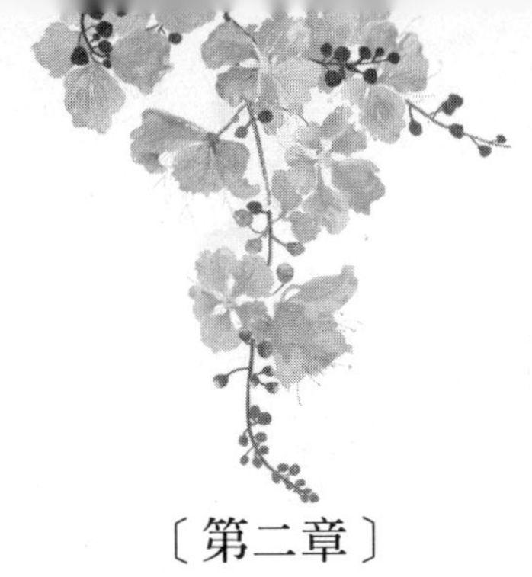

〔第二章〕

微服私访打鸳鸯

每年总有那么几天，本宫非主观意愿地带着刀伤或趴或躺在床榻上批阅宰相汇总上来的奏折。虽然公主府的护卫在年复一年的实战中大幅度提高了战斗力与营救力，但概率事件不可避免，一两次的刀子该挨还是要挨的。

高唐献上的速效美肌膏据说可保愈后不留疤，药力发挥得轰轰烈烈，刺激得伤口一阵阵抽搐。我抖抖索索地蘸着朱砂墨，再哼哼唧唧地给折子写上朱批。大到边疆屯军屯田、各地青苗新政推行、北边旱情南边水灾、秋后处斩名单勾决，小到皇帝避暑行宫翻新、功臣赏赐夫人封诰、长安夜市几时宵禁、诗词歌赋韵律标准等，都得一一批示。当然，还得接受言官弹劾行为不检的折子，一般本宫都批复：关卿鸟事。

才将床头尺余厚的奏折批了一半，从良来报，圣上前来探望。

小皇帝恰满十三岁，身量未足，与他胞姐洛姜不太相似，不过因一母同胞，依旧是生得唇红齿白，一副纤弱美少年模样。这样一个模样，若是生在寻常百姓家，那是多么可爱可怜、令人恨不得拥在怀里的小人儿，可偏生是个小人儿精，这模样极具欺骗性，他姑姑我深有体会。

眨眼间便有个小人儿天真无害地出现在我面前，水灵的眼睛忽闪忽闪，对我打量片刻后，清澈的双眸挤出两滴晶莹的泪水，扑进我怀里蹭了蹭，奶声奶气地叫着：“姑姑，听说您被行刺了，可吓死侄儿了！侄儿寝不安眠、食不知味，想念姑姑得紧！”说罢，抬起睫毛犹带泪滴的眼，热切地望着我。

我摸了摸他平日最爱梳的包子头，干干笑了两声，慈祥道：“陵儿一片孝心，姑姑是知道的。”

小皇帝继续热切地望着我，嗓音很是怯怯：“听说上月有刺客在茅厕行刺姑姑。”

我继续慈爱地摸着他的包子头：“被姑姑不小心踢进茅坑里淹死了，死无对证，也不晓得是谁指使的。”

小皇帝又怯怯地道：“听说这月有人给姑姑汤里下毒。”

我抽着嘴角再笑两声：“你父皇曾说过，姑姑荼毒天下，已练就百毒不侵之身。”

小皇帝露齿一笑，十二分的天真无邪：“那就好，侄儿可就放心了。姑姑要是有个三长两短，侄儿无依无靠可怎么好？”

我目光落在他精致异常的发髻上，随口问道：“给陵儿梳发的宫人换了吗？”

小皇帝委屈道：“从前梳发的宫人总要梳断朕几根头发，朕气不过，她们还顶嘴说朕乳臭未干。”

我吸了口凉气，颤声问：“然、然后呢？”

小皇帝嫩声道：“朕让人割了她们的舌头，鲜红鲜红的。姑姑，你知道吗？人的舌头竟有那么长。”说着，他拿手比画了一下。

我定了定神，嗅着他身上尚未散去的隐隐奶香，不知不觉从他头顶收了手：“这月是谁给陵儿梳的发？”

“迦南。”

“手艺不错，要重重地赏。”

送走小皇帝后，高唐立即将小皇帝走过的路线重新勘察了一遍，将我房间与床榻重新检查一遍，确认无害。

高唐十分惊奇：“居然雁过无痕。”

我望着窗外的天空，叹息道：“这是有高人指点他，从前那些下三烂的手段已经被摒弃了。留意新入宫叫迦南的那个人。”

又休养了几日，始终不见简拾遗再来探望本宫，本宫一边心念着简相，一边心念着何郎，十分挣扎。诚然，食色，性也，又诚然，鱼与熊掌不可兼得，本宫委实惆怅。

在高唐神医配的速效药下，我恢复得迅速，得以下地自由活动后，某日，我鼓起勇气，带了从良临幸相府。

从良向相府门口长随亮了身份，门口几人扑通跪地。我令他们不得通报，本宫乃微服私访。

相府宅院是我侄子赐的，规模自是不小，亭台楼榭样样齐备，不过却无过多装饰修葺，府里仆人也算不得多，一路撞见一个命噤声一个。穿过前厅，绕到后院，忽听得一阵女子的笑闹声。

“这是相爷赏我的，你们眼热也没用！”

“你个小狐狸精，几时魅惑相爷了？”

“哼，要说狐狸，谁比得过如意，把相爷哄得服服帖帖，什么都依她。”

我站着听了一阵墙角，心头各种滋味轮番碾过。

却听里头又道——

“你们知道如意因何得宠？”

“莫非姐姐知道？”

“你们没发现如意模样像一位公主？”

我一颗心提到嗓子眼儿，屏住呼吸聆听，莫非是本宫错怪了拾遗，他竟对本宫存了那样的心思吗？

“像谁？姐姐快说！”

“襄城长公主呀！”

咯噔，本宫一颗玻璃心碎了一地。

说起来，简拾遗对洛姜与对我表面看起来并没有什么两样，但细细一想，还是有不同。

他是我和洛姜的师傅。

当年父皇尚在时，钦点了简大学士的公子入宫教习公主与皇子。我们天家，女孩儿跟男孩儿一样养，一样教，这也是女孩养得跟男孩一般泼皮无赖，总是吓退驸马的渊源，此是后话略过不表。彼年我约莫十五岁，洛姜刚十岁。简大学士是翰林之首，学问极高，他家公子也是年轻辈里学问最好的。父皇极是喜爱简小公子，有意让我们公主皇子与他亲近，指望着近朱者赤，让我们也染一染红。

简小公子比我们年长，彼时正二十有二，在父皇的旨意下，做了我们的师傅。可我们帝王家的孩子，岂是那么容易服人的？更别说这么个俏公子了。

我跟洛姜暗地里没少干些泼皮事。鱼虫蛇鸟，捉到什么塞什么到小夫子的砚盒里，每每等着他开砚时看他吃惊的表情，然而我们从未如愿。简小夫子养起了鱼，放生了虫，掐死了蛇，赏起了鸟。他的一系列出乎常人思考范围的举止，终于将我们制得服服帖帖，从此安心读书。

那时，洛姜读书笨得天怒人怨，一章《论语》都要简小夫子反复讲解二十遍，才抬起一知半解的迷惘少女眼“哦”一声。其他人早听得腻了。我便趁此良机偷阅了“京都贵公子”系列的刻印小说，为此后调戏叶侍郎家的公子与林尚书家的公子打下了坚实的基础。简拾遗教导完洛姜，转身便收了我的话本。

对此，我比较无所谓。许多次翘了课到叶侍郎家翻墙看叶小公子弹琴，到林尚书家蹲点看林小公子舞剑。

彼年记忆竟全是这种瓜田李下的事儿，让人颇不堪回首，唯一那么丁点堪回首的记忆跑不出简拾遗督促功课并传得我一手好字。回想起来，我对他存的那点儿旖旎之心，便是从他手把手教我写字时起。

我描的字，全是他的形，少年时便醉在了他的衣香鬓影中。

那时浑然不自知，依旧跑出去调戏诸家公子。

翻墙再回学宫，总能瞧见陪伴简拾遗的洛姜身影，二人并肩而立，玉兰树下的风姿堪堪一幅绝世画卷。每见此，我心中微有失落，但总觉得是因叶侍郎家墙头增高了几寸，我爬得辛苦的缘故。

相府的管家闻讯前来，见果然是如假包换的本宫后，立即跪了地：“不知大长公主凤驾莅临，老奴死罪，死罪！老奴这就去通报相爷接驾……”

“平日襄城长公主来时，可有通报过？”我站在廊檐下，一种强烈的失落感袭上心头。

“不、不曾……”管家伏在地上，拿袖子抹汗。

“为何本宫来了便要通报？”我越发失落，不晓得是不是话本上写的所谓失恋。

“大、大长公主不、不一样……”

我自然晓得自己不一样，连简拾遗都如此待我。

“简相在何处？领本宫前去，不得通报，也不得出声，否则，本宫阉了你做太监。”我说得云淡风轻。权倾天下就得有权倾天下的架子，荒淫暴虐就得有荒淫暴虐的样子。

“是是是！”管家额头汗如雨下，颤着身子爬起来领路。

从良此刻也不敢出声，默默跟在我身后，不晓得是不是思及自己未净身就从净身房逃出来的黑历史。

我随着管家穿过一进进院落，终于在花木扶疏的小鱼塘前止步。管家抖着手指指向鱼塘对岸的一座夏日纳凉小竹屋，竹屋开着敞窗，窗前几杆修竹。池水浮光跳跃上翠竹，晃起一片斑驳的影像。

幽篁掩映下的窗前，一个竹青色布衫的清貌男子正俯身握着一个侍妾的手，缓缓书写着什么。侍妾眉目含情，后方握她手的人瞧不见，我隔着池水却一眼洞悉。细看那侍妾容貌，竟真有几分洛姜的神韵。

我站了许久，相府管家也滴了许久的汗。从良蹭过来，对我耳语道："公主，捉奸要拿双。"

"本宫是来微服私访的，你见过谁微服私访还兼职捉奸……"我转身往院子外走，三步后折返，直奔纳凉小竹屋而去，"本宫便是第一个微服私访还兼职捉奸的圣德公主！"

从良眼中闪烁着激动的小光芒，相府管家眼中明灭着大祸临头的小绝望。

"嘭！"本宫一脚踹开了虚掩的小竹门，一步跨入了小竹屋。

简拾遗停了笔，转过头来看到我，漆黑的眸中一闪，似是对我的突然出现有些意外，明显愣了片刻，不过很快恢复从容，松开了侍妾，过来同我行礼："不知公主私访，臣接驾来迟！"

我视线掠过他，落到他身后惊如小鹿的女子身上。"小鹿"慌忙跪地，便是这慌忙的姿势也是美妙得紧。

简拾遗对管家沉声道："公主驾临，怎不速来通报？"

管家立在门外，一脸委屈不敢申辩。我站在踹倒的竹门旁，替他答道："本宫微服私访，自然是不能提前通报。简相品行高洁，举国皆知，若不悄然而来，怎能见到简相如此有情趣的一面。"

"公主取笑了。"简拾遗默然片刻，缓缓吐出客套话。

我踩着平躺在地的门板，从简拾遗身旁走过，再从地上跪着的"小鹿"身旁路过，慢悠悠地走到窗前的案旁坐下。屋里人随着我的方位移动而移动。简拾遗看了看依旧跪在地上未得我准许暂时仍起不来的小侍妾，也不好出言请示，只得转头吩咐管家上茶。

我拿起桌上写了半阕词的宣纸，上面的字迹成熟中带着稚嫩，显然是二人合力所为。词句正是：相离徒有相逢梦，门外马蹄尘已动，怨歌留待醉时听，远目不堪空际送。

想当年，简拾遗教我习字，那都是临摹的《尚书》《论语》中经世济国的句子，何曾写过这般情词丽句？果然自家姬妾不同于旁人，本宫心中凄惨得紧。余光漫过纸缘，见简拾遗站在门外透来的夏风里，鬓边发丝轻舞，肌肤似有浮光流动，半垂的袖边暗纹隐隐，似有兰花悄然伸展，骨节分明的中指上染有淡淡墨痕，与我手中的宣纸墨香飘到一处。如此出尘的风仪，却拐不到藏娇阁。

我端起手边茶盏，品了一口茶，皱眉道："简相家的茶都这么烫的吗？"

管家惶恐地要来换茶。未等他行动，我已指向跪了许久的"小鹿"："哎，那姑娘，叫什么名字？本宫忘了你还跪着呢，快起身，给本宫换杯茶。”

“小鹿”艰涩地爬起来，中途还得简拾遗扶了一把，忙过来垂眸答话：“蒙公主垂问，奴家得相爷赐名如意。”

如意跪得久，膝盖不灵活，端走茶盏时，脚步已是不稳。有风吹来，我抬手抚了抚袖角，如意正捧着茶水往后退，碰着我手边，哗地一下，热茶泼了个彻底，尽数兜进了我的裙子。

“公主恕罪！”如意惊慌失措，抓着空茶杯便跪到了地上。

管家惊得跳脚，简拾遗惊得立即奔上来，公主府的狗腿子从良也惊得大呼小叫却原地踏步。

在热流往我裙子上倒灌的同时，简拾遗掏出袖中手绢率先冲了过来，俯身给我擦拭裙上的水。茶水泼的范围不小，简拾遗一手牵着我的裙子，一手忙着拿手绢拭水，拭着拭着就拭到了本宫的大腿上。本宫知耻而后勇，坐着岿然不动。简拾遗忽然停住手，再松开手，后退一步：“臣无意犯上，臣……”

我咳嗽一声：“本宫明白。”

“不如请公主更衣。”简拾遗攥着手绢道。

“也好。”我起身，对跪伏在地的如意道，“起来吧，都是本宫大意了。”再走到门边时，对着倒下的竹门道：“哎，这门约莫是年久失修了。”

“上月新修……”管家忙推诿。

“池水边容易侵蚀，臣命人再修一修。”简拾遗截断管家的话。

我这才满意地点点头，由简拾遗领着去更衣。

在去往自己房中与姬妾房中的交叉路口，简拾遗一时不好选择。我晓以大义道：“本宫今日乃微服私访，惊扰太多人委实过意不去。”

简拾遗低头“嗯”了一声：“公主请。”

推开宰相卧房的大门，一股清新书卷气扑面而来。简拾遗让到一边，我迈步入内。这书房卧房竟是一体。我在前大半部分的书房里转了几圈，简拾遗已唤人送来一套干净衣裳。

“公主请内室更衣。”说完，简拾遗便带上门退了出去，末了补充一句，“臣在外头候着。”

我抱着衣裳立即奔往内室，心口怦怦直跳。

简拾遗的卧房简单明了，一扇青莲屏风，一张不宽不窄的床，一个小案桌上摆着香炉和蕉叶琴。我绕室一周，未嗅着脂粉味，但也不排除那只铜香炉毁灭过证据；再蹲到床头凝视枕头，拈起了一根柔软的发丝，放到鼻前嗅了嗅，隐隐约约有点香——这香味不属于简拾遗。我长年因病、因伤、中暑、中毒等主观及客观原因，在简拾遗前来探望的时候，揩过他不少油，因此对他身上的味道了如指掌。

诚然他姬妾众多，这些事儿不用想也知道会有，可知道与看到还是两回事，本宫一时竟也淡定不下来，愤愤然将手里的衣裳砸上枕头，挥袖离去。

门口简拾遗敬职敬业地守着，见我忽然拉开门出来还未更衣，十分不解：“公主？”

我瞥他一眼，不言不语拂袖便走。

“公主？”简拾遗后边追来，“可是衣裳不合身？”

我愤愤然继续走：“本宫要回府。”

“公主今日私访，难道不去看看楼公子？”

我想了想，愤然道：“不看！”

走到月洞门前，我回头对几丈远的简拾遗心酸心痛心碎心伤并怒火攻心道：“简拾遗，本宫看错你了！”

怀着满腹伤情回到公主府，从良等人不敢近前，拖了高唐来宽慰我一颗碎掉的玻璃心。

我席地坐到小桥上，忧伤地掐着小荷花。高唐忧伤地望着我：“公主，御医不负责治相思病、失恋症等非典型性疑难杂症。”

“那你负责借酒，我负责浇愁。”我捧着脸对着桥下的荷花池，池水里的一张脸还真是愁上加愁。

高唐继续忧伤地望着我：“公主，御医也不负责陪酒陪睡。”

“那你做太监去吧。”

“……”高唐无言地望向苍天。

于是，我拖着高御医在春潮带雨晚来急的小拱桥上喝了半宿的酒，倾诉了半辈子的失败情史，天地含悲，草木动容，本宫泪洒荷塘。

高御医连连为之叹息：“其实臣这辈子最大的优点就是毫无八卦之心，那叶侍郎家的公子怎么就出家做了和尚呢？”

我抱着酒坛叹道：“那叶公子琴艺极高，我极仰慕，总是爬墙看他弹琴。有一回，我带了一坛酒给他喝，之后他便一件件地解了衣裳。”

高御医呛了一口：“叶公子竟对你自荐枕席？”

“我在酒里放了点药。”

“噗！”高御医将满嘴的酒喷进了荷塘，面色十分惶恐。

我安慰他道："我拐男人的手段从不雷同。"

高御医惊魂甫定，确认我不会对他下手后，又提问："自荐枕席，然后呢？"

"我蹲一边看他脱衣裳，只剩最后一条裤衩时，他青梅竹马的表妹来了。唉，那表妹认定我与叶公子有奸情，誓要将我们两个灭掉。她一巴掌抽到叶公子脸上时，我抛下酒坛便蹿上了墙头。叶侍郎府上都惊动了，不过我也翻墙逃了。后来就听说叶公子剃了头发，唉，红颜薄命。"

"薄命。遇到公主，再厚的命也要薄了。"高御医又连连叹息，灌了口酒又问，"林尚书家的公子怎么就远赴番邦和了亲？"

我举杯消愁愁更愁，趴在酒坛上追思往事："那林公子剑法极好，我极仰慕，总是爬墙看他舞剑……"

高御医慨叹一句："敢情有一技之长的京都公子王孙都被公主仰慕了个遍。"

"那年，乌孙国王子与公主来我大曜，因仰慕中原文化，顺便打算结个亲。彼时国宴我正吃坏了肚子，趴在父皇膝头无比乖巧温顺。那王子目不转睛地望着我，站起身便指着我，让我做他的王妃。可我看了看那王子古怪的相貌，又看了看一旁林尚书家的公子，越看越觉得林公子乃我心头第一美人。国宴还没结束，我便将林公子骗去了侧殿角落，趁他不备，将他摁倒在地亲了一口。"

高御医咕咚咽下一口酒："然后呢？"

"然后我便听到有人喊'禽兽！放开那个公子'，我转头一看，见是乌孙公主路见不平，再一看，她身后是目瞪口呆的乌孙王子。"

"再然后便是那林公子无以为报以身相许了乌孙公主吧，这倒也不错，听说是封了亲王入赘到乌孙，这可是我朝和亲史上一大亮点。"

我怅然："可林尚书家唯一的儿子就这么远嫁他乡，他老娘、他爹的老娘、他爷爷的老娘，三代老娘儿们都恨不得啃下我一口肉来。我跟林家的梁子算是结下了。"

"那跳水驸马的事……"

我从桥上爬起来，抛出怀里的酒坛，"扑通"一声，莲池里的月影裂成了碎片，并引起蛙声一片。我一脚踏上桥墩，迎着夜风趁着酒疯，捏起一个拳头："总有一天，老娘会得到一个驸马！"

"要是……得不到呢？"高御医挪开了几步远。

"得不到他的心，也要得到他的身；得不到他的身，老娘就阉了他做太监！"我酒气充斥的脑中，竟闪出简拾遗的模样，可我如何对他下得了手？再之后脑中闪出一个黑影，其脑门挂着"何解忧"三字。对了，本宫还有那位自荐的驸马，不晓得到长安了没有。

晨曦初起时，我似乎梦见了未来的驸马，他着一身红袍背对着我，模样看不真切。我几步绕到他跟前，定眼看去——

“公主醒醒！卯时初刻了，该上朝了！”

梦中的背影转过身来，亮出一个面孔，不是我期待的任何一位美人，竟是一脸贼笑的从良。我登时便醒了，从一个软硬适度的枕头上撑了起来，一个栗爆敲到从良的脑门上，“混账！”随后又倒回枕头上，意图重续鸳梦，瞧瞧那驸马到底是谁。

刚倒下，身下便传来一个低低的惨呼声。大好的鸳梦被搅了两回，我绝望得不再指望。

“公主！早朝要晚了！”从良抱着脑袋蹲在一旁号叫。

“本宫受了伤，还在休养期间……”宿醉折腾得人头疼，再加上一处惨呼一处号叫，本宫觉得人生之悲催莫过于此。

“殿下休养了十几日了，简相昨日派人来说今日便得上朝，不然言官又要弹劾公主了！”从良不怕死地继续号叫。

我将枕头一推，愤然起身，只听得耳边“扑通”一声，有什么物什砸入了荷塘。我抓着从良的胳膊晃悠悠地站稳，回头醉眼迷离地看了看：“什么东西？”

“是高御医。”

“他怎么也跳了？”从良扶着我，我扶着头，边下桥边想，昨夜，我没将贴身御医怎么地吧？

走下桥许久后，我对从良道：“本宫是不是忘了什么？”

从良眨巴眨巴眼，点头：“高御医还在水里。”

本朝素来卯时三刻开朝，官员需寅时便起，卯时初刻候在大明宫含元殿侧殿内，由当值宦官点卯，记下是否有官员迟到、缺勤等。当然，本宫缺勤也有宦官记录，缺得太狠，言官的雪花奏折夹杂着唾沫星子便来了。算来，本宫自行刺后的带薪养伤休假日已用完。

銮驾玉辇行在夏晨微茫的大明宫，我歪坐辇内，一边灌着醒酒汤一边更换一身酒气的衣物。车驾到达含元殿前，我已整饬一新，顶着一只凤冠头钗爬上了数不清有多少级的台阶，停下来歇了一歇。

“监国大长公主到——”

方才还听着嘈嘈杂杂的含元殿瞬时鸦雀无声。

我在心内叹息，一会儿要是也能这么鸦雀无声就好了。

——抬腿迈进含元殿，一路穿过大殿中央，走向御座，在龙椅旁侧的一张椅子上坐了。

“圣上呢？”我转头问身边一个小太监。

“还、还没起床……”

我抬了抬目光，瞧向一边侍立的负责起居注的起居舍人，只见他拿笔毫蘸了口水，立即在左手握着的木册子上唰唰书写。想必写的又是：圣躬未至，大长公主代理监国，皇权旁落，国将不国，臣痛心流泪并泣血记之。

我再转了转头，瞧向文武百官前头站得有如渊岳的宰相，一身官服衬得他越发沈腰潘鬓，端的是一代贤臣美相。我冷冷地看他几眼，本宫的宿醉全是因他而起，他倒是精神抖擞、容颜清朗，只怕夜里还有美妾侍寝，小日子过得不晓得多滋润，哪像本宫，只能枕着御医露宿桥头。想想这云泥之别，本宫就一阵阵头疼。

我揉着太阳穴，稍稍压制宿醉的晕眩感，忽见满朝文武都向我望来，各种揣摩与深意的目光，莫非是觉得本宫纵欲过度才如此萎靡不振？再看了眼简拾遗，他虽也望着我，不过眼睛里却瞧不分明。

我强打起精神，示意身边司礼监开始上朝。宰相这才率领百官跪拜。

“众位爱卿可有本奏？”我尽量摆出威严又和蔼的表情面对百官，至于如何能做到既威严又和蔼，三皇兄曾说，须气宇昂然，又须微笑谦和，诀窍便是人格分裂。

“臣有本奏！”一个哭腔传来，接着便见御史台一位言官跪到丹墀下，涕泪横流。

“原来是姚大人啊，因何事痛哭？”

御史姚迁抹了半晌鼻涕，抽抽噎噎道：“老臣奉先帝之命，领言官之职，既可风闻奏事，亦可据实弹劾。可臣点灯熬夜写就奉给殿下的奏折，殿下不思臣弹劾之事，竟朱批四字——关卿鸟事，殿下如此轻慢老臣之心，老臣活着还有什么意思！”

说着，他爬将起来，抹了把眼泪，冲着一根红柱子便发足奔去。

众卿大惊，扯的扯，拦的拦，抱的抱，半个朝堂乱作一团。

我向身边太监要了杯茶水，拿盖子一边拨着茶叶一边吹。

被众人拦下来的姚大人扭头见我无丝毫表示，一时又流出泪来，放声哭号：“先帝呀——您走得太早了呀——各位大人别拦着我——让我去死——”

见实在闹得太狠，站在一旁养神的简拾遗抬头朝我看了一眼。

若在往日，简拾遗看我一眼，我便立即三省吾身，可今日，我只喝我的茶。

片刻后，他见望我一眼又一眼也没用，竟向太监要了笔，在自己笏板上写了什么字，再命太监传给我。

我漫不经心地接过来，白玉笏板上墨迹倜傥，三个字：臣请罪。

送还笏板，我放下茶盏，咳嗽一声，道："那个，姚大人言之有理，本宫定当反思忏悔大人弹劾之事。大人乃国之栋梁，如何能死？本宫十分抱歉，日后绝不再无礼批复，望大人原谅。"

姚御史被几位大人抱着的大腿终于落了地，跪地又痛哭："殿下悔过便好，臣原谅你了。"

〔第三章〕

七夕灯会佳公子

公主府里的荷花开得正好时，也就是七夕来临之时。我给御医侍女侍从都放了假，告诉他们灯市上看中了谁家的闺女谁家的少年，多少聘礼彩礼都由我府上奉送，也包媒婆的酬资。

初七这天傍晚酉时，府里众人都蜂拥而出。待他们涌走了，我才记起，厨娘亟待开放第二春，也涂抹一新后跟着众人杀去蹲点了，几个小厨子更是早早翘岗了，于是，本宫的晚饭还没吃。

没奈何，我只得更换了一身衣物，提早微服私访顺便寻个食摊吃个晚饭。

出了公主府侧门，见里坊街上都是一团团花枝招展的女子，巧笑倩兮，美目盼兮。可以自由追逐所爱的人，多好。我忍饥挨饿地跟在众人身后，一路顾盼哪里有个烧饼摊或者面摊也好，竟找不见一处。莫非摊主也都收摊赶灯市去了？

此际正是六街明月吹笙管，十里香风散绮罗，灯火满长安。七夕灯夜与元宵相论，也不遑多让。随着人群到了西市最大的灯市上，果然见青年男女扎堆，花鸟虫鱼琉璃灯下，杂要百戏茶肆道旁，眉目含情媚眼横飞者有之，误打误撞拐走佳人者有之。

我看了一阵儿，亲眼见一位姑娘向十几丈远的一位公子看了一眼又一眼，那公子身前一个打酱油的路人满脸羞涩地走到姑娘跟前，道："在下想请小姐吃个馄饨，不知小姐意下如何？"

那姑娘不好拒绝，亦羞涩地点了头。

我尾随二人，便跟去了一个露天馄饨摊。摊面不小，竟有几十来桌，中间还有卖花灯的少女穿梭。馄饨摊香气喷喷，人群闹闹嚷嚷，颇温馨热闹。我择了个空座，要了碗馄饨。伙计手脚麻利，上得极快，搁下碗筷后，笑容可掬地道：“姑娘慢用，祝姑娘好运。”

吃个馄饨还要祝福好运，这是民间新起的时尚？我在心里过了过，也就过去了，拿起筷子忙不迭用膳。吃得正香，忽然嘴里嘎嘣一下，咬着了什么东西，硌得门牙酸麻。我大怒，啪地拍下筷子：“有石头！”

却听得同时，另一处也有人喊道：“有石头！”

馄饨摊食客都静了静，忽然一起鼓起掌来：“恭喜二位有缘人！”

我茫然地从嘴里掏出来一枚铜钱，拿在手里瞅来瞅去，不晓得洗干净了没有。

馄饨摊老板笑眯眯地跑过来，问我：“不知姑娘可曾许配人家？”

“啊？”我在众人热切的注视中挠了挠头，“没有……”

老板大喜：“果然是有缘人。”他面向众人，慷慨道，“诸位，今年七夕的有缘人已诞生，有请二位！”

老板将我扯离座位，扯到了前方一个高台上。我想问老板这枚铜钱有没有洗干净，老板已转身迎向了另一个被扯来的“幸运儿”。只见那位“幸运儿”一袭白缎衣，一把描金扇，绶带轻衫风流俊赏，正一把拉住伙计问：“等等，你们馄饨里的铜钱洗没洗？”

“小店卫生，绝对值得信赖！”馄饨摊老板拍着胸脯保证。

那白衣公子望了一眼馄饨摊位，显然不太相信，正想说什么，忽然瞥见我，眸光一转，似已将我打量了个彻底。我不甘示弱，亦将他从头到脚看了个彻底。

老板笑眯眯地将我们二人轮番看了一遍，然后说道：“这位姑娘尚未许配人家，不知公子可有婚约在身？”

“啊？”白衣公子扇子顿了顿，再摇了摇，“婚约嘛，应该是没有的吧。”

“到底是有还是没有？请公子不要用这么暧昧的语气。”老板很揪心地盯着白衣公子。

白衣公子合起扇子，露出一个笑容：“没有。”

老板大喜，神色愉悦，咳嗽两声，清了清嗓子，对着众人道：“各位乡亲，各位父老，想必大家都已知晓不才在下的三年老字号铺子——舌尖上的馄饨，每年七夕都会举办一场别开生面的红娘活动，也就是寻找有缘人。没错，吃出一对铜钱的便是有缘人。好的，那位大爷问得好，如果是两个男人吃出了铜钱怎么办？当然好办，结为兄弟嘛，呵呵。当然，这就不符合我们红娘活动的神圣精髓，我们会另外放一枚铜钱，大家继续吃，直到吃出一个女子为止。好的，那位大婶问得好，如果这一男一女有一方或者双方有了婚约或者成了家怎么办？当然好办，咱们大曜律法比较提倡和离……哎哟，谁的鞋味道这么重，飞到在下的脸上了……”

小伙计飞快奔来，举着抹布唰唰几下擦掉老板脸上的鞋印。老板继续致辞：“不愿解除已有婚约或者和离的有缘人，可以自动退出本次活动。再次声明，小店举办的红娘活动绝对公平自愿，瞒报婚姻状况导致严重后果的自负。当然，经过本次活动而最终无法牵手的有缘人，本店也绝不勉强。但是，牵手成功的有缘人，一年之内，可在本店享受五折优惠，并可享受由本店包揽全部费用的长安一日游。”

掌声雷动，并伴有口哨声。

老板两手虚压了压，进入正题：“为了促进互不相识的两位有缘人进一步交流，我们准备了三项活动，有请去年七夕的有缘人陈大宝夫妇。今夜便由这两对有缘人争夺擂主！”

又一阵掌声中，老板奔到我身边，夺下我正喝的馄饨汤，痛心疾首道：“一会儿再吃！”

我舔下嘴角，意犹未尽：“本……我只是出来吃个晚饭，再溜达溜达就回家。”

“姑娘啊，你可不能砸了在下的生意啊，你要不想做这有缘人，干吗要来在下的馄饨摊吃饭啊？”老板瞪着我。

“我就跟着别人随便进来吃个饭，哪里知道你们还有这么复杂的活动。”我又瞅了瞅桌上的一碗馄饨，一只手探了过去。

一把描金扇轻轻敲在桌面上，一个陌生的声音轻笑。我抬头望了对面坐着的人一眼，那人也回我一眼。

“姑娘，你没吃过馄饨？”

我府上厨娘确实没给我做过馄饨，却也不能表现得没吃过美食。我收回手，正色道：“本……我只是饿了。”

“姑娘，你现在吃的东西都是要收费的，一会儿吃的东西则是免费的，而此刻的东西都是七夕夜涨价后的收费标准。”老板的小眼中无声地示威且微笑着。

一碗馄饨要是能难倒本宫，本宫把自己名字倒着写。我淡然笑着，伸手摸向袖囊，一摸一个空。我继续淡然笑着：“既然如此，那我就帮老板渡过今夜难关。”

老板顺杆子爬：“多谢姑娘！对了，请问二位怎么称呼？那边已经上台了，你们得赶紧着些。”

对面摇着扇子的人曼声道：“在下姓和，和美和谐的和。”

我跟着道："奴家姓舞，载歌载舞的舞。"

"和公子，舞姑娘，快请上台，第一关开始了！打败那二人，你们今晚的馄饨钱都免了！"老板在前急急引路。

白衣和公子笑着伸出扇子，对我做个请势。我抻了抻裙角起了身，往旁侧挪了一步，笑谓白衣公子："和公子当真要与我做个有缘人？"

他转回折扇，摇开扇子，唇边一笑："有缘无缘，谁又说得定？"

口哨声，欢呼声，伴随着陈氏夫妇亲友拉开的写着"必胜"的鲜红条幅上下左右抖动，全场十分激昂，吸引了不少灯市上的游民前来围观。

我与和公子站在西边，那陈氏夫妇站在东边，各自跟前摆着一张桌子。老板站在两队的正中间，拿着一张皱巴巴的纸，肃然念道："第一关，抢答时间！请问，本店馄饨共有几种肉馅？"

我与和公子对望一眼，互通有无今夜吃的什么馅。东边已然拍案道："猪肉、鸡肉、鱼肉、鸭肉、羊肉、牛肉、狗肉，共七种肉馅。"

"正确！"老板慷慨激昂道，"七种肉馅正是暗示着七夕之夜。"

小伙计立即送上一个大海碗到陈氏夫妇的桌子上，是得分的象征。

老板接着道："请问，有两个人掉到陷阱里，死的人叫死人，活的人叫什么？"

我与陈氏夫妇同时拍桌子："活人！"

老板露齿一笑："错。"

和公子摇着扇子道："活的人嘛，自然是叫救命。"

"正确！"

小伙计立即送上一个大海碗到我们桌子上。我摸着鼻子看了一眼一脸淡然的和公子。

老板继续提问："将九匹马平均放到十个马圈里，并让每个马圈里的马的数目都相同，请问该怎么分？"

台上一片沉默，台下一片叫嚷："这怎么可能？除非把马剁碎了！"

我虚心地看向和公子。他拿着扇子画了一圈，又画一圈，再画一圈……

我一拍桌子："不用将马剁碎！只需将九匹马放到一个马圈里，然后在这个马圈的外面再套九个马圈。"

老板投给我一个倾慕的眼神："正确！"

我嘿嘿笑两声。小伙计又送上一个大海碗。

"本关抢答的最后一题！"老板双眼一亮，慷慨激昂道，"大长公主强抢过多少民男？”

“……”

“……”

我手藏于袖中，掐指计算，左手数完数右手，右手数完数左手，终于数个大概出来，一伸手，拍向桌子。台上众人都向我看来，包括身边的和公子。这种种目光都有些不同凡响。

谁都没数，就我一人暗中数得欢快。我干干一笑：“这、这谁知道。”

老板释然，宣布我与和公子一方获胜。原来，历年压轴的都是这一道题，也就是用来镇场子的。因为主办方知道这问题谁也回答不上来，要是谁回答出来了才有鬼。

第二关是猜灯谜，倒也容易。陈氏夫妇五只灯笼全部答对，我与和公子这边也差不多，只是在其中一只灯笼上因心虚耽误了片刻。那灯笼谜面写的是——公主出世，打一礼貌用语。和公子沉吟道：“贵姓。”我“啊”了一声，脱口道：“百里。”

和公子的扇骨停顿在了彩灯上，我眼皮一跳，干笑道：“好谜，百里挑一的好谜啊，呵呵，呵呵呵。”

和公子从容摇起了扇子，亦微笑：“委实百里挑一。”

于是第二关每组五个灯谜皆猜了出来，打了个平手。老板宣布第三关是比吃馄饨，每碗馄饨数目相同，每组以海碗计算。原来免费在这儿呢。我打起精神，对和公子道：“咱们要力挽狂澜！”

和公子收起扇子，提起筷子，看着面前摆满的十个大海碗，神色定了一定：“其实也不必勉强。”

我揽胳膊抱回一个海碗，边挽袖子边扭头看他，正色道：“成败在此一举，你举不举？”

和公子手中筷子顿了片刻，脸上似有绿光闪过，默然拉过了一个海碗。

老板扯着嗓门喊了一声：“开吃——”

我将脸埋进碗里使劲吃，一碗见底，又一碗，再一碗……

半个时辰后，老板宣布：“第三关，和公子、舞姑娘胜出——”继而又欣然宣布，“三局两胜一和，今岁七夕有缘人，和公子、舞姑娘胜出——”

众食客欢呼。和公子将我从桌底扯了出来，扇骨轻敲在我面上：“如此巾帼不让须眉，姑娘着实令人钦佩。”

我被搀扶着领了七夕获胜大彩灯，站在台中央，接受众人的掌声。我勉强站稳了，获胜的快感在心间蔓延。馄饨摊外围似有一抹竹青色伫立，我忙定眼望去，那处空空如也，原是眼花。

和公子又搀扶着我走下台，我道了声谢：“吃了一顿免费馄饨，奴家十分满足，这便告辞了。”我晃悠悠走了几步，和公子跟上来：“不如在下送姑娘一程？”

我想了想，道：“也好，如果不妨碍公子灯市上觅佳人的话。”

告别馄饨铺，夜市上依旧是川流不息，夤夜不禁，百姓畅游，花灯、彩灯、走马灯，目不暇接。四下聚在一起的青年男女，或奔放，或羞涩，各具风情。

“公子不是长安人，不然不会不知馄饨摊一年一度的七夕会。”我提着老板送的鹊桥会彩灯，同和公子一边走一边聊。

“姑娘身为长安人，不也不知晓？”和公子观赏着街边花灯，笑意盈盈。

前方忽见一个彩楼，挂满彩灯，楼下围满了人。

“这便是传说中的红袖招吗？”和公子十分有见识地道。

我神情一振：“京师三大风月所的红袖招？”

分开外围人群，我们艰难地挤了进去。见是楼上一个紫衣女子摇着团扇，容貌不俗，气质十分冷淡。她旁边簇着好几位风尘女子，各个美貌，正调笑着楼下一位锦衣公子。

“喂，宋公子，你对我们花魁娘子当真有你说的那么上心？”

楼下翘首仰望的锦衣公子扪着心口道：“宋某真心爱慕七姐，如若不信，宋某只好掏出心来。”

“宋公子，你可是险些做了驸马的，你跟那大长公主又怎么说？”

锦衣公子愤愤道：“宋某清白之身，岂会做那荒淫公主的驸马？纵然她一手遮天、权势熏天，宋某又怎会向她臣服？为保清白之躯，鄙人跳过渭水退过婚。如此窃国盗权，夜夜男宠侍寝的女人，宋某岂会将她看在眼里？诚然她爱慕在下，在下却必须将她那颗猥琐之心践踏！”

我提着花灯对和公子道：“奴家吃得有些撑，得走动走动。”

和公子正围观得兴致盎然，拉住我的袖角道：“如此难得的公然告白，不看看可惜了。长安风俗如此奔放，令人仰慕得紧。”我正要推辞，却听他忽然转头对着前方高声道：“敢问前驸马宋公子，你可见过那大长公主？她有多少个侍寝男宠？她荒淫到了何种程度？爱慕你到了何种程度？”

一时间，众人围观的焦点移到了我身边——这位兴风作浪的白衣公子身上。只见红袖招彩楼上的姑娘们齐刷刷地转了目光，一见和公子，媚眼满天飞，手帕、灯笼、香囊、水果从天而降。和公子啪地打开扇子，往脸前一挡。为避免城门失火，殃及池鱼，我往旁侧闪开了几步。

前驸马宋公子见有人向自己挑衅，正要接招，又见这不速之客抢尽了自己风头，再转头看向楼上的花魁娘子，那冷清气质的娘子此时竟生出了笑靥，冲着的却是白衣公子，宋公子怒视来人：“阁下是何人？”

和公子折扇挡开几只香囊，宽袖接起一串葡萄，摘了一颗吃了，余下递给我：“味道不错，要不要尝尝？”我接到手里，继续闪到一旁，摘了几颗吃，甜中带酸，极为可口，于是一边满足地品尝美味一边围观。

和公子这才坦然迎向怒目的宋公子，温文一笑：“在下只是个路人，听见公子自叙身世，才知是前驸马，幸会得很。我朝大长公主把持朝政，总揽天下已有数载，却只听闻招过一位驸马，便是阁下，想必公子对那大长公主极为熟悉，所以在下好奇打探一二。公子若是不便在此胜地透露，在下也不勉强。”

彩楼上姑娘们起哄道：“我们也好奇呢，宋公子说说呗！指不定一会儿七姐就放你上来了呢。”

宋公子望了眼此刻面容柔和不少的花魁娘子，又见围观众人都是一副八卦脸，为了佳人，便豁了出去。

“天下谁人不知大长公主窃国？谁不知大长公主荒淫无道？便是这长安书局都有民间编排大长公主夜夜笙歌、共有九九八十一男宠的刻印话本兜售。长安有首童谣唱的便是：垂髫小儿当中坐，公卿只跪皇姑姑，四公主，江山舞，生儿郎，不聘娶，宋玉只在百里府。这童谣唱得明明白白，但凡长安生得好看的公子都沦为了公主府的男宠。那些个拒死不从的，不是出了家就是叛了国，便是在下，也是跳了渭水才保住了清白之躯……”

那边宋公子慷慨激昂的陈词，引得不少姑娘扔香囊手帕。和公子则是坐在一边轻摇折扇，含笑聆听，身前还搁着一个小矮桌，桌上堆满了水果，似乎也都是姑娘们扔的。

大曜近些年的风俗直追魏晋，姑娘们见着美男子便有扔水果的疯狂嗜好。柔弱一些的公子，便往往禁不住这么一通砸，过一回街，被姑娘们围观一回砸一回，便要生一回的病。有些过于柔弱的，也就此一命呜呼，重蹈了看杀卫玠的千古悲剧。是以，不是每个美男子都有活着过街的福气。

而这位和公子竟能从从容容地坐在水果堆里吃水果，谈笑自若，实属罕见。

“阁下又跑题了。”摇着扇子吃着水果的和公子满眼笑意，“阁下与公主的渊源还是没说到。”

“就是就是，净说些大家耳熟能详的，就不能讲些新鲜的吗？”彩楼上的姑娘们抱怨起来。

宋公子脸颊红了红，偷眼看了看楼上的花魁娘子，咬牙彻底豁出去，高声道：“在下自然是见过舞阳大长公主的！先皇招在下为驸马，在下便曾隔着公主的鸾轿见过她一回……”

“隔着轿子，原来还是没见到。”和公子咬了手中蟠桃一口。

宋公子哼了一哼：“自然是见到了！”

“哦？那她长相如何？”

“都道太上皇极为宠爱四公主，不让她抛头露面，你们哪里知道，其实是因她貌寝，不然如何能吓退白将军家的公子、叶侍郎家的公子、林尚书家的公子？女子十五当嫁，如今她都二十了，却也依旧嫁不出去。如此无才无德又无貌的女子，在下不为权势不为富贵，如何娶得她做娘子？”

“哈哈哈……哈哈哈……”一串大笑声从人群中传来。众人纷纷扭头，只见一个华衣锦服的妙龄女子手提花灯，从人群让出的空道上走出来。人群私语，哪里来的俏小姐？当真是人比花灯艳。她走到场中央，身后默然陪着一位竹色布衣的男子，只因那男子走在最后面，衣裳又低调，所以没人注意他的相貌。

我远远望了一眼那低调衣着的宰相大人，原来方才吃馄饨时竟不是眼花，他竟跟着洛姜来逛花灯。忽然觉得胃里一团火又蹿起来了，忙又倒了一碗烧刀子灌下去，后劲冲得我脑门发晕。

只见洛姜犹笑得喘不过气来：“那个谁？前驸马，你倒是说说，她难看到了什么程度？”

宋公子不认识她，怀疑她是在嘲笑自己，便不屑道：“难看到卸了妆，连侍寝男宠都认不出来，还当是夜叉。”

洛姜笑得打跌，手里鸳鸯戏水花灯乱颤：“既然是夜叉，为何又听说有洛阳公子何解忧自荐驸马？那何解忧如此重口味吗？”

宋公子继续不屑道：“世人口味各异，那何解忧又是什么人？脑子进水了吗？”

一言落，忽然周围气氛冷了下去，下一瞬，便见白菜、鸡蛋、果皮从天而降，将宋公子淹没。宋公子爬将出来，满脸诧异：“怎、怎么了？”

楼上花魁面色冷淡，看也不看他一眼。姑娘们亦是冷脸，哼道：“你敢诽谤洛阳花——解忧公子？！”

洛姜幸灾乐祸的毛病走到哪儿也改不了，又张扬大笑：“你居然不知道解忧公子风靡万千少女，是长安洛阳两都女子们的偶像？”

“可他要娶监国公主，一朵鲜花插在那什么上，女子们还当他是偶像？”宋公子满脸不忿。

一只西瓜皮从天而降，一姑娘气愤道："他娶了公主，也是我们的偶像！"

"你们见过他？他是长了三头六臂，还是会七十二变？"宋公子摘下脑门的西瓜皮，依旧顽强抗议。

一只夜香壶从天而降，又一姑娘激昂道："虽然没有见过，但是有什么关系？解忧公子英俊潇洒、风流倜傥、玉树临风、英明神武、貌赛潘安、智胜孔明、侠义非凡、义薄云天、有情有义、有胆有色、人中龙凤、举世无双！"

宋公子终于败在了夜香下，倒地不起。

洛姜笑得畅快，忽然一眼瞥到了和公子，愣了一愣，走上前道："你是哪里来的？"

和公子望了一眼洛姜身后，分开水果堆，起身合扇笑道："在下自淮南来。"

洛姜又看了他几眼，转身走了几步，将手中花灯交给简拾遗，却见简拾遗目光望向一处，于是也跟着望了来——

果然，拿碗也挡不住。我索性丢下碗，竖起食指摇了摇，二人目光这才撤回去。

这场围观也差不多到了尾声，宋公子半天没爬起来，不少人都散了。彩楼上，花魁娘子目光一直在和公子身上，此时命人传话，有请和公子上楼喝茶。和公子笑道："京都名胜，却之不恭。"随后问我，"姑娘也一同否？"

"京都名胜，焉有不访？"我拍着衣裳起身。

洛姜笑嘻嘻道："红袖招，好地方，我也上去瞧瞧。"

简拾遗将我与洛姜环视一眼，莫可奈何，只得点了点头。

宋公子此时也被人搀扶了起来，送往红袖招沐浴更衣，得以亲近佳人，自是喜不自胜。

〔第四章〕

两只驸马一台戏

这红袖招果然亲民，且不歧视女人。老鸨见我们一行人有男有女，立即招呼了姑娘和小倌来接客。姑娘们包围的重心是风流俊赏的和公子，其次是衣着简朴一脸低调的简拾遗。小倌们簇拥到我与洛姜跟前，见洛姜美貌俏丽且顾盼流连跃跃欲试，顿时便被吸引了过去。只有三两人朝我这边望了望。我低头瞧了瞧自己一身压在箱底许久不穿皱了吧唧的民间私访服，果然寒酸，转头瞧见蹲在角落的宋公子，一副情伤心死的形容。原以为进了红袖招，能一亲花魁芳泽，却见花魁只对着那白衣公子脉脉含情。他抬脸朝我看了看，同情我道：“你相公带着你喝花酒，你还能这么淡定。”

我“啊”了一声，恍然明白他所指，便道：“他不是我相公。”

宋公子点了点头，了然道：“原来同我一般，已然心死。唉，情深不寿，我算是明白了这个道理。”

我亦跟着点了点头。

宋公子吟了几句伤情诗，抬头对我道：“那么，你是准备跟他和离？”

我又升调“啊”了一声，才明白已经谬到了十八条街外。此时，对面简拾遗已被几个姑娘扯得坐到了椅子上。我一心二用，也懒得跟宋公子解释。转眼见洛姜悠然躺在一张贵妃榻上，摸摸这个小倌的手，掐掐那个小倌的腮，颇有她姑姑少年时的遗风，看得我十分忧愁。若这侄女名声跟她姑姑一样糟糕了，将来嫁不出去，难道真要扛到塞外去和亲？

“你一个弱质女子也不好生活，不如跟着在下过吧。”

我三度“啊”了一声，蓦然回首已然不知道这番对话怎么发展到了这个地步："公子说什么？"

"折腾这些年，其实在下也已看透了情场。如你这般看着相公喝花酒也不撒泼的女子，委实贤惠。"

我含糊地"嗯"了一声。

"所以在下决定娶你。"

"啊？"

前驸马宋公子理了理衣衫，站到我面前，郑重道："不要啊来啊去的，你选个日子过门吧。"

三皇兄曾在预定驸马跳水后安慰我说："诚然一个女人一生最美的时刻是男子向你求亲的刹那，不过在三哥心中，阿姒依然是第二美的。"

三哥为了我将来不至于在情场跌得太狠，替我摈除了一切少女梦幻，于是我从来没想过会有被当面求亲的时刻。

"你不觉得我貌寝吗？"我惶恐地问。

"你要是难看——"宋公子一手指向红袖招内所有女子，"她们就都吃不上饭了。"再指向贵妃榻上左拥右抱的洛姜，"她那身衣服要是穿在你身上，方才你在外面灯市上一出现，老百姓指不定以为是七仙女从天上掉了下来。"

我暗中掐了一把手背，生疼生疼。

"你不是在做梦，本公子是在跟你求婚。"宋公子拿过我的手牵住，转身面向众人，清了清嗓子，高声道，"请各位姐姐做证，宋某今日向这位姑娘求亲，不过要等她和离后了。"

姑娘们回过头来，满场鸦雀无声。正被花魁娘子劝酒的和公子放下了酒杯，眼睛望过来；正与小倌们取乐的洛姜以为自己听错了，让人给她重复一遍；正被姑娘们拉拉扯扯的简拾遗手上慢了一拍，被姑娘们重新按到椅子上。

我低低咳嗽一声，小声道："其实这个事情吧，我不太能做主。"

宋公子拉着我的手，诚恳道："在下会去你家提亲的。"

"这个……不是提不提亲的问题。"

宋公子点点头，表示理解，拉着我穿过众人，到了和公子跟前，正义凛然道："你与你娘子和离了，在下就去提亲。"

和公子目光一转，从我与宋公子牵着的手上转回宋公子脸上："我家娘子？为什么要和离？"

宋公子看着我："因为我们两情相悦。"

"噗！"洛姜笑岔了气，趴在榻上，小倌们忙给她捶背。

我牙齿发酸，忽然觉得这张老脸没处搁，甩开拉扯着的手，道："公子，其实我……"

"你不要害羞，来，到在下的怀里来。"宋公子敞开衣襟。

一柄扇子隔到了中间，和公子起身到我跟前，拉着我到桌边坐下，转头对敞开胸怀的宋公子道："不劳费心。"

宋公子合上衣襟，也跟着坐过来："容在下冒昧地说一句，你们俩不是太合适，还是离了好。"

"哪里不合适？"和公子浅浅一笑，摇开扇子。

误会越来越深，还是适时澄清得好，免得叫侄女跟简相看了笑话。我对和公子歉然道："这个事情，其中有些小曲折，你不要往心里去。"再对宋公子道，"公子，你把事情弄得复杂了，他不是我相公，我也不是他娘子。诚然，你的表白很是让我感动，不过这个事情……"

宋公子眼中一亮，一把抓住我，喜形于色："这么说是在下误会了，你们不是夫妻？"

我点头："我们今夜碰巧一起吃了个馄饨而已。"

宋公子大喜，拽着我便要走："那在下今夜就去提亲。"

我心中万千感慨，回想这些年的情路坎坷，叹道："那你当年为什么要跳河呢？"

"当年是娶大长公主，当然要跳河；如今能娶到你，在下还跳什么河。"宋公子沉浸在自己的喜悦中，分开红袖招的姑娘们，拉着我要去提亲。

"慢着。"某处传来一个低沉却极具穿透力的嗓音。众人转头一看，居然是椅子上那位默然坐着的一脸低调的布衣男子。

"为什么要慢着？"宋公子不满道。

简拾遗手中端着一只茶盏，抬头道："我说慢着就慢着。"

"慢多久？"宋公子疑惑且不满。

简拾遗手上一倾，掌中茶盏坠地，"砰"的一声脆响。

随后，红袖招的大门被踹开，一队衙役冲了进来，伴随着一个雷鸣般的嗓门："突击检查！谁都不许动！"接着便见一个绿袍官员大步迈了进来，双目铜铃般左右环顾，"本官奉上司之命，突击检查此处可有嫖宿幼女及良家女子等违法行为！女的蹲左边去，男的蹲右边，蹲好了，不准交头接耳！"

老鸨闻讯赶来，赔笑上前："大人，我们可是合法经营，怎么会有嫖宿幼女……"

“你，蹲左边去！”绿袍官员一手指向老鸨，神情严肃。

被衙役们赶到左边墙角蹲着，我怎么也想不起来何时下过突击检查青楼的法令。突击检查的那位大人从右边开始，一个个厉声叱问。嫖客们一个个满头大汗，低声下气问一句答三句，忙着表示自己的清白。问到宋公子时，他傲然答道：“你可知在下是什么人？”

绿袍大人鼻子里一哼：“什么人？你还能是驸马？给本官蹲好了！”

宋公子傲然道：“没错，在下就是前驸马！”

绿袍大人又一哼，冷笑道：“任何东西加个‘前’就不值钱，原来是前礼部尚书的大公子、前驸马，好威风嘛，给本官蹲好了！”

宋公子愤愤然，只好老实蹲着。

问到和公子时，只见他从袖中取出一个挂饰，递到绿袍大人跟前。因有扇子掩着，众人也瞧不见是个什么宝贝，只见那位大人立即肃然起敬，将和公子让到椅子上坐，还送上茶水，口称得罪。我瞧得十分羡慕，早知道也在身上揣个玉牌什么的，一递出来，威风八面那种。不过这和公子到底什么来头，能让这位阎王大人对他如此恭敬？

轮到简拾遗时，他也从袖子里取出个东西递过去，阎王大人一见之下浑身哆嗦，腿脚也不利索了。简拾遗浑然不觉似的，只问了一句：“我叫王庸过来，怎么会是你？”

阎王大人冒了一头冷汗，答道：“王大人睡得早，今夜是下官当值。”

简拾遗也不多说，只补了一句：“我是陪着过来的，你看着办吧。”

绿袍大人额头冷汗涔涔滚过，试探的眼神扫过左边墙根。洛姜伸出一根纤纤指头，点向简拾遗：“民女是陪我们老爷来的。”

“您这边请！”绿袍大人恭敬请过洛姜，正要磕头，洛姜一手制止：“免了。”

见该有的人都有了，不该有的也有了，这位大人终于松了口气，为了在百姓与上司面前表现自己，严肃的酷吏神情又回到了脸上，犀利的目光一扫，落定到我身上，喝道：“你，可有乐籍在身？蹲好了！”

“没有。”

“可有卖身契？”

“没有。”

“非法卖身？给本官拿下！”

我今夜吃得有些多，蹲不下去，便站起了身，将皱了吧唧的衣襟扯了扯。

这位大人大怒：“刁妇！速速报上名来！”

"百里重似。"

这位大人呆了一呆："这名好耳熟。"

"混账！"门外京兆尹提着靴子匆匆冲了进来，扑通跪下，惊怒道，"还不快拜见大长公主殿下！"

周遭静了一瞬。

随后几人惨白着脸色，同众人跪了一地。

绿袍大人泪流满面地抬头："公主殿下，罪臣有眼不识金镶玉，念在罪臣上有八十老母……"

"金镶玉嘛……"我扯着自己寒微的袖摆端详，"怎么看出来的？大人今年贵庚？"

"罪、罪臣今年虚岁三十……"

我放下袖摆："令慈五十岁上生的大人？"

京兆尹王庸爬起来一脚踹到绿袍大人身上，怒道："混账！还敢欺瞒公主！"踹罢又跪回去。

绿袍大人被踹得滚到我脚边，涕泪纵横："殿下饶命啊——"

"本宫又没说治你的罪，你也并未犯什么大的过错，深夜突击检查，铁面无私，本宫倒是颇为欣赏。只是若能将这铁面无私坚持到底，本宫就欣慰了。两位大人起来吧。"我侧身朝后让了一步，眼睛瞧向了一旁。

那和公子已从椅子上站了起来，面上并无多少惊讶之色，目中似乎还有几分笑意，也没表示有叩拜的意思，只合扇抱拳道："方才也有冒犯公主的地方，望公主降罪。"

"不知者无罪。"我也笑了一笑，"可是知者故犯，该当何罪？"

"大不敬之罪！"他倒也干脆，一撩衣袍前摆，跪了下来，"殿下圣明，臣虽知殿下身份，却不敢点明，否则岂不毁了殿下微服私访之心？"分明是怕错过看本宫的笑话之心。

"难为公子一片苦心了，请起吧。"我再侧身，望住一个人。

宋公子呆若木鸡，见我看向他，才面色忽红忽白忽绿忽紫，莫测地变幻了一阵，垂头正要行跪礼，我道："免了吧。"

他忙站定了，指着我咆哮道："你怎会是她？她怎会是你？你怎可长得如此具有欺骗性？你再度伤了我一颗真心，你……你要虐我多少回？"

我制止了再度爬起来准备踹人的王大人，对着前驸马却不知要说什么好。

"无话可说了吗？"前驸马咆哮了一阵，发泄了情绪，举袖抹去眼角亮晶晶的东西，将头甩向我，“那么，你还招驸马吗？”

我随着宋公子将脑子转了十来个弯：“那是自然……”

“我宋茂才自荐！”他往我跟前凛然走了三步，扯开了衣襟，扭头道，“便、便是你要先得到我的人，我、我也可以勉强同意。”

我看了眼宋茂才前驸马坦荡荡的胸膛，忽觉心中一股浩然正气直冲脑门。

京兆尹王庸大人三度爬了起来，悚然惊叫：“不好！殿下中毒流鼻血了！护驾！”

众人瞬间凌乱，一片护驾声喊了起来：“刺客在哪里……”

一片混乱中，简拾遗默默走来，一手递给我手帕，一手指向宋茂才：“将他拿下！”

前驸马被压到地上捆绑，手脚不停扑腾：“干什么？你们干什么？拿开你们的手，本公子的胸是你们随便摸的吗？那是只能给公主摸的……”

京兆尹王大人又望着我惊叫：“不好！殿下的鼻血奔涌直下了！快护驾！”

简拾遗默默望我一眼，再转向地上叫嚷不停的宋茂才：“堵上他的嘴！”

王庸大叫：“快堵上！刺客嘴里有暗器！快护驾！”

红袖招乱糟糟鸡飞狗跳，姑娘们早吓得缩到墙边，听到有刺客有暗器，尖叫声连成了一片。宋茂才被捆成了严实的粽子，且被塞了一嘴绑腿布，又在外面缠了三圈哪位大人的腰带，打了个死结。

我已被和公子扶到桌边坐直，被他按了脸部几处穴位，欢腾的鼻血终于少了。老鸨殷勤地送来洗脸水，我正要俯身去洗，和公子拿扇子一横，挡在我身前。

“别低头。”他将扇子往我手里一放，两手放到水盆里浸了浸，起身一手抬着我下巴，一手轻轻拍打我额头。反复几次后，鼻血终于止住。

又歇了一阵，我瞧向地上动弹不得的罪魁祸首：“待本宫走了就松开他。”

洛姜笑嘻嘻地凑过来：“姑姑这就不忍心了？原来你对前驸马还有情哪，不然这鼻血也不会流得这么欢快。”

我喝了一口凉茶，对京兆尹道：“王庸，护送襄城长公主回宫，就说是本宫回去了。”

“姑姑，你又来李代桃僵，我替你回去了，你继续玩，想得美！”

我合上茶盖，和声道：“姜儿，扶桑国前几日送朝贡国书，有求亲的意思……”

洛姜咬咬牙，转头便走：“王庸，送本宫回去！”

这一番京兆府倾巢而出，惊动了灯市的百姓。侍卫开路，彩轿居中，京兆尹殿后。好事传千里，百姓无一不知是大长公主夜会红袖招的小倌被人识出来，不得不急急回府。果然驸马当不得，绿油油的翡翠帽一顶接一顶，百姓们唏嘘不已。

“可惜没瞧见监国公主长啥样……”被护卫挡开的人群中有人扼腕。

“瞧见了还有你的活路？那可是吃男人都不吐骨头的女人哟！”有人八卦道。

“可不是嘛！公主府里不晓得养了多少男宠，还不满足咧，时不时招宰相夜谈，听说宰相大人都是早上才回去的！”有人更八卦地道。

“又治理国家，又伺候公主，简相委实贤相啊，贤相！”

出了红袖招，三人行，两人护。我暗暗朝左边的简拾遗瞟了一眼，果然宰相肚里能撑船，听了一路闲话还淡定如常不动声色。我又朝右边的和公子看了一眼，他也是一副没听见的形容，缓缓地摇着自家扇子。我们三人便混在后方人群中，我原是想领着宰相听听民间疾苦顺便逛个夜市，哪晓得民间全是宫闱秘事。

为了维护宰相名声，那些瓜田李下捕风捉影的事，我觉得自己还是应该杜绝一二的，于是开口对简拾遗道：“今夜你就不要来了。”

简拾遗跟和公子同时顿住。

第二日的朝堂上，御史姚迁的弹劾奏折毫无悬念地送了来。我大略过了一眼，内容十分及时地讽谏了本宫夜逛青楼惹民笑话的不检点行为。殿堂下姚迁肃穆地望着我，等待回复。

我咳嗽一声，试图解释：“事情是这样的，姚大人……”

姚御史忽然眼圈一红，鼻子一抽。

我惭愧地道：“姚爱卿言之有理，本宫当反省之。中书舍人拟一份本宫的罪己诏。”

姚御史立即肃然：“知错能改，善莫大焉，公主圣明，老臣亦能不负先帝所托！”

我将弹劾奏折扣到脸上。当初三哥临去时在我耳边不停含糊说着“严管摇签”，我揣摩许久也不明白三哥为什么跟庙里摇签的生意过不去，莫非是要灭佛什么的？最终是简拾遗参悟了，原来是“言官姚迁”之意。这是先帝遗诏，自然要照办，哪里想过会办得如此辛苦？早知如此辛苦，我就把庙里的签都办了，也不让他姚迁做御史。

这时，姚御史又肃然道：“公主，朝堂上一举一动都须合乎礼仪！”

自己挖坑自己跳又怨得了谁？我拿下脸上奏折，折好放入内监托着的银盘中，整肃仪容，道：“各位爱卿，还有何事？”

简拾遗出列，道："公主，何解忧已在殿外等候觐见。"

我一愣，又一喜："何解忧？这么快？宣。"

司礼监高声喊道："宣庐州刺史何解忧觐见——"

满朝公卿都知是自荐来的驸马，纷纷转了身，伸长脖子望向殿门口。

一袭青色官服闪进视线中，那人缓缓迈入含元殿，身材修长俊逸，官服合身俊雅，步伐从容，坦然迎着文武百官审视挑剔的目光，合理合度地叩身而拜："庐州刺史何解忧拜见大长公主殿下，恭祝殿下安康！"

"抬起头来。"我也翘首以盼。

他直起上身，眼睫一抬，目光朝着丹陛之上望过来。

整个朝堂都在他抬头的瞬间亮了起来，我看得呆住。许久后，内侍将我唤醒。

"啊？爱卿平身！"我呆这许久，倒不全是因他的长相，而是昨夜居然对面不相识。

他悠然收礼起身，举手投足都赏心悦目得紧。不同于昨日风流公子的模样，今日官袍加身，平添了三分正经，倒更添了七分诱惑。殿中央的"和公子"看得我喉咙发紧，遂干咳了几声道："何爱卿'洛阳花'的美誉果然名不虚传哪。听说爱卿风靡长安、洛阳两都，在庐州治下也是追慕者众，白日巡城归来便可得一月的食材，是吗？"

何解忧微笑道："殿下谬赞了，臣惶恐。"

朝臣们一片议论声，有羡慕嫉妒恨的，有空虚寂寞冷的。其杰出代表、本朝掐架三人组之一的户部尚书杨炎出列奏道："臣听闻庐州的蔬菜水果因此而涨价，民不聊生，怨声载道啊。"

三人组之二的吏部尚书附和道："生灵涂炭，鱼肉百姓啊。"

三人组之三的刑部尚书跟着道："哀鸿遍野，惨无人道啊。"

何解忧唇边带笑，袖摆往身后一揽，侧身看向三位大人："庐州连年风调雨顺，蔬果堆积，滞销贬值，老农求助于下官，下官只好出此下策，三日一巡游，活络市场，提高销价。下官所得免费蔬果食材亦都发放于庐州贫民救济处，怨声载道从何而来？"

户部尚书杨大人正准备再战，简拾遗稍稍转了头，轻描淡写地扫去一眼，那杨大人立即偃旗息鼓，做入定状。

我适时道："何爱卿以身报国，不墨守成规，为政极具创意，这是众位爱卿应该学习的地方，不要成日就知尔虞我诈、钩心斗角、捕风捉影、莫须有。本宫平生最恨宅斗、宫斗与朝斗，有这个精力，不如多种几棵树，多生几个娃。"

"公主圣明！"文武百官也适时恭维拍马屁。

"对了，何爱卿已交接完刺史一职，如今既已在京师，便留在京都任职吧。"我转向简拾遗，"简相，举贤不避亲，你自己的门生如何安排？"

简拾遗似早已料到有这一问，当即答道："近来三省六部皆无空缺，唯京兆府有少尹一缺。何解忧初来京师，臣以为从京兆府着手，再好不过。"

我沉吟良久，也只得点了头。

何解忧没任何异议，欣然领职。

下朝后回府，小厮来报，何解忧求见。终于等来了未来驸马，我强作淡定，不慌不忙地前往前厅。刚走到荷花池，小厮又来报，前驸马宋公子请罪来了。

"不必了，叫他回去。"我随口应付道。

"宋公子说见不到公主，他就睡在公主府门口。"

我担心他又做出诸如袒胸等出格举动，只得道："放他进来，先候着。"

小厮传话去了。我对着荷池看了遍发髻上新簪的珠花，忽觉这种顾水照影的形容实在已不大适合我这种年龄，便又生了一种淡淡的忧伤，淡淡的惆怅。正惆怅着，忽见一个背着柴火的壮丁直直奔了过来。我惆怅的时候不大喜欢有人打扰，便随手指了厨房的方向："送柴的，往那边去。"

他却丝毫没有走错路的觉悟，依旧直直奔我而来。

"本宫说了，厨房在那边！"我无奈地再指了指。

"公主！我不是送柴的！"他一阵风般奔来，刹步于我跟前，双目炯炯，望到我的脸上。

我定睛看了他一眼，随后惊讶道："宋公子？"

"是我！"宋茂才公子整了整背上的柴火，伸袖子抹去额头黑色的汗水，欣喜道，"公主总算认出我来了。"

我越发诧异："你背来柴火作甚？"

宋茂才正色，退后三步，一甩深衣前摆，跪了下来，郑重道："公主，宋某负荆请罪来了！"说罢，伏地叩拜，背上横放着的荆条捆作一团遮盖下来，倒是比他身形还要大。

我依旧惊讶："啊？哪里如此严重，再说，你请什么罪？"

他直起腰，面色沉痛道："当年我辜负了公主，害得你春闺寂寞，这是何等有违人伦的大罪，每思及此都痛不欲生！因此，我决定用自己后半生来补偿公主！"

这话听着比较严重，我问："怎么补偿？"

负着荆条的宋茂才面上浮起可疑的红，扭过头道："公主要怎样便怎样，我绝不反抗。"

我沉吟道："那个，宋公子，我实则没怎么怪你。所谓己所不欲，勿施于人，当年先皇实不该将婚事强加于你。所谓买卖不成仁义在，咱们两家也不该别别扭扭这么多年。令尊因这门婚事丢了官，宋家家道中落，也都是我害的，我才当请罪才是。公子你负荆前来，我已十分感动了。"

"公主！"宋茂才膝行过来，两手攀在了我的裙摆上，紧紧攥着依偎哭泣，"我爹爹这些年受了旁人多少白眼，世态炎凉，从前的亲眷也都只会落井下石，可这都是我害的呀，哪里是公主的错！可是你这样说，我还是很感动的。我家老爹受了气就揍我，说我是败家子，连累他得罪了皇家。我被揍得多了，这才看透人情冷暖，流连青楼妓馆，看上那花魁。谁知那花魁也伤了我的心，我真是万念俱灰，却没想到与公主一见如故。我堂姐说，真爱都是在最后一刻才出现，一旦出现了，就要紧紧攥在手里，捏成灰也不能让它飞了。"

宋公子的一番剖析表白，听得人甚是动容，我低头瞧着自己雪白裙子上的两只黑手印，方才被打断的惆怅又回来了："公子的这番遭遇令人唏嘘，如今世态炎凉，我也深有体会，可是最后一刻才出现的真爱你也不知道什么时候就是那最后一刻，也许公子的真爱迷了路，尚未寻到你，你委实不该将我的裙子也捏成灰，诚然，这种蚕丝质地抹汗擦手比较好使。"

闻言，宋茂才立即意识到不妥，遂拿自己袖子替我擦拭印了两只对称黑手印的裙摆："嗯，当初我也问过我堂姐，怎么才知晓是否是最后一刻。她说爱情这东西不好衡量，但在她万念俱灰、觉得天下男人都不是好东西时，遇到了一个她觉得是例外的人，那么这个人就是她的真爱。红袖招那花魁让我觉得女人都是薄情骗子时，公主却出现了，还是那样的贤淑温良。"

我记得三哥说过，男人这种生物，一旦被情迷了心窍，看到母鸭子那也是天鹅。

见我沉思良久未发一语，宋茂才似乎觉得我已然被打动，便将这番言语再推进一个层次："我宋某愿做公主的裙下之臣！"

我惆怅地瞧着自己被擦得越发黑亮的裙子，道："可是我已有预定的驸马了。"

宋茂才丝毫不以为意，慷慨道："公主贵为监国大长公主，三夫四侍算什么，驸马一个哪里够。"

"一个怎么就不够？"十几支荷花外，有人漫步过来，笑着质问。

我被宋茂才拽着裙角，没法脱身，便对自行过来的何解忧歉然道："何爱卿久等了，本宫这边还有些事情没处理完，你先去旁边小亭子里坐坐吧。”

“公主如此见外？”何解忧青色官袍拂过荷叶，一眼望过来。

“何爱卿又不是外人，见什么外。”我呵呵一笑，忙对宋茂才道，“公子快起来！”

“你就是何解忧？”宋茂才执意不起身，转头看向来人，不服气道，“昨夜灯市，你隐瞒身份，故意诱我说公主坏话叫她听见，原来如此居心叵测。”又转头对我道，“公主不要被他小白脸的外表给蒙蔽了慧眼！”

何解忧无辜地看向我：“如今坏人都指鹿为马、颠倒黑白，公主，你要给微臣做主。”

宋茂才气愤道：“公主，他污蔑我！”

“好了，本宫自有分寸，三夫四侍的事，本宫会考虑的。小宋，你回去吧，这些荆条带回去，告诉令尊，本宫并未怪他，若他还愿意为朝廷效力，本宫也十分欢迎。”

“真的吗？”宋茂才从地上艰难地爬起来，兴奋不已。

我又安抚了他几句，忽听何解忧叹道：“恶紫夺朱，难怪民间都说妻不如妾。”

“爱卿何出此言？”我立即关心道。

他惆怅地看我一眼，又一叹：“张口爱卿闭口爱卿，如何不是外人？”

我恍然，立即笑容可掬道：“解忧如何是外人？对了，你初来长安，若是有什么不便的地方，尽管提出来，跟我不要客气。”

何解忧沉声道：“倒也没有什么大的不便，只是……”

我关切地追问：“只是什么？本宫助你一臂之力。”

他抬头，为难道：“只是没有住的地方。驿馆住了两晚，蚊子太多。”

“这有何难？本宫府上房间多得是。”我宽慰他道，“你就搬来我府上住吧，驿馆那地方可不是喂蚊子嘛。”

“那就恭敬不如从命了。”何解忧低眉道。

宋茂才闻言又折回来，诚恳道：“公主，我家蚊子也挺多。”

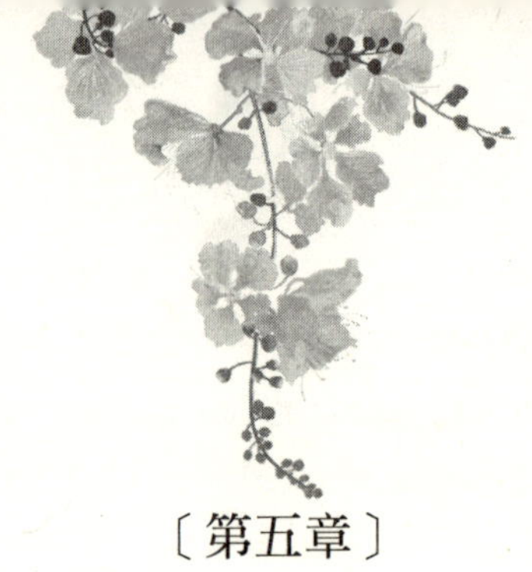

〔第五章〕

当公主遇到和尚

在何解忧的提议下，我命高唐拿出一堆艾蒿送给了宋茂才。何解忧旁白道：“夏夜燃艾蒿驱蚊最好。”

“你自己怎么不用？”宋茂才瞪艾蒿一眼，再瞪何解忧一眼，怒发冲冠。

何解忧上前一步，伸手触向草堆：“公主若赐给我，我当然要。”

宋茂才赶紧闪开，沉吟着哽咽许久，终是背负荆条，怀抱草堆，离去了。

我看得颇不忍心。何解忧低声道：“莫非公主想留他？”

“若是从前，兴许就留一留，如今嘛……”我朝他脸上一望，十分具有深意，“那自然是不妥的。”

谁知这何解忧在我胶着的目光逼视下，依旧是从容自若，不仅不惶恐，还抬起目光跟我对视起来。果然是亘古未有不世出的奇男子！荷池旁，我与他互相望了许久许久。从良徘徊来徘徊去都没法打断我们的对视，只得咳嗽一声，大着嗓门道：“禀公主，简相求见！”

本宫从来没有在对视中落败过，这次自然也不例外，我继续着未竟的事业，随口道：“宣他进来。”

从良又咳嗽一声，回头对着某人道：“简相，公主宣你进来。”

我大惊，忙收回与何解忧对望的视线，转头看去。简拾遗竟然已站在了不远处，沉着脸色淡然观望。本宫心里忽然有点五味杂陈，不知该看谁好，于是盯向从良。从良神色一沉，委屈且推脱道：“公主说过，简相若来，可直接入园。”

我似乎是这么说过，但依然觉得从良推脱得与自己毫无干系这种态度等于说错都在本宫，于是我训斥道：“此一时，彼一时，你个猪脑子！”

从良奋拉着脑袋不敢再狡辩，神色因我骂他猪脑子而更加委屈。我原本想再骂他几句，却惊见简拾遗转身朝外走。想也未想，我拔腿便追去：“拾遗……”

好在他走得也不快，我几步便追上，将他袖子一扯：“你不要误会，我不是那个意思。”

“臣有些失礼，再去外面拜见一回。”他语气淡淡，侧着身也不看我。

我打着哈哈一笑，紧拉着他不放：“何须管那些虚礼，本宫说过，你若来，可直接来找本宫的。”

他这才稍抬眼角，掠我一眼：“此一时，彼一时，臣不敢僭越。”

每每惹得朝臣不悦，本宫都有独门心法应对，那便是高唐所谓的冲着他们款款一笑。而这种情况下，朝臣一般会有两种反应：要么呆若木鸡，吓得不敢动弹；要么心胆俱碎，为保贞节只得告老还乡。此招屡试不爽，于是我拽着宰相大人的衣袂，一点点释放温文尔雅又情意款款的微笑。

简拾遗不是一般的朝臣，不然也做不到一人之下万人之上的宰相，因此他的反应也不会局限于平常人的那两种。他只是静静看我两眼，再转头看向旁处，云淡风轻、虚无缥缈道：“臣若来得不是时候……”

“不不不，是时候，简相什么时候来都是时候。”我笑眯眯道。

“老师！”何解忧看这边差不多情势缓和了，才忙着过来对简拾遗恭恭敬敬行了一礼，敛容道，“还未来得及前往老师府上拜会，学生失礼了。”

简拾遗淡然看他：“我来公主府便是为了找你。”

我心中悄然叹气，果然不是为我而来，这自作多情的毛病还是死不悔改。

何解忧忙问：“老师有何吩咐？”

“听说你住在驿馆，那里多有不便，若是不嫌弃，可来我府上住些时日，待以后决定在京师长久待下去，再购一处府邸。”简拾遗娓娓道来，一副慈师的形容。

我觉得这句话有处地方不太对，不禁思索起来。

何解忧一脸天真地道：“承蒙老师好意，只是方才公主已命我搬过来住。不过叨扰公主总是不妙，学生还是去老师府上……”

我暂停思索，觉得如此待客不妥，便截口道：“本宫已叫人收拾出了一间屋子，你这搬来搬去就省了吧，本宫府上一切用度都齐备得很。”

何解忧推辞道：“太惶恐了，我还是去老师那里叨扰……”

简拾遗听这许久，垂眸半晌，方道：“既然殿下已有安排，那臣就不费心了。解忧就托殿下照料了。”

我欣然应允：“简相放心吧，本宫定会照料好你的学生，不叫他受一分委屈的！”

简拾遗点点头：“多谢殿下，那臣告辞了。”

我露出一个亲切的笑容：“今夜晚宴，本宫打算为解忧接风，简相也一起过来吧，你们师徒也好聚一聚。”

简拾遗又沉吟着道：“臣今夜有……”

“简相定然不会拒绝的吧，那就晚上早些过来。”我笑容可掬地补充道。

他默了片刻，道：“那就劳烦殿下了。”

目送简拾遗离开，也不知目送了多久，直到何解忧轻轻咳嗽了一声，将我唤醒过来。想起一事，我面上一乐，又立即收敛，和蔼可亲地引路：“那个，解忧啊，本宫为你准备了个房间，去看看合不合你意。”

何解忧贪看满池荷花，憧憬道：“可看得见这些映日荷花吗？”

“当然。”我喜上眉梢，遂赶紧收敛，极其和善可亲地介绍道，“从那个房间眺望这荷塘，视野最好。夏夜微风送荷香，沁人心脾又凉爽得很，是本宫曾聘九九八十一位能工巧匠用足两年时间重金打造的殿阁。”

穿荷池，过石桥，一座金碧辉煌的殿阁巍峨矗立，砖雕斗拱重角飞檐，脊兽螭吻盘蹲其上，一块金光闪闪的牌额上隶书着妖娆的三个大字：藏娇阁。

何解忧站在牌额下，仰望那三个闪耀着金光的大字，很有见识地慨然道：“原来这便是传说中京师第一绝的藏娇阁。”

我谦虚道：“小小寒舍，不晓得解忧能否住得习惯。”

他“啊”了一声，表示了一下受宠若惊，随即又愁上眉头，幽幽一叹：“君不见，咫尺长门闭阿娇，人生失意无南北。”

我赶紧蹭到他面前，凝望于他，款款道：“本宫绝不学那汉武帝，金屋藏娇再长门闭阿娇，做出这种始乱终弃的禽兽之事！”

何解忧展颜一笑：“那你招几个驸马？”

美人的笑容太具有杀伤力，我半分抵抗力也没有，谄媚道：“如本宫这类极守妇道的传统女子，驸马自然有且只有一个。”

夜宴设在春潮带雨晚来急中央渚清沙白的大片清幽空地上，上有长空明月，下有碧波芙蕖，月光映在荷风吹皱的水中，滟滟随波，空里流霜，看一眼便叫人醉了。

我独坐桌边，捧着脸望月，心情激动且复杂。激动的是，即将有二美伴宴；复杂的是，宰相弄不到手，再转恋他的学生，似乎有些没有节操。

灌下一杯酒，心中一激荡，我立即又想开，节操值几个钱？本宫权倾天下，何必拘泥这些小节？既然民间都唱“公卿只跪皇姑姑，宋玉只在百里府”，那便要实至名归才是。

父皇临终时曾拉着我的手说：“重重，不要委屈了自己，你总把什么都闷在心里，如何能活得痛快？”

再灌下一杯酒，我撑着头想，今夜一定要说出来！宋茂才他堂姐说得对，真爱一旦出现了，就要紧紧攥在手里，捏成灰也不能让它飞了！

为避免夜长梦多，今夜，本宫一定要当着他们的面，公布本公主与何解忧的婚期。因各种前车之鉴，本宫终于醒悟了，驸马这东西，只有拐到了床上才牢靠。

“公主笑得这般诡异，想什么如此入迷？”不知何时，何解忧竟已来了，坐到了我对面。

我忙擦去嘴边口水，看到未来驸马又是一阵心头荡漾。他似沐浴更衣而来，一袭白缎衣，今夜配了把素扇，衣上还有熏香。他手执酒壶，起身到我身边，替我杯里满上。此情此景，再被各种香气一激，我色迷心窍，一把摸住了他倒酒的手。

何解忧的手就停顿在那里，任由我摸来摸去。

“公主，简相来了。”何解忧在我耳边低声道。

我不着痕迹地收回手，抬眸便见婀娜荷花旁走来的简拾遗，一身青衫缓袍，无尽的隽永，看得我想扭头哭一哭。看得到却吃不到的东西，最虐心了。

他目光有意无意地掠过我不规矩的手，面上神色如月光一般虚无冷清。

三人入席就座，一番客套话后，何解忧给大家倒满了酒。酒过三巡后，我趁着脑子还清醒，起身笑道：“拾遗，解忧，你们可知本宫闺名之意吗？”

何解忧摇着素扇，微笑道：“斗胆提及公主闺名，先请公主恕罪。姒，当是公主排行第四，用的谐音，也有公主姿容过人，堪比夏朝褒姒之意。”

我摇摇晃晃，笑得十分开怀：“承蒙解忧谬赞，姒之意倒也八九不离十。”

简拾遗饮下一杯酒，抬头看向月色。微风拂过他鬓边发丝，我险些要伸手替他理一理。他再看着自己手中夜光杯，缓缓道：“殿下生日在四月初四，又排行第四，所以名重姒。”

何解忧见我摇来晃去，起身过来扶我坐下。我笑了一阵，望向中天明月：“我生在四月初四，又于七月初七遇见解忧，所以打算，我们的婚期就定在九月初九重阳，如何？”

何解忧停了扇子。

简拾遗身形顿了顿，手里的琉璃夜光杯滚到了桌上。

见何解忧发呆，我甚是没底气，一阵忐忑："解忧，你、你不愿意吗？"

他长长"啊"了一声，从发呆中醒过来，起身夺走我的酒杯，再将酒杯晃在我眼前："这是几个杯子？"

我醉醺醺一笑："一个。本宫没醉，不是说胡话。"

说完，"扑通"一声，我倒在了地上。二人急忙离案，来寻地上的我。我一把拉住一人的手，攀到他胳膊上凝望他，哀愁幽怨地道："解忧，你不愿意娶我吗？"

他胳膊僵硬着，在我凝望下艰难开口："殿下醉了。"

"你是害羞了吗？"我锲而不舍地往他身上攀附，忽然觉得若是他害羞，那必然不好意思当着旁人的面，于是转身对另一旁的人摆摆手，"拾遗，你先退下，我跟解忧有些话说。"

"……"他迟疑片刻，似是自语，"公主果然醉得不浅，臣去熬些醒酒汤。"说罢，摇着扇子转身便走了。

我立即回身继续趴在"准驸马"肩头，眼眸一眨一眨地看向他，忍不住伸手到他脸上划了划，深情道："解忧，现在没有旁人了，你不要害羞。"

他拿住我的手，月光下侧过了头："你与解忧才见几面，就愿全心托付了？"

"一眼便知有缘，我跟你同时吃到馄饨里的铜钱呢。"见他的反应，我又忐忑不安起来，"我知道自己名声不好，很难招到一个驸马。但你放心，我会真心待你，你若做了驸马，从此我再也不想旁人，再也不抢人了，真的。"

"再也不想旁人……"他回过目光，月色将他眼眸洗得清澈如水，"重姒……"

"都说夫妻要坦诚相待，那么，我先跟你坦白，但你要原谅我……"我追忆剖析了一番自己半生的罪恶情史，最后道，"我喜欢过一个人，喜欢了很多年，但他也跟他们一样，并不喜欢我。"

他静静听着，沉默许久，才道："重姒，你从来都看不懂人心……你、你喜欢解忧吗？"

"喜欢！"我忙表态，郑重盯着他，"若你不信，我可以用行动证明！"语罢，我合身扑上，他措手不及，被我扑倒在地。将他摁到地上，我色心大起，淫爪扯开了他的衣襟。

不承想，扯开他外袍还有内服，不过不管了，再接再厉扒衣服，任凭他抵抗不从，我还是扒拉开了第二层，然而又一重打击降临，竟然还有第三层！古人云，战术上讲究兵贵神速，一鼓作气，再而衰，三而竭。这第三层上，我已有些力不从心，手底使不上劲来。

被我压到地上的人趁机反攻，将我掀到一边。我试图来个翻滚，将他重新压倒，他却使了战术上先发制人一招，捉着我的两手牢牢按住，欺身压住我半边身体。我如何也挣脱不出来，酒晕加上这一阵翻天覆地的折腾，只觉得天上的月亮都变成了两个，月亮下衣衫不整的“驸马”也面目模糊得很。

“解忧，你……你要犯……犯上吗？”我大着舌头训斥，“本宫不……不喜欢在……在下边……”

压着我身体的人稍稍松了一些，我以为自己的恫吓起作用了，便要翻身起来。忽然“驸马”的身影彻底压下来，我再度动弹不得，嘴上也被压住，一种陌生却又似乎有些熟悉的气息进入了嘴里……

我的思维彻底断开，只在最深的意识中，循着蛛丝马迹，恍惚搜寻到了一个朦胧的画面。画面中，我灌了一肚子的水，被人拖到岸上，也是这样模糊的人影压在我嘴上，渡来一口一口的呼吸。事后，他低着嗓音对某些人道：“谁也不准告诉殿下，谁也不准说出去。”

因两手被制，又濒临断气，我只得动腿，抬起膝盖顶过去，却被他用膝盖给压住。终于只剩了最后半口气，到了这个边缘，他才肯离开我的唇，让我呼吸一下。急速喘息，本宫从未这么凄惨过，不由得大怒：“何解忧！你……你要弑主……本宫……赐你凌迟……”

他却再度压来，撞开牙关，横行无忌，巧取豪夺……

这一夜不知几时休，总之，第二日，本宫头晕脑涨于卧房中醒来，身边只有落月一人。前夜的事，脑中只得模糊的影像，貌似不是很纯洁，好像是谁非礼了谁。我再深思，艰难回忆起，我招宰相与何解忧饮酒，我宣布了婚期，随后支走了简拾遗，留下了何解忧。

没错！是本宫非礼了何解忧！推倒了他，扒了他的衣服！还强吻了他！

我按着心口，一脸羞涩地回忆。这可怎么好？一定要对人家负责。

“公主？”落月捧着汤药，对我如此神色不解又不安。

我满心羞涩，一脸荡漾地抬头：“驸……何公子呢？昨夜是他送本宫回卧房的吗？”

“何公子今日一早去了京兆府上任，昨夜也是何公子抱公主回的卧房，不过是奴婢给公主更的衣。”不愧是本宫的贴身侍女，回答得一丝不苟，毫无歧义。

遐想了一下何解忧抱本宫的情形就忍不住又一阵荡漾，我压下心头的几朵浪花，想起了简拾遗，便又问落月：“对了，简相几时回去的？不晓得昨夜本宫支开他是否失礼了。”

“何公子送公主回房后，简相得知公主已入睡，便走了。”

“嗯？他是那么晚才走的？”不过想想简拾遗做事向来严谨，待本宫睡了才走也不奇怪，我便未作多想，接过药汤喝了，随后叫落月替我梳妆。

“公主不多休息会儿吗？昨夜醉酒那么厉害。”

“驸……何公子今日上任，本宫得去看看才放心，叫他做个五品的京兆少尹实在委屈他了。月儿，给本宫梳个民间妆吧，不要太招摇了。”

装扮一番后，我一身良家妇女衣着，带着一名私家护卫，便微服私访去了位于城西光德坊的京兆府。

京兆府大门素来只走两种人，要么是办公官员，要么是打官司的。我绕过鸣冤鼓，直接到了大门口。两名衙役持着棍子交叉一拦：“打官司鸣冤的，先敲鼓。”

我背着手，举目四顾有无旁门小道啥的可避开这正门，来回踱了几步，又回来对着二人笑道：“民女不打官司不鸣冤，请问可以走后门吗？”

衙役甲黑着脸，眉头一竖：“京畿衙门的后门，你走得起吗？”

衙役乙却温柔一些，眼睛一眯，对我上下打量：“小娘子，有何事需要走后门啊？可是要官老爷给潜规则？不如让哥哥给你潜了吧。”

我也眯着眼睛一笑：“怎么潜？”

衙役乙收回棍子，笑得格外荡漾：“先看小娘子有无诚意，让哥哥摸上一摸。”

“摸一摸就能进去吗？”我上前几步，“那就这么办吧。”

衙役甲皱着眉头，本想阻拦劝说几句，衙役乙已迫不及待地伸出了手，在我心口一探，似乎摸着了什么硬物，停滞了一下，继续再探，又碰着那硬物，停滞了一下，终于，他满脸不耐，一手从我衣襟里扯出那硬物——

金线坠着一个玄铁牌，挂在他手上。两名衙役好奇地凑上去一看，只见“监国”二字刻得入铁三分。

衙役乙的手开始微微颤抖，剧烈颤抖。

接着，二人相拥倒头晕过去。

我俯身从衙役乙手里扯回金丝线，重新将牌子揣入怀里，抬脚进了京兆府大门。

卯时已过，京兆衙门大堂已经开审第一堂案，见京兆尹王庸正坐大堂，京兆少尹何解忧坐于稍低一些的地方，堂下有一对年老夫妇在哭诉，我忙闪到一个犄角旮旯旁听。

听了一阵，原来是老夫妇控诉乌龙寺的一个花和尚色诱他们未出阁的闺女，如今他们闺女身怀六甲挺着个大肚子，誓死不打胎不嫁人还不供出奸夫是谁，老夫妇见这闺女冥顽不灵，商议等孩子一落地就悄悄送人，免得这辈子都抬不起头来，哪知这闺女听见了二老的后备手段，连夜逃去了乌龙寺，而在此之前，老妇人就听八大姑七大婆嚼舌根说闺女跟乌龙寺一个俊和尚有来往，如今一看，果然有奸情，而且，掩是掩不掉的，于是干脆撕破脸，官司打到了京兆府。

大曜律法，和尚犯色戒不严重，但弄出个未出生的黑户口则极为严重，轻则流放，重则杖毙。于是京兆尹不敢懈怠，案情听得细致入微。

王庸一拍惊堂木："岂有此理！你们身为人父人母，不早些给自家闺女定下亲事，将她嫁出去，却任由她跟和尚暗通款曲！首先便罪在你们父母！"

老夫妇痛哭流涕，直称有罪。

何解忧咳嗽一声，道："那个，发乎情止乎礼的事儿是毫无实践根据的纯理论，这个天雷勾地火是无法人为控制的，下官以为，此案当事人于理于法不合，但于情却可谅，还是先带回当事人再当堂审理，弄清原委，再依法处置。"

"岂有此理！"我一拍犄角旮旯竖着的资料柜，"花和尚勾引良家女子，你们还啰唆个没完，不赶紧拘捕归案还作甚？"

"砰"的一声巨响，资料柜轰然倒地，我义愤填膺地踩着这不结实的木头就踏到了大堂中央。

大堂众人被吓得不浅，王庸立即从椅子上弹起，瞠目结舌："公、公、公……"

"公什么公！本宫是母的！"我一甩袖子揽到身后，"出一支训练有素的衙役，本宫亲自去捉拿淫贼！"

何解忧起身绕过来："臣陪公主一起。"

出京兆府衙门时，何解忧见门前两名衙役互相抱着睡在一起，不由得深思起来："这个发乎情止乎礼的事儿果然是毫无实践根据的纯理论，两个男人也可以公然抱在一起。"

我却想起了前一晚，自己对何解忧行的非礼之事，不禁扭过了脸，羞涩道："你、你说得很对。"

何解忧转过身来，盯着我看了几眼："公主中暑了吗？脸这么红。"

本宫第一次带着浩浩荡荡的衙差捉拿嫌犯，心情之激荡可想而知，顶着烈日一马当先，健步如飞，其他诸人被我甩出去老大一截。

后面遥遥传来一人气喘吁吁的喊话："公主，有句话，小的……不知当讲不当讲。"

我继续往前飞奔："讲。"

那领头衙差快断气一般："公主……您那条路……不对……"

我忙伸胳膊抱住路边一棵树，才刹住脚下。众人在百尺外停下一边休息一边等我返回正道。

问明白了方向后，我甩开裙摆便要再度一马当先，被何解忧拦下。他打开扇子遮到我头顶扇风，晓之以理："捉拿和尚这事还是得交给衙门里的人办，你说是不是？"再动之以情，"这天气炎热，不小心受了热中了暑，一会儿就看不了惩凶除恶大快人心的审案，你说是不是？"

我想了想，点头："很是！"

他眼角一弯，笑了笑："那就让他们前头去，咱们后面慢慢走。"

我同意了。何解忧交代了衙差们，便与我在后头不紧不慢地赶路。为尽早捉拿奸夫，我们抄的近道，也就是乡间小路，极不好走。何解忧几次伸出手，打算接应我一下。为证明自己不是那娇滴滴的金枝玉叶，我一律推辞。

再度一步跨过田坎后，我昂然道："你瞧，本宫自己可以过来。"

却见何解忧愁眉锁在一处，在我身后低低一叹："公主从内到外都如此厉害，还要驸马做什么。"

我一听，不对劲儿，好像未来驸马有了愁绪："解忧何出此言？"

他再一叹："你让英雄无用武之地。"

我有些明白了，忙从田坎上跨了回去，再伸出手去："英雄，扶我一把。"

何解忧这才满意，拿住我的手，打横将我抱了起来，越过了田坎。然而却没有放下我的意思，依旧横抱着往前走。我横在他怀里，只能仰头看着他的脸，看着看着，一股荡漾之情由内而外生在了脸上："解忧，昨夜你也是这么抱着我的吗？"

"是啊，昨夜公主醉得真不浅，还格外沉。"

"解忧，我会对你负责的。"

"嗯？"他低下头来不解地看着我。

想起昨夜朦胧的记忆片段，我极不好意思，别过脸："总之，你放心啦。"

待我们这么磨磨蹭蹭赶到乌龙寺时，全寺已被衙役们包围了，领头衙差喊起话来："里面的人听着，你们已经被包围了！走出茅厕，走出澡堂，所有人待在原地不准动！"

一切就绪，我几步上前，示意撞开寺门。

大门缓缓开启。衙差兵分两队，冲入了乌龙寺。何解忧对我做了个请势，我便当先迈入。

进去才发现，这乌龙寺原也不大，站在外头的和尚也就零零散散十来人，正惊惧地望着衙差们不敢动弹。我环视了一圈，高声道："京兆府拿人！色诱良家女子的花和尚是哪个？速速站出来！"

和尚们都呆若木鸡，没有反应。我大怒，再高声道："住持是哪个？出来！"

"佛门净地，谁在此喧哗？"一个低沉的男声传来，接着便见一身僧衣的俊和尚从大雄宝殿内走出来。

我心内暗惊，这和尚长得如此俊俏，定然是那奸夫！当下毫不迟疑，奔上前去，叱道："淫僧！还不束手就擒！"

他一眼望来，目光如炬。我小腿忽然一软，中途折回，忙不迭奔向何解忧，夺过他手中扇子，唰地打开遮到脸上。说时迟，那时快，住持和尚已疾步跟了过来，语调极为震惊："淫虫！臭虫！是你——"

"不是我！"我闪身躲到了何解忧身后。

"不是你是谁？！"和尚快速逼近，见我如见大仇。

何解忧在我身前挡得很结实，悠悠道："大师可知冒犯的是谁？"

住持和尚咬牙切齿："贫僧当然知道！这条臭虫便是化成灰，贫僧也认得！"

何解忧嗓音微沉，不怒自威："大胆！如此诋毁辱骂当朝大长公主，王法何在？将此人拿下！"

衙役们挥着绳索便上，俊和尚使劲挣扎，咆哮道："臭虫！我跟你不共戴天！"

"慢着！慢着！"我只得从何解忧身后极不情愿地挪出来，撤开扇子，对何解忧低声道，"这个……有点儿复杂，他是我的一个故人。"

何解忧了然地点点头，体贴地道："那臣回避一下。"说完，作势要走，我忙拉住他，赔笑道："严重了，严重了。"

我再神情复杂地转向俊和尚："叶公子，别来无恙？原来你在这里出家呢。"

"哼！"他愤然转过头。

我干咳一声，向众人解释："这位是叶侍郎家的公子叶知秋，有点小缘故，几年前出的家。"

衙差们一个个恍然大悟的模样，交头接耳——

"原来就是那个喝醉了酒当着公主的面儿脱光了的家伙！"

"没错！不过据说当初还剩着一条裤衩……"

住持和尚叶知秋悲愤交加，手指向我："臭虫，我一身清白都毁在你手，如今，我跳出红尘外，你又紧跟不舍来毁我，上辈子我跟你是有夺妻之恨，还是有杀夫之仇？"

我拿扇子戳脑门，苦涩道："我真不知道你在这乌龙寺出家，也不是故意来再踩你一回。这么些年了，你……你还这么怨恨我？"

叶住持仰首望苍天："你毁我清白，拆我姻缘，害我出家，逼我吃素，我不恨你难道还要爱你？"

我叹息："后者难度高了点，你还是选前者吧。"

"公主！"何解忧凑过来提醒，"叙旧完了，该干正事了，王大人还在京兆府大堂等着呢。"

我这才从少年时不堪回首的情事中自拔出来，打量着叶住持俊美的五官，满心酸涩："叶公子，就算你不甘做和尚，好歹也要等还俗了再当爹吧？"

叶知秋一愣，怒道："贫僧吃斋念佛心怀慈悲，不杀生，不偷盗，不邪淫，不妄语，不饮酒！不贪不嗔不痴！奉行老吾老以及人之老，幼吾幼以及人之幼，可当爹是怎么回事？你给贫僧说清楚！"

我试探道："叶公子，你好好想想，可曾与一位女子花前月下山盟海誓暗通款曲珠胎暗结……"

"住口！"叶住持勃然大怒，"你、你果然还是来污蔑栽赃陷害贫僧的！"

"我真不是！"我又闪到了何解忧身后，正左右为难，忽见众和尚身后走来一个姑娘，挺着个大肚子。我大喜，一手指去："人证物证！"

何解忧跟着道："乌龙寺里暗藏良家女子，还是身怀六甲，请问住持如何解释？"

叶知秋不卑不亢道："贫僧请她来喝茶下棋的。"

我不由得摇头，十分惋惜："这些年，公子撒谎圆谎的手段还是没有丝毫长进。"

身怀六甲的俊俏女子托着肚子走过来，冷眼将我一盯。我小腿肚子又发软，扶着何解忧的手，悄然转过脸，低叹道："今日出门忘了看皇历，不是冤家不聚头。"

"哟，这不是监国公主吗？来跟知秋重续前缘，还是来寻小女子报仇？不过也晚了好几个年头吧？"

此女不是旁人，正是当年在叶公子脱光衣服后甩了他一个耳光，紧接着要来灭了本宫，幸亏本宫翻墙逃得快才免遭毒手的叶公子他青梅竹马的表妹宋小怜。

我淡定地笑了笑，摇着何解忧的扇子，只当自己是个路人："宋姑娘，幸会，幸会。"

何解忧见我如此不作为，只好自己上，对着两位当事人，将公堂上的官司讲了，末了，劝他们一句："二位若是郎有情妾有意，不如住持还俗迎娶了这位姑娘，孩子也有了爹，可谓皆大欢喜呀！"

"欢喜什么！"宋小怜姑娘白了何解忧一眼，"老娘肚里的孩子不是叶知秋的！"

何解忧微笑道："那孩子他爹是谁？"

宋小怜再白了他一眼："为了维护他的名声，我是不会说的！"

何解忧脸上笑容再深入几分："这样敢做不敢当的男人，连妻儿都不敢相认，你就不怕他始乱终弃？"

宋小怜将何解忧上下打量，深意一笑："阁下还是担心一下自己的好。不用问也知道，大长公主身边俊俏的男人，不是她的男宠新欢便是她的驸马候选，不过有个共同点，就是三个月一换。阁下纵是风采过人，也要有些体力和手段才好，不然被换下来可别怪姐姐没提醒你。瞧你这么俊秀文气，可别体力不支啊。"

我在一旁听得坐立不安，何解忧脸上却是淡淡一笑。

见当事人都不承认，何解忧一挥手："都带回衙门，详审。"

一番闹腾后，和尚、孕妇都带走了。我独个怏怏然走在后头，何解忧等我走近，在我耳边低语："你信不过我？"

"啊？"我愣了愣。

他眼眸半是清澈半是深邃："藏娇阁，今夜恭候公主。"

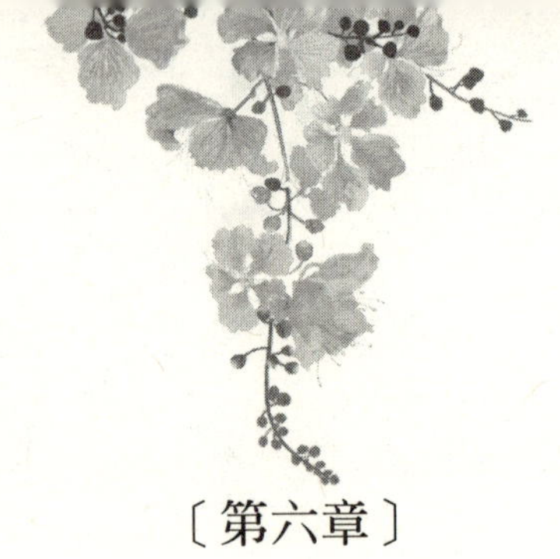

〔第六章〕

我筑金屋好藏娇

叶氏家族的一对表兄妹，青梅竹马，两小无猜，男才女貌谈婚论嫁，眼看着便要月老牵线成就一对鸳鸯，却因本宫的一坛酒，二人反目断了姻缘。若干年后的今日，宋表妹已身怀六甲，叛出家门私自奔到叶表哥出家的乌龙寺。所谓捉奸拿双，如今京兆府一下子拿了仨，那未出生的孩子便是铁证如山的人证物证，二人却拒不承认是一家子。

公堂之上，宋氏父母见“奸夫”竟是多年前舍弃自家闺女灰溜溜出了家的侄子，一时间气血冲顶晕过去了一个。

然而无论京兆尹王大人如何软硬兼施，住持叶知秋昂首挺胸表示自己自始至终都是清白的，收留表妹是因见表妹有家不能归，所以不计前嫌将她安顿在了乌龙寺。宋小怜也十分配合地拒不供认奸夫。王庸无法，只得将二人先看押了，定了个败坏风气私自制造黑户口的罪。

本宫旁听完了堂审，暗自叹息。叶知秋被押下去时，又瞪了我一眼，说话似有磨牙声：“难怪我爹说我们八字相克，让我尽量远着你，我以为出家就已经逃得够远，还是低估了你。”

我神伤不已，难道自己真有克夫命？指定谁为驸马，谁就要发生意外？我深感惆怅且不安地望了一眼何解忧，嘱咐道：“办完公回公主府，路上注意着点，防车防马防寡妇。”

他嘴角一勾：“我会的。”

我放心地点点头：“那我先回去了。对了，路上别过河，水沟也别过。”

他眼角一弯：“我会的。”

我放心了，迈步出了大堂，忽然又折回去，确认一下：“藏娇阁？今晚？”

他眉梢眼角蕴着深意的笑：“对。记着把不相干的人都遣走，方圆百丈以内。”

我满脸通红地应了一声，赶紧遁了。

回府后，我让高唐熬了一碗止鼻血的药汤预备着。

高唐举目四顾：“公主又抢了谁？”

我咳嗽一声，正经道：“别胡说！本宫是那种人吗？再说，本宫即将成亲，提前跟驸马洞房也没什么不可。”

高唐悚然一惊：“提前洞房？”

“瞧你这种没见识的。”我牵着衣角，在椅子上端庄地坐了。

“简相知道吗？”

我顿了顿：“要他知道做什么？本宫这种私房事，怎么好让日理万机的宰相大人知道。”

高唐神态纠结，欲言又止，终是忍不住，疾步过来小声道：“公主，这些年，臣都看在眼里，您对简相的执着难道只是因为得不到才越发想要？如今何解忧出现，您便移情别恋了？您当真能坦然洞房？”

我摸摸自己的脸：“高唐，你说本宫老了吗？算了，别说了，你肯定不会说实话。”

晚间，沐浴更衣后，我在批朱阁心不在焉地看奏折，一旁的更漏疑似坏掉了，漏得格外慢，最后要了三个更漏放一起盯着才放心。

终于，藏娇阁的小太监过来传话：“公主，何公子有请。”

我抛了奏折，离案起身，差点儿踩着裙子跌倒，忙镇定下来：“大惊小怪什么？还有，要叫驸马！”

小太监唯唯诺诺，连连称是。

夏夜月如钩，本宫却无心欣赏，径直上了藏娇阁。果然四周寂静，只有楼外荷塘里一片蛙声。金碧辉煌的藏娇阁，夜里灯火下，有一种奢靡的气息。

何解忧一身闲适的白衣，衣襟半敞，正在楼台布酒，见我来了，只稍稍抬了下眼皮，云淡风轻地一笑：“今日可真长，臣险些跟王大人告假。”

“我也这样觉得，奏折险些都要批成准奏。”我坐到他对面，端起一杯酒首先灌下肚。

我俩各自默然灌了一轮酒，再同时开口：“差不多了，开始吧。”

我起身，拉开桌椅，扑到了他身上，一手扯住他腰带垂下的部分，如何也扯不下去，就这么僵着了。

"公主不要客气。"

"驸马客气了。"

他娘的，老子居然扯不下去。想当初，老娘轻薄过多少男人，何曾退缩过！当下便狠下心，一手搂到他肩头，凑上去在他嘴上咬了一下，味道都没尝出来，本宫可耻地软了。

何解忧两手在我腰上一抱，转了半圈，压我到栏杆上，俯身看着我。

这意境其实是挺好的，月色，荷风，本宫半坠在楼外。我顺着他的手臂往下爬："不行，本宫有些恐高。"

"别看就成。"他依旧将我固定住，目不转睛地盯着我。

我爬不下去，只好反手紧紧搂在他脖子上，与他对望着："解忧，你要是一放手，我就掉下去了。"

他眼波动了一动，手上却忽然松了一下："那你还敢让我抱着？"

"如果你愿意放手，本宫就愿意掉下去。"

"你是监国公主，国家都系于你手，你怎可将性命托于他人之手？"

"本宫早晚有那一天……"

唇上一沉，再多的话语已说不出来，他将我堵了个完完全全，如水一样的温柔缠绵，竟与那晚的感觉很不一样。本宫正沉溺其中，忽听楼外一声惊悚的尖叫——

"公主！何解忧！"十分耳熟的嗓音。

何解忧停下来，俯到我耳边，吐气如兰："不是叫你清空方圆百丈内吗？"

"兴许是漏网之鱼。"我喘着气道。

他将我放下栏杆，我往楼外看去，竟是宋茂才一脸悲伤欲绝地指着我们。

"你们怎么可以背着我……干出这种事……"

我顺了顺气："宋公子，深更半夜，你来做什么？"

"我有急事面见公主，附近都没有人，谁知你们俩、你们俩……"他语气越发悲痛。

"什么急事？有本宫和驸马急吗？明天再来！"

宋茂才坚决道："不行！公主不答应，我便在这里看着，你们继续吧。"

何解忧再将我一搂，暧昧道："其实也未尝不可。"

"不行！"我坚决道，"有旁人，本宫发挥不出来。"

"你不用发挥。"

"要的，我不能让你没有趣味不是？"我再转向楼下，"什么事？说吧。"

宋茂才悲愤控诉："你们怎么可以做出这种事？"

“再不说，我们去内室继续了。”

宋茂才将悲愤的语气收了收：“其实是这样的，我有个很要好的堂姐，非常非常的要好……”

我一拍栏杆：“省掉前因后果，说中心！”

“中心就是，你未来的驸马将我堂姐抓去了。”

我只好退一步：“附加一点前因后果。”

“我堂姐未婚先孕，身有六甲，借住乌龙寺……”

我恍然了，吃惊不小：“你堂姐是那个泼妇宋小怜？就是那个说要将男人捏成灰也不能放了的堂姐？”

“我堂姐很是温柔贤惠呢，你要是被她摸着头说给你糖人不要把姐姐私会姐夫的事告诉姑父，就知道她有多温柔贤淑了。”

我立即抓住关键：“你姐夫是哪个？”

宋茂才丝毫没有作伪地摇头：“我也不太清楚，只模糊见过背影，似乎跟何驸马有些相似。”

何解忧在一旁半眯着眼养神，道：“胡扯。”

我正色训斥道：“休要嫁祸！宋小怜奸夫未明，又涉及乌龙寺住持的清白，只能暂时看押。不过念在她是你堂姐的分儿上，本宫会嘱咐京兆府多加照顾的。你退下吧。”

宋茂才幽幽望来，诚恳万分：“我想跟公主叙叙旧，不知是否方便……”

何解忧笑了一笑：“显然不方便。”

宋茂才再幽幽道：“其实三个人也不多，公主，你要亲身比较了才知道谁更好。”

“本宫是那样放荡的人吗？”我很是生气，重重一拍栏杆，“再不走，本宫叫人打你出去！”

宋茂才一步三回头幽怨地走了。我终于松了一口气：“解忧，我们去屋里吧。”

他点点头，将我打横抱了起来，我迅速进入羞涩状态。被温柔地扔到床上后，我羞涩地闭上眼睛平躺着。何解忧坐过来，一手从我脸上划过，声音有些清远；“公主准备好了吗？”

“好、好了。”

他手指一路划下，点燃一路的火苗，停顿在腰间，钩开了丝带。衣物被他一层层脱去，到最后一件抹胸时，手上却停顿了一下。

“驸马害羞了吗？要不要我来？”我体贴地问。

“你睁开眼，不要将我当别人。”

我乖乖睁眼，攀着他的手臂爬起来，抱住他，亲到他唇上：“驸马是解忧，我怎能当别人。”亲罢，将他推到床上，毫不迟疑地一把扯去他的腰带，扒开了他的衣襟，居然就一层，我不由得嘀咕了一句：“好在今晚就一层。”

他回道：“我向来沐浴后就一件。”

我四处乱摸，不规矩的手停了下来，想想不太对，那晚扒他似乎层层叠叠有三层呢。不过也许自己记错了吧。我聚精会神做事情，摸着他的锁骨，再俯下身亲一口，好久，才亲到他的胸肌。

他终于忍不住道：“公主，你真的不是在啃鸡腿？”

我蹙眉指他：“你，居然怀疑本宫的本事？”

我此刻的形势可谓骑虎难下，情势不可谓不香艳，架势不可谓不流氓，认清自己的现状后，我的鼻血欢快地流淌了下来，滴到了身下人的胸前。

何解忧忙扯过床头一条汗巾堵住了我脆弱的鼻子，将我放平了止血。看着他的胸肌，我忧伤万状不可断绝：“明明我事先喝过药了，高唐又坑我。”

何解忧认真思虑了一番，道：“看来不可急于求成。”

我估摸了一下，觉得短时间内应该不会再度淌血，便谦逊好学地爬了起来，推倒了何解忧，重新爬到了他身上：“来吧！”

然而下一刻，何解忧想必是万分悔恨的，终于让他意识到本宫是不可随便小视的，因为，他将我甩了出去，惊喘交加地指着我，只能发出一个音节：“你……”

我从床底下爬起来，邪恶地冲着他露齿一笑：“驸马觉得如何？喜欢吗？”

何解忧舒了口长气：“公主原来也是豪放风格，你早说，我也有办法应对。果然那日在红袖招宋公子说得对，公主外表太具有迷惑性，是我轻敌了。不过，这种出人意料的风格，我喜欢。”

“那我可继续喽！”

我爬回到床上，再度翻上他的身。

藏娇阁外一阵震天价响的叩门声灌进耳，从良天煞般的嗓子扯到了极限：“十万火急！十万火急！十万火急！”

我被震得从驸马身上再度跌出去，待我从床底再爬起来，从良已经喊了十八遍“十万火急”。经此一番惊吓，何解忧赶紧替我披上一件外衣：“这般紧急，公主快去看看。”

我被这瞬间已然八十遍的“十万火急”喊得思维停顿，顺手捞过一物往腰上一系，鞋也未穿便奔出了洞房，一口气冲下楼，拉开大门，奔到藏娇阁外，拎起跪着的从良，恨不得砍掉他的猪头，怒道：“何事十万火急？谁要造反了？”

从良被我勒得喘不过气来，手舞足蹈，不过大致可以看出，两只爪子是指向身后的。我怒气冲冲一甩头，看向他身后——

一双清凉的眼，等在那里。

我火气降了一半，扔掉手里的从良，夜风一吹，再加上简拾遗的眼神，我一阵哆嗦——好冷的感觉。

“简相可知现下是什么时辰？”

“子时。”简拾遗站在夜风里，连月亮都藏进了乌云，他深色的衣衫几乎要与夜色融为一体，“军情十万火急也要分时辰？”

“军情？”我脑中一振，立即肃然，“快说，何事？”

“东鲁李济叛乱，自立鲁国，已于昨日称帝，并组织叛军连破五州，正攻向即墨。”

“什么？！”我面色大变，心跳如擂鼓，呆立半晌，又是夜风将我吹醒，“战报拿来！”

简拾遗取出袖中战报，看我一眼，犹豫着还是走近送到我手中。我急忙展开，借着暗淡的夜色一字字看了一遍又一遍——竟然在我治下有人揭竿而起了。

我卷起谍报摔到简拾遗怀里：“风起于青萍之末，东鲁叛乱，未能防患于未然，难道不是宰相之过？”

简拾遗应声：“臣失职。”

我鼻子里重重一哼：“为政失察，子民反，当然更是本宫之过！”

想想自己这段时日沉溺于情情爱爱拐男人，全然不觉父皇挣得的江山已在我手里一点点被蚕食，悔恨愧疚之心便要破膛而出。

“即墨那边军务如何？可扛得住？”我不放心地追问，“万一扛不住了，下一处会是哪里？”

“盛世二十年，各地军务废弛已是常态，非一朝一夕可改。”简拾遗看我一眼，又垂下眼，“何况叛军突然攻起，只怕即墨难以抵抗多久。下一处，臣估计依旧是东海边。”

“盛世二十年，你说他们为什么要反？”我抓住简拾遗的手臂，不晓得是在问他还是问自己，“是本宫执政不好？新政不好？苛政太重？”

简拾遗极力不往我身上看，退也退不出去，只是试图安慰我：“公主，其实……”

我松开他，狠狠一甩袖：“本宫怀柔已久，真当本宫好欺负吗？不给他们点儿颜色，还真当本宫是软豆腐，捏着手感很好吗？今夜本宫就在批朱阁候着前线军情！从良，去把兵部尚书以及其他五部尚书统统给本宫踹醒带过来！”

这也是本宫向来的习惯。如果要连夜为政事操劳，六部尚书必须一个也不能少，陪着本宫熬夜，这样我心中才舒坦。

从良哀叹连连，直嘀咕：“眼皮跳了一晚上，这顿打看来还是要挨，还得再挨六顿。”

我抬脚便要奔去批朱阁处理政务，简拾遗意志坚定却行为犹豫地将我拉了一拉。

“十万火急，不要再拉拉扯扯了。”我甩了甩手。

“……殿下，穿件衣裳再去吧。”

“本宫穿的不是衣裳吗？”我将衣裳展示给他看，看他神态较为奇特，于是往自己身上看了看。

原来，从开始冷到现在不是没原因的，本宫就穿着一件抹胸，披一件何解忧宽大的外衣，再加一条染血的汗巾，在夜风里，在简拾遗跟前，站了半炷香时间……

我嗖地一下便要往藏娇阁钻：“本宫去驸马那里再待会儿，六部尚书来了再……”身后却传来一声极低沉的低喝：“百里重姒，听先帝密诏！”

本宫再度受惊，惨状无以言表。下意识地，我扑通跪了下来，跪到简拾遗脚边后才反应过来：“什么密诏？那是什么东西？”

简拾遗不紧不慢地从袖中再度抽出一物，明黄的诏书，一点点展开，沉定的嗓音念道：“朕密诏于宰相，百里重姒监国之日起，当以政务为要，不得亲佞远贤，不得私蓄家宠，不得私自择婿，若有违反，宰相可代朕管教御妹；若屡教不改，宰相可夺监国之号，还政于主。钦此。”

我脑袋糨糊一片，这是唱的哪一出？

简拾遗半俯身道：“殿下哪句没听懂？”

“怎么会有密诏？”我茫然抬头，完全不能接受这比造反军情更噩耗的噩耗，“三哥怎么能做这种坑我的事？啊，不对！让我监国似乎是他临时的主意，或者是他吐字不清，怎么会事先还有份密诏？简拾遗，你敢伪造密诏？！”

“伪造密诏，当夷九族。”简拾遗淡然地将明黄诏书露出一角皇帝印章。

我做最后的挣扎：“这么些年了，你怎么才拿出密诏？藏着密诏，你不怕睡不着吗？”

简拾遗缓缓地将诏书收进袖子：“殿下是希望臣一年宣一次，还是半年宣一次？一月宣一次？”

我彻底软了。

〔第七章〕

本宫与你解战袍

简拾遗袖口往身后一拂，脸朝夜色：“殿下的举止，不要以为只有天知地知。”

我手捏汗巾，心中无限沧桑:“你这是在威胁本宫！”

“臣不敢。”

“你不敢的意思就是没有什么是你不敢！”

藏娇阁近在眼前，却远到了天边，我默默望了一眼，不知驸马此刻有没有穿上衣服，有没有遮上风情万种的胴体……

在简拾遗的目光注视下，我淡定地拿着汗巾擦了把鼻血。

换上一套正经衣裳后，我前往批朱阁。宰相以及睡眼惺忪的六部尚书都已候着了。我疾步绕进阁内，见六位本当血气方刚为国家效力死而后已的尚书一个一个打哈欠，不由得抓起案上的镇尺砸了过去，砸中谁是谁。

“东鲁作乱，反抗朝廷，军情十万火急，各位朝廷栋梁、国家砥柱睡醒了没有？”

兵部尚书赵辅国捂着头上的包，率先趴地请罪:“公主息怒，臣等失仪！”其余尚书跟着惶恐跪地。

我再扔了前线战报下去:“你们看吧，果真是反了！”

六尚书凑一堆挤着看，看完均是大惊失色：“果然……反了……这可如何是好……”六人齐刷刷地看向我，目光一个比一个纯洁无瑕。

我瞅了眼手边，只有一堆奏折，想也懒得想，直接抄到手里砸得他们抱脑袋：“国家存亡之秋，你们在这儿装纯洁给谁看啊？拿法子来应对叛军！”

礼部尚书踊跃发言：“应速速调回白将军，灭掉叛军！”

我示意兵部尚书捡回我的镇尺，再一把镇尺砸到礼部尚书脑袋上："胡扯！白将军镇守边疆，如何能随便调回？你有脑子没有？"

礼部尚书顶着脑袋上的包，委屈地望了眼最旁边坐着翻阅散落了一地的奏折的简拾遗，可惜后者没有跟他进行视线交流。

"还有什么法子？"我朝众人一扫。

户部尚书奋勇出列道："东鲁属青州，应令青州刺史调集州郡驻军，追击叛军！"

"只怕如今是叛军追击青州驻军了！"我手指战报分析道，"叛军自立鲁国，连破五州，那五州有两州是青州驻军的两翼，也就是说，青州驻军已被削去左右臂膀。再看叛军的攻势，正是即墨，那里却是青州驻军的心脉之地！眼下青州驻军自护心脉还来不及，如何有余力追击叛军？"

兵部尚书呆了一呆，顶着头上的包又站了出来："叛军这是要占领整个青州，再向九州腹地进兵？"

我一拍案台边角机括，"唰"的一声，身后墙上垂下一张巨幅九州地图，山河湖海，城池良田，笔墨详略有当，按着一定的比例，再现了我大曜天下江山。六位尚书都是第一次见，不禁惊叹连连："好画！好画！似是从前翰林院晏濯香大人的真迹！那上头'大曜江山图'的题字，好似是顾太傅的真迹！"

简拾遗亦从奏折堆里抬起头，目光流连到了九州地图上。

我示意一位尚书替我捡回镇尺，握着镇尺在手，我回身指到东鲁，沿叛军路线画过去："即墨若不保，各位大人觉得，叛军下一处的目标会是哪里？赵辅国，你说！"

兵部尚书瞪着眼睛看了一会儿地图，摸着头上的包思虑半晌方道："既然都打到了海边，只怕是为了准备海上逃生后路，估计是要占领崂山，夺取制高点！"

我首肯他半句："本宫以为，预备海上后路确是一方面，但下一站却不是崂山。占领崂山，目前没有十分必要，何况还耗费兵力。李济起义，时日尚短，不可能有那样多的兵力。"再望向地图，我叹息一声，"这与即墨相对应的莱州，两处一旦扼守，东鲁半岛只怕就落到叛军手里了。"

兵部尚书不赞同："殿下也说了李济兵力不足，这即墨与莱州相去甚远，他们三日也跑不到，怎会攻向那里？"

我拿着镇尺点向与即墨遥遥相对的另一处海岸线上的莱州："所以本宫担心，另有叛军将在莱州起事。"

众尚书同时"啊"了一声，再看向简拾遗寻求确定。简拾遗默默点了点头：

“臣觉得殿下说得有理。”

话音刚落，阁外从良飞奔而来，高喊：“十万火急！十万火急！前线战报！即墨失守！莱州李善叛乱，杀郡守，放囚犯！”

六部尚书一边惊愕一边崇敬地望着我，兵部尚书赵辅国更是双目炯炯：“殿下说如何便如何，臣等听凭殿下吩咐！”

我看完战报，递给简拾遗，叹息一声：“本宫虽可坐镇，却无良将；白将军虽勇猛无敌，却不可擅动；东鲁虽情势危急，西边藩国却不可不镇守。西边门户若无人看管，那才是灭顶之灾。李济、李善，听来想必就是兄弟俩。穷则独善其身，达则兼济天下，想必也是读书人，该如何平叛哪！”

简拾遗望向我身后的地图，感慨道：“当年，宰相顾浅墨尚可出使敌国，以自身为质，如今，臣愿请缨平叛，为殿下保住江山。”

“不行！”我当即否决，“太危险，你不可去。再说，你是文官，带兵打仗又不是强项。当年顾太傅文可安邦，武可定国，今人不可比。”

“臣也是懂兵法的。”简拾遗辩道。

“懂兵法不见得就能平叛，若是赔了宰相又折兵，本宫如何是好？”我坐到案前，托腮揉脸，“谁可替本宫解忧呢？”

“我——”

一个响亮的声音从阁外而来。我抬头一看，何解忧正一身整饬优雅地迈进批朱阁，在众人的视线中，摇着扇子轻松悠闲地晃荡进来，当着六部尚书与宰相的面，对我道：“臣何解忧愿为公主解忧，领兵平叛。”

我忧愁道：“本宫尚未完婚……”

“臣愿平叛得功勋，再与公主完婚。”何解忧笑着对简拾遗请示，“老师以为如何？”

我同众人一般，巴巴地望向简拾遗。简拾遗顶着众人的目光，淡然道：“解忧若平叛有功，便有了尚公主的资格，自然是再好不过。”

“好！”何解忧笑得从容。

当日，在满朝文武与京畿驻军统领面前，我与何解忧两半虎符相合。

“本宫任何解忧为元帅，前往东鲁平叛，各地驻军皆由何帅调遣，若有不从，斩立决。”我一身盛装，站在含元殿前，面向广场文武百官威严道。

“吾等听凭何帅调遣！讨平东鲁，护佑大曜河山！公主千岁千千岁！”京畿驻军跪地听令。

我下了台阶，径直走向跪地的何解忧，扶他起身，从一旁宫女手中接过战袍，亲自为他穿上。何解忧垂着目光看了我许久。

我扬眉笑道："太平待诏归来日，本宫与你解战袍。"

他的目光在我脸上定了一定，缓缓笑开："我去了。"

送驸马带兵出征，一路出了长安城，直到十万大军消失在天边。

我低头揉了揉酸涩的眼睛，转身见侧后方的简拾遗直愣愣地盯在我身上。我立即低头审视自己的衣着，并无不当之处，正疑惑，想问他盯着我干什么，他已转身走了。

我也跟着准备下城楼，却见简拾遗又回身过来，原来他是下令城楼上的官员先行下去，准备回宫銮驾以及清路。我立即觉察是有什么机密国情，神情也紧张起来："发生了什么事？还有哪里造反的？"

简拾遗目光沉潜，眸光不似从前那般亮了："殿下是觉得过得委屈了吗？"

我一时不大能反应过来，不知他所指："简相何出此言？啊，是本宫做错什么了？"

"大长公主哪里有错，错的是臣。"他面色不虞，侧身掩过眼里的情绪，语调殊不同往日。

"拾遗，"我心中颤了几颤，有些许紧张、些许无措，"一定是我做错了，你说出来，我改。"

他微微合眼："如今还有什么对错，木已成舟，我还能说什么。"

"什么木已成舟？"我转到他跟前，大惑不解。

城楼上的风吹动他的袖角，他理了理袖子，转身走了几步，定住身形，又回身走到我跟前，拿起我的手，将一个温润的物什放入我掌心。我一看，是一只通身翠绿的玉蝉，是当年我从父皇身上赖来的，玩了几天腻了，转手送给了太傅。

我讶然："你竟还留着？我都快不记得了。"

简拾遗勉强笑了一笑，在风里再看我一眼："你自然是不知道。"

我觉得他今日的话有些隐晦难懂，不解地看着他。他眼波闪动，许久错开视线，道："有一种蝉，在地下蛰伏十七年，十七年沉默，十七年等待，然而当它破土而出，重见天日时，生命的轮回便也接近了尾声。这种十七年蝉，你说是可悲还是可怜，抑或可笑？"

我听得怔住，再回过神来时，简拾遗已离去了。我追下城楼，侍从禀告简相已先行回城了。我有些神思恍惚，随手抓住一位大人，问他："你听说过十七年蝉没有？"

礼部侍郎惶恐道："殿下恕罪，微臣愚钝，微臣回去查一查资料。"

一旁的翰林院大学士捋着胡须沉吟道："臣听说过，十七年蝉乃寿命最长的一类蝉，也叫轮回蝉，须忍受十七年的煎熬才可破土而出，不过，当它展翅之日，也就是死亡之时，实在是个悲剧啊。"

我握紧了手里的玉蝉，心中空落落的。

第二日上朝，因简拾遗告了假，朝议无人总结要点以及表明态度，于是群臣热火朝天一团乱地议论前线军情。耳边嗡嗡声环绕，我由烦躁到适应到完全将之视为背景音，托腮陷入了禅定状态。

"公主？公主？"一旁的小太监将我扯醒，示意御阶下。

"啊——"我稳了稳身形，看向朝堂，见大理寺卿正专注地望着我，忙脱口道，"漆雕大人说得极是。"

三朝元老大理寺卿漆雕白笑容满面，忙跪地叩首："臣谢殿下成全！"

"成全？"我咳嗽一声，小声问身边太监，"他刚说了什么？"

小太监回道："漆雕大人说简相病了，请了好几名大夫都说难治，漆雕大人家的千金主动请缨，要嫁去相府为简相冲喜……"

我从椅子上跌了下来。

朝议在我的跌倒声中戛然而止，见无法收场，本宫只好装晕倒。

"大长公主为国事操劳过度，不慎晕倒，各位大人有事明日再议，退朝！"

本宫被转移到后殿，随即太医院一众医官背着药箱鱼贯而入，按顺序一个个来给本宫悬丝诊脉，再分别将自己所诊的结果写到纸上，最后核对，若不统一，便要互相争论谁的正确。这番辩论，由胜者决定本宫的病因。

"下官以为，公主乃感染了风寒，需按伤寒论下药。"

"下官以为，公主乃过于操劳，劳累致使晕倒，需按休养食疗下药。"

"下官以为，公主乃情事过度导致晕倒，需按补肾之法下药。"

……

一片寂静，众医官看向第三位发言的御医，不言而喻、不约而同地将自己所写的诊断结果及方子撕毁。

于是本宫的病因出来了，房事过度。

太医院最高长官太医院提点亲自熬好了药，毕恭毕敬地端了来，当着我的面试了药后，再将药碗送到随侍宦官手里。我只闻了一下便双泪直下："本宫可以不喝吗？"

太医院提点面容肃穆，毕恭毕敬道：“公主纵情亏损身体，须得猛药补一补，一日早中晚三次，微臣会亲自为公主送上，并亲眼见公主服下才好，上，无愧于天；下，无愧于黎民。”

在提点大人肃然的注视中，本宫灌下了一碗良药。最后又被告诫了一番房事需节制后，提点大人才意犹未尽地离去。

我奔到御花园狂吐了一阵——

眼前金星乱冒，腰也直不起来，吐得人浑身无力，脚步虚浮，天旋地转。就在我即将跌倒时，一只手稳稳地将我一扶，顺着倒入来人怀中，一阵熟悉而又迷醉人心的熏香将我萦绕。我抓着他的手臂，勉强站稳了：“哪个宫里的太监？本宫有赏。”

“公主赏迦南什么？”清冷而直透人心的嗓音含着笑意，响在耳边。

我浑身一颤，忙推开他，连退数步。

御花园里清幽沉寂，了无人声，左右不见一个宫人的身影。古树参天，花影幢幢，唯一的路口站着神秘的迦南。

“公主为何躲着我？”他浅笑吟吟，一步步向我走来。

这嗓音，这语调，就如同前夜梦里的情景。我止不住地想入非非，脸上也烫起来，但立即制止了自己的胡思乱想，沉声道：“站住！”

他停下来，不再靠近，忽然低低叹了一声，道：“人人心中都有障，可轻易被人言所惑，旁人说我是妖，你心中便生了我为妖，不可近的障。公主，公卿白骨，红粉骷髅，你若能看清，又何惧我这个障？”

我刻意不去看他，却又忍不住为他话中的佛意禅念动容，恍惚觉得面前所站并非妖惑之人，更不是凡夫俗子，而是一尊佛。

“你、你究竟要做什么？接近陵儿为的是什么？你若敢惑乱天子，本宫不管你是人是妖，是魔是佛，必将你凌迟！”

他在透过参天古木繁密枝叶的浮光下融融一笑，笑靥盛着光芒，竟真如佛身金光照耀十方世界三千红尘：“你杀不了我的，你舍不得。你是不是梦见过我，所以不敢看我的眼睛？”

脑中又回想起那一夜的梦，我不由得气急败坏：“放肆！住口！迦南，你真以为本宫杀不了你？再出言不逊，本宫立即唤来御林军！”

他又叹一口气，面容莫可奈何，偏这个模样又是动人心魄，美得超凡脱俗。

“公主生杀予夺，可能得到乐趣？权倾天下，可能得到欢乐？”

我怔忡间，他一个洒脱的转身，回眸再一笑：“梦里，你没有拒绝，不是吗？”说罢，清冷一笑，笑声久久徘徊在古木之间，他的身影也渐远渐淡，消失在林荫下。

一阵风吹来，后背一阵凉，我才惊觉出了一身汗，这御花园也觉得寒气森森，忙快步跑了出去。

不想再待在大明宫，当即我回了公主府。

回府后也不得安宁，刚坐下我的贤侄女便闯了来，面色又忧又喜。

“姑姑，听说简相要娶妻冲喜，那大理寺漆雕白的闺女粗鄙得很，侄女以为不太合适。放眼天下，似乎只有侄女跟简相投缘了，姑姑以为呢？”

我垂着眼皮，不动声色地饮茶。

“姑姑，听说昨夜您已与驸马芙蓉帐暖度春宵，侄女恭喜姑姑，贺喜姑姑。这么说，姑姑终于回归正道，不再觊觎拾遗，不再跟侄女抢夫君了。”

我继续饮茶。

洛姜蹭上来，扯着我的袖角撒娇：“姑姑，只要您一句话，赐婚侄女和拾遗，那漆雕小姐才会知难而退，让她做不了这第三者！”

我放下茶杯，甩开袖子，晓之以大义：“那大理寺卿漆雕白乃三朝元老，是你皇爷爷那一朝的重臣，更是当年顾太傅的至交好友。虽说这几十年他也一直坐镇大理寺，朝中不曾提拔于他，却是因放眼朝堂，再没有比他更适合这大理寺卿的官员了。因此，他虽只是三品，在朝中的地位却同护国公谢太师一般，连你死去的父皇跟本宫都要敬他三分。他要与简拾遗结亲，那不是高攀，是恩宠。”

洛姜听得一愣一愣的，寻思良久，她又拽着我的手臂撒泼：“说这么多，姑姑是说姜儿还不如那漆雕小姐有地位？还不如她有资格嫁给拾遗？”

“嗯，如今你总结中心的水准大有提高，姑姑甚感欣慰。”

洛姜彻底撒泼，抬袖子抹泪：“父皇，你怎么走得这样早？可怜我无父无母，没爹疼没娘爱的，如今连终身大事都没人管，好不容易看中的夫君还被人黑被人抢，我这个可怜的孤儿啊——”

我招架不住，只得哄一哄：“姑姑拉扯你长大……咳……姑姑陪你长大容易吗？姑姑疼你都要疼到化了，恨不得给你弄个天上地下独一无二的夫君，怎么会黑了你的驸马，抢了你的郎君？唉，我也是个孤儿，没爹疼没娘爱的，千辛万苦才搞来一个驸马，千难万险才入了洞房，唉，时运不济，命途多舛，谁有我惨——”

“我不管！”洛姜梨花带雨，翘着可挂油瓶的嘴，“别说是漆雕小姐了，就是三朝元老漆雕白要嫁给简拾遗，我也敢把他踢得八丈远！冲喜，那也得本公主去！”

宣誓完后，霸气无敌的长公主抹完泪，扬长而去。

外面的硝烟还未散，内部的硝烟已开始弥漫。冲喜？要不是看在漆雕白三朝老臣的分儿上，本宫非流放他八百里不可！

也不知道简拾遗是什么态度。他若点了头，本宫也只得为他主婚。他年纪不小，这时候成亲是万没有阻拦的道理，本宫身为人主，也该恭贺一番。

“砰”的一声，我拂落了桌上茶杯。

刚迈进门口的一人吓了一跳，小心翼翼地避开地上的茶杯碎片、茶叶碎末，站到一边：“公主，简相也不知生的什么病，我身为神医，义不容辞当去看一看，您以为呢？”

我拂去袖口茶渍，道：“为体恤国相，本宫也当去看一看。”

本宫带着神医轻衣便装前往相府探望据说卧病在床的宰相。

既然是私自探望，自然是叫相府的仆人不得声张。相府管家见到我，胡须跟着面皮颤抖，一脸祸不单行如丧考妣神态，跪地接驾：“草民恭迎大长公主！”

“听说简相病了，本宫特来瞧瞧，不要兴师动众。”我一团和气地道。

管家不停地拿袖子擦汗，嘴角抽动：“草民跪求公主，让草民去跟老爷禀报一声。”

“我只瞧一瞧他而已，你不要太过惶恐。”我越发和气。

见我要往内院走，管家几乎要扑过来，结结巴巴地道：“公主切勿动……动……动怒，相爷真是病……病……病得不轻……”

怎么本宫每次来，他们都跟见到灾星似的？管家豁出命去，张口便要向内院喊话，我眼明手快，指挥高唐捂住他的嘴。高神医万般纠结，终是不敢违抗，拿自己的洁白玉手捂住了老头子的嘴。

我再不迟疑，快步赶往内院。简拾遗卧房所在，我何止是有印象，简直是记忆深刻。当初枕头上那根头发的问题，我至今不曾追问，实在是寻不到开口的契机，如今虽更没有质问的立场，但心中终究有点不甘。管家又如此拦路，实在蹊跷。

诚然偷听别人墙脚，尤其是偷听孤男寡女独处房中的墙脚，是件亏损德行的事。本宫一向不屑于蹲墙脚。正要效仿上回一脚踹开房门时，忽听得屋内简拾遗虚弱地咳嗽了一声，我收了腿，闪身站到了窗边。

“我爹爹的意思呢，简相是国之栋梁，栋梁有恙，国将危矣；我娘亲的意思呢，民间有个冲喜的方子可治百病；妙妙的意思呢，此生非王侯将相不嫁，要嫁就要嫁比我爹爹还厉害的人，当然，也要比我娘亲厉害。她嫁了个三品夫婿，妙妙嫁个二品宰辅，以后她就不会骂我只会吃饭了。”一口气说了这些后，那个什么“喵喵”姑娘又立即道，“小时候我爹带我参加宫廷御园酒宴时，我就见过简相了。那时我到假山后面玩，听见有人说话，什么海什么水什么虫虫，我就趴在那里看了看，那是、那是人家第一次见到翩翩少年的简相啦。”

简拾遗咳嗽一阵，歇了半晌方道：“妙妙姑娘，算上今日，你与我也就见了两面，怎好搭上自己的终身？冲喜一事，毫无根据，不过是民间以讹传讹罢了。”

“可妙妙是真心喜欢简相的呀！听说大长公主一直图谋对朝中美貌一些的大臣下手，今日朝堂上还因房事过度突然晕倒了，如今她的准驸马又出征了，毫不排除她会对身边人下手！简相，你的人身安危堪忧啊。等妙妙嫁过来后，一定护卫你的清白，不让她得逞！”

“什么？她晕倒？”

“是啊，太医院说她纵欲过度。嗯，她也不怕驸马出征，身体不济。啊，简相，你怎么了？怎么了？你醒醒，不要吓妙妙！”

〔第八章〕

问君能有几多愁

我毫不迟疑地踹开了房门，冲进去一看，简拾遗气息奄奄地躺在榻上，发丝凌乱，面色灰白；一个十六七岁的少女正惊慌失措地摇着简拾遗的胳膊，大有不把人摇到散架不罢休的气势。若再摇一阵，简拾遗非要从榻上摔下来不可。

我几步上前，拉开她的手臂，甩到一边，弯身坐到了榻沿，将简拾遗抱得躺好了，拂开他面上垂落的发丝，低声唤着："拾遗？醒醒！"

"你、你是什么人？"被甩开的少女冲上来，要抢我怀中的人，"你要对简相做什么？你、你叫他拾遗？你好大胆……"

"大胆！"我提高音量，回视她一眼，"去叫院子里的高神医过来。发什么愣！快去！"

妙妙姑娘被我喝得愣住，眨眨眼觉得十分受委屈，大概千金小姐做惯了，还不习惯被不相干的人呵斥，不过听见"神医"二字，再看看简拾遗的情况，还是顾大局地跑了出去。我心想，还是个不错的丫头，至少比我那贤侄女懂事。

只听她在外头大喊："快来人！简相晕过去了！有个泼妇要霸占简相，快来人！"

我沉吟着想，大概本宫这辈子就没有看对人的时候，尤其是女人。

不过，此际房中暂时无人，我抱着简拾遗，低头瞧着他，心跳忽然就快了几拍。少女时，对他是仰望的；做了监国公主时，对他是远看的，唯有此时，可以这么近地抱着他，手背拂在他脸上。这真实的触感真不是做梦。对着他紧抿的唇角，我迟疑半晌再半晌，终于鼓起勇气，悄悄地低下头。

"公主，我来了！"门口脚步声响，高神医火急火燎地奔了来，上气不接下气，“听说简相……呃……公主，您继续……我、我、我立即消失……”

“哎，回来！”我放开简拾遗，起身让到一边，“赶紧给简相看病，治不好简相，你提头来见。”

高唐惆怅地望着我：“公主，我不会说出去的，您就高抬贵手，不要杀人灭口了吧？”

“说出去半个字，你提头来见；治不好简相，你也提头来见。”甩下这句话，本宫从容地走出了房间。

妙妙姑娘正要偕同相府管家进屋，我在门口一拦：“神医正在替简相看病，谁也不要打扰。”

“就是她！”妙妙一手指我，忙着向管家告状，“她要霸占简相，还直呼简相之名……”

“漆雕小姐……”管家无奈之下只好用自己的袖子堵住了妙妙的快嘴。

“放开她，让她说。”我对管家摆摆手。

漆雕妙妙挣脱开来，吐了吐嘴里的袖子味，接着刚才的话道：“本小姐很快立即马上就要嫁来相府做相国夫人了，谁也别想从本小姐手里抢走夫君！那些妄图做姬做妾做第三者的，都趁早死了这条心，不然叫我爹爹将狐狸精都抓进大理寺去！”

我牙齿酸了酸，笑睨向她：“漆雕妙妙小姐，做不做得来这相国夫人，还两说呢，你这夫君也叫得忒早了些吧？”

“咦，你知道我的名字？莫非你刻意打听了未来相国夫人的闺名？你不会也知道我的生辰八字吧？你、你要是给我扎小人儿，我家爹爹不会放过你的！”漆雕妙妙眼里闪过畏惧的光，不过很快又坚定下来，一脸毅然，“告诉你，本小姐同简相的亲事，是得了当朝大长公主允许的，你个狐狸精休想拆散我们有情人！”

我看了眼旁边急得揪肉的管家，笑谓漆雕家的小姐：“你可知道除了你漆雕妙妙，还有一人也得了当朝大长公主允许，可参与候选相国夫人？”

“是谁？”漆雕妙妙立即进入战备状态。

“襄城长公主。”我眼睛一弯，笑得云淡风轻。

“原来是她——”漆雕妙妙捏起一只拳头，眼里掠过坚毅的光芒，“小时候在御宴上我跟她打过一架，不分胜负。原来是宿敌。这回，我与她定要分出个高下！”

我在一旁微笑，相府管家以一种莫可言明的目光望着我。

就在我们各怀心事各谋盘算时，房门开了，高唐忧伤沉痛地走了出来。这副面容给人一种极大的不祥之感。我捏着汗津津的手心，等他开口。

“简相，唉……”高神医摇头。

漆雕妙妙立时噙了满眼的泪：“简相他……他不行了吗……”

我横她一眼：“住嘴！”再横高唐一眼，“再说半截话没个下文，我让你名副其实做个太监！”

高神医抖了一抖，马上捋顺了舌头：“简相之病乃宿疾，从娘胎里带出来的郁症，平日里并不发作，只有当受了严重刺激才会引发，然而一旦引发，却极难根治。医书载，夫郁者，结聚而不得发越也，当升者不得升，当降者不得降，当变化者不得变化也，此为传化失常，六郁之病见矣。血气冲和，百病不生，一有怫郁，诸病生焉。”

我拧眉：“简而言之，该如何治？”

高神医踌躇思量：“说到底，郁症乃心病引发，气血不畅郁结于心所致，若有一些喜乐之事，兴许就能气血冲和，不再气郁于胸。”

“你的意思是……”

“本神医以为，民间冲喜之说是有一定根据的，不妨给简相试一试这古老又实用的妙方。”

我沉默许久，方道：“若是没用，高唐，我非阉了你做几辈子的太监不可！”

高唐腿脚一颤，悲叹着作了一首打油诗：“古有华佗殒命，今有高唐落难。岂独红颜遭天妒，自古神医多薄命。”

冲喜冲喜，真的要冲一冲喜吗？我问高唐：“简相昨日还好好的，今日怎就病得这般严重？究竟什么激得他郁症发作？”

高唐无奈地望着我，想了想道：“大概是东鲁叛乱，前线战况激烈，战火绵延，民不聊生，激得一代名相郁症发作吧。”

我想了想，前因后果都连得上，简拾遗果然不愧是父皇赏识的国之栋梁，为国为民，积劳成疾。

屋内传来一声虚弱的咳嗽。

“简相——”漆雕妙妙快马当先奔去了房间，“神医说冲喜可治你的病哎！”

我脚下无力地跟着去了房间。漆雕妙妙坐在床沿，见简拾遗要起身，便要伸手去扶。简拾遗面上血色不足，却是无悲无喜的表情，避开了妙妙。妙妙嫁人心切，又聒噪开来：“简相，据说还有个公主想嫁你，你可一定不要答应啊！”

简拾遗身形定了一定，眼中神采恢复七分，却又黯淡下去三分：“哪个公主？”

“襄城长公主。”漆雕妙妙恨声道。

简拾遗闭上眼睛，眼中光彩不见：“谁说的？”

“她！”漆雕妙妙回身指向我。

高唐吩咐人熬药去了，管家跟着看药去了，我站在房门口，踌躇着要不要也跟着去看个药炉什么的，就见简拾遗随着妙妙所指，睁眼向我看来。

妙妙补充一句：“她说当朝大长公主已经同意了。”

“是吗？”简拾遗顿了顿，忽然笑了一下。这一笑，病中犹显清骨，眼里浓浓的色彩越发深了，叫人再也看不真切了。

也不知他是在问我，还是在问妙妙，或者只是自语。

我干干一笑：“洛姜待你倒也是真心。”

“好。既然殿下如此费心，”简拾遗目光清澈，盛着薄薄的笑意，“武昭帝曾下旨，若为相，简拾遗当三娶三不娶。”

武昭帝是我父皇。听得此话，我心中一沉，莫非英明神武、智慧绝伦、被臣子们私下称为老狐狸的父皇也阴了小辈们一把？

一种强烈的不祥之感袭上心头，事到如今，我已无退路，便硬着头皮问：“哪三娶？哪三不娶？”

简拾遗神态无喜无怒，如同在说别人的事：“三娶，可纳良、可纳贤、可纳慧。”

温良、贤淑、慧颖，宰相娶老婆，要求具备这些素养倒也不过分。我在心中将几位候选人都衡量了一遍，这温良、贤淑、慧颖三项似乎也不是太具备，不过，也不能说不具备，这个界定倒是比较含糊。

我肚内思量，总感觉这三娶乃一个混沌水，太过主观，不好辨别，那么三不娶才应该是重点。我手心捏出汗来：“三不娶是、是什么？”

漆雕妙妙也紧张地瞅着简拾遗，一双手不停地绞着裙带。

“三不娶，不得娶庶，不得续寡……”简拾遗缓了口气，却停顿了没再说。

我心跳加快，却不敢催促，这种心情实在纠结得厉害，既想他快点儿说，又想他永远不要说。漆雕妙妙见这三不娶的前两项与自己无关，便十分迫切要听第三项，抖着手拉了拉简拾遗的袖子，咽了口口水，问道：“第三是不得怎样？”

简拾遗顿了顿，眼望虚空，嗓音透着缥缈：“不得……尚主。”

四字出口，余音绕梁。我心中只觉闷得慌，指尖缩进袖子里，才不至于让人瞧见大长公主的惧怕和无措。不得尚主，不得尚公主，父皇果然还是为着国家考虑，宁得一贤相，也不要一个虚名驸马。

强敌被排除，漆雕妙妙笑得眼泪都出来了，忙抹泪珠：“襄城公主，我终于打败你了！再不会有人跟我抢夫婿了！爹爹可以放心了，妙妙是嫁得出去的！”

我强自生了一个微笑，稳了稳嗓音：“不得尚主，你怎不早说？那我也就不撮合你跟姜儿了。”

简拾遗目光缓缓移到我面上，沉沉如海，压得人有几分透不过气来：“原本应早些说，断去一些念头，只是总以为会有解开这谜题的时候，也许等一等就有答案了。谁知有些事情，似乎早就是注定的，早说晚说，都是一个结果。”

我含着笑点头：“原来是这样，我知道了。我再劝劝姜儿，让她想开些。你们日子定好后，派人告诉我一声就好。”

我转身走出房间时，高唐正送药过来。他神色紧张地望着我：“公主该不会被简相的宿疾给传染了吧？”

我抬头淡然看他一眼：“本宫百毒不侵，你不知道吗？”

高唐急着送药，一时也顾不上我。没走几步，瞧见屋角下站着一个畏惧的身影。我随眼打量她，不由得想，她若跟漆雕妙妙相处，会怎样？

“奴婢拜见大长公主！”宰相府的侍妾如意慌张跪地，对我似乎还有心理阴影，低着头不敢看我。

“抬起头来。”我倒是很想再细细看看她。

如意畏惧地慢慢抬头，目光却始终不敢与我对视。这侍妾身段窈窕，肤色雪白，容貌出众，可她真的像洛姜吗？

“你家相爷很喜欢你？”我淡淡问道。

如意立即垂下目光，肩膀微颤：“奴婢只求伺候好相爷，其他不敢奢求。”

“你平日都是怎么伺候你家相爷的？”虽然打听人家夫妻八卦很没品，但我就是忍不住继续猥琐下去，逼问一个胆怯而纯洁的小白兔。

如意身体又颤了颤，犹豫了许久，才低声回道：“奴婢白天研磨打扇，晚间伺候相爷宽衣歇息。”

我坚持将猥琐进行到底：“怎么个伺候法？侍寝吗？”

如意耳根泛红，声音再低下去：“偶尔……”

“闭嘴！”我脱口而出，吓得“小白兔”一阵瑟缩，我才觉得自己有些失态，忙恢复淡然，“以后只怕你要更加辛苦，相爷大婚后，连夫人也得一起伺候了。”

“夫人？”如意惶然抬头，眼神失落万分，咬了咬嘴唇，“是襄城公主？”

“漆雕妙妙。”我漠然从她身边走过。

“大长公主！”如意跪在地，支起上身，拉住了我的裙角，“可是相爷他……”

我扯回裙角，继续往前走：“那是你们家的事，本宫管不着。”

“公主请留步！”如意急喊，“相爷必不是喜欢那漆雕小姐，相爷长漆雕小姐十来岁，必不是她！”

“什么不是她？”我暂停脚步，回身，疑惑地望着她。

如意凄惶无奈又失落：“相爷曾教奴婢写过一阕词——江南柳，叶小未成荫。人为丝轻哪忍折，莺嫌枝嫩不胜吟，留著待春深。十四五，闲抱琵琶寻。阶上簸钱堂下走，恁时相见早留心，何况到如今。相爷教奴婢写完，第二日奴婢再问起是否重写，相爷便心情不佳不准奴婢再提这阕词。奴婢隐隐猜测相爷是想着一个故人的，可相爷以前似乎并不认识漆雕小姐。若是为相爷冲喜，奴婢也认了，可是随便一人便嫁过来，当真能为相爷冲喜吗？”

我对词不太有研究，实则是因为从前简拾遗教我读的尽是《论语》《孟子》诸子百家，这种清丽明媚又极具花间派余韵的艳曲实在不是我的强项。见如意如此坚持，我便又想了想，心中也跟着失落起来。这似乎真是一首表白心迹的暗恋词，简拾遗还有不为人所知的情史，那漆雕妙妙又该怎么处理？

脑中一团乱，我挥挥袖子：“清官难断家务事，本宫也理不清了，你家相爷心思曲折，非本宫能明白。你们自己商量，娶谁不娶谁，本宫要去静一静，理一理思路。”

先前还沉浸在“不能尚主”的失落中无法自拔，随后便被如意一阕词给震晕了，本宫发觉自己太容易牵动七情六欲，岁数都白长了。能不能尚主，我失落个什么劲儿，该是洛姜失落才是。这阕词，我又失落个什么劲儿，该是漆雕妙妙失落才是。

这般想着，我便不知不觉走到了一处不太熟悉的地方，人迹罕至，翠竹幽幽，忽听得身后有脚步声，我回头。

来人一身长衫，简洁素雅，干净清爽，容貌清俊，叫人过目不忘，因此十分面熟。清幽翠竹下的这般姿容，实在太过赏心悦目，我看得目不转睛，方才的愁绪与混沌瞬间散去一半。

“学生见过大长公主！”他掀开衣摆，就要跪地叩拜。

我连忙上去阻止，生怕他一身洁净沾染了尘埃：“你叫什么名字？本宫怎么看着你面善呢？”

他面上露出愕然的神色，迟疑片刻，低下眸光：“学生曾行刺公主殿下，殿下不记得吗？”

“啊？”我呆了一呆，手按肚子，恍然记起，“是楼岚公子？看本宫这记性，约莫是仇家刺客太多，一时没想起来，你不要往心里去。”

楼岚公子望着我，眼里色彩缤纷，急速变换，终是露出一抹愧色：“学生一直等着殿下降罪，凌迟也好，腰斩也罢，都是咎由自取。殿下怎、怎忘了学生……”

我叹息一声，歉然道：“近来国事家事烦扰，脑子都混沌一片了，几个月前的事就恍如几年前发生的一般。”我再打量他片刻，安下心来，“楼公子这几月休养得还算不错，本宫也就放心了。”

楼岚哑然失笑：“学生行刺公主，罪该万死。初入相府，简相对学生逼问三天三夜。只因学生守口如瓶，简相也不好过于相逼，才欲擒故纵，让学生休养了几月。”他退后一步，终是肃然跪倒，“罪民有一事恳请公主，公主若允了，罪民死不足惜。”

想想当初这位楼岚公子宁死不屈的傲骨，如今竟愿意拜倒在本宫脚下，必是有不得已的事。我扶他起身，他却执意不肯。我软下口气：“你说。”

“请公主释放京兆府大牢的宋小姐和乌龙寺叶住持，他们是清白无辜的。”楼岚愧疚不已地抓着自己膝头，“要关就关罪民吧！”

我站了许久，心中有些微复杂，低下头看着痛悔交加的楼公子：“难道是、是你……”

“是罪民……”楼岚浑身无力一般，低声诉说，“一年前，罪民与宋小姐相识。因宋家是大户人家，所以罪民打算考了功名再向宋家求亲。宋小姐执意要与罪民红袖添香夜读书，除夕那夜破例一同饮了酒，不想竟犯下错事。宋小姐为保全罪民名声，一直向家人隐瞒此事。乌龙寺住持叶知秋是宋小姐的表哥，二人从前虽有情，如今却是清白的。害得他们二人入狱，罪民良心难安，求公主治罪民的罪，此事与他们无关！”

故事听来比较长，我找了块石头坐下，慢慢听完了。这种三角关系真是不知谁对谁错。追根溯源，似乎还是得怪到本宫头上。若不是当年本宫的一壶酒，叶知秋与宋小怜就不会断了姻缘，不会断了姻缘也就不会有后来的楼岚，没有后来的楼岚，就不会产生一个黑户口。

我长吁短叹了一番：“诚然‘情’之一字害人不浅，但酒这个东西真是当戒就得戒。酒后乱脱衣这种事，本宫其实也很无奈。”

楼岚公子脸上红了一阵，又白一阵：“公主教训得是。”

“真相大白就好说了，不过拿你的清白去换叶知秋的清白，你真的愿意吗？此事闹出去，将来即便你考了功名，那也是一段抹不去的黑历史，时时授人以把柄，就如同本宫这般，从此再没个好名声。”我颇为语重心长。

“若能释放宋小姐，罪民什么都愿意！”楼岚公子面色坚毅，果然有情有义。

“嗯，你愿意便好。放他们可以，你得答应本宫一件事。”我理理衣裙，从石头上起身，淡然道，“做本宫的面首吧。”

听闻“面首”二字，楼公子怔住了，少顷，面色沉郁，眼里光线晦暗，想是纠结万分。我四下看了看，没有池塘，此情此景倒是恰好。

“本宫素来不喜用强，即便是从前强抢来的美人，也是养在府里，等他们自愿了再留在身边。”我将语气再放软一些，淡然一些，“所以，你若不愿，本宫也不勉强。宋小姐的事，本宫会跟京兆尹打声招呼，命他们好生照料。”

说完，我缓缓转身，再缓缓走了几步。

“公主！”后方声音急促，“罪民……愿意……”

我背着手，淡定地回身，“待本宫回府写道手谕，宋小姐便可回家安心养胎了。”

“谢公主！”

我弯身握着他的手扶他起来，近距离打量他的眉眼，比之解忧更多了几分书生气，倒也新鲜动人。

“做了本宫的面首，就不担心宋小姐斥你薄幸？就不担心世人菲薄唾弃？”

楼岚垂着眼不看我，眉头却有些舒展不开：“小怜与腹中孩子若能平安无事，楼岚何惧人言。”

“功名也可弃？”

“楼岚贱命都可弃，何况功名！”

我听得不忍心，抚了抚他的手：“公子命贵，本宫绝不亏待你，功名、富贵，你要什么，本宫都可给你。”

带着楼岚公子回到相府前厅，我往椅中一座，边喝茶边叫来管家，表明了带人的态度。管家又为难起来：“这、这、这……老奴须得禀明相爷……”

“本宫要一个人，他还不给吗？再说，楼公子原本在公主府，是你们相爷给强行带走的，如今本宫收回来，还不成？”我将手中茶杯重重往桌上一放，语气也重了几分。

管家抹了一下头上的汗，还是为难不已：“可如今楼公子是在相府，而且相爷是有吩咐的，楼公子身份特殊，不得离开相府半步……”

我拉着身旁站着的楼岚的手，关怀道：“他居然不准你离开半步？这几个月，你必是过得很苦闷吧？”

楼岚任由我揩油，也没有挣脱，面色平静：“还好。”

管家被晾在一旁，看我们这边卿卿我我，不知是出于太亮的觉悟还是趁机逃脱的打算，转身往门口小步蹭。

“管家，告诉你们相爷一声，本宫今日便要带楼公子走，从此以后，楼公子不是什么戴罪之身。作为本宫新收的面首，楼公子身份尊贵，谁也不得轻贱于他，否则便是轻贱本宫！”我继续安抚地摸着楼岚的手。

“面、面首？”管家一踉跌在门槛上。

身为相府管家，竟这么没见过世面，本宫表示十分遗憾。又喝了半杯茶，没见管家回来，却见高唐一脸无可奈何地奔了来。

“公主，您到底要做什么？”如同他娘要嫁人似的无奈且无力的语气。

我无视于他：“本宫收个面首而已，莫非你有意见？”

“臣哪里敢有意见。”高唐望了旁边的楼岚一眼，再转向我，叹气，“简相刚喝下的药，又吐了出来。”

我眼皮狠狠一跳：“你这个御医怎么当的？伺候汤药都伺候不好！他哪里不适吗？怎么就吐了？”

高唐长长叹口气，如同他娘又改嫁似的无奈道：“大概是公主要纳面首，简相太高兴了，就吐了吧。”

“那好吧，你叫他不要情绪波动太大。”我起身，执着楼岚的手往外走，“再告诉他一声，楼公子我带走了。”

高唐豁出命去，挡在了本宫前面，视死如归慷慨昂然道：“公主！你是要把臣往绝路上逼呀！”

一般情况下，高唐断不敢做出如此举动，我思虑一番，顿觉恍然，便对着高唐意味深长道：“莫非……其实你也是想做本宫面首的？”

高唐凝噎：“治不好简相，公主叫我提头来见，如今看来，就是华佗再世，也是治不好简相了。我高唐一代神医，还未娶妻便要赴了黄泉……”

我挪不动步子，顺手揪起他的衣襟：“你说要冲喜，现在又说治不好，你到底怎么个意思？”

“公主手下难当差，你还是杀了我吧！”

我将他推了一把，怒道：“还不去给简相看病！本宫怎会杀了你，本宫只会阉了你！”

高唐退后几步站稳，神色悲戚，指着一旁默不作声的楼岚，对我道：“这小白脸带刀行刺你，你不追究，还要收为面首；简相为国为朝，劳碌成疾，你不闻不问，连他生死也不愿去看一眼……”

“住口！”我极为生气，“本宫的事轮得到你来教训？本宫今日带走楼公子，谁敢阻拦？”

话音方落，一个身影出现在了厅堂外。

顿时，一片沉静。

我收了几分怒火，褪去脸上怒色，恢复风度保持气度。

“我没那么容易死，高御医言重了。”已然一身闲服长衣丝毫不乱，发髻整肃，头巾整饬，眸如渊潭，眉似墨画，身如亭岳，面容宁静，“楼岚行刺一事尚未查明，殿下是希望他留在臣府上，还是交由大理寺或刑部羁押？”

我无法应答，久久无话。

简拾遗转头，抬手对管家示意：“将楼公子带下去。”

楼岚望着我，无声胜有声。我也望他一眼，无声静默。我松开他的手，他跟着管家离去时，还回了一下头。高唐也默默消失了。该走的都走了，不该走的也走了。这相府厅堂里，就只剩我与简拾遗。

我看着这位宰相，实在容易生出错觉，此刻，他站得如渊如岳，丝毫不见病态，我真要怀疑高唐那番病论都是胡诌。

“简相身体怎样？高唐方才说……”

“不要紧。”他随口答了一声，走进厅来。跨门槛的时候，身形似乎有些不稳，也不知道是不是我眼花了。

见他依旧谨守君臣之礼站着，我道：“简相身体不适，就不必拘礼，坐着吧。”

他寻了把椅子坐下，倒也干脆。

我酝酿一番，开了口：“楼公子的事……”

“臣会尽早查明幕后指使。”简拾遗摸着桌上一只茶杯，截口道。

我再酝酿一番，迟疑着开口：“本宫自幼便谨守礼教，不曾做过出格的事，如今年纪大了，也该有面……”

“殿下爱吃面条的话，臣让管家吩咐厨房一声。”简拾遗一手拿着茶杯，一手去摸茶壶，却什么也没倒出来。

我噎了噎，看他桌上壶里没水，忙从身边桌上抄起茶壶，走过去礼贤下士，拿过他手里的杯子，给注满了茶，再送到他手里。简拾遗似乎愣了愣，接过茶杯，才想起道了声“惶恐”。

我准备待他喝完茶再继续方才的话题，实则也是打算利用这个时间再酝酿一下措辞以及语速，万不能再让一句面条给堵回去。却见他手上很不稳，杯里的茶洒出了一些到膝头。那茶烫得很，我下意识便俯身拿袖子给他快速抹去水渍，不想此举很是不妥，简拾遗出手阻止，便没顾着手里的茶杯，又洒出不少。

本宫脑子不抽则已，一抽惊人，看着更多的茶洒到他身上，一时着急，便蹲到地上抡起袖子给他擦腿上的茶水。简拾遗嗖地一下站了起来，连忙避开。见他如此举动，本宫才意识到自己又失态了。

我起身掩袖子咳嗽一声，神色自若："面条本宫还是回府吃去，不过面首本宫还是要从相府带走的。楼岚行刺事有蹊跷，简相一直不曾查明，其中曲折一时难以明了，不如交给本宫细细审去。那楼公子一身傲骨，却甘愿为本宫男宠，他若是存着心思，本宫也可将计就计。本宫实则是为着国朝社稷着想，不入虎穴，焉得虎子，舍不得美色套不住流氓。其幕后指使，假以时日，本宫一定会查明！"我喘了口气，歇了一歇，再认真望向他，"拾遗，是真的！"

简拾遗在我的长篇剖析中已从刚才的变故恢复正常，眉眼深沉，似乎也很认真地听取了我的美人计、反间计以及将计就计，"嗯"了一声，静静道："何以证明殿下说的是真的？"

我肃然立掌起誓："本宫若掺杂半句假话，便五雷轰顶！"

简拾遗身后，庭院的天空，划过了一阵闪电，耀得天际雪白，随后天昏地暗，飞沙走石，大风起兮。我紧张地咽了下口水："今天有雨，不、不算……"

简拾遗点了下头。

然而话音甫落，一阵惊雷炸响在了房顶，余音续接又一声惊雷。我动若脱兔奔到了简拾遗身边，抱住他的胳膊，脑袋埋下，发抖："这不算……"

轰隆又一阵雷灌入耳中。我浑身一颤，又抖了抖。一双手捂住了的我耳朵。我就势往那打开的怀里滚去，鸵鸟一般将脑袋挤进去。体温刚好，适时地抚慰了我一颗受惊的心灵。

一个温润的嗓音响在头顶："任何时候都不要随便发誓，言语有灵，天地有鉴，人心可畏。"

我在他怀里一拱一拱地点头："那你相信我说的吗？"

"你要我信，我便信。"

"那我可以带走面首吗？"

沉默许久，方道："你要权，我给你江山；你要驸马，我给你解忧；你要面首，我给你楼岚；你要的，我尽量给就是。"

〔第九章〕

恰似太监上青楼

雷声渐歇，暴雨骤起，这夏秋之际的天气说变就变，如同人心，阴晴不定，叫人捉摸不透。因突发暴雨，本宫被困相府，眼见着天越来越暗，怕是也来不及回公主府了。

刚从简拾遗口里得到允诺，准许我养面首，我心中却说不上是什么感觉，似乎有那么一些欢喜，终于名正言顺、名副其实有了男宠。养面首，是我从幼年至今的一大理想，不亚于讨平番邦使之朝贺我国的一种成就感。因我虽有荒淫之名，却无男妾之实，纵在平时两月一小抢，三月一大抢，也不过是打打野味，不太能朝夕尽兴。拥有固定面首便成了我梦寐以求的理想。

如今得以实现，实可谓一偿夙愿，怎不叫人激动有余兴奋过头？以至于把简拾遗那一长段话只记住了面首那句。可喜可贺之余，心头那点儿游移不定的怅然便显得莫名了些。

稍稍冷静下来后，我确定一遍：“楼公子，你准我带走了？”

简拾遗略有失神，似乎没了力气再多言，只简单地“嗯”了一声。

知他身体不适，我便不再跟他过多纠缠这一话题，重新起个话头：“简相与漆雕小姐的婚事……”

“国家战事未绝，为相之人谈何婚事。”简拾遗转身看向厅外密布的雨幕，意态萧索，“再者，我何时说过定下这门亲事？”

这便要推个一干二净了吗？我有点着急：“可我已经在朝堂上答允了漆雕大人。漆雕大人是三朝元老，你这不同意，势必落下不和，对你这根基尚浅的宰相也不大利。”

简拾遗微微笑着回眸，带着雨中的那么点凉意，看着我：“我为相，莫非还得仰赖裙带？不攀这门亲，我便辅不了国？”

这质问含枪带棒，我有些招架不住，退了一步放缓口气：“我自然不是这个意思。帝都官宦，多是政治联姻，越是高位者越然，很多时候由不得本心。唉，其实我也不是硬要将漆雕妙妙强嫁于你，她虽纯善，却……”我顿了顿，叹了口气，发自肺腑，“却是与你不大配的。”

叹完后，我发现简拾遗一瞬不瞬地盯着我，我立即检讨自己，没底气地问：“我、我说错了？”

他眼中却泛了点笑意，柔和了不少：“殿下怎会错，你可继续说完。”

我低头“嗯”了一声，再度发自肺腑：“与你般配的非妙妙之辈，我始终觉得，与你最为般配的……”

简拾遗转身面向我，静待下文。

“是我……”一个喷嚏将我打断。

简拾遗震了震眸子，以一种看似平静实则不平静的神态凝望于我，正要开口。

我续着方才的话：“是我侄女。”

却见简拾遗眼里的光彩皆成了过眼云烟，抬袖掩唇咳嗽起来，身体也晃了晃。我赶紧倒了杯热茶，上前一手扶着他一手递给他。

这时，高唐不知从哪里冒出来，急得忙抽银针：“公主啊，您没事少说话，没事少断句。您先一边儿喝茶去，我来给简相施针。”

我只好蹲去角落喝茶，看神医瞬间便给简拾遗施了几针，手法快到眼神都跟不上。简拾遗坐在椅子里，咳嗽渐缓，面颊却越发地白。我瞧着不放心，跟上去提醒：“今儿下雨，天气凉，去煮点儿参汤来也许管用。”

高唐收了针，不放心地看着我：“公主说得是，我这就命人煮点药膳参汤，但是，你可以离简相三丈远吗？确保我回来之前不要跟他说话。”

“这是为什么？本宫是毒药？”我极其不满。

“毒如砒霜。”高唐小声嘀咕。

高唐终是去熬汤看药了，我自然不会听他所言离到三丈远。外头雨幕不止，凉气阵阵袭来，管家适时送来火炉和外衣，又命人放下厅门棉布垂帘，阻隔寒气。我帮着张罗，不一会儿闷出一头汗。这么个夏日暴雨后折腾得跟个严冬似的，正常人都得热坏，偏简拾遗手上还微微发凉，握个茶杯也不得力。

我看得心中颇不是滋味，总觉得他这个样子都是我作孽害的，当然，得出这个结论纯粹是因为高唐防我如防毒的糟心之论。

汤药送来后，我亲自接来喂他。简拾遗原本比较抗拒，但因实在抢不走我手里的汤勺，只得无力地认命了。

高唐与管家见状，都退了出去。

“拾遗，你身子不好，就不要操劳国事了，冲喜的事也随你的意吧，你不愿意，别人也勉强不得。”我吹了吹勺子里的热气，再送到他嘴边，看他体虚地吃下去，忍不住又想起一事，心中万般不是滋味地提醒一句，“对了，我听说男人体虚的时候要静养，那什么，就暂时不要招如意等姬妾侍寝了，等好了再……”

简拾遗猛然咳嗽，刚咽下的汤药又溢出了嘴角。

我慌手慌脚地忙抽出袖里的手绢，拭到他嘴边。

“如意她……”简拾遗按着手绢，顺道也按着了我的手，眼里闪着一片晦暗不明的光。

“如意她倒也不错，你若真心喜欢，不愿娶旁人，将她扶了正，也未尝不可。”我见他如此，立即投其所好，应该不会错了。

简拾遗按着我手的力道不经意加大了几分，很快抽过手绢松开了我，彻底仰靠在椅中，闭上眼，语似喃喃：“如意……如意……岂如心意……”

我端着他不愿再喝的药碗，望着他合眸静歇的面容，忽觉外间雨声都退出了尘世之外，虚无缥缈到了极处。他这面孔如何也看不厌倦，虽然看了这么多年，看着看着便心神凝一，一切浮躁都没了——虽然他口中正念着一个不相干女人的名字。

也许，只能远看吧，这样的他是近不得的。

外头唤我很是唤了一阵，直到简拾遗睁开眼望了我许久，我才回过神。

“禀公主、简相，兵部尚书赵大人求见！”

我神色一凛，立即道：“进来！”

赵辅国一迈进厅内，便要叩拜，忽然面露尴尬之色，僵了片刻。我懒得等他啰唆，先发问道：“不必多礼了，可是前线战报？驸马到了何处？”

赵辅国只来得及行了半个礼，忙将袖中十万火急的战报交到我手中，口中汇报：“禀公主，何驸……何帅昨日已到青州，人未到便先遣了铁骑军突袭叛军，攻其不备，并烧了叛军部分粮草。叛军不敢轻举妄动，纷纷撤入山堡中。两军暂时按兵不动。”

我翻看完战报，出了一手心汗，听着战况也还算正常，这种战事非一朝一夕可摆平。我回头准备同简拾遗商量一下如何回复指示前线将领，便见他手里展着一个纸卷漠然地看完后递给我。我接过一看，竟是何解忧夹在战报中的小情书，必是方才看信时不慎遗落。

我微微脸红地一边看一边酸倒了牙——

重重卿卿如晤：不见佳人，空虚何如，千军万马，如画江山，独吾心寂寂。枕戈待旦，夜不能寐，辗转反侧，寤寐思服。伏唯愿，太平待诏归来日，卿卿与我解战袍。嗟夫！巾短情长，所未尽者，尚有万千，汝可以模拟得之。吾今不能见汝矣！汝不能舍吾，其时时于梦中得我乎？

末尾还附了一首小情诗：

欲倚绿窗伴卿卿，颇悔今生误道行。有心持钵丛林去，又负美人一片情。

自恐多情损梵行，入山又恐别倾城，世间安得双全法，不负江山不负卿。

不得不说，情书蜜语，酸则酸矣，毕竟还是透着蜜的甜，酸甜交加，忽然觉得牙齿很是受不住了。反复看了四五遍，对那最后一问有些略感惭愧，还真没有时时梦着他，今晚得试着梦一梦，才对得起他这番甜言蜜语千里相送。考虑妥当，我将情笺小心翼翼地叠起来纳入袖中。

忽觉有些地方不妙，我瞪向兵部尚书："赵爱卿看了？"

赵辅国小腿一颤，脸部一抽，不知是被酸到还是被吓到："臣无礼，不小心看、看了，不过臣已经忘了。"

这还差不多，我稍感满意。

一个沉沉的嗓音在我身畔响起："臣也看了。私信夹于战报中，任谁不会看到？"

仔细一想，倒也是。这么说，这战报一路看上来的人，都已然顺带看了这封情书。我一张肃然的脸渐渐发烫。解忧，你这又是出的哪一手？莫非真以为本宫已然豪放到了可与臣子共阅情书的地步？

这俊驸马的心思向来难猜，我也就不去费心琢磨了。

三人商议了一番，我本着谨慎起见的打算，便由简拾遗口述，我笔录，对战报作了鼓励及建议性批复，再交由兵部尚书发往前线。

简拾遗口述完后，饮下半杯茶，猝然低声问："殿下不回复私信吗？"

我一脸窘迫，为难道："本宫不会作那些诗啊词的，文绉绉又甜言蜜语的句子更不会写，太傅又不是不知道。"心中却忍不住吐槽，当年你执意不教本宫吟诗作赋，以至于本宫少女时代便少有那种浪漫少女情怀，在情情爱爱上只会凭着直觉办事，能抢则抢，那种柔婉曲折的手段却是不大会的。

不过念及简拾遗少年时便才冠京华，诗词歌赋、策论文章样样拿手，便心生一个主意："太傅，不如你替本宫作封回书？"

话音刚落，正在尽量将自己淡化成背景的兵部尚书脸部抽搐，忍了一忍硬是没忍住：“身为老师的简相回复身为学生的何帅一封情意绵绵的情笺，当真唯有公主想得出……”

果然这个要求很无礼，简拾遗干脆将我无视，垂着眼睛默然饮茶。

回复小情书的事情便作罢。

暴雨渐歇，天色也渐晚。高唐提议说不放心简相身体，需留下来观察一夜，又透露相府厨子赛过公主府的寡妇厨娘。我肚中一阵饥饿，便留了下来。

晚膳时，我坐上首，简拾遗作陪，高唐副陪，楼岚在我身边伺候，布个菜剔个刺什么的。相府厨子果然手艺了得，几道招牌菜吃得我乐不思蜀，兼之各位作陪的秀色与新收的面首，可谓人生得意须尽欢，莫使金樽空对月。

饭后，管家请示安排哪里的客房。简拾遗尚未开口，我沉吟道：“本宫习惯睡前翻翻圣贤书，前些时日见简相房内的书房甚是漂亮……”

简拾遗看了看我，只得对管家吩咐：“立即收拾一下，今夜就委屈殿下在我房中歇息了。”

管家看了看我，答应了一声，随后又请示他们主子：“相爷，那您今夜睡哪儿？”

这个问题应该不在本宫考虑范围内，遂自顾自喝着饭后茶。简拾遗低声道：“东院还有间书房，收拾收拾……”

“那里许久没住过人，又偏僻，相爷，您这身体又不好，万一夜里不适，喊个人都没得应。”管家表示不妥。

“相爷往奴家房里委屈一晚吧。”门口站着一个单薄的人影，嗓音柔中带怯，正是相府的小侍妾如意。

我咕咚咽下茶水，喉咙里烫了烫。这是别人家的私事，怎么安排都是合理的，我不大好提意见，便转身同楼岚话些家常：“楼公子，你瞧相府的客房也不多，高唐又住去一间，你总不能睡偏僻的柴房吧，就同本宫歇一个屋吧。”

楼岚自吃饭时起，就有些顺从了他的新身份，任命运将他践踏也不再抵抗的表情，此时听我这般猥琐的提议，更是放弃了抵抗，垂着眼睛点了点头。

高唐不怕死地提议：“楼公子可与本神医睡一个屋。”

我幽幽转向他：“你忘了那两条鱼了？”

高唐不再吭声。

见我们这边已做了合理的安排，管家小心翼翼地认同如意的提议，他家相爷留在内院睡，夜里也好照应着。如意满眼期许地望着她家相爷。她家相爷沉思良久方道："管家去安排吧。"

瞧着也不早了，简拾遗作为东道主，勉强打起精神招呼大家品尝各地名茶。众人一边叫着好茶，一边东倒西歪哈欠连连。我在灌下第九杯铁观音，打了个饱嗝兼哈欠后，抚了抚肚子，擦掉因哈欠太大而流出来的几许眼泪，道："简相，三更天了，再喝下去天就亮了，大家该上茅厕的上茅厕，该回房的回房，各自洗洗睡吧。"

众人再也顾不了其他，纷纷附和。

简拾遗缓缓起身，立在厅里送众人各自回房。

侍女打着灯笼送我与楼岚入了宰相的卧房，洗漱完毕，待不相干的人都走尽后，灯火映照下，楼岚肤如雪，发如墨，我的睡意一扫而空，凝视他许久，拽着他的手便往卧室去。

房中燃了一炉香，清冷清冷的，带着薄荷味。我望向楼公子的热切眼眸也跟着冷静了下来，即将陷入无欲则刚的境界。楼岚公子似乎会意为我公主之身比较矜持，只在等他宽衣解带，于是慢腾腾极为艰难地抬手摸向了自己的腰带。

锁骨一出，我眼里那点冷静瞬间灰飞烟灭，薄荷嗅来都成了苏合，色心一起，神佛莫挡。楼公子乍见我如此色态，手一哆嗦，衣带纠结到一起扭成了一团。我踱上前，三两下为之化解，抽出他腰带缠在手上，想到物尽其用一说，心下便欢快地跳出一个念头。我便欢快地向楼公子提议："为了检验一下这腰带好不好用，稍微姑且绑你一绑，系到床头，你看这个提议怎么样？"

楼岚公子脸色唰地白了，"无耻"两个字在他唇边滚了一滚，硬是给咽了下去。我叹口气，心软地扔了腰带："本宫跟你开个小玩笑。"

紧张的气氛缓和后，楼岚以异样的眼神看着我："公主，你既有了令天下女子羡慕都来不及的何驸马，为何还要这般强夺男色？"

"男色如同江山。"我笑吟吟地上前，替他宽衣，"占有的越多，本宫拥有的便越多，拥有的越多，就越不怕失去。当你一无所有的时候，你还失得起吗？"

"公主是怕失去？"楼岚捉住我的手。

"一无所有的人，才害怕失去。"我不高兴地道，"本宫拥有这么多，还怕什么？"

我心中不悦，一手便将他衣襟扯开，推倒在榻，欲行轻薄之事。

敲门声不合时宜地响起，极有节奏，极有耐心。我暂收轻薄之态，继续不悦："这么晚了敲什么门？"

外间有人紧张地清了清嗓子："公、公主，送、送夜宵的。"

我让楼岚去开门。送夜宵的小厮年纪尚轻，不大有经验，却极有跳跃的思维与丰富的联想，见楼岚衣衫不整、面色潮红的样子来开门，便脑补到自己不得不窘迫地红了脸，最后完成任务一般火速放下夜宵光速逃离。

重新关好门，楼岚问："公主吃吗？"

"吃！"我扑上前将他拽回来，"本宫吃定你了！"

楼岚红着脸，护住自己的清白之身："若是驸马怪罪……"

"本宫答应过，驸马有且只有一个，可没答应不纳面首。"我摸上美人面。

楼面首还是不太能接受，反复劝说本宫从善行良，需温柔贤惠，知书达理。我听得恼火至极，跟他力辩了一阵，莫非那宋小怜便温柔贤惠知书达理了？莫非本宫就不如她？

"公主尊贵之身，旁人岂可相比？"见惹恼了我，楼面首极力弥补，好话说了一箩筐。再说下去，天都要亮了。本宫的第一个面首就搞不定，日后还有何面目见人？

我羞怒交加，正要霸王硬上弓，又闻冤魂不散的敲门声，极有节奏，极有耐心。

楼面首立即蹿了出去："我、我去开门。"

送完夜宵的小厮心胆俱碎地抖着托盘："送、送茶水。"随即又光速遁了，本宫都没来得及吼他一嗓子。

只怕都快四更天了，我揉着脸，尽量平和："小楼啊，今夜你不自荐枕席，就过不了面首第一关，过不了这一关，京兆府那边本宫可没空理会。"

打蛇打七寸，是个至理名言。楼面首想必心中经历了一番天人交战，终是咬牙走了过来，抱起我便扔到了床中央，哆嗦着手解我衣带。

"慢着。"我抬起他的下巴，对他此举不太满意，"你就不能带点儿感情地看着本宫？本宫一点儿也不可爱吗？"

他与我对视，深潭一般的眼底波涛涌了涌，拿开我的手，慢慢靠近，对着我的嘴唇亲下来。

"咚咚咚！"敲门声又起。

我火冒三丈，跳下地，奔去开门，劈头骂道："老娘好不容易的春宵你们是琢磨着要打断几次才罢休……"

还有好长的句子没骂完。

门口黑衣人蒙脸，笑嘻嘻地进了门再关上门："简相跟夫人的春宵，容某先打断一下下。"

我挤出一个微笑："不妨事，阁下有何贵干，可要吃点夜宵？"

"太晚吃夜宵容易胖，不利于我们这种职业。"蒙面黑衣人在书房里踱了几步，目光扫向书橱，"简拾遗接的圣旨一般放在哪个橱里？"

"阁下的职业是专门盗……到藏圣旨的地方勘察？不晓得月钱几何？"我纯良地笑。

"绩效是根据所借之物的等级来量定。"蒙面黑衣人拉着我往内室去，"简相何在？容某小小做个买卖。你家夫人在某手上，速速交来昭武帝传位诏书，可放你家夫人。"

内室里，楼岚公子见我被挟持，倒也淡定："我不是简相。"

"什么？"黑衣人大惊，"你不是简相？你是何人？她是夫人，你怎么不是简相？此间明明是简拾遗的卧房，某是不会看错地图的！绝不会！这可是跟绩效息息相关的！你好好想想，你究竟是不是简相？"

"不是。"楼岚道。

黑衣人虎躯一震，便要发飙。

我赶忙解释："这位某大哥，事情是这样的。我是夫人不假，他却不是简相，其实他是相府的一个幕僚，因与我有了私情，才趁今夜简拾遗不在，度个春宵。其实我们这种行为，呃，通俗来讲，可用偷情来概括。"

黑衣人烦躁地扔下我，一手叉腰一手搔头，顺手解下了蒙面黑布扇风："某怎么没有想到，这种侯门深海，私情泛滥，偷情也在情理之中。误会之处，还望海涵。"说罢，转头往外走。

我理了理衣袖，喊了一喊："这位某大哥，吃个夜宵再走？"

"不对！"黑衣人烦躁地回身，"他是幕僚，你是夫人，应该知道圣旨在何处，速速说来！若不然，吃某一刀……"唰地抽出背后阔刀。

"你先吃本宫一箭。"我抬起衣袖，一支小弩箭自袖中射出，正中黑衣人额头。

黑衣人扑地。

本宫袖底小箭，不发则已，一发必中，一中必亡。

竟有江湖人士来寻父皇的传位诏书，此事只怕干系甚大。不及多想，我绕开地上尸体，奔出去找简拾遗商议。问了值夜仆从，寻去了如意卧房，急匆匆闯了进去："拾遗，有刺客！"

闯进去后本宫知道自己又缺根筋了。

简拾遗坐在床边，如意在他跟前宽衣，宽得只剩粉色兜肚了。

二人见我闯来，都是深感意外。如意迅速裹上衣衫，神态不胜娇羞。简拾遗愕然，起身追来：“殿下——”

我转头跑了出去，脑子里一片空白。

跑到一棵白兰树下时，简拾遗追了上来，拉住我的袖子：“殿下！有刺客？你有没有事？”

我使劲挣开：“我能有什么事。刺客入府，简相还是去护着自家爱妾为好。”

他不顾君臣之仪，再次将我扯住：“重重！”

“简拾遗，重重是你叫的吗？”我再次将他甩开。

见我又要跑开，他奋力一扯，将我扯入怀里。

忽然，唇上一压，有个柔软的唇瓣覆在了我的唇上……

渐深，渐缠。

我震慑得灵魂出窍……

魂飞天外，不知今夕何夕，不知身处何地，脑中只一个极震撼极冲击的念头：这是有违我认知的一件事，是法理不容的吧？

我木然地接受着他的攫取，他的深吻，他的味道。

无一不让人留恋，不让人企慕，不让人沉溺。

这一切，居然并不陌生。

然而，这感受却是头一回，绝对是头一回啊！

错综复杂的矛盾感让我迟钝得绝无仅有，一点儿也没有回应他。或者说，是太过于惶恐，太过于爱惜，不知道要怎样去完美地回应他。

搂在我腰间的手许久才松开，唇上的热度与他的气息一同退了。

我睁开眼，看着他近在咫尺地凝视我，看着他眼底璀璨的光芒坠入了万丈海底。

我很无措，很惊惶，很惊惧，很愤怒。

一直以来，我都将他当作天边闪耀的光华，虽存着觊觎之心，却不敢太过亵渎，也不容别人亵渎。

虽然知道他是别人的，却必须在我看不见的地方。如果是因为被我撞见，为着迎合大长公主的权威，为着维护我的尊严，他才如此屈尊，如此作为……

我退后一步站定，震撼得心底如同被石磨碾过，开口嗓音都发颤：“简拾遗，你刚同自己小妾滚床单，是幻觉了才当我也是你的小妾吗？”

他神色震动，眸深如壑：“公主又是出于什么幻觉，要在我房中纳面首？”

我气得语结：“轮得上你质问本宫吗？本宫就是这么荒淫，驸马、面首，要多少纳多少，谁敢反对？谁敢质问？你简拾遗不过是教本宫读过几天书，不过是叫过你几声太傅，你真当是本宫长辈了？你姬妾成群，犹不满足，无礼冒犯本宫，以为本宫真就沉溺于你的温柔乡了？本宫从不要身家不清白的男人！”

简拾遗一手扶住身边的白兰树，袖口发颤。

出口的话收不回，我心中何曾好过，看他一眼便转开视线。白兰树外，一个娇俏的身影站在暗中。

我今天实在是不够大度，爹毛爹得毫无气度，叫人看笑话了。

“刺客来问传位诏书，你看着办。”甩下一句话，我转过身，仰头倒回眼中的热流，什么也不愿再想，跑向了相府大门外的夜色中。

夜色里，不辨方向，有路便走，星光微茫中，我沿着浅白延伸的路面，就走到了一处繁华所在，心中略记了记大概方位，竟然已是平康坊地界。

风流渊薮平康坊，人间天上醉仙楼。

达官贵人往来其间，买醉买笑买面子，人间极乐，欢场胜地，据说来此过一夜，什么烦恼忧愁都会涤荡一空。

“这位小姐，可有预约？”大门处的龟奴笑容满面地迎来，恭敬有礼。

“没有。”我眼望着高楼上的牌额，据说那三个字是二十年前顾太傅离京时最后的题书，狂草不羁。据传，那位太傅与醉仙楼有着不解之缘，不知那位传奇女子是以怎样压抑且放诞的行为恣意了这半生。

龟奴拒客也拒得温文有礼：“这位小姐有所不知，我们楼里的规矩，提前三日预约方可订下位子，提前五日预约方可订下包间，提前十五日预约方可约下姑娘。实在抱歉……”

我提出一个牌子挂在指端，紫穗银牌金字。

龟奴凑眼一看，念道：“执相安邦。”念完后瞪大眼睛，“这、这、这是……”

老鸨被惊动，前来看了牌子，镇定道：“怠慢之处，还请恕罪。不知今夜是相爷莅临，还是小姐……”

“我。”收了从枕头底下摸来的牌子，我漫不经心地扫视周围，没见着朝堂上的面孔，稍微安下一点儿心。

“您里边请。”老鸨当先引路。

“今夜可有当朝公卿？”我随口问道。

“这个……”老鸨为难的样子十分明显，“我们醉仙楼的规矩，得为客人隐私保密。”

“那就好。记着也为本……小姐隐私保密，叫几个眉清目秀的小倌过来，包一夜。”

四五个美少年入了封闭式包间，都是十六七岁的年纪，年华正好，风骨初成，这嫩草吃得人心中颇受道德的谴责。见我沉默，几个小少年忙殷勤倒酒打扇剥葡萄。

墙边一个少年安静地坐着调琴，神态静穆，不受喧嚣所染，徐徐缓缓拨弄琴弦，曲调似在清商之间，乐律清绝，不似凡品。一曲三叠三咏叹，曲境邈不可追。

我问喂我美酒的少年："那边小琴师叫什么？可是清倌儿？"

小少年瞥一眼："十一郎吗？自诩卖艺不卖身，妈妈也纵容着，只等着高价拍卖破他清倌儿身呢。"

我被一口酒呛着："什么？十一郎？"

好名字！

这名字，这琴艺，这清白身！

"好了，你们都去歇着吧，就留十一郎伺候本小姐了。"

另一少年惊看我："十一郎还没正式选日子，妈妈也没许可他接客……"

我不耐烦地打断："我何时来，何时便是好日子，选个什么劲儿！这清倌儿我要了，多少身价也是付得起的。去跟你们妈妈说一声，不过今夜不得来打扰我。"

四个少年不甘心却也无可奈何，纷纷瞪了少年一眼，不情不愿地出了包间。

琴音铮铮收住，较为刺耳。我皱眉之际，那十一郎已起身站着，漠然视我。我端着酒杯，仰靠在竹椅上，跷起二郎腿儿："我买下你，不好吗？"

俊俏少年眉目冷淡，十分不可亲近："我不卖身。"

"入了这里，还由得你？"

"我不卖身。"

"我若偏要买呢？"

"我不卖身。"

我揉着额角，只得换个话题："十一郎啊，你方才弹的什么曲子？"

"一百多年前的《风颜曲》。"少年神色柔和了些。

"听来有些耳熟。"本宫音律方面的学问实则只有半桶水，不过丝毫不妨碍本宫不懂装懂、投其所好、迂回亲近、曲线博好感等一系列方针的实施。

十一郎脸上渐渐有了神采，徜徉于音律史中不可自拔："这是前朝大宸的曲子，相传是仙韶院大司乐及其弟子合谱合奏的琴箫曲，这两位乐圣一出，一百多年来再没有可匹敌的乐师，这《风颜曲》也再无人能合奏出当年的境界……"

我一边喝酒一边不时问几处关键，再扼腕唏嘘几句，十一郎顿时对我改观，视我为知己，亲自上来为我斟酒。看火候已成，我再不咸不淡漫不经心地道：

"前朝大司乐俞怀风著的《古今乐律通鉴》的亲笔手稿，就在我家里放着，嗯，许久没拿出来晒晒，不晓得长虫了没。"

十一郎霍然带翻酒壶："说谎是要下地狱的！你怎可能有乐圣俞先生的手稿？"

我抖着二郎腿儿，随口道："我家里有钱，有钱什么东西买不到？"

十一郎扑到了我脚下："小姐，你买了我回去吧！"

"你又不卖身，买你做什么？"

"……只要能亲见我的偶像俞先生的真迹，你要我做什么都可以！卖身也好，卖力也好，我绝不反悔！"

我一指钩起他的下巴，望着他纯湛儿可滴水的眼："那得先看看你是不是合适卖身了。"

十一郎垂下眼睑，兀自心理斗争了一会儿，毅然闭眼："我去沐浴更衣。"

松开他，我重躺回椅中，闭目饮酒："快些吧。"

这年头，这么天真纯善的孩子真是不多了。可谁让你叫十一，谁让你会弹琴？你偏要撞到我的虎口来。

不过，也许今夜相逢，真是天意呢。

想得多了，免不了心头哀伤，越是哀伤，酒也就灌得越多。听见门口珠帘响动，想是十一郎进来了。他慢慢走来我身边，站在我的躺椅旁。

我依旧闭着眼，晃着腿儿，一手握着酒壶，一手抬起来抓向身边人的手，调笑道："十一郎，洗白了？"

手上骨节分明，不似少年人。

我心中"咯噔"一下，登时松了手。

睁眼，扭头，正对上一双深沉不见底的漆黑眼眸，无声地俯视我。

对视了小半会儿，我从袖中掏出小牌儿，扬手递过去，醉着笑道："是来找这个的吗？还你就是。"

他接过"执相安邦"紫穗小银牌儿，连带着也没松开我的手。

我举起葫芦继续喝酒，被他一把夺过。我怒然拍向扶手："简拾遗，你犯上是不是上瘾了？"

"是，戒不掉。"他面色沉郁，俯身看着我，眸光一闪即逝，"你到底要怎样？来醉仙楼买小倌？你还记得自己的身份吗？若是我得罪了你，欠了你，你只管对付我就是！寻花问柳，你不嫌这些人不清白吗？你要作践自己到什么时候？！"

我冷笑："本宫不过是找几个男人，寻寻欢，作作乐，与你有什么相关？春宵苦短，简相还是回府让如花美眷侍寝吧，也好让本宫临幸一下眉清目秀的清倌儿，美少年可不是一般老男人可比的……”

简拾遗眼中怒火闪现，脸色阴郁又阴沉，忽然一手扳着我的肩，将我拉离出躺椅，一手穿过我腿下，横抱了我起来。酒气再加上这一晃悠，我顿时便晕了，以至于不知怎么就被他抱到了床榻上。

未等我爬起来，他已俯身压来……

唇上被死死堵住，牙关被他强行撞开，他满满的气息滑入口腔，舌头肆意侵略着，一退一进地追逐，一旦被捕，咬舔噬吮，辗转不尽如同一场灾难。我盲目地无意识地一手绕上他的脖子，无力地攀附，欲躲避欲迎合。这种不断的索取似乎永无尽头，耳鬓厮磨，呼吸粗重，耗尽体力。

温润炽热的唇带着灼热的气息滑向耳畔，轻柔吮吸，辗转轻啄，落向颈中，一路入侵。我仰头呼吸，紧抓着他的袖摆，仿如溺水后握住最后的救命稻草。

衣衫也不堪重负，寸寸裂帛。

一夜销魂断肠。

〔第十章〕

座中绯闻谁最多

醉醺醺地睡去，昏沉沉地醒来。

记忆仿佛被剪走一段，不晓得身处哪里。我迷蒙着眼爬起来，总觉得哪里不对劲儿，沉思良久，找不着根源。我一手撑头，努力思索，忽地瞥见一片熟悉的衣角，顺着衣角往上看，是一片熟悉的胸襟，再顺着往上看，一张熟悉的面孔，一双深沉的眼眸，默然看着我。

我心口狠狠一跳。作孽呀，我究竟做了什么？我悄悄移开目光，无法与之对视。

再扫了一眼彼此的衣着，还好，都穿着，虽然外衣有几处撕裂的痕迹，应该是没有发生什么严重的事。正这般想着，脑海里突然跳出一个无比激烈的画面。

我的心狂跳开来，那画面中的人是本宫跟太傅吗？这、这、这……也太荒诞荒谬荒淫了！

我尝试着开口，舌头有些打结：“昨、昨夜，有、有没有……”

简拾遗撑着枕头缓缓起了身，眼睛里暗沉沉的，光影交叠：“没有。”

听到这个答复，我紧张的情绪这才彻底松了下来，长长嘘了口气，抹了额头一把汗。虽然放松了下来，但心头不是没有那么点儿无耻的失望，那点儿无耻的念头，只是不能如此罢了。

我悄悄望了他一望，再次垂下眼：“昨夜，太傅是因为醉了吗？”

“昨夜醉的是殿下。”

我抬眼：“你没醉？那你……”

“我没醉，是我无礼冒犯了殿下。”简拾遗抛出相令牌，神色沉静，“我愧对先帝，愧对祖宗，有负托孤，有负遗训，殿下另择良相吧。”

我捡起相牌摔回他身上："那本宫愧对父皇，愧对驸马，是不是也该去死一死？分明是你犯上在先，本宫昨夜的记忆中也没有翻身轻薄过你，你这般哀莫大于心死的形容是为哪般？"

"为哪般？"他转眼注视我，容色不波不兴，"为着不知殿下意欲何为。"

我笑了一声，对视着他的双眸："该是你问我还是我问你？简拾遗，你意欲何为呢？你这么招惹我，可知是什么后果？昨夜，敢说不是你勾引的我？先是抬出'不得尚主'的遗训，再是跟本宫缠绵这一夜，你究竟要怎样？你拿我当什么人？"

简拾遗离开床榻，无意识地走了几步："还要问什么？"

我也从榻上起身，站在他身后，望着他的背影，语声艰涩："不能尚主，是真的吗？"

"是。"

"明白了。"我坐到地上，彻彻底底放松下来，"昨夜我醉了，什么也不记得……"

他回过身，走来，俯身："不记得，那就再记一次。"

说罢，捧着我的脑袋，再次将他的气息渡了过来，缠绵欲死。我钩着他的脖子，推他到床边，翻身压到他身上。

不能尚主？我先上你！

天雷勾地火也不过如此。

清早火焰正盛，一手扯开他的衣襟，狠狠咬在他唇上。

然而并不是每个人都能享受这大好的早晨，包间外有个大嗓门嚷道："青萍姑娘不会在这间吧？本官倒要看看是哪位大人白日宣淫，敢夺本官预约的姑娘！"

"砰"的一声，门被踹开。其实根本不用使上那么大的劲道，貌似昨晚不曾上闩来着。若是落了闩，也不至于这一下就被人闯了来。

"青天白日，朗朗乾坤……"嗓音戛然而止。

简拾遗将我推了下来，我顺势落了地，扬手一合衣，抬手一绾发，电目扫向门口。

闯进来的正义使者浑身一震再一颤，眼睛瞪得滚圆，一手捂住了嘴："公主……简相……"

我起身负手："早啊，漆雕大人，您可真是老当益壮，这逛窑子的习惯还没改啊，尊夫人若是知道……"

三朝老臣，也是先帝托孤重臣的漆雕白听闻此言更是虎躯一颤又一颤，忙跪地，痛悔交加道："臣鲁莽，臣实在不知道公主殿下和简相会择此处。那个……那个啥，不过臣是老实人，绝不会走漏半点儿风声。看在臣是老实人的分儿上，殿下千万千千万不要在拙荆面前提起今日之事！”

我却受不得这一重礼，忙避开。简拾遗整理好衣袍后，扶漆雕白起身，诚恳道：“漆雕大人误会了。”

“误会？”漆雕白探寻的目光落到简拾遗领口的凌乱处，眼角抽了抽，“简相啊，小女赖死赖活要嫁给你，你怎就跟公主……”

“我说漆雕大人误会了。”简拾遗松开他，不紧不慢地整理了方才忽略的领口，继续神色诚恳。

年近半百的漆雕白微妙且遗憾地看着对方，叹了口长气：“是我误会了，简相同公主原是在醉仙楼彻夜畅谈国事，忧国忧民实在是我朝之幸……”叹到最后还带了点儿哭腔，哭腔外还夹杂了点儿余音，“老狐狸的女儿，我是管不了了，好好一个前途无量的宰辅也就这么糟蹋了……”

待他吐槽完，我一甩袖子，肃然道：“昨夜相府有刺客前来行刺本宫，漆雕大人立即着手查明刺客来历。另外，你去告知京兆尹一声，立即放了未婚先孕的宋小怜跟乌龙寺住持和尚，再叫王庸加强京畿地区的流动人员管理。还有，最近严查宵禁，违令者一律严惩。”

漆雕白听说有刺客，面皮颤抖：“殿下你可不能有事！”听完吩咐后，抹掉老泪，欣慰道，“这才是老狐狸……哦，不……昭武帝的女儿。”

末了再对我殷殷苦劝：“监国公主也是公主，女儿家要注意名节，估计驸马也快平叛完了，等驸马凯旋，赶紧把婚事办了。昭武帝唯一的女儿嫁了，我们这帮老臣也算是完成了托孤附带的一项艰巨任务了。唉，想当年，老臣可是看着你出生，看着你长牙，看着你吃奶，一晃居然都长成这样了……”

我实在没忍住：“漆雕大人，查刺客要紧。”

“老臣这就走。”漆雕白走到门口又回身，极不放心地望了眼简拾遗，最后又叹口气，扭头自语，“我的东床快婿，唉，我家丫头还是抢不过老狐狸的女儿。”

打发走了这位，我松口长气：“要不是有他逛窑子的把柄，他可又得啰唆个半日了。”

简拾遗似有些精神不济，揉着额头：“还是早些回去吧，这又不是什么好地方。”

我蹭到他跟前：“我没带钱，你去结账。另外，给那个叫十一郎的赎了身。”

简拾遗抬头看我：“又要带回去一个面首？”

“我就这么禽兽吗？”我垂下眼，“那孩子跟我有缘，赎了他，再送他一套前朝乐圣的通鉴，让他自己钻研去，指不定将来又是一代乐师呢。”

简拾遗的目光没放过我："是吗？昨夜你留他一人做什么？"

"我一个人寂寞，留个人陪着我。"

简拾遗不再多言，起身出了包间，结账去了。

待我们一行三人准备离开醉仙楼时，发现事情并没有那么简单。

楼里楼外，聚满了人，视线如火，汇到了我们所在的二楼。

有人尖叫："那个是监国公主！"

有人盖过那一声尖叫："那个是宰相！"

由于身份未摆明，众人也都是个猜测，所以没人行什么跪拜礼。趁着他们还只停留在猜测阶段，我暗示简拾遗走后门。刚要溜走，听得身后已是议论声一片。

"监国公主同简相夜宿青楼，乖乖，还真会挑地方！真是刺激！"

"那何驸马还在平叛打仗呢，这下绿了，有得热闹瞧了！"

我们从醉仙楼后门逃之夭夭，灰头土脸，实在没个好形容。也不知这消息是怎么传开的，照着这般速度，不用等本宫回府，言官的弹劾折子定然已在案上等着了。看看时辰，也该早朝了。回想这一日，过得实在忒惊心动魄了点儿。

出了平康坊，犹混得一身脂粉味。我拿袖子抹了汗，看看不明所以只知跟着我们一路狂奔的美少年十一郎，再看看丢尽威严正一脸阴郁的宰相，提议道："拾遗，我们得赶时间，十一郎就先行去我……"

简拾遗拉过美少年，微笑和声道："你叫十一郎？想看乐圣遗作？我家里有。"

十一郎瞪大了眼，视线在我与简拾遗之间来去："我要看真迹，你们谁说的是真的？"

简拾遗微笑道："俞先生真迹，自然是藏于翰林院，前些日子我刚借回家翻阅。"

十一郎眼里闪耀起来："你家在哪儿？"

简拾遗继续和蔼地道："你沿大路往南走，到了宣阳坊，看到临街的朱门便是。告诉门童，就说你是主人请来的客人，叫如意领你进去。"

十一郎犹豫一番，终是愿意冒险一试，背着琴便去了。

我不咸不淡地道："本宫寻觅来的小琴师就这么成了你的人。你家如意贴心吗？吩咐得好放心。"

简拾遗抬眼看着我："这孩子有些清骨，若加以指点，会是个不错的乐师。"他转身雇了顶轿子，撩起轿帘，站在一旁，"再耽搁就要误了时辰了。"

我钻进去坐下，在他即将放下轿帘之际，一把将他拽了进来："你就不怕误了时辰？再告假，一帮臣子都要踮着脚荐女冲喜了。你这齐人之福享得很期盼吗？"

简拾遗撑着轿子内壁，缓缓坐到一旁，面向前方，语声清淡："今日后，风波难息。”

轿子被抬入了大明宫。

我与简拾遗同在含元殿前下轿，御道上，赶着来早朝的文武百官三五成群，原本正议论着最新八卦，此际都静了下来，退让到了道旁。

我无视众人，一手卷袖后负，一手微提裙裾，登上了含元殿前石阶。简拾遗滞后一段距离，也跟着上了石阶。

文武百官的眼神，无一不微妙。

今日注定不平静。

含元殿朝堂内，素来空荡荡的龙椅上，坐着一人——

滚圆的包子头、可爱的小圆脸、无辜的小水眸、尊贵的小龙袍，这包子头跟龙袍的搭配不伦不类，却也煞有介事。

小皇帝端坐在龙椅上，白嫩的手像模像样地捧着本奏折在看。身边起居舍人热泪盈眶，热烈书写着幼帝重新临朝的一大盛事。附近几个太监也是有的没的擦眼睛，几个大臣候在御阶下，更是有那么几分临表涕零的形容。

小皇帝身畔站着非内侍非臣僚的迦南，一身宫装，却是世外人的神情，脸上挂着淡淡的笑容，朝堂也不在他眼中，淡然一瞥，朝我看来。

百官陆续入了殿，上朝的时辰已到。我整理了衣袖，便要上御阶去往龙椅旁的檀木宽椅。

“姑姑且慢！”小皇帝合上手中奏折，清澈无辜的眼眸从御座上俯视下来，“言官弹劾姑姑了呢。”

“哦？”我挑挑眉。

“说是姑姑夜宿醉仙楼，引起民间热议，对我们皇族面子不大好呢。”小皇帝仰着头，似正思索一般，纤眉皱了皱，继续道，“听说长安只要有井水处，就有姑姑的八卦流传。哎，姚大人，你刚才是这么说的吧？”

言官姚迁威武不能屈，站得笔直，正气凛然答了一句：“是。”

“所以呢？”我面上带笑，迎向这一唱一和的君臣。

小皇帝手握粉拳放在嘴边咳嗽了一下，蹙起眉，想了想，似在回忆什么，背书似的念道：“为了维护皇族威仪，我……朕决定依照律法，降舞阳大长公主封地食邑……”小皇帝在我的目光注视下，声音渐小，寻找勇气一般向身边的迦南怯怯望去。

迦南一副世外人的模样，唇边带笑，眼神柔和地抚慰着小皇帝。

入朝的公卿们站在一旁，一个个紧张得大气不敢出，更有不停抹汗的。众人目光无声地寻求宰相的表态，不时朝简拾遗所站的地方瞟几眼。简拾遗将目光垂在自己的笏板上，仿佛在上面能看出朵花来。

小皇帝清了清嗓子，又坚持道："降舞阳大长公主……"

"来人！"我负袖站在殿中，视线越过众人。

含元殿外，御林军齐刷刷地出现，皆是身佩兵刃，行动如风，长驱直入朝堂，沿着文武百官身后一路跑向御座两旁，再整齐转身站定。整个朝堂霎时高压笼罩。大臣们左右环顾，面目错愕，似是承平日久，许久未见这般剑拔弩张，皇权正统与摄政公主竟公然于朝堂对峙，有几位大人不堪刺激，直接倒了地。

起居舍人面色惨白，险要晕倒，却仍死死抓着龙椅一角，誓死也要蘸着口水秉笔直书。

此次事件，后来的史家称之为"含元殿之变"，不过还是民间的说法贴切，"北里风波"。北里者，平康里也。

且说今日，小皇帝丢了奏折，一头扎进迦南怀里，拱着包子头嚷："不玩了，不玩了，朕跟姑姑闹着玩儿的！"

迦南依旧一副事不关己的样子，轻轻摸了摸幼帝的脑袋，眼里微微笑着，视线似乎是落在我身上的。

"带圣上去歇着。"我直视过去，迎向他的目光，"带迦南公子往兴庆宫小住。"

小皇帝被抱走时，犹自手脚挣扎，经过我身边时痛哭流涕，哭得跟真的似的，嘤嘤道："姑姑，陵儿错了，姑姑，陵儿好像看见父皇在你身后……"

我汗毛直立，霍然转身看向空荡荡的身后，不自禁后退了几步。

小皇帝在御林军统领手中扭动着身体，伸出小胖手抓向虚空，哭得孤儿一般，无比凄楚，不过他也的确是个孤儿。

"父皇，你跟姑姑说一声，不要打陵儿，嘤嘤嘤……"

我汗毛再一抖，平生最怕的就是鬼，即便这鬼是自小就亲密的三哥，那也不例外。为了父皇与三哥不来找我的麻烦，我经营着他们的江山，无一刻敢懈怠。所谓举头三尺有神明，想必也不排除低头两尺有鬼灵。

我在心中念道："三哥，你儿子不孝，我代为教训，你可千万别来跟我说话。"

念完，我吩咐御林军："送圣上回宫睡觉，各自退出寝宫，不得惊扰圣驾。"见那孤儿哀怨的眼神还望着我，便又补充一句，"他要是不睡就送到御花园玩吧，爬树不要太高。"

解决了小皇帝，再挥手令御林军带走幕后指使、除了他不作第二人想的迦南。

此等妖孽不知究竟是什么心思，玩这点儿手段，难道天真地以为会难倒本宫？不过本宫素来不敢轻敌，迦南这人高深似妖，不知从何而来，为何而来，应当不至于玩弄这朝堂上以卵击石的一幕。

迦南优雅地走下御阶，面如春风，到我身边时，温润的眸子一转，身体靠近，身法奇快，不容人退避地附耳过来："你会来看我吗？"

迷迭清香弥散在鼻端，闻之令人神清气爽，语中的气息也跟着缭绕在耳边，酥酥痒痒，若即若离。待我避开时，他已回过身子，错身走了出去。我耳垂一凉，抬手摸去，一只耳坠没了。

真心是个妖孽！

待御林军尽数退出朝堂后，早朝于风波后继续。我坐回龙椅旁的木椅上，翻着刚才小皇帝看的奏折，再合上，丢下殿中。

"姚御史年事已高，本宫准了你告老还乡。"

姚迁眼里蕴着泪，跪地叩首："老臣谢公主隆恩！"

散朝后，简拾遗在后殿拦住我，面色不是太好。

"姚大人是托孤重臣，你这般专断，日后怎好聚民心、保太平？"

"鱼与熊掌不可兼得。"我叹息一声，攀上他的衣袖，"他若单单弹劾我，自是没事，他连你也弹劾，我能撤相吗？是损失一个宰相严重，还是舍弃一个御史严重？"

简拾遗盯着我，良久，低语道："这场风波一旦开始，就不会轻易收场。若有一天，你无法再权衡了，舍我也无不可。"

"若是有那一天，我还是舍了我自己吧。"

简拾遗听了有些触动似的，沉沉的眼睛继续盯着我的耳朵看："若要保得平安，你只需记着两个字。"

我忙洗耳恭听："哪两个字？"

"戒色。"

我沉静地望着他，直望到他移开视线："太傅，这个真心难了点。"

简拾遗直接面无表情地抬步便要走。

"事情是这样的，你不要想太多，我跟迦南不太认识，他偷了我的耳环，我们没有私情，你一定要相信我！"

简拾遗停步，却不曾回头，背着手面朝殿外天空："听说此人修习媚术，你请他吃过饭，而后半夜做过什么不光彩的梦吧。"

我扭过头，哀伤地想，身边人若不清洗一批，只怕本宫就没有隐私可言了。连偶尔一个猥琐的梦境都要被拿来谴责，我实在不甘。

“请他吃饭那次是拿高唐做个试验，没想到迦南这妖人狡猾得很，本宫的正气也没能压住他，险些着了他的道。好吧，其实有那么点儿着了道……”

简拾遗回过头，悄然凝视我：“你梦到什么了？”

我瞬间红了脸，扭头不言。

他走到我面前：“这种梦也没什么，成长中总会有的。”

被如此开导一番，我才终于释然。

相府半夜的刺客事件，经大理寺多方查证，乃一个隐秘的江湖组织所为。这个江湖组织有钱便卖命，与朝廷没有什么恩怨情仇的瓜葛，因此其背后定然另有主谋，不过却没有更多的线索指向。

如今大局早已定，传位诏书又有什么实际意义？莫非就为了引用诏书，说明本宫摄政的朝堂是旁出，非嫡系非正统？然后高呼一声，王侯将相宁有种乎？接着便揭竿而起……

这么一想又觉得挺有道理，与眼下叛乱形势一联系，顿时觉得极有可能便是如此。

然而，造反还讲究这么多，似乎步骤有些落后。

焦头烂额之际，前线传来捷报。

驸马大破叛军，正押解了叛军头领之一的李善以及李济的人头回京。

我还没来得及高兴，东边扶桑国的国书已快马递了来。

扶桑国二皇子带着使节来朝贡，表示仰慕天朝文化与美女，预备一面瞻仰大曜璀璨的文化，一面顺道求个亲。国书中多方明示暗示，最好求个雍容华贵的天朝公主。

我捧着国书笑得合不拢嘴。

从良深知我意，也是高兴得无以言表，手舞足蹈：“恭喜殿下，贺喜殿下，襄城长公主终于可以名正言顺地送出去和亲了！一去就是东海外的扶桑，一年半载也难回一次娘家，普天同庆哪！”

高唐眼界长远一些，深思道：“这个扶桑二皇子据说深得他们陛下宠爱，相反他们的太子却是母亲早亡，父亲不爱。上回听扶桑使节透露，他们陛下早有了废太子立二皇子为储的心思。长公主若是出海和亲成功，便极有可能成为太子妃，未来的皇后，到时候生下儿女，都是殿下的侄孙辈。他们小扶桑也就是咱大曜的孙子辈，朝贺进贡少不得他们。殿下若是乐意，召回白将军，远征扶桑，再一手怀柔，不愁彼时国土不囊括到海外去。开疆拓土，殿下功勋盖世，堪做我大曜一代女帝了。”

因着高兴，我也就随他们胡扯：“彼时，高御医一跃成为一代军师与名相。”

高唐捧着脸开始徜徉了。

我一个奏折将他敲醒：“准备正事，全府做好一切准备，迎接驸马凯旋！”

为着迎接驸马荣归，公主府阖府上下都进入了一种繁忙状态，修整荷塘，修缮亭台楼阁，粉刷藏娇阁，漆朱门，挂红灯，织绣鸳鸯被……

不知道的还以为本宫马上要嫁人了呢。

不过重阳将近，本宫也确实要嫁人了。

恨嫁了这些年，终于要嫁了，却临嫁心怯，似乎并不如最初那样的期待，心中反倒平添几许惆怅。

未来驸马一表人才，堪称良婿，然而分别这些时日以来，本宫一回也没有梦见过他，心中很是过意不去。

然而若真是细论起来，本宫对他过意不去的事情还真不止这一件，索性都过意不去了，就不要计较太多了吧。

我清早在园中散步，想通了关于世界观、人生观、价值观的许多问题后，顿时觉得自己三观正了，十分欣慰。

不期然遇到同样在散步的面首时，我端正了三观与之道了个早，便接着散步并思考一些比较形而上的问题去了。

“公主！”散步的面首艰涩地叫住我。

我停住脚步：“哦，是楼公子，何事？”

“我……”楼岚缓步到我面前，举目看了看我，又别开视线，“我在公主府已住了三日了。”

“嗯。”我将他从简拾遗府上要来已有三日，我自然是记得的，觉得这大概是句无关紧要的开场白，便等着正文。

几日不见竟越发清俊的楼岚公子又看了看我，终于别别扭扭地道：“我住了三日，公主未曾相召。”

“嗯。”我继续等下文。

楼岚对我这番态度诧异莫名，干脆直切主题：“公主大度，释放了小怜，更是将楼岚罪人之身从相府保了回来。虽然此前我伺候公主不大到位，但楼岚读书之人绝不会食言，更不会不认账。知恩当图报，楼岚既已是公主面首，便不会再忤逆公主。”

我将这番话回味了一遍，突然醒悟：“你是说，想为我侍寝？”

楼面首毕竟是面皮薄的人，见我如此直言，脸、脖子都有些泛红了。这般形容应是默认了吧。

我瞧他脸红感觉十分有趣，不过简拾遗那句“戒色”的警告顿时响在耳边，我将自己被楼公子激起的刚处在萌芽状态的色心扼杀了一百遍，叹了口气道：“你心中想的是宋小怜吧？若真侍寝，你还是要痛不欲生，恨我入骨，对吧？”

楼岚转开头，不言。

我也不想再多说，事事有因便有果，对错都不好说。若不是当初我郊游吟了一句诗，从良不会将那臆想中的翩翩公子绑了来。若不是他傲骨不从的气派，我不会兽心大起将人推倒。若不是移情于一个幻影，便不会有谋刺的机缘。若不是这刺客有难言之隐不便相逼，我不会曲折迂回收为面首。

因因相循，便也只能步步为营。

“公主，不好了！”府里仆从慌张奔来，急报，“府门外有个泼妇骂公主拆人姻缘抢她夫君，还打了地铺说公主不放人，她就睡在公主府门口！”

我大清早散步的好心情跑了个精光：“但凡长安走失的男人，都是本宫抢了？这年头泼妇就是多，连个泼妇都赶不走，要你们有何用？”

仆从抓头为难地望着我以及身后的面首：“可、可那泼妇是个即将临盆的女人，小的们不敢硬赶，何况……”

“何况怎样？”

“何况公主还、还真是抢了她的夫婿……”

“胡扯！”我大怒，转眼见到楼岚神色不太正常，我眼皮一跳，“难道，说的是你？”

“必是小怜了！”楼岚抢先一步迈出去，急匆匆便要往府门外去。

“站住。”我不紧不慢喊了一声。

“公主？”楼岚急切地看着我，“小怜她有身孕……”

“本宫这就去会会这宋小姐。”晾下楼岚，我带着仆人去了公主府门口。

到了紧闭的府门内侧，就已然听见外头闹哄哄一片，有男有女有老有少，同时，府内最爱凑各种热闹的闲杂人等一个也不少，纷纷以最快的速度赶了过来围观。从良屈身贴在门缝上往外看，不时嚷嚷：“别挤别挤，轮着看；赵哥，你踩着我的脚了；钱姐，你屁股往左边挪一挪；孙叔，你……”

就连几日前据说留宿相府柴房不慎着凉染了风寒的一代神医也裹了棉衣往人堆里钻：“让我看看，让我看看，那泼妇真长有几分姿色吗？比落月、侍墨怎样？小良子，你趴多久了？轮到我了……”

从良被揪了出来，意犹未尽，十分愤怒："我还一眼都没看清，奶奶的，全是人，哪个是小泼妇都没认出来。小爷我又不是太监，谁再叫小爷小良子，小爷叫他小唐子！"

我咳嗽了一声又一声，没有一个人发现我的存在，果然是那门外的泼妇比门内的公主稀罕。

跟着来的仆人奋勇上前，左拉右拽："都闪开，都闪开，给公主让地儿！"

众人回头一瞧，见是我，兴许是我身上煞气太重，各自纷纷找地方遁了。我一手揪着从良的耳朵，他没能遁了，再一脚踩着高唐的长棉衣下摆，他也没能遁了。

"看到什么了，小良子？那泼妇姿色怎样，小唐子？"

"全是人，咱们整个崇仁坊大概来了大半的人围观，公主，你不能出去。"从良一派忠心耿耿道。

"泼妇嘛，能有什么姿色，哪有公主之万一。"高唐狐狸般脱口道。

我松开二人，招呼侍卫："开门。"

"不可啊，公主，会被唾沫星子淹死的！"从良表情惊悚，连忙摆手力谏。

侍卫开门后，我扔了从良出去："先去打探一下，唾沫星子怕什么。"

从良带着哭腔消失在了大门内。似是见抗议许久，终于有人出来了，群情激昂，鸡蛋漫天砸了下来，不少已从尚未关上的大门缝里飞了进来。我幸亏退得及时，三枚鸡蛋落在我方才站脚的地方，炸开三朵鸡蛋花。

"抢人夫君做面首，公主遮天没王法！"外间喊声一轮接一轮。

没多久，从良带着一头鸡蛋花、一身唾沫哭丧着脸滚了进来："没王法了，监国公主最宠爱的童子都敢踹！公主，你要为我做主！"

这个阵势从前还真没见过，高唐勃然大怒："岂有此理！"

我再招呼侍卫："开门。"

侍卫再度开门后，一代神医带着绝望的呻吟消失在了大门内。

到底是神医，扛得久一些，不过下场也是殊途同归，披金挂彩踉跄而回，高唐羞愤交加："公主，让我用银针解决他们！"

"大夫的针，可以随便扎人吗？"我挥挥手，令他洗澡去。

见我要往门外走，高唐头上顶着鸡蛋壳挡过来："出不得啊公主，您受不得那个折辱！"

我伸出一根手指拨他到一边，回袖后揽，踱了过去："开门。"

府门三度开启，耀眼的阳光铺洒而下，我跨过了门槛。

公主府门口堪比东西市，熙熙攘攘，闹闹哄哄，挤满了围观的里坊百姓，门前的两只石狮子上都蹲满了人。

闹市忽然静了一静。

我刚刚适应了光线，视线越过打地铺的孕妇以及陪同的和尚公子，落到石狮子上。石狮子上蹲着的人悄悄爬了下来，藏匿到了人群后。我再落回视线到正门口的一张地铺上。

宋小怜挺着肚子，上前几步，怒瞪着我："百里重姒，你还我楼岚！"

其堂弟宋茂才目光复杂地望着我，并小心地控制他堂姐的情绪："姐，别气，小心动了胎气。"

乌龙寺住持叶知秋在一旁扶着宋小怜，也一同悲叹地望着我："阿弥陀佛！"

"楼岚自愿做本宫的面首。"我吐字清晰，确保他们都听得到。

宋小怜怔了怔，脸色煞白："逼良为娼，这便是我们的监国公主！如此监国，国将不国！大家不如反了！"

群众被鼓动得极为愤慨，群情汹涌，篮子里的鸡蛋正跃跃欲试。

见形势不妙，大有脱离控制之势，宋茂才左右四顾，忙开解众人："不要冲动，不要冲动，大长公主砸不得，砸不得……"

叶知秋长长叹息一声，双手合十："阿弥陀佛，施主，回头是岸。"

鸡蛋十几筐，总有一筐会失手——六枚流蛋划着抛物线自人群中飞来……

住持和尚无奈地放下双手，甩开佛珠当空挡下两枚，宋茂才也侧身挡下两枚，最后两枚笔直朝我飞来。

忽然身后一个人影奔来，挡到我面前，伸手将我往怀里一带。

"啪啪"两声，鸡蛋全落在他身上。

"楼岚！"宋小怜又喜又怒。

我退后两步才看清，救驾的果真是楼岚。

"公主请恕罪！"他快速道了一声，再转身下了台阶，扶住宋小怜，语意关切，"小怜，你怎么来了？还好吗？"

宋小怜扬手一掌甩到他脸上，指着他骂道："枉我为你苦苦隐瞒，处处维护你的声誉，只求你金榜高中，好娶我过门，孩子也好有个爹。你倒好，住进公主府，吃香喝辣做面首，荣华富贵再不愁！楼岚，你的骨气哪儿去了？你的志向哪儿去了？这个荒淫公主还值得你赶来维护？要不是砸她，你还不出来了，是不是？"

楼岚气急败坏，一句也辩解不出。

宋小怜气得"哎哟"叫了一声，扶住了肚子："好疼……我……我要生了……"

〔第十一章〕

当教夫婿觅封侯

一出大闹公主府的闹剧以一个孩子的出生而收场。

稳婆一时半会儿找不来，神医高唐被委以了接生的重任。如高唐这般未婚男神医自是千百个不乐意、千百个不妥。楼岚眼见着亲骨肉要出生，还似乎是早产，母子都危险，哪里敢让一个毫无接生经验的神医去试手？更何况还是个男的。然而事发突然，阖府也找不出一个女大夫，更找不出第二个神医，死马也得当活马医。

高唐一面吩咐下人烧水，一面恶补妇产类医书。看着他手中书籍翻得飞快，一本翻完，立即翻下一本，我佩服得五体投地且瞠目结舌。果然，能得简拾遗推荐到我公主府的“神医”，定不是等闲之辈。想必从前是我错怪他了，这时而轻浮时而狡猾还爱自吹自擂的家伙，的确是个神医。

这边厢还在狂啃书籍，速记妇人宫位胎位、如何顺产等等，那边厢已然喊声动天，半个公主府都听得见。

我在厅里走来走去，茶也喝不完整，那边下人不停来催，我便只好催神医：“快点儿吧，快点儿吧，这是早产，耽搁不得，那边好像也忍不了了。”

高唐起身夺走我手里的茶杯，就着灌了一口，顺手抄起一本医书便走了，边疾走还边翻阅。我又在厅里来回踱了几步，忍不住也跟着去看一看。

楼岚被赶了出来。神医的说法是，同性相斥，务必排除一切干扰。一代神医便这么夹了几本图解妇产书入了产房，几个侍女跟着进去打下手，一个个都战战兢兢的，落月都吓哭了。

我见楼岚紧绷着脸，神情不敢放松，便同他扯些闲话：“楼公子，你说小怜小姐会是生男还是生女？”

“生什么都成。”显然心思不在此。

“不要这么无趣嘛，你是想要个胖小子还是个俏闺女？”

“都成。”楼岚踱来踱去，不时朝内室产房张望几眼，焦急又憔悴。

就在我们进行这有一搭没一搭的无趣对话时，简拾遗步履匆匆赶了来。小厮都没来得及禀报，他已一路寻到了这处侍女们的卧房。

“殿下在何处？谁早产？”素来低调的宰相人未到声已先到。

我略感吃惊，迎了出去，当头便跟简拾遗撞到一起。

“简相……”

“殿下……”

我捂着脑门退了几步：“拾遗啊，你走路要不要这样快啊……”

“殿下！”简拾遗快步迈进厅来，正要询问，忽听内室一声女子尖叫，倒是吓了一跳，再朝向我，“殿下，你没事？”

我揉着头：“鸡蛋没砸着我，反被你砸着。”

简拾遗却是明显松了一口气，擦了把额头的汗。我打量他几眼，疑惑地凑过去：“你这是怎么回事？泰山崩了？”

简拾遗别过脸：“听说暴民围攻公主府，我刚赶到路上，又听说公主府里在找稳婆，还以为是……”

“还以为什么？你以为本宫生孩子呢？”我没好气地瞪他一眼，想想又心有不甘，“简拾遗，你看本宫哪点儿像要生孩子的样子？”

简拾遗愧然：“前方打探消息的有些地方口音，说是公主府有人动了胎气早产了，我一时心急没有听清，还以为是公主愤然动了胎气……”说着看我一眼，又愧然，“以后得让他们学好官话。”

“这是地方口音跟官话的问题吗？”我气得恨不得拿手戳他，转念一想，宰相尊崇，不可造次，何况还有外人在场，便强压下火气，“简拾遗，动胎气那也得几个月以后才有的事吧？何况本宫……本宫……”我一摔袖子懒得再言，寻了张椅子坐下。

前一刻还在焦急地晃来晃去，后一刻便因八卦猜测而怔在原地的楼岚，目光在我的愤然与简拾遗的愧然之间溜来溜去，神色惊讶又一副恍然的样子。

就在场面陷入尴尬之际，一声婴儿啼哭划破长空，嘹亮非常。楼岚喜得急忙冲进产房。简拾遗断定道：“必是个男孩。”

“母子平安！”房中垂帘被挑开，新鲜出炉的稳婆高唐抱着一个襁褓出来，嘚瑟非常，“是个小带把儿！”

我忙奔过去围观，凑上前，轻手扒拉开襁褓上方，就见一张皱巴巴的小脸，跟猫咪大不了多少。趁着他爹娘不在，我感叹了一句：“好丑。”

高唐不高兴了，就跟骂他儿子丑似的，气哼哼道：“刚生下来的娃娃就是这么皱皱巴巴的，过几天你再看，必定漂亮。本神医的第一次接生，就是早产，我也能给他整漂亮了。再说，哪里丑了？哪里丑了？你瞧，这眼线，这眉毛，哪一点儿不像他爹娘？等长开了，必是潘安宋玉，俊朗无双。好歹是本神医接生的，必须有点儿本神医的风采！”

简拾遗也好奇地来看了一眼，承受力与容忍度比较大：“挺好的，比初生的小猫漂亮。”

似乎是感觉到了一来到这个世间便开始遭受非人的热议，“小猫”挥动着葡萄般大小的小拳头，张开小嘴声嘶力竭地号哭，一张小脸越发皱巴。高唐护犊子地抱开：“不哭不哭，咱们不跟没常识的人计较。小唐唐不哭了……”

我诧异地望过去：“小唐唐？”

简拾遗了然道：“必是高御医给取的。”

宋小怜早产，身子虚弱，辗转移动不得。楼岚因愧疚与感激，日夜守候在床头，便是有替换的侍女也坚持不离半步，连自家儿子也没来得及多看几眼。当然，主要原因是他家小唐唐被神医护犊子护得没日没夜，不容别人插手。府里重金请来的几位奶娘，都得好说歹说，表示自己绝对有着纯天然无污染的奶水，才能勉强说动神医抱了小唐唐来喂奶，其间还忍不住唏嘘：若是男人家也有奶水便好了。

我听了后比较忧虑，就担心神医想不开，开始研究探索男人产奶的妙方。

出于多方考虑，小唐唐一家便暂时借住公主府。

宋茂才不时来府里，说要探望他堂姐，后来不知道听说了什么传闻，再见到我时，一腔惆怅的模样如同换了个人一般。

和尚也来了几次，与我几番畅谈后，终于冰释前嫌，婉拒了我提出的还俗建议，表示了自己的出家立场，临别时还附赠了我一串佛香手珠。

“臭虫，当初我意气用事，你不要往心里去。那件事也并非完全的酒后失态，还是有几分年少轻狂情难自禁，如今已走到这一步，便是回不了头的。你便守你的荣华，我也回我的方外。愿佛祖降福大曜，国泰民安，你也平安。”

驸马临归，我率百官出城迎接。

旌旗蔽日，浮云遮眼。

天际飞烟起，战马缓缓驶来。

简拾遗与我并肩站在城头，眺望那一线烟尘。许久，他侧身看着我：“重阳，还变吗？”

我垂下眼，袖中握着玉蝉：“自古公主的婚事，便是政治意义大于感情意义。太傅，你说呢？”

简拾遗恍然一笑：“殿下终是大了。容臣先祝殿下大婚顺心如意。”

荣归的军队带着喜气与疲惫，终于顺利抵达长安南城门下。

当中一匹昂扬的紫骝马上，何解忧一身铠甲风尘仆仆地坐着，仰头望向城楼。我接住他的视线，露出一个笑容。不知是久别了，还是风尘重压，恍惚觉得驸马神情洒脱中蒙着一层看不透的东西。

城外接风洗尘，城内百姓欢呼，朝堂亲解战袍。

我站在御阶上，笑看满朝文武：“念何解忧平叛成功，战功卓著，圣上与本宫特为何解忧封侯，号长乐。长乐侯接旨！”

除下战袍后的何解忧俊爽依旧，潇洒一拂衣摆，跪前听封：“臣谢圣上、殿下隆恩。”

满朝均是艳羡不已。开国封侯比较普遍，太平时期封侯却极为罕见。金榜题名都不如这封侯拜相荣华尊崇，荫及后代。

一相，一侯，一个雅致深沉，一个风流倜傥，二人于朝堂而立，宛如撑起这国朝的两座基石。

二人对视之间，清风过，风云起。

何解忧虽被封了长乐侯，却未给他赐府。谁不知这长乐侯便是大长公主的准驸马，公主府已然够大，十个侯府规模也比不上，与其另设侯府，不如搬去公主府。当然，本宫考虑的是，九月重阳将近，另造一座侯府已然来不及。若是完婚后本宫要搬去只有公主府十分之一的侯府，高唐、从良首先便表现出极大的不乐意。公主府的半里荷塘，春夏可纳凉、赏荷塘月色，秋冬可听雨、观寒塘鹤影，正是品茶斗酒、赋诗泼墨之京师一绝，弃之太没天理。

好在长乐侯并不在意这栖身之所，倜傥洒脱地回了公主府，熟门熟路地住进了藏娇阁。

众人围着准驸马长乐侯，央求其绘声绘色描述东鲁战场以及是如何擒获反贼兄弟的，何解忧讲述了一路的秀丽风光，描述的战场也是让人身临其境，待讲到如何擒获反贼以及那兄弟二人如何彪悍勇猛时，何解忧一言以蔽之——天命，便再不多言。无论大家怎么揣测询问，何解忧都是一副寡淡的样子，最后以沐浴为名，施施然去了露天汤池。

侍墨跟我汇报这些时，眼里贼亮，各种明示与暗示：“从前驸马都在藏娇阁层峦叠嶂的屏风后数尺高的浴桶里沐浴，今日居然会去露天温泉汤池，公主你在批朱阁坐着批折子，就批得下去？”

我合上刚批完的一本折子，一手从案头堆到与我脑袋齐平的奏折山上再取一本，一手提笔蘸了朱砂墨，回她道：“以前听说异国有个风俗，公主出嫁前先由侍女试婚，对驸马身材、体力等进行全方位的考察。要不，你先替我瞧瞧去？”

素来八卦又奔放的侍墨嘿嘿笑了两声：“公主同驸马又不是没有洞房过，还用得着考察吗？公主肯定心中明镜似的。”

我盯着奏折上的文章，本朝臣子风气不是太好，写奏折上来便绕七八个圈子旁征博引再迈入正题，平日我一般能快速跳过这些个圈子直奔主题，今日被侍墨一打岔，不小心拐进圈子里绕不出来，读来读去不晓得要表达个什么意思，理所当然迁怒于侍墨：“谁说本宫洞房了？你哪只眼睛看见了？”

侍墨躲到了落地灯架后，探出脖子，十分执着：“那、那、那公主肚里的孩子是谁的？”

我好不容易爬出一个圈子，一个闪神又掉进另一个坑：“孩子？”

侍墨探寻的眼神滑到我肚子上，溜了一圈：“前几日那宋泼妇早产，简相那般焦急地一路问来，还以为是公主，大家也才回过神，原来公主已经有了呀……”一面分析一面恍然的侍墨忽然神采异常，“不是驸马，难道是……”

未等她回神，一本绕七拐八的奏折从天降到了她脑袋上。

“本宫一个时辰后回来，回来的时候若看不到提炼后的简洁版奏折，今年荷塘的莲蓬就你一个人采了。”我振衣起身，迈开步子往阁外走。

身后角落里传出虚弱的呶呜声：“奴婢还是去采莲蓬吧，提炼这些酸腐文字，只怕将来要不孕不育了……”

“采完莲蓬把高唐叫来，本宫给他念诗，什么窈窕君子，淑女好逑，什么一日不见，如隔三秋，告诉他这是一个纯洁的女子为他作的情诗……”

侍墨跪倒：“奴婢错了，奴婢这就去帮公主看折子……”末了，又抬头弱弱地问，“我压箱底的东西，公主是怎么知道的？”

我挑了挑嘴角，施施然消失在了批朱阁门口。

公主府入门便是半里荷塘，最是惹眼，夏秋之时，香飘十里。再往深处去，亭台楼阁的最后方，却有一处天然泉眼，依泉而建了一处温泉浴池，周围植以花草药材，因泉水温度影响，四季花开，芳香馥郁，再加上药根滤水，此处温泉便具有消除疲劳、养生滋颜的莫大功效。

远远见着几个侍女端着茶水毛巾之类，却扭捏羞涩不敢近前。驸马光天化日泡温泉，还把自己扒了个干净，任是豪放如侍墨，也只敢偷偷跟我汇报，未敢来亲眼证实。

“公主……”几个侍女端着托盘跪下，如见救星，却不无遗憾。

我淡淡道：“送过去嘛，驸马等着呢。”

“奴婢不敢！”侍女们深深垂下头。

我点点头：“驸马这人比较害羞，平日沐浴都要挡好几个屏风，谁撞着他洗澡，都要被他记恨十天半个月。本宫素来宽宏，就不计较他这些小九九了。菩萨说，我不入地狱，谁入地狱，你们都下去吧。”说罢，接过她们手中的托盘，一脸以身饲虎的毅然，去了汤池。

长安城内珍稀的汤池只此一处，在今天之前，都未有人敢随随便便扒拉光了跳进来，就是洛姜跟小皇帝，也得是生病了体弱了，才能准入。长乐侯何解忧，这个挂名的准驸马，一声不吭就脱光了来洗澡，倒真是无法无天，目无本宫。

可爱得紧。

此时，汤池蒸氲，水汽雾绕。他正倚靠在池子边，闭着眼睛，头枕池缘，水面只露出胸膛以上的部分，大半个身体都在雾气与水泽下。

我轻手搁了托盘，取了干毛巾，轻步走到他身后，蹲下，盯着他湿漉漉的光洁身体看，再往下去一寸，被可恶的池水挡住了，水汽缥缈，池水一点儿也不通透，我十分惋惜，不胜唏嘘。

一只手蓦地伸过来，抓住我的手臂，一拽，“扑通”老大一声响，本宫掉进了池子。

罪魁祸首捞起湿漉漉的本宫，抱住腰就压到了池子边缘。

我吐出一口水：“呸，本宫喝了你的洗澡水！”

何解忧替我抹了一把脸，坏坏地勾起嘴角：“偷看本侯洗澡，你这个女登徒子意欲何为？”

我推了推他，没推动：“偷看什么啊！本宫从来不屑于偷窥，明明是光天化日地看。”

“看到什么了？”

“该看的不该看的都看了。”

“是吗？”何解忧眼里一笑，“公主想不想我？”

我看着他：“想呢。”

“有多想？”

“食不知味，寝不遑安，唯思粉身，以答殊宠，但未获粉身之所耳。”

“耳你个头！”何解忧嘴边挂着一丝凉凉的笑，“想要蓄面首，逛青楼，买清倌儿，睡宰相？”

我悲伤道：“流言蜚语恶毒中伤于吾。”

“听说你还险些小产……”何解忧目光顺着我因被水打湿而贴身的衣襟滑了下去。

“我一没跟你洞房，二没跟别人睡，哪来小产啊！”

一只手掌覆在我肚子上，故意探了探：“我上回写的情书好看吗？”

“好、好看，就是有点儿酸……”我按住他的手，身形沿着池子边缘往旁侧蹭。

他眼里黯了黯，压着眼睑瞧我：“我的心意，你却觉得酸。”

最见不得美人黯然，我忙安慰：“酸中带甜，甜到牙齿发软，明日让人把情书裱糊一下，以传后世。”

何解忧面上未见和缓，将往旁蹭出包围圈的我扯了回来，抵到了池壁上。清爽的气息近在鼻端，他低头便堵了我的嘴，缠到一处。

不知是被温泉池子泡过更显温情，还是小别之后更黏糊的缘故，何解忧这番吻得格外投入。之所以知道他投入，是因为我很不投入——睁着眼观赏他垂下的浓密睫毛，心思有点儿飘远，也没顾得上回应他。没多久，他自然察觉，睫毛微微动了动，却没睁开，继续缠了一阵，退出，转移到我耳边，低语：“在想别人？”

我回过神儿，抱了抱他滑溜溜的背：“重阳是不是快到了？”

“公主是想快些到，还是晚些到？”他又蹭到我耳后，吐息温热。

“早到晚到都一样，快些上去吧，我有些话要问你。”说着，我随手推了一把，再把手里的毛巾甩到他身上。

他也没再坚持，放了我，便要直接上岸。我一把捂住眼睛：“且慢！”

哗啦一阵水响，人已经出浴，上了池岸，声音很是清绝：“原来你这登徒子是徒有其形。”

我悄悄移开了两指，见他一副毛巾裹住重点、无比风骚却又神态淡远无比清高的形容，顿时觉得千言万语也无法描述他这副尊容。

待他转去内室更衣，我爬出了温泉。侍女们这才敢靠近，一个个面色绯红，想必方才何解忧坦然地毛巾裹身的尊荣也被她们瞧了去，同时也不排除对方才本宫与驸马共浴的各种绮思丽想。

我站在池边，由着她们替我脱去湿漉漉的衣衫，解散打湿的发髻，再换上新衣。何解忧已从内室出来，不知道在后面站了多久，悄无声息地上来从侍女手中接过衣带，系起了衣结。

侍女们离开后，我散着头发坐到了椅子上，示意何解忧坐另一张椅子。

我往椅背上一靠，轻拍扶手，淡然开口："何帅，平叛的过程你同我再说说。"

"战报折子上写得比较笼统。"已换上一身藏青色闲适宽袍的何解忧也往椅背上一靠，轻袍缓带，摇开了扇子，缓缓扇风，"公主若是想听，我便说得细一点。"

"好，越细越好。"

"我率军抵达东鲁时，青州早已失守，叛军在青州、即墨与莱州形成犄角之势，易守难攻。兵法云，'上兵伐谋，其次伐交，其次伐兵，其下攻城。攻心为上，攻城为下，心战为上，兵战为下'。"何解忧端起椅旁矮几上的茶饮了一口，继续摇着扇子道，"因此，我写了封书信，暗中派人送往即墨城，许李济以钱权美色。"

我从椅子上半坐起，惊诧道："这李济怎会轻易信你？"

何解忧合了扇子，做摇头状："他当然不信，我也不指望他信。他收书信的事，我又派人暗中散播消息到即墨的叛军将领间，同时也让远在莱州的李善闻知。"

我支着胳膊，托腮瞧着他："若是这李善高明一点儿，也不会轻易中你这反间计。"

何解忧继续道："他当然够高明，不过，当他听说李济床底下发现不明来历的金银时，只怕他想相信自己的族弟也无法再相信了。何况不论他相信与否，即墨城中，李济部下因不满李济刚愎自用的大有人在，何况又亲眼得见床下金银，民怨只等这个导火线而已。李济的人头被挂在即墨城上时，人心已涣散，乌合之众只顾争权夺利。这个时候李善想必也反应过来了，不过等他的命令与援军到达时，我军已夺下了即墨。失了羽翼，雄鹰也是飞不起来的。随后便是公主的神武军与李善大军交战三日，顺利擒下叛军头领。"

"除了封侯，解忧，你还要什么赏赐，尽管说，不要客气。"

长乐侯毫不推辞，啪地打开扇子："本侯希望府中人少一点好，节省开支，同时，不要再听到'面首'二字。"

有一种人，天生不知道“客气”两个字怎么写。

从高唐那里借来了被他霸占小半个月的楼唐唐，我抱在手里看了许久，果然是个漂亮的娃娃，眉眼修长，唇红面嫩，睁着明亮的眼跟我对视。侍墨瞧了一会儿，不由得慨叹：“这楼小公子极是认生，我们抱着都要哭个半天，公主平日没怎么抱他，这会儿抱着还能这么乖。公主，你看他的眉眼跟你是不是有几分像？哎，你真不是他亲娘？”

我伸出一根手指点着小娃娃粉嫩的嘴，这玉雪可爱的样子跟当初皱巴巴一团真是天壤之别，不由得大大感叹神奇，顺便回侍墨：“荷塘里的莲蓬还是麻烦你去采一采，解忧说要减少吃饭的人口，节省开支。”

“那我的月钱给涨吗？”

“你不懂什么叫节省开支吗？”

……

侍墨悲痛地离去时，我让她顺便把楼岚给叫来。

我跟楼唐唐两人玩得正欢时，楼岚磨磨蹭蹭地进来了，中规中矩地行了一礼。我见他形容有些消瘦，想必这段日子没少受小唐唐他娘亲的编排。

“楼公子，最近住得可好？”

“挺好。”

“那怎么瘦了？是夹在本宫与宋小姐之间，让你为难了？”

他抬起眼看我一眼：“公主，我如今……”

“如今你身为人父，不便再做面首？”我替他说了。

他垂下眼：“何况如今驸马也在……”

我一边逗着小唐唐，一边笑道：“楼公子都学会搬出驸马来威胁本宫了。”

他也不辩解，只沉默以对。

我抱着他儿子走到他面前，让他看一眼漂亮的小婴孩。果然，他一见之下便移不开眼睛。我再将娃娃抱开，回到椅子上。

“小公子容貌已有些酷似楼公子你了，清隽秀美，将来必也是个小祸害，得让多少女子断肠啊。”我叹了一阵，目光再回到他身上，“楼公子必也是希望亲眼看到自家儿子长大，亲自教他诗书礼仪的吧？”

“公主！”楼岚掀衣跪下，清颜紧张，“孩子是无辜的！”

“孩子是无辜的，本宫就该杀，是吗？”

“公主降罪，由楼岚一人承担！”这清瘦的佳公子以头磕地。

“我也不要你承担什么，只需你说一句话。”我拍拍似乎被吓到有些哭意的娃娃，“谁让你来刺杀本宫的？谁给你的一品红？谁让你刺杀本宫后再服毒自尽不留活口？谁让你甘愿舍弃妻儿也要行刺本宫？”

楼岚抬起磕得沁血的额头，面色灰白，直直地望着我：“陌上公主与我相遇，并不是偶然，我行刺公主却是不得不为。那一品红其实是为公主准备的，但我下不了手。我刺你那一刀后，就只想留那一品红给自己。”

“楼公子行刺客之实，却存妇人之仁。”我笑了笑，“若是那一刀再加一品红，你就成功了。功败垂成，才导致你沦落到这一步。”

楼岚眼中掠过奇异的神采，发丝散在面颊上也不理会：“我不是妇人之仁，是我分心多看了你一眼。”

我带上几分不良的笑：“莫非你对本宫……”

他打断我：“我想象中，公主被行刺后应是震怒或是惊讶，再将我打入死牢之类。可没想到，你似乎很坦然，没有太大惊讶，没有多少震怒，眼里透着不合年龄的空旷苍茫，无悲无喜似的。我没法对你用毒，我没法杀你。如果我可以替你去死，我也会这么选择。”

怀里的孩子似乎被大人话里的戾气吓到，哭了出来。我只得起身抱着哄来哄去。

“楼公子有所不知，本宫每年被例行的刺杀锻炼出来了，早就豁达以对，何况你也没刺到致命部位，我自然是无悲无喜。”

楼岚异常平静地看着我：“如果陌上的相遇是真的，也从不曾有过一次行刺，你说好不好？”

我迎着他从没这么直接的目光：“那你就不会跪在我面前。即便没有这些假设，我也可以宽待你们一家，只要你说出逼你走到这一步的人是谁。”

楼岚半垂着眸，嘴边浮起一丝笑，一道寒光闪过，锋利的匕首已划过了颈边：“我不能说……”

鲜血飞溅。

我冲了过去，“来人！传高唐——”

我在屋里走来走去，生怕又欠下一条人命。何解忧坐在桌边沏茶，动作优雅流畅，这个时候玩起了茶道。

“何军师，本宫听了你的，来了这一出攻心计，人命都攻出来了，你有什么想说的？”我上前夺过他手中的水壶，明显迁怒。

那场计划中的逼问进行时，长乐侯何解忧正在房间内的暗室中旁听，直到我大喊高唐时，他才款款走出来。如同不见鲜血与垂死之人似的，他又踱步走了出去，跟匆忙而来的高唐擦肩而过。两人态度云泥之别。

此时的何解忧更是悠然，没了水壶用茶碗，我抢了茶碗，他再用茶盏。

为表示抗议，我喝光了他沏的茶，一滴也没给他留。

“那一刀划得浅，他死不了。”茶道爱好者悠悠道。

我姑且相信了，较为安心地坐下来：“他死也不肯说，这是没法再逼了。”

“那你打算怎么办？”何解忧摇着扇子，好整以暇地瞅着我。

高唐一代神医的名号果然不是盖的。半个时辰后，楼岚便已醒了过来。何解忧陪同我前去看望。当然，前提是这一切都瞒着还未坐满月子的宋小怜，不然公主府不要指望安宁了。

楼岚躺在床上，见我来了便闭了眼。何解忧掸掸衣袍，十分善解人意地坐到一旁喝茶去了：“你们可以当我暂时不存在。”

我看了看他的淡然超脱，不晓得方才还冷着脸的人怎么就变脸这么快，分辨不出是说气话还是真心实意。男人的心思太难猜，我在常年揣度简拾遗心思的岁月中，已练就了一颗死活也搞不懂男人的迟钝心。

抱着人家孩儿近了床榻，我琢磨了一下温和的措辞，道：“本宫要杀你还不容易吗？哪需要你急着动手。”

躺着的重伤公子紧闭着眼睫，睫毛颤了一颤，稍稍将脸转向了里侧。

我坐到床头，还了他家孩儿，轻轻搁到被子旁：“养好伤，你们一家子就回去吧。你既不愿说，我也不逼你。这种诛九族的事，你必是有命门被别人握在手中，我若再追问，你一家子葬送在我手，这债就还不清了。”

楼岚转过头来，终于肯睁眼了，湛清的眸子凝望着我，沙哑的嗓音道：“你是对所有行刺你的人都这么宽宏吗？”

“你们一家也被我折腾得七零八落妻离子散了，再这么纠缠下去，我也没这力气，该扯平了。你回家去，愿耕织就耕织，愿考功名就考功名。”我起身，走开几步，“只是，不要再有第二回。”

“殿下。”楼岚在床上半撑起身，叫住我，“殿下依旧觉得我与简相神似？若不神似，你会放了我吗？”

我瞥了一眼何解忧，还好，他这背景做得比较尽职，可以姑且当作不存在。我的视线重新回到楼岚身上，隐约觉得这债是抹不清了。

“有些话本不当说，公子不必再纠结于这个问题。既然错了，就不要一错再错。我从前对不住你的地方，还望你海涵。”

楼岚面色白了一白。

我再度拂袖要走，楼岚再次将我喊住：“公主！可否为我儿赐名？”

我回头看了他最后一眼：“有则改之，无则加勉，勉之。”

出了房间，晴天日头忽然不见，阴云密布，一个旱雷直往我头上劈来。

跟着出房门的何解忧不似我这般木在原地，动作奇快地抱着我闪到一边。轰隆一声，那道旱雷劈得门槛焦煳。何解忧抱着我双双跌坐在地，我们均心有余悸。

“老、老天怎么又要劈我？”话出口，我的嗓音一变三颤。

何解忧看了看那焦煳的门槛，又看了看我：“不尊人伦遭雷劈。”

“什么人伦？”

“夫为妻纲，难道你没听过？”

“君为臣纲，难道你没听过？”

〔第十二章〕

真假公主错姻缘

我在奏章堆里打了个盹儿，做了个面首三千的春秋大梦后，目光呆滞精神涣散。不知从哪儿冒出来一柄扇子，在我眼前晃了两晃。我眼睛跟着扇子移动，便移到了一张俊美的脸上。

“大长公主殿下，距离午饭到现在，您都睡了两个半时辰了，奏折十分之一没批到，再发会儿呆就可以直接吃晚饭了。”何解忧十分有兴趣地凑过头来盯着我，睫毛眨了眨，“公主梦见什么了？两个半时辰的超长版白日梦，一定很精彩。”

我擦了把若有若无的口水，正襟危坐，重新拾起被胳膊压得皱巴巴的折子，理了理褶皱：“江山社稷的事情，岂是两个半时辰够的？”

何解忧哗啦摇开扇子，扇面压到嘴边，低声道：“江山社稷的事情，也能令公主梦中面似桃花？”

“偷看本宫午憩，数落本宫失仪，长乐侯难道不知非礼勿视、非礼勿言？”

长乐侯挽起袖子，露出一截麦色莹莹的手腕，指着上面四个殷红的掐痕，介绍道：“这是公主的玉手留下的。公主拉着臣不让走，臣只好非礼也得犯天颜了。”

我伸手摸了摸那几个掐痕，歉然道：“以后我轻点儿。”

门口忽然传来响动。

我从何解忧脸侧望过去，似乎刚从官署过来，尚未来得及换上常服的简拾遗怀抱几个折子，站在批朱阁门外，听到一些断章取义的句子，不知该进还是该退。

“老师来了？”何解忧若无其事地放下袖子，从书案旁起身，迎向门外，合扇躬身一礼，“公主同老师议事，我就不打扰了。”

简拾遗淡淡应了一声。何解忧转身，一步步悠闲地踱走了。

简拾遗弯腰捡起地上落下的一本折子，进了阁，嗓音低沉道："殿下以后还是命人伺候在外，臣来了，叫个人通传，也不至于失了礼仪。"

我咳嗽一声："简相想多了，本宫方才只是小小午睡了一下。"

简拾遗抬头打量了一番书案上横七竖八的物品摆放，目光再转到我脸上："国家枢机，殿下便这么随意搁置，午睡也全没个防范。"

"方才就解忧在跟前。"我不由自主地辩解，"难道本宫连驸马都要防范？"

"臣失言。"简拾遗言语中退了一步，境界上却是无人可挡地进了一大步，炉火纯青的以退为进的伎俩，本宫常常招架不住。

"哪里哪里，太傅所言极是，我以后小心些就是。"我赶紧着手整理乱糟糟的书案。

简拾遗有耐心地等在一旁，目光落到哪里，我便后知后觉地整理到哪里，直到他收回视线，我便知可收工了。

简拾遗这才将自己怀中的几本奏折递过来，分类搁在两边："这是礼部为殿下大婚定的礼仪章程及规格。因殿下有监国身份，本朝尚无先例，既不同于一般公主的婚仪，又要合乎殿下身份，礼部这套礼仪已是修改了十五遍，殿下亲自过目一下，反馈礼部再行修改。"

我拿起翻了翻，看得脑中发胀，便推脱责任："简相看看该怎么修就怎么修，本宫一回都没嫁过，自然是没经验的。"

简拾遗不紧不慢面无表情地道："大家都没经验。"

我也没多想，继续推脱："全权交给礼部去办吧，办不好，他们也不用在礼部干了。这事不要再来问我，给我个驸马就成。规格什么的不要太铺张，不然将来我侄儿聘皇后必在我的规格之上，那就更加劳民伤财了。"

"殿下想得倒真远。"简拾遗收回那本奏折，眉目凝深，"殿下监国，至尊至崇，辛苦劳顿，呕心沥血，规格自是不能低。"

我脸红了一红，悄悄看他一眼："太傅，这是你的真心话吗？我怎么觉得自己挺荒废政务的，方才解忧还说我睡得多，折子批得少。"

简拾遗也转眼看着我，几分柔和几分认真，神态不像是哄人："殿下十来岁便监国，不仅要了解一个帝国的方方面面，更要从已有的方方面面提出改革措施并实施，对于一个女儿家来说，已是不可想象。殿下能做到，且做得不错。批折子打盹儿，也是人之常情，倒也不必苛责。"

我正感动不已，就听门外传来一个酸溜溜的声音——

"简相倒是会选择性失明，姑姑劫掠男色，荒淫无度，宰相大人就瞧不见？

难道还能黑的说成白的？公主殿下批阅奏折着实辛劳，抢个面首劫个男宠，倒也不必苛责？”洛姜不服气地站在阁外。

我深刻觉得门外那抹艳色是个最为煞风景的存在，没有之一。

简拾遗不得不提前结束上一话题，移给我另一张奏折：“这是扶桑二皇子使节团的到访情况，礼部也已做好相应筹备，殿下注意一二即可。”

“小小扶桑，还需如此兴师动众？”我大略翻了翻。

“扶桑虽是小国，但自古便尊我国朝为师，文化与制度借去一二，却可发扬到极为精致的地步，今日师我长技，明日又当如何？殿下不可小看。”简拾遗顿了顿，又道，“何况，此行的二皇子极得他们陛下看重，皇储是否会异位，也是说不好的事情。”

我欣然点头：“那本宫可得仔细看看这位可能的未来皇储能否做得本宫的侄女婿。简相，你觉得一旦我们两国皇室联姻，会是个什么景况？”

“我是不会让你们得逞的！”洛姜跺脚恨恨道，“要和亲，姑姑和去！哪有姑姑未嫁，先嫁侄女的道理？哼，不怕天下人笑话！”

我没再搭理她，继续同简拾遗商讨国事，议了整整一个时辰，眼瞧着天色不早了，我送简拾遗出门。

门口坐着打盹儿的洛姜急忙醒过来，掏出一张帖子塞到简拾遗手里：“明晚我府上有昙花大会，极是罕见哦，有请帖的才能入我长公主府，机不可失，时不再来，不来你会后悔的！”

简拾遗不置可否地打开帖子扫了一眼，看不出态度。洛姜紧盯着他面容看，试图捕获一星半点儿的乐意或者不乐意。结果自然是瞧不出分毫。这么久了，还不知道宰相的涵养吗？我心中叹息，洛姜这般钓男人，真是比她姑姑更不济。我的哪怕一点儿真传，她也未学到，真是让人惆怅。

我往他们二人中间一站，十分顺理成章浑然天成地道：“昙花一现这样的盛事，自然是人多比较热闹。”

洛姜将我排挤出去，贴近了简拾遗站着：“我刚才说了，有请帖的才可入我长公主府。”

我不动声色地瞅了瞅她的袖底，似乎不见有多余的帖子，真是个目无尊长的没教养的小孩儿，不免又将她早死的爹腹诽了一番，不过语气却是缓了一缓：“姜儿啊，你爹去时，怎么跟你托孤的？要你怎么待姑姑来着？”

“父皇说，凡事要敬姑姑三分，让姑姑三分。”洛姜倒也干脆，直接流利地背了一遍，再天真无辜地将我一望，“姑姑这样的身份，怎好同我们小字辈一起胡闹，您都是要嫁人的公主了，应待字闺中才是。一朵昙花而已，姑姑也去凑热闹，岂不失了身份？”

这话听着耳熟，我一时也没反驳的话。

简拾遗局外人一般，收了请帖，道：“昙花罕见，承蒙公主相邀，臣也早就想见上一见。”

洛姜喜出望外，贴得更近了，久旱逢甘霖，他乡遇故知似的亲密无比地同简拾遗絮絮说起昙花如何如何来。简拾遗听得格外认真，不时出言发问，洛姜解释得自然也是无比卖力，知无不言，言无不尽，就如同多年前，简拾遗不厌其烦地给她讲解二十遍《论语》一般有耐心。

二人言投意合，边走边聊，不知不觉便走到了荷池的尽头。洛姜极是体贴地回头对几丈开外跟也不是、不跟也不是的我说道：“就送到这里吧，姑姑不必再送了。”

简拾遗亦回身，紫色官服袍袖旋起一阵微风：“殿下，告辞。”

我站在原地，目送二人走出府去。

第二日，下朝后，我勤政务实地蹲在批朱阁一整天，批完了所有的折子，令何解忧侧目。

“公主这般勤政反常，可、可是出了什么大事？”落月捂着小心肝，无比担忧。

“必是被史官们的秉笔直书逼得，学不来太祖皇帝三更睡五更起，便要学太祖呕心沥血，奏章堆上死，做鬼也霸气。”侍墨出口成章，断言道。

“我看哪，是失恋了。”绝代神医一副大家都懂的神情，归纳道。

任由众人在门口唧唧歪歪，本宫依旧忘我地处理政务。

晚风吹拂之时，我洗了把脸，素面踏出了批朱阁。

趁人不防，出了后门。

崇仁坊，多是公主郡王的府邸，我的大长公主府距离洛姜的长公主府倒也不远，半个时辰不到，我已不请自来。

门口的守卫自然是认得我的，却似乎是专门得了他们主子的吩咐，没有请帖的，一律不准放入。这个“一律不准”包括了所有人，自然也包括本宫在内。

守卫尽职尽责，吓得腿脚发颤，也要将我拦在外面。我不好太过为难人家，转身走了出去，对一个正向这边走来的少年公子款款一笑：“小公子，要入这公主府，得有请帖。”

少年公子脸红到耳根，忙取出袖中帖子：“我、我有……”

我接过来，再对他笑了笑：“果然有，没错。”

少年公子腼腆地笑着，松了一口气。

我执着帖子转身走回府门前，甩给守卫。

“这、这、这……”守卫显然头一回遇到这样的情况，措手不及，拦也不是，不拦也不是。

我畅然入了洛姜府邸，这里好不热闹。不知多少年轻男女受邀赏花，都是京都贵胄、官宦人家的小姐公子，一个个穿得花团锦簇，富贵无双。这无忧无虑的年纪，真是令人羡慕。原来洛姜有这么多同龄之交，难怪不稀罕从前的玩伴儿——她姑姑我了。跟这些小孩儿家比，我定是无趣得很。

驻足观望了一会儿，便听身后有两个少女议论：“这是哪家的小姐，连个丫鬟都不带，这般莽撞，也想来瞻仰简相吗？”

“如今接到长公主请帖的小姐们，哪个不是为着简相来的？一人之下，万人之上，权倾朝野，才华无双，虽说人年纪大了点儿，可相貌清颜如玉，不是这些纨绔们比得了的，何况还是未娶之身！”

“这些千金小姐今晚可是个个打扮得赛貂蝉，跟她们站一起，咱俩没什么优势，不如将前头那莽撞寒碜的野丫头叫上，给咱们作陪衬如何？”

直到二人赶上来叫道“喂，留步”，我都没意识到那是在说我。原本我一边听，还一边诧异哪个野丫头竟敢闯进这样的场合。

一只柔软的小手拍到我肩膀上：“喂，叫你呢，好没礼貌！”

我心下凄凉，自己竟沦落到了野丫头的地步。

不好继续这么没礼貌地站着，我只好回身，歉然地看着两位如花似玉的小姐。

拍我肩的那位紫衣小姐看着我，愣了愣，竟然说不出话来。我表示自己真的很诚恳，很歉然：“那个，我方才不知二位是在跟我说话。”

旁边那位橙衣小姐也是愣了一愣，却比较快地恢复常态，友好地对我笑道：“这位小姐面生得很，不知是哪位大人的千金？”

在这上流贵族小姐圈子里，我怕是不太好胡诌，容易露馅儿，当下黯然道：“我是大长公主府上高御医的舅妈的外甥养女，近来才投奔到公主府。”

两位小姐交换了一个眼神，均是面露轻松，方才的警惕烟消云散。

紫衣小姐了然道：“难怪你连个侍女也没有，凤钗也没一只，还当你是自恃美貌，原来身世这样凄惨，竟是个养女。哦，对了，内府你是进不去的，就在这外头玩吧。不要跟那些表面看起来是大家闺秀，实际上心思龌龊、不知廉耻、一心想见简相的小姐一样，别凑那个热闹自取其辱，明白了吗？”

我一时间有点儿拐不过弯来。橙衣小姐见我面色不定，以为我是受不了紫衣小姐的重话，便悄悄拉了拉那位小姐，再对我亲热一笑：“怎么说你也是大长公主府的下人，身份也不低……”

紫衣小姐不以为然地截断她：“大长公主？那又如何？听闻那个没名节没节操的女人也觊觎着简相，还拐带简相上青楼，闹出宫变，真是丑闻一出接一出，活该嫁不出去。那样年纪、那样名声的女人，简相怎会将她放在眼里！听说她侄女也没给她下请帖，混到这个地步，真是不如去死一死。”鄙薄一阵后，再对我道，“看在我们有缘的分儿上，姐姐就给你一句忠告，在外面别说自己是大长公主府的人。”

橙衣小姐嫌她说得太多，又扯了扯她衣袖，递了个眼色：“时间不早了，咱们快些去内院吧，不然占不到靠前的位子。”说罢，又对我温和一笑，“姑娘，东边小侧院优雅别致，你可去那里转转。”

交代完毕，两位千金名媛便随着众人往内府去了。

华灯初上，盛世不夜天。

人们享受盛世，乐在其中。

促成这盛世的人或事，都在这喧嚣中淡化成了浮云。

不过，浮云若没有身为浮云的觉悟，也是个悲剧。

我觉得自己还算是片有觉悟的浮云，在我治下，至少民风开放，人人可畅言国事。于是这在另一方面佐证了简拾遗的话——我治国还算是不错的。我觉得很欣慰，欣慰得心肝有那么点儿扯得疼——一步步走去优雅别致的东边小侧院，灯光晦暗，人迹罕至，鸟也没一只，果然优雅别致。不过此时，身为浮云，自然是没有了去赏花的心思，这处荒凉园子倒是符合我现下的心境。

暮色灯影里，陡然生出几分苍茫之感，树影枝林间，窸窸窣窣的虫鸣，也更添了几分空旷。没人打扰，比较适合我梳理一下心境。

闭目凝神，忽然听见几块大石头后面，树荫里，有说话声，一男一女。

我才惊觉此处果然是个幽会胜地，我闯入了人家地盘，正琢磨着要不要走开去——

“公主，此事不可！”隐隐传来的声音有些耳熟。

明显这声“公主”不是对我喊的，我太阳穴突突一跳，洛姜竟在此处幽会男人，真是养不教，姑之过，我自伤之余又多了一两点自责。

“从小你就对我好，我知道；如今你说不能尚主，是想彻底摆脱姑姑，我也

知道；你纳的小妾据说像我，我还是知道。所以，你就不要再掩饰了。”

“公主……”

“做了公主要和亲，不做公主还能跟你在一起，所以我决定削去公主称号，做个平民。拾遗，我可以为你做很多事，比如不做公主，但姑姑可以吗？”

“不是这样算的。”

“喜欢就是喜欢，喜欢就可以付出，就是这样算的。谁对你是真心，你还看不出来吗？”

“殿下的心意，我领了。”

“那拾遗的心意呢？你这样百般推托，莫非真的跟传言说的一样，跟我姑姑有私？”洛姜语气急了，也不容别人插话，“她哪里好了？我哪里不如她？论年纪，我比她年轻！论容貌，我也跟她有七八分相似，不相上下！即便你忽略这些，也不能忽略她裙下臣众多的事实！她如此不检点的一个人，你还指望她清白吗……”

我心头一紧，正待听听简拾遗如何看待，忽然脑后一阵剧痛，失去知觉前的最后一个念头是——如今这些鸡鸣狗盗宵小之辈依旧如此闭塞落后，手法蛮横且毫无人文关怀，老娘的脑袋你也敢砸！

一片漆黑中，我模模糊糊恢复点意识，听着耳边几个叽叽喳喳的声音，却怎么也睁不开眼，醒不过来，任由一双手在我脸上捏了捏，眼皮上扯了扯，又听一人惶然叫道：“西马塔！”（しまった！译：糟糕！）

而后另一个盛气凌人的声音斥道：“八嘎！”（バカ！译：蠢货！）

之前那个惶然的声音越发惶然，叽里咕噜不晓得说了啥，那个盛气凌人的声音也跟着叽里咕噜。

昏迷了都不让人清静，我无比震怒，抛起枕头砸了过去，继续昏迷。

又昏睡了一阵子后，我依旧醒不过来，只觉脑袋硌得难受。这帮宵小之辈实在缺乏人文关怀。我随手捞起旁边一个枕头，拽了拽没动，似乎被什么压住了，再加上几分力道，强行拽了出来，塞到自己脑袋下，同时听见耳边“咚”的一声，似乎有什么硬物砸到坚实的床板上。我继续睡去。

床板硬了些，还是硌得慌，我又从旁边一个软体身上捞过薄如被单的玩意儿，手感不是太好，不过也勉强，于是塞到身下，姑且当作褥子。本宫从没睡过这么糟糕的床，唏嘘着也就睡了。

清早阳光照到脸上，我撑开眼皮，转了转眼睛，彻底醒了。醒了便觉浑身酸痛，后脑疼，背脊疼，屁股也硌得疼。撑着硬实的床板，我爬了起来，初步打量了一下环境——

硬邦邦的木枕、硬邦邦的床板、脏兮兮的布单、赤条条的男人……

赤条条的……男人？！

我血液倒流："放肆！"

"咚"的一声，蜷缩着睡在一边的男人掉到了床下。

靠着房中央木桌腿睡觉的魁梧男人一跳而起："灯咔（殿下）！"

靠着空荡荡墙壁睡觉的文气一些的男人也猛地站了起来。

二人立即奔来床底，掩起了掉下去的男人。魁梧男人见其光溜溜的模样，大惊失色。眉目清秀的男人则朝床上扫了一眼，目光落到我手撑着的地方。我随之看去，被我当作褥子的东西竟是件男人外衣。我默然地将衣服递了出去。文秀男人接过去，颇为淡然地递到魁梧男人手中。随后，那个什么"灯咔"就被裹上了衣衫，道貌岸然地站了起来，一双黑漆漆的眼睛犀利地扫向我。

"花姑娘，你醒了？"意识到这是句废话且无须回答时，这个年轻又长得极有味道且看起来长期养尊处优的男人面容一肃，"本王问你，本王的衣裳可是你剥了去的？"

他身后的魁梧男人紧张地望着我。

我将他们各自扫视一遍，道："我不姓花。你如果非要说是我剥了你的衣裳，姑且也可以这么说。虽然我的意图是在衣裳而不在你的胴体，不管你信不信。另外，你是哪里的王？胡乱称王，可是要杀头的。当然，如果你是什么山大王，倒是可以从轻发落。"

这位"灯咔"听得一愣，转头对着身后的魁梧男人一顿训斥，语言一时间忘了转换："蠢货！下那么重的手，好好一个花姑娘被你给打傻了。本王打探不到长安的底细，你再去抓一个来吗？"

魁梧男人面露愧色："哈依！"

打探长安的底细？是探子吗？我暂时搁下被敲脑袋的仇恨："灯咔大王，你们把我抓来，管饭吗？管吃管喝的话，做压寨夫人也是可以的。"

灯咔大王悲哀地叹口气，道："果然是个傻的，可惜了这么一个花姑娘。算了，再等到晚上抓一个来已经来不及了，今天我们就要去见大曜的大长公主，听说是个不大好对付的女人，我们要小心行事。先用膳，随后去驿馆，装作我们刚到。哇咔哒（分かった？译：你的明白）？"

"哈依！"众人点头。

不多时，膳食上来了，竟是四块烧饼。灯咔大王小心翼翼地掰开饼心，两块各咬一口，吃得很是奇怪。另两人一个狼吞虎咽，一个文质彬彬。我捧着烧饼，十分怀念公主府巷子外的豆腐脑。

不晓得本宫不见了，府里会是个什么境况。这帮宵小之辈必然就是扶桑使节，竟敢在官方会晤之前私自闯入洛姜府邸劫人，如此胆大妄为，若是知晓此刻被他们强迫一早硬塞烧饼的花傻姑就是他们要对付的大长公主，不知本宫是否会被灭口。

我强咽了一口烧饼，就哽得咽不下第二口。

灯咔大王见我哽得泪眼婆娑，忽然双目炯炯："卡哇伊！花花，虽然你是个傻的，但本王对女人的智商一向不太在意，你就跟着本王回扶桑吧！"

一口烧饼哽在喉头，我的眼泪掉得越发稀里哗啦。简拾遗，你要是不在第一时间发现本宫失踪并速速来营救本宫，以后你就挂帆渡海去探望本宫吧……

收拾一阵后，这帮匪徒便带着我去往驿站与大曜的宰相及礼部尚书会晤。

灯咔大王从便于携带的方面考虑，将本宫与他的换洗衣物一起塞进了一只行李箱，手脚捆了绳索，嘴里塞着汗巾。

一直到顺利抵达驿站，并听见礼部尚书的洪亮嗓门时，本宫都没有放弃思索如何有尊严地自救或者被救。

礼部尚书歉然致意："二殿下，由于突发意外，我们宰相大人无法前来迎接，还望殿下海涵。哦，对了，我们的大长公主殿下昨夜偶感风寒，卧病在床，也暂时无法接见二殿下，还望殿下海涵。"

灯咔大王的声音响了起来："贵国好多意外。大长公主殿下玉体欠安，本王自然是要亲往探望，以表诚意，万大人就不要推辞了。"

礼部尚书坦然笑道："呵呵呵！风寒极易感染，二殿下舟车劳顿，还是先在驿站多歇息几日吧。"

"万大人这般推托，莫非是另有隐情？"

"这个……"

场面陷入了僵局，突听一个清朗的嗓音传来："大曜宰相简拾遗见过扶桑二皇子殿下！大长公主已恭候二殿下多时，请殿下移驾公主府！"

透过木箱内壁的缝隙，可以瞧见外面的部分景象。我侧躺在箱子里，恰好能够看到一身紫袍折缝分明的简拾遗临风而来，衣袂向后掀了起来，袍袖当风，飘逸俊朗，拂袖抬手，稳而不乱，表情动作都完美地体现着国朝宰相的气度。

在此气度中，瞧不出半点本宫失踪的苗头。因此，本宫看着他这番风采，心中意味就不那么纯粹了。原本还琢磨怎样有尊严有智慧地向外界释放"本宫在此"的信号，此时此刻却不想那么多了。本宫在或不在，似乎并没有多大关系。

简拾遗礼仪十足的表现，在扶桑人眼里自然是另一番景象，从忽然态度恭敬了些的扶桑二皇子的言辞中可窥一二。

“阁下便是大曜宰相吗？果然名不虚传！大曜钟灵神秀，从无知傻姑到当朝宰执，都是这般的风采过人、赏心悦目、秀色可餐……”

二皇子身后跟随的文士咳嗽一声，悄悄拉了拉他的袖口。

胡乱寒暄一阵后，扶桑皇子一行开始在简拾遗的带领下，向公主府进发。礼部尚书见使者带着行李车马，好心提示可以将行李先行运往使节别院。二皇子费心解释了一番——由于早年患过某种隐疾，身边之物走到哪里便要带到哪里，否则便缺乏安全感，尤其是这只箱子里安放的小宠花花。

对于如此怪癖，礼部尚书只好退步，命人将行李一起运往公主府。

大长公主府里一切都井然有序。使节的行李运往偏院的过程中，我屈起膝盖撞向箱子木板。“咚”的一声闷响传了出去。

扶桑二皇子正与简拾遗并肩而行，相谈甚欢，听见这一声，两人都回过头来。

“定然是冷落了它，我家小宠不乐意了。”二皇子向简拾遗露齿一笑，“简相稍候，本王去看看。”

二皇子从容地走到箱子前，蹲下，用手指敲了敲木板，笑容无比柔和：“花花，眼下是在别人家，可不许胡闹，不然回去可不给你烧饼吃。”

我曲着膝盖又撞了两下。

二皇子思索片刻，道：“花花是饿了？渴了？”

我再撞两下。

二皇子继续思索，又道：“花花是内急？”

我接着撞两下。

使节一行中那位一直很淡然的文士弯身道：“殿下，臣以为，她是想跟殿下一起，不愿跟一堆行李一起运往偏院。”

二皇子了然：“奈汀说得有理，花花胆小怯生，本王就带着吧。”

我最后撞了一下，表示你终于答对了。

二皇子又以小宠怯生，需带在身边为由，同简拾遗交涉。

天朝皇恩浩荡，准许了扶桑皇子带着一口箱子觐见监国公主。

我被搁到了角落，平生第一次以这种卑微的方式，彻底沦为一个局外人，观察这场外交会晤。

大长公主面前置了垂帘，公主染恙吹不得风，只隐约露出一张俏丽的脸。简拾遗就站在垂帘前几步远，不遥也不近。

扶桑使节唱念国书：“日出处天子致书日没处天子无恙，扶桑二皇子御镜亲王率使节西渡，瞻仰中土文化，睦邻邦交，问安大曜大长公主殿下。”

赐座后，二皇子御镜亲王临场发挥，滔滔不绝，各种奇形怪状、匪夷所思的成语接连吐出，赞美大长公主的美貌。

场面上的话说足后，御镜亲王诚挚地表达了希望娶个老婆回去的最终目的。

“听闻大长公主的侄女襄城长公主秀色无双，贤德无匹，是中土女子的榜样。民间有句广为流传的话，说是，‘嫁人就嫁简相公，娶妻当娶小襄城’。”

垂帘内的“大长公主”清脆的笑声传来：“这是御镜亲王自觐见本宫以来说的语义语境都最正确的一句话。简相，你说呢？”

垂帘外站着的简拾遗眉头微微一动：“臣不曾听说过。”

帘子里轻哼了一声：“简相当多听听民间的疾苦喜乐，听说百姓对本宫施行的新法深以为苦，说本宫以新法乱政，目无祖宗。”

简拾遗朝帘子内轻投一瞥：“殿下新法无错，错只在人事。新政颁布，地方却以此巧立名目搜刮百姓，歪曲殿下意图，不法之徒更是以此煽动百姓。监国公主施政无罪，殿下请慎言。”

洛姜“啪”的一声拍动扶手。

目瞪口呆的御镜亲王看二人言辞交锋你来我往，有点儿摸不着头脑，想必心中想的是，这次会晤难道不该是本王做主角？怎么就沦为了打酱油的？

努力找回话语权的御镜亲王清了清嗓子，道：“哎，那个，本王仰慕襄城长公主已久，希望能向长公主求亲……”

“简相以为呢？”洛姜强装淡定地问。

面对如此陷阱与试探，洛姜要的答案显而易见。简拾遗默然片刻，答道：“两国和亲自然是好，不过长公主地位尊崇，又是殿下的至亲，只怕殿下心中不舍。”

洛姜果然原地复活，嗓音又透着愉悦：“简相所言极是。所以简相的意思……”

“臣以为，若是殿下为着两邦天下江山，当舍儿女私情。两国联姻乃传载史册的美事……”

“砰”的一声，一只翡翠壶从帘子里飞了出来，砸到简拾遗脚下，吓了御镜亲王一大跳。

随着哗啦声响，垂帘飞动，洛姜从帘内怒然闯了出来。御镜亲王立即从椅中起身，紧张之余，不忘抓紧时间一瞻玉颜。一瞧洛姜，御镜脸上神色顿时惊诧。

洛姜怒气冲冲地看了简拾遗一眼，又转向扶桑亲王：“长公主已于昨夜失踪，本宫便是为此事忧心成疾，这和亲嘛，只怕也合不成了。本宫有些不舒服，礼部尚书先送二皇子去使节别院休息，改日本宫再宴请贵国使者。”

御镜震惊许久不能回神，被礼部尚书送了出去，甚至都忘了带走墙角的箱子。

简拾遗跟着也要出去。

“简拾遗，你给我站住！”洛姜大喊。

我在箱子里都被震得耳鸣。

简拾遗停了步子，只得留下。

洛姜对着他的背影气急，声泪俱下：“从小我就听你的话，你让我做什么我就做什么，你罚我抄书五十遍，我不敢写四十九遍，虽、虽然那时候我的确是笨了些。可姑姑呢，她上课看话本，翘课翻宫墙，调戏男人，逼良为娼，所过之处，人畜走避。那时候你心中不愉快，是罚她狠些，抄书的数量都是我的两倍，可你知她是怎么抄书，怎么敷衍你的吗？”

我缩在箱子里听得虎躯一震，我这侄女居然隔着这么些年来告我的状。

简拾遗转了身，一副愿闻其详的神情。

洛姜继续控诉：“她一手可持双笔，两手同步写字，也就是可同时抄写四份。你以为她真将你的话放在心里吗？皇爷爷都管不了她，何况你？提早完成任务，只为多些时间出去跟别的男人鬼混。她以为买些甜食就能堵了我的口？殊不知我为她保守秘密，只为跟你单独在一起的时间多些。简拾遗，你就一点儿也觉察不到我的心意吗？”

简拾遗仿佛未听见她的控诉质问，神态有些飘远：“难怪字迹有些不同，原来如此。我还当她是找宫人代笔，原来竟都是她自己完成的。”

洛姜见他意会错了重点，越发愤怒：“姑姑如此顽劣，你不生气吗？我为了学好功课讨你欢心，花了不知多她多少倍的心血，你就视而不见？你、你为何就对姑姑另眼相看？她哪里比我好？”

“谁年少不顽劣？舞阳殿下若真是目无尊法，便不会想出同时书写四份的技法，她既是用了心，你何必苛责于她？”简拾遗神情淡远，一半追念，一半感慨，“她毕竟是你姑姑，你为何总与她过不去？她几时计较过你这些？女儿家也当有些气度，人与人何必作比？若是她，便不会问你这些问题。”

“我气度不如她吗……”洛姜心死一般，“她在你心里是千般万般好，连作弊抄写都值得嘉奖。姑姑这辈子可真是值了，早年那么些男人都折在她手里，如今又得你这般维护，我真羡慕姑姑。可是，若是我在她这个位子，难道就不能做得比她更好？若是我做监国公主……”

简拾遗眼睫一抬，逼视洛姜："她碍着了你的眼，所以，她在你襄城长公主府上不见了，失踪了，半丝半毫痕迹也不留？"

洛姜神色忽变，在他逼视下不禁后退一步："你、你说什么？简拾遗，你竟怀疑我……"

"长公主府上门卫亲眼见她入府，却未见她出府，她失踪前的六个时辰内，发生了什么，我不知道，但我肯定那个时间她一定在你府上！"简拾遗言辞犀利，语气冷酷，脸上却现出一分哀凉，"洛姜，她是大长公主，是你姑姑，告诉我，她在哪儿？"

洛姜脸色灰白："既然你都这么想，那我还真该对她做些什么。凭什么她做得监国公主，我做不得？"

我从未见过洛姜这副样子，"情"之一字实在伤人，简拾遗实不该在这个时候对她如此相逼。可同时，我也从未见过简拾遗这个模样，几许无奈，几许哀伤，几许冷情，几许残忍。

"女人监国，本朝数百年，也只她一人。"简拾遗猝然合眼，"洛姜，不要做让她难过的事。"

"她有情有泪，难道我洛姜就没有？你为何要做让我难过的事？"洛姜大笑，笑出泪来。

简拾遗睁了眼，却不看她："来人，送大长公主回房歇息，另外，叫何解忧来见我。"

外间侍从应了一声："驸马正与扶桑亲王一同看荷，说任何人不得打扰……"

简拾遗神色越发淡了："还要我重复第二遍吗？"

侍从嗅到一些不和谐的气息，思量驸马跟宰相谁比较重量级，不过看长公主都被宰相训得又哭又笑，这个比较还是作罢，应了一声，赶紧颠了。

我在箱子里蹭了把汗，又一幕人间惨剧即将拉开。

拾遗呀，不能因为本宫不在，你就把本宫身边的至亲一个个涮一遍吧？

〔第十三章〕

假作真时真亦假

简拾遗在桌边慢慢品茶，品了三杯后，外间侍女颤声：“驸马到。”

手里的茶盏稳稳托着，简拾遗面色也未有一丝一毫的松动。何解忧跨过门槛时速度倒是挺快，显出迫切的样子，只不过气息倒是平缓得很：“听闻老师相召，学生来迟，都是那御镜皇子拉着学生问东问西不让走，让老师久等了。”

“不敢。”简拾遗淡淡地将手中茶盏搁到桌上，“这大长公主府，你是主，我是客，客随主便。”

一个坐着，一个站着，简拾遗说着客随主便，却丝毫没有让对方就座的意思。

“老师言重了。”何解忧微微垂下眼睫，一副乖巧弟子模样。

简拾遗抬眼看了看他，语气依旧很淡：“敢问何驸马，舞阳殿下在何处？”

何解忧也看着对方，坦然对答：“我若知殿下在何处，自然早将她找回来，重阳在即，耽搁了婚事，于我有何益？”

“我倒看不出何驸马为殿下失踪而忧虑，却有闲情赏荷。”简拾遗依旧盯着他。

何解忧笑了一笑，嗓音清亮，七分正经三分纨绔：“我也不曾见老师面露忧色，我何解忧是那种喜怒悲愁都摆在脸上的人吗？赏荷是为御镜亲王作陪。毕竟，此处我也是半个主人。公主不在，我尽一份地主之谊，有何不妥？”

“做不做得真正的主人，两说。你因何故自荐驸马，我不得而知，你因何故对叛军网开一面，我也不得而知……”简拾遗随意理了理袖摆折痕，语气云淡风轻，“既然殿下未曾过问于你，我也可不追究。不过，前些时候，我替殿下遣人过访了你洛阳何家三百号人，顺便一览了何氏族谱，如此世家大族，令人心折。”

何解忧手中折扇合起，笑意顿收："我自荐驸马乃因仰慕公主风姿。叛军一事怎么说？学生平叛过程事无巨细均录在战报之中，随身将领也可做证。老师拿我九族威胁，是何意？"

"当日驸马凯旋，押解了叛军头领李善，而那李济不过是颗人头，且面目半毁。一颗血肉模糊的人头，大长公主自然不会细看。不过，不看不代表她心中混沌。此后，她可曾问过你平叛过程？既然事无巨细均录在战报之中，她何苦还要有此一问？你自然会略过人头之事，既然你会略过，那她自然也不会再逼问。"简拾遗倏然从椅中站起，"你以为她傻吗？她不过是想要个驸马，她真心待你，你有几分真心待她？仰慕公主风姿？你与她从未见过，哪来的仰慕风姿？七夕偶遇，好一个偶遇！不过这样的会面，倒是能让她痴恋你几分。"

何解忧面色低沉，一阵默然："我何解忧之心，天地可鉴。老师曾对我说，大丈夫行事要无愧天地君亲，解忧自认无愧。对她，也无愧。"

"但愿你无愧。"简拾遗甩袖而去。

拉开大门时，"咕咚"一个肉身滚了进来。御镜亲王手忙脚乱地整理了衣冠，咳嗽几声："本、本、本王忘了箱子……"

箱子搬回使节驿馆，开了银锁，解了绳索，我被人搀扶着出了憋屈的小空间。何解忧同简拾遗的那番对话，使我这一路上都陷入丢魂的游离状态。嘴里塞的布被掏出来后，御镜盯着我的小眼神透着诡异，与他的文侍从奈汀对视一眼后，咽了咽唾沫，试探唤我："殿下？襄城长公主？"

我还他一个呆滞的眼神。

又盯了我一会儿后，御镜转向一身和服浴衣的奈汀，使劲摇动他："到底是不是、是不是、是不是……"

奈汀被摇得身体前后摆动，依旧端正着视线，淡淡道："武藏昨夜迷了路，翻了襄城长公主府的墙，今日大长公主又透露长公主不见了，综合考虑，武藏劫来的这名女子应该就是襄城长公主。"

御镜一双手塞进了嘴里，瞪着眼含糊道："方才见到监国公主，就觉得相貌跟花花太相似了，原来真的是……"

御镜的另一个莽夫侍从武藏"扑通"跪到地上，一脸坚毅，脱去上衣，拔出腰间佩刀，便往自己肚皮上割去。

锯木头一般锯了半晌，莽夫只得收起刀，穿了上衣，到角落里找了块磨刀石，洒上水，将自己佩刀放上去，认真磨起来。

磨刀霍霍声中，御镜又将一团布塞进我嘴里，转身继续摇奈汀："怎么办？

怎么办？怎么办……"

我从嘴里抠出布，到桌边倒了茶漱口，再从怀里掏出早上剩下的半张烧饼吃起来。御镜眼中一亮，奔过来掰走了一大半，边啃边嚷："怎么办？怎么办？她是长公主，我们要掉脑袋的！"

我捧着手里最后剩下的小小一片烧饼，一丝小凉风打个转儿吹来……

啃完烧饼后，御镜一拍桌子，决然道："一条道走到黑！送佛送到西！劫了花花，我们连夜逃走！"

奈汀淡定地摇头："鲁莽行事，小则被大曜将我们剁成肉酱，大则两国交战，不可。"

听到"肉酱"二字，御镜一阵哆嗦："你们花开院一族世代都是阴阳师，守卫平安京，守卫皇族，要是我成了肉酱，花开院奈汀也要陪我做肉酱。"

奈汀摇了摇头表示拒绝："阴阳寮的阴阳师是国家的阴阳师，不是某一个人的，花开院的命运只在天地之间。殿下，我可以引渡您的灵魂回国。"

"我的灵魂将掀起滔天大浪，吞没奈汀的小船，奈汀葬身鱼腹，最终将被渔民制成鱼子酱。"

在武藏的磨刀声中，最终，鱼子酱与肉酱达成了妥协。

奈汀制订了一个惊天计划。

第一步，将本宫我装扮成御镜亲王的随身小丫鬟，从身份上抹杀一切引发成为肉酱的潜在危险。

第二步，将本宫我容貌易换，任谁也认不出公主的痕迹。

因先前本宫神游物外时，对一切的存在价值产生了质疑，对自己监国的身份也产生了厌倦，所以对这二人的计划也没有抵抗，反倒有几分期待改头换面。

镜中的自己，全然一副陌生人的面孔。这扶桑的易容术竟是与中土不同，手法诡异，若是不了解扶桑手法，怕是中原的易容师也看不出来。

不过全靠这种改头换面，还比较流于表面。哪天本宫不高兴了，要变回监国公主也不是件难事。念及此，不由得对扶桑阴阳师生了几分轻慢之心。

御镜亲王见到我全新的样子，消除了后顾之忧，高兴了一阵。"花花暂时失忆了，想不起自己是谁。我们把她容貌一换，别人就更认不出来。"思维一转，竟然灵光地问到了关键点，"可她要是想起自己是谁了呢？她要告发我们怎么办？我们不还得做肉酱？"

奈汀莫测一笑："怎么告发？让她说话试试。"

我心中一惊，难道把我变哑巴了？

“何をしました……”张口后，我怔住了，再出言，“どういうこと……”

血液直冲脑门，我一阵晕眩，难以置信……

御镜愣了片刻后，一手使劲捶桌，一手捧着肚子，乐翻天了：“花子酱……”（酱，对人名的昵称，跟鱼子酱不是一回事。）

阴阳师花开院奈汀对着呆若木鸡的我解释道：“这是一种阴阳术，可使人改变容貌的同时改变所习惯的语系，你心中所想之语，出口后会自动生成施术人所设之语系，同样，你所书之字亦然。不过不用担心，这种阴阳术并非永久有效，其时效因人而异。当然，术法与阴阳师之命运息息相关。施术人若消失于这世间，术法将永无解开之可能。”

我扑向桌台取了纸笔，蘸了墨，唰唰写下一排字——

“これは……”

落笔前分明是要写方方正正的汉字，落笔后手势却不听控制，成了一排蝌蚪……

我彻底绝望，我不该轻敌！扶桑之阴阳师果然是接近于妖怪的存在……

从此后，再没了重姒，只有扶桑的一名小丫头花子。

我往地上躺了去……

再醒来时据说已是两日后。

要了纸笔再试了一回，纸上依旧是一串蝌蚪，我直挺挺倒回床上。

再醒来时，已是第二日。

拿纸笔再试，还是跳跃的蝌蚪。御镜抱着枕头，准备我随时倒下，他随时拿枕头接应。这回我撑住了没倒，眼神呆滞地望向虚空。

“花子酱，今日天气十分好，我们去逛街吧！”御镜揉着枕头提议。

我被换上一身扶桑女子的衣裳，华丽繁复，裹得人难受。御镜揣起一包银子，拉着我就出门。奈汀去了翰林院做留学生学习儒教道教佛教去了，武藏依旧在锲而不舍地磨刀。文武双煞不在身边，御镜应该比较容易对付。这么想着，就任由他拉了我出使节驿馆。

御镜一身扶桑亲王打扮，相当高调，十步被人一围观。也是仰仗我大曜太平盛世，才敢做出拐个女人逛街如此招摇之事。

大街上，一个糖人都吸引得亲王走不动，瓷器珍珠玛瑙，丝帛柏烛香料，犀皮枕冠花翠，无一不吸引着御镜亲王的视线。本着友好通商的原则，亲王买了一堆可有可无八辈子也用不着的商品。

在我怀里的物品逾二十件后，我开始思考如何带着这些玩意儿逃跑。

转眼间，亲王扒开了几个人，蹲在一个贩卖昆仑奴的摊位前，端详待价而沽的昆仑奴。

此时不逃更待何时？我转身便奔……

“砰！”撞上一人。

“申し訳ありません！”我忙道了歉，准备再闪。

抬头目光一看，顿时万千言语化为一个踏破铁鞋无觅处，得来全不费工夫的表情。

青衫布衣的大曜宰相跟我一撞之下，后退了两步，原本也要客套地说两句抱歉的话，却在看我一眼后，又瞟第二眼，意识到如此盯着一个良家女子甚为不妥后，他撇开了视线，视线转折途中却再投来第三瞥。

我心情激荡，是我呀！是我呀！拾遗，你认出我来了吗？

“这位姑娘来自扶桑？不知现住何处？可曾许配人家？”宰相大人问得彬彬有礼。

我克制住了把怀里瓷器布匹糖人往他脸上扔的冲动。

长安风气之开放，完全可以宽容年轻人于大街上相遇，而后定情甚至私奔的举止，这就叫风俗。

我闷不作声，太阳底下阴沉沉地望向对面一脸诚恳与守礼的简拾遗。思量一番后，简拾遗想必认为我一个异族女子听不懂曜国语言可以理解，便换了诚挚的笑容，妄图消除我的敌意。我哼了一声，扭过头，用扶桑语道：“登徒子！”

“哎呀花子酱，你怎么跑到这里来，怎么可以说简相是登徒子！”从人贩子那里寻过来的御镜亲王一脸歉然地向简拾遗道，“花子酱初来长安，不大懂得人情世故，冲撞了简相，还请勿怪！”

被斥为登徒子的简拾遗神色显出几分不自然，解释道：“简某唐突，原来这位花……花姑娘是亲王殿下的……”

“是本王的贴身侍女。”御镜额头冒出一层细细的汗珠，约莫是担心我的身份暴露，忙不迭补充，“花子酱温柔体贴，深具我们扶桑女子的贤惠品德，如同一朵水莲花不胜凉风的娇羞……”

我酸着胳膊将杂七杂八的货物甩进御镜怀里，一手抹了汗，挽了袖子扇风。

简拾遗见着不胜凉风的娇羞女子露出的一截光溜溜的手臂，忙转了视线，看向旁处：“天气炎热，不如去茶楼避暑饮茶，不知亲王殿下意下如何？”

一身狼狈的御镜应身附和：“甚好，甚好！哎呀简相，您帮本王把这最上头的越窑青瓷拿一拿，它晃悠悠的，本王都不敢走路了。”

简拾遗抱下青瓷，看了几眼，欲言又止，终是不忍心道出真相，引着御镜往茶楼去。我随在后面，被这一身衣服裹得只能小步走路，往来的众人纷纷投来稀罕的眼神。我这步子迈得不胜凉风的娇羞，在尚未与扶桑通商的长安确实稀罕。

等我踩着木屐小步赶来，入得茶楼时，御镜早已霸占了一张桌子，一股脑儿摆满了市集上淘来的稀罕宝贝，再从简拾遗手里小心翼翼地抱过青瓷搁进自个儿怀里，眼里闪动着燃燃的光芒。简拾遗再度欲言又止。

我在桌子一边坐下，把桌上的破铜烂铁扫出一片空地，方便茶楼伙计上茶。也就御镜这般未见过长安富庶的番邦人士不辨鱼目与珍珠。

越窑青瓷乃进贡之物，市集上怎会有流传？如今长安富家贵族攀比成风，所用器皿最大限度地追求高贵奢华。至尊至贵，无出宫廷之右。于是皇家御用之物，譬如越窑青瓷的仿品赝品，便以无比逼真的技法制造了出来，几乎以假乱真。

然而真正的越窑青瓷每年只定量做出贡品，八十一件中只挑十八件顶级成品，其他一律砸毁。这十八件只属帝王家，民间绝不流传。唯有得君王青睐的世家，才会得皇家御赐青瓷。这样一来，家中蹲一件越窑青瓷便是恩宠与地位的象征。这便导致私窑青瓷赝品的供应商与追名逐利爱慕虚荣的购买力比翼齐飞。哪位大人家中要没点青瓷赝品做点缀，上朝路上都不好意思跟同僚打招呼。

这股歪风在长安也就罢了，扶桑亲王竟也因此上了当，这可是关乎邦交名誉的大事儿。不能因为人家扶桑物资匮乏，我们国朝便可拿赝品去糊弄人家。

这件事情，我可徐徐图之。

思考间，茶楼伙计已送了来沏好的茶，一碗绿茶，一碗红茶，一碗黄茶。我未作多想，伸手便要端那碗君山银针黄茶，不过在将将碰到茶碗时，改了主意，端了祁门红茶。御镜将怀里青瓷搁到桌上，迫不及待地随手捞了碗西湖龙井绿茶，牛饮解渴。简拾遗不紧不慢地端起剩下的君山茶，眼底幽深，寻不见一星半点儿别的意思。

隔着满桌的瓷器香料，我暗暗瞟他一眼。当真是宰相肚里深不见底，谁也没注意，他竟在这么短的时间内吩咐下了三种茶，三茶中恰恰混了本宫平日最爱用来解渴的君山茶。想着他方才对一个异域陌生女子看得一眼又一眼，还光天化日之下问婚娶，我便不能让他如意，偏不取那君山茶。

解渴后的御镜对着面前的一堆货物赞不绝口，直夸长安富饶，不愧为天朝上邦。跳跃着夸到茶楼里的茶时，忽然又一个跳跃：“简相为何一直对着本王的侍女看？”

简拾遗咳嗽一声，转向御镜，歉然道：“失礼得很，亲王殿下的这位花子姑娘跟简某家中一名侍妾有几分神似，故而……”

“哦，原来是爱屋及乌。”御镜松下一口气，“所谓君子成人之美，若将花子酱赠予简相……”

我强忍着没将一口茶喷出来。简拾遗茶杯里的水荡出了两滴。

御镜挑了一块茶点心塞到嘴里，吃完后继续道：“俗话说一山不容二虎，那样势必会导致简相家中不睦，万万不可呀。”

我将险些喷出来的茶咽了下去，中途还是被呛到。

简拾遗默然不言，举杯喝茶。

御镜又尝了块糕点后道：“女人嘛，争风吃醋难免的，使些手段多哄哄多骗骗，就糊弄过去了。譬如我家老头子坐拥三宫六院，出宫一回还要沾惹一回花花草草，又顾忌着我母亲，不敢往宫里多带，就在皇宫外建了零零散散的小金屋。这些花花草草呢，互相之间还不知道对方的存在，就连本王都不晓得民间有多少兄弟姐妹，你说，我家老头子手段高不高？”

简拾遗心不在焉似的，随意“嗯”了一声。

御镜却渐入佳境：“所以简相可效法一二，看中的姑娘另置一处，保你府里太太平平。俗话说，做男人不易，做一个有众多女人的男人就更不易了。”

简拾遗一面听着一面给自己再满上一杯君山茶：“殿下所言极是。”

也不知这意味不明的“所言极是”是指前一句话还是后一句话。我凉凉地望对面一眼，对面那“做男人不易”的人在认真品茶。

御镜想到什么，忽然眼中一亮：“听闻简相府里美妾众多，原来是深有体会，不知简相有何心得？可有比我家老头子高明的手段？”

“惭愧！万事顺其自然罢了。”简拾遗神态淡然。

“原来简相已是如鱼得水，游刃有余。”御镜无比憧憬且敬仰地望着他。

我感觉自己被无视得太厉害，遂用扶桑语大声道：“姑奶奶饿了！”

御镜将茶点推到我面前，转头继续跟简拾遗探讨食色之道。

“老子还是饿！”我将他们打断。

御镜扭回头挑了块大个儿的糕点塞我嘴里，继续一脸仰慕相见恨晚地同简拾遗攀谈，就差请教房中术了。

古人云：饮食男女，人之大欲存焉。

就是说人的基本欲望，一个是饮食，一个是男女关系。这在我们这一桌上体现得尤其淋漓尽致。我愤然吃掉了盘子里的所有糕点，填饱了肚子，预备拍案而起以引起注意。

御镜一脸虚心好学，简拾遗仿佛要知无不言，言谈正欢时，忽然袖子一拂，只听“嘭”的一声脆响，越窑青瓷惨然坠地，四分五裂。

无比稀罕的东西就这样碎成了渣，惨烈地呈现在眼前，御镜顿时呆了。

简拾遗歉然不已，袖子收得十分淡定优雅：“这……实在是抱歉得很，方才没瞧见这青瓷竟在手边，如此贵重之物，简某一定赔还殿下。”

御镜哀伤一阵后，回过神来：“不必了，本王再去买……”

“恰好明日晚宴有歌姬献舞，殿下若不嫌弃……”

御镜眼里嗖地点燃一股火苗：“诚然，青瓷价格不菲……”

“明日晚宴，请殿下过府，拾遗也好赔罪，再赔还殿下一只越窑青瓷。”

御镜推辞一番后，勉为其难地接受了邀请。简拾遗这才淡然一笑，目光不加停留地顺便扫过我。

茶楼作别时，御镜拉着我抱着货物对简拾遗应诺道：“明日，本王携花子酱一同叨扰宰相府了。”

帮着御镜搬运货物到使节驻地，发现大门处的守卫换了面孔，从护卫衣饰可看出是我公主府的人。别院内部，护卫来来往往在搜寻什么。御镜愣了片刻后，心虚地白了脸，想将我藏到身后。

“亲王殿下逛街回来了？”一声裹着笑意的寒暄适时出现，一个潇洒的身影迎了上来，“等候殿下多时。”

御镜怀抱里的瓷器哗啦碎了一地，抖着嗓音：“何、何驸马有、有何贵干？”

何解忧展开扇子，当空接住了掉落的玉瓶，还给御镜，莞尔道：“倒也没什么大事，就是大长公主殿下平素最宠爱的一只波斯猫走失了，命我们四处寻寻。”

御镜抱回玉瓶，看了看川流不息的带刀护卫们，抹了把汗，唏嘘道：“本王并未见着有什么猫，公主殿下的猫咪想必应该不会跑这么远才是。”

何解忧摇回扇子，缓缓扇动，浅浅笑言：“殿下的那只猫咪极是傲娇，就爱私自行动，跑这里蹿那里，遇到不如意的事又不说出来，就爱闷在心里跟自己闹别扭，闹了别扭就爱到处溜达……”

“说、说出来？”御镜悚然一惊，对如此神猫表示了十分的惊诧。

何解忧扇面掩着唇角，笑道：“猫咪的语言只是我们听不懂罢了。对了，长公主府近日举办过昙花会，听府前侍卫们说，我们家那只小猫也去凑过热闹，不知御镜殿下可曾见过？”

“本、本、本王不曾去过长公主府，自、自、自然不曾见过。”御镜心虚地将眼角瞟向天空。

“也不知这小猫野到哪里去了，大长公主极是想念，我们便也只得一处处找寻，但愿未给殿下带来困扰。”何解忧垂下眼睫，温文尔雅道。

望着东院塌下的一根房梁，西院倒下的一面墙，御镜明灿灿一笑，诚恳道：“不曾带来困扰，驸马委实客气了。”

“既未寻着，那我们便告辞了。”何解忧收扇，抱拳行礼。

御镜彻底松了一口气，热情道：“驸马有空常来。”

何解忧错身走过去后，忽然顿住身形。御镜忙将身后的我辗转腾挪到了另一边。何解忧转身，疾步走到我跟前，看清容貌后，眼里一缕失落，却仍望着我：“不知这姑娘可曾许配人家？”

御镜上前一步挡住，乐呵呵道：“驸马就不怕大长公主拈酸？”

“这种事，自然是不会让她知晓。”何解忧款款一笑，依旧对我打量来打量去。

“这个……终究是纸包不住火！”御镜再将我挡严实。

我将御镜扒到一边去，往何解忧跟前走了两步，极尽风情地冲他行了个万福礼，含情脉脉朝他望去。

何解忧闪到了眼睛，撇开视线，拿扇子虚扇了几下：“不知明晚姑娘是否有空？”

“没空！”御镜赶紧答道，“本王同花子酱明晚要赴简相之约，驸马想同本王吃个饭的话，就另约吧。”

“简相？”何解忧微微沉吟，“他也约了这位姑娘？什么时候的事？”

“今日，就方才，本王带花子酱逛街的时候，偶遇了简相。”御镜扬眉吐气道。

“这样。”何解忧淡然一笑，收了扇子，袖摆往身后一负，“那我告辞了。”

想不到他竟这么痛快，说走就走，御镜一时愣了，半晌才回过神来，了悟一般：“听说这驸马与简相是师生关系，原来大曜如此尊师重道，不与老师抢女人，可敬，可敬！”

我对何解忧临去时的那一眼却有些熟悉，这绝不是偃旗息鼓的号角。

奈汀泡了一天翰林院，抱了一堆摘抄的资料心满意足地归来，得知我同御镜要赴宰相夜宴之约，没有表示异议，另外，还接受了御镜关于我是否会复原本身的一番垂询。结论是，把心放回肚子里，无论简相还是驸马，即便是对我存疑，也是找不出一丝证据的。

即便奈汀如此自信，本宫也不是个会轻易放弃希望的人。同时，本宫也是个好奇的人。简拾遗这是设的哪门子宴？他究竟有没有看出我来？

宰相家的笙歌艳舞，本宫还真没见识过。

御镜同样迫不及待，太阳未落就在盼夜幕降临，光影未散就在待掌灯时分。

是夜，我们的马车昂扬着奔驰到了相府门前，门房入内通报，不多时，简拾遗素衣闲袍，风姿耀人地迎了出来。我正同御镜下马车，晃了一眼，手没扶住，险些跌下。

“恭迎御镜殿下！”简拾遗弯身为礼，目光顺道往我这边扫了一眼。

“简相可是久等了？本王就说要快些嘛，花子酱偏生要挑衣裳画眉什么的。”御镜一脸急切，责任全往我身上推。

简拾遗眼里泛了一点笑。

御镜一番话虽有推卸之嫌，却不全是污蔑，因此本宫稍微有些气血上脑。

“也没说你两句嘛，怎么脸上成了番茄酱？”御镜安抚地看我一眼。

我淡定地垂着头，御镜急不可待地往门内走，没走出两步，忽然脚下踉跄，幸好得简拾遗扶了一把，没跌个狗啃泥。

我淡定地收回木屐，含蓄温婉地跟在人后。

众人先后入府门，简拾遗也没再多看我一眼，只领着御镜在前边一路走一路寒暄。御镜也一门心思在艳姬歌舞上长见识，只恨不能拽着简拾遗立即飞到舞姬身边。

我在后边看着这二人的背影，不由得鼻子里哼了一声，男人都是一路货色。

走回廊，过池塘，绕花圃，终于到了华灯鼎盛的夜宴舞厅。厅前美婢一个接一个，齐齐屈身万福。御镜如堕仙窟，又惊又妒，感慨万千：“简相啊，本王真想待在长安不走了。”

简拾遗温婉地笑笑，领着御镜穿过如云美婢，径直往正厅去。御镜犹在目光流连，应接不暇。我跟在后头，随意打量这莺莺燕燕，一阵妒忌之情油然而生。我大长公主府都不曾有过这阵势这美色，就连最得宠的落月、侍墨在这里也只能算得上中等。简拾遗你真的不是勤俭其外，奢靡其中？

夜宴华厅内，波斯地毯、天竺熏香、南诏美玉、敦煌壁画、西域美酒、东海珊瑚……

一时天上人间。

亮瞎了本宫的眼，就更不用说呆若木鸡的御镜亲王了。本宫此时想的是，御史台那帮监察御史们的众多眼线难道都是选择性失明？竟不曾有一人弹劾宰相奢靡。

本朝的一代贤相简拾遗在这美玉与夜光珊瑚的交相辉映中，素袍如月，容色沉雅，怎么看怎么两袖清风一轮明月。平时，他还挺爱穿布衣来着。这般做派与这般华宴，竟然如此的不违和，当真是神奇至极。

御镜痴呆完了后，适应性极强地融入了此时环境，对简拾遗表达了滔滔不绝的仰慕溢美之词后，又发扬他一向的迫不及待风格，要求赶紧见识一下天朝歌舞，以便进行艺术切磋。

简拾遗点头示意歌舞开始，众美姬鱼贯而入，一个个身姿曼妙，玲珑有致。仙乐飘飘，舞姬们灵动地舞了开来，水袖薄纱，红粉香脂，艳丽无匹。御镜一双眼恨不能化作三个用，酒都灌进了衣领里，惹得一个舞姬明眸藏笑，舞着舞着就飘到了御镜身旁，二人眉来眼去就抱上了。

我一颗葡萄籽哽到了喉咙间，咳了许久，才拿酒冲下去。酒劲有些冲脑，赶紧拿果品救场，手边一溜儿的甜食，只在角落处放了两只咸味的果碟。我将那两只碟子里的咸品吃了个尽，御镜已然被三名舞姬围住了，再瞧简拾遗，依然在从从容容地品酒赏歌舞，身边也有两名美姬作陪。

醉生梦死也不过如此形容。我从角落座上爬起，摸着小门溜了出去，避开这丝竹管弦。弦月如钩，我蹲在池塘边，摸着袖里的桃儿拿出来啃，解解咸。

池塘里，弦月也如钩，勾得人如许寂寞。

微风吹乱了倒影，涟漪里忽然多出一个人影，我拿在嘴边啃的桃儿顿了顿。池水平了后，倒影清晰起来，素袍长衣，束发青带垂在肩头，清姿修影，谦谦君子，浑不似朝权在手的一代宰相。

既然不能无视，那我就勉强转了下头，目光表达了一下诧异。

莫名其妙出现在此时此地的简拾遗低头看着我，目光如月色朦胧。相对无言了一会儿，他走了过来，同我一起蹲下："花小姐不爱吃甜食？"

既然语言不通，那我就摇了摇头。

简拾遗眼望池水，继续同我对话："花小姐很像一个人，她爱吃甜食，爱饮君山茶，爱喝果酒，也爱在袖里藏些水果零食。"

我暗暗将袖子压实，里面鼓囊囊的还有杏仁葡萄干。

作为一个无法进行实质性对话的花子酱，我只能做个尽职的听众。

"可她不爱读书，不爱习字，所以总用极少的时间来应付。"自说自话的简拾遗侧面映着波光潋滟，略有几分缥缈，几分清绝，"所幸她聪明伶俐，那极少的用功时间也够用。可是她不听话，非常不听话，很让人伤脑。可当她开始听话了，你却再也不知道她的真实想法了，更让人伤脑。"

我捧着桃继续吃，心道，你简拾遗的心思同样让人搞不懂，既然大家彼此彼此，你何必纠结于此。

“花小姐。”停了叙述后，简拾遗忽然转头看着我，是看陌生人的眼神，“你可愿意留在长安？”

我扭头望了眼歌舞的方向，表示这需要主人的同意。

“御镜殿下此时怕是难以顾及于你，你若同意，我自能让他应允。”简拾遗神色认真，不容置疑。

我扭回头使劲盯住他，我留在长安，你意欲而为？

“虽然有些冒昧，但在下想将你留下。”简拾遗站起身，拂着袖，月华临身，眼波漫漫，“你同意也好，不同意也罢。”说完，他步履从容地转身往回走，对于这一番强抢民女，丝毫不以为意。

我惊诧许久，原来抢人还可以这般优雅从容，我从前那些强抢民男的手段比起简拾遗来，无论境界上还是气势上，都毫无悬念地落了下乘——不愧是本宫的太傅。

“咚”的一声，我将桃核扔进了池塘，为表达不满造了些许的势，站起身，便要怒斥光天化月强抢民女王法何在。忽然一道寒光临空，越过池塘上方，直直奔向简拾遗去。

对于这样突来的寒意，我一点儿也不陌生，当下飞奔到他跟前，将他扑到一旁。两人都倒进了花圃，将一片金菊压落一地。破空之箭穿过我们头顶。简拾遗看着自己沾染花泥的衣裳，洁癖有些发作，竟将我这救命恩人无视得彻底。我心中十分不满，却见他目光沉沉地注视着我胳膊压住的他的一片衣袖，那里跟泥土接触得最为紧密。我略略心虚，忙抬起胳膊。

然而此时，又一支羽箭破空来袭，不容多想，我将刚侧起的身子整个往简拾遗身上压去，完完全全将他压进土里……

羽箭从我头顶飞过……

好险，又被我避过去了，抹了把虚汗，忽见整个仰躺在花泥里的某人，一点儿也不为羽箭暗袭所动，却很是为我的举动而动。

沉湛湛的目光将我望着……

难道这人不知道什么叫知恩图报？也太不分青红皂白冷热轻重吧。

一面存着邀功的心思，一面生出几许不合时宜的心虚，于是也不同他计较，我慢吞吞从他身上爬起。减了重压后，简拾遗起身坐在花圃里，继续望着在一边提防刺客的我。

宰相肚里的船就是这么撑的吗？也罢，道歉什么的也成，可是此时防刺客要紧，然而语言障碍实在让人无可奈何。

正在我莫可奈何之际，三支羽箭连发，全是奔着简拾遗去的，奈何他临危不乱地依旧在花圃里禅坐。我咬咬牙，三度扑了过去……

不过，他已经有了准备。于是，扑而不倒。

你这是存心让我做肉盾吧？

羽箭临近，我闭上眼，紧张惧怕之下，手抓紧了一人。却听接连三声“铿”的脆响，就在三尺之外。没有三箭穿心。我忙睁开眼，回头一看，三尺外的地上落着六截断箭。

正诧异着，池塘对面，五支羽箭连发，转眼到了跟前，却都在三尺外被暗中的影卫给切断。

我摸摸鼻子，原来如此。

其实也不难想，若没影卫，简拾遗怕是蹦跶不了这么些个年头。本宫都屡屡被刺杀，何况将本宫推上监国之位的宰辅？沦为花子酱的本宫居然忽略了这点，实在是智商堪忧。

池塘对面不再发箭后，我犹豫着怎么跟人致歉，禅定的人忽然拉着我起身，奔下了花圃。

简拾遗沉声吩咐影卫：“速去六人保护御镜殿下！”月色照不见的黑暗中，立即有风声呼啸而去。

我被简拾遗拉着喘不上气地跑，此时回想起，父皇曾赐予简拾遗十二影卫，现在分去六人，便只剩下六人了。一边跑一边听着身后厮杀之声，暗中影卫惨烈地坠落了三人，仿佛今夜刺客都是有备而来，源源不绝。

在最后仅存的三名影卫也一一坠落后，我心中开始泛凉，今夜怕是跑不掉了。

简拾遗也不再拉着我跑了。树影中飞出一名黑衣刺客，持剑刺来。简拾遗在剑影之下推开我。我心中彻底凉了，如今袖中可无弓弩，替他挡剑却也来不及。

谁知，那刺客忽然凌空一折，长剑朝我递来。

刺客大哥，你们今晚大动干戈，其实目标还是我，是吗？

我连退了几步，后背抵上大树，再无退处。

〔第十四章〕

色不迷人人自迷

果然是，将军马前死，公主刺杀亡，我悲剧的命运依旧是逃不掉。从前那些被刺杀的画面走马灯一般，刹那间自我脑海轮了一圈，好歹也是一番铺垫，也无甚惊惧的，眼一睁一闭就过去了，如同睡觉一般，不过也就痛一些。

我站直了些，也不再退了，手微微背负，视线平放，不能以公主的身份死去，好歹要以公主的尊严奔赴黄泉，如此才不致遭黄泉那边先行占位子的三哥的耻笑。

刺客手里的剑寒意浸骨，剑还未至，厉芒已刺得肌肤生疼，果然是把居家旅行杀人必备的好剑。

平放的视线不大由我做主，旁逸斜出拐了个小弯，对简拾遗投了生前最后一瞥，忍不住生出几分可悲可叹，世间最遥远的距离不是生与死，而是我死在你面前，你却不知道我是谁。

简拾遗原本因刺客突然改变主意而面露意外之色，却在我看他的一眼里晃了一晃神。

此情可待成追忆，只是当时已惘然。

刺客之剑划破我衣襟的同时，“嗖”的一声疾响，一柄暗箭以迅雷不及掩耳之势没入了刺客的后脑，自他咽喉中刺出。

我转眼，一枚精致袖弩自简拾遗手中缓缓扣回。那袖弩与我的一般无二。虽说此时得救首要的是感谢恩公，但见着那袖弩还是不由得坠入往事。

我被封为监国公主的第一日，在大明宫紫宸殿，一面为三哥的离去而悲恸，一面为将来无尽的日子而迷茫。简拾遗独自迈入殿中，到我跟前，同我讲了一遍国丧事宜及上朝注意事项后，发现我越发愁苦地皱了脸，便从袖中掏出几颗甜枣放到案上。我捞过边吃边继续皱着脸。他又从袖中掏出一个不倒翁搁到案上，颀长的手指一拨拉，圆屁股的小人儿摇摇晃晃却始终不倒，顿时吸引了我的视线，脸也不皱了，悲也不恸了。

他再将各种事宜说了一遍，我郑重点头。一个半时辰的超长篇絮叨讲到尾声，他话音一顿，语义一转："坐在殿堂之上，你要面对的不仅是朝臣、百姓，还有——想将你置于死地的人。"

我被枣核噎到，哽个半死。

简拾遗不慌不忙地望向我身后，恭敬道："陛下……"

我眼一瞪，胆一颤，心一抖，汗毛一竖，咕噜一下枣核顺着喉咙滑下去了。

简拾遗再不慌不忙回到正题："此后你的人生中，最熟悉你的人莫过于刺客，刺杀将伴着你所有的荣誉一起繁衍。"

我在各种惊吓之中辗转了一圈后，他三度从袖中掏出一个物什，递到我面前。

"这是袖弩，自保之用，兵器谱上排名第一百六十七……"

我的悲恸之情顿时溢于言表，扯住他的袖子，委屈至极："简太傅，你是怕我死得不够早？前头那一百六十六种兵器都可以取我性命……"

简拾遗以一种此言差矣的语气对我道："最适合的才是最好的，何必好高骛远，妄求第一？即便那排名第一的武器交于你手，不顺手，它便与废铁无二。而这排名中等偏下的袖弩，若使用得手，便是自保的绝佳武器。"见我还是不太乐意，他顿了一顿，添了一句，"太傅的理论，何时错过？"

看着他那般诚恳，我只好假作欣然："那它有大名吗？我要两枚，留一枚给我未来的夫君。"

简拾遗眼底光影一错："只有一枚，它名无双。"

它名无双，只有一枚。

此时此刻，我却见着另一枚，就在简拾遗手中。既然成双，何谓无双？

我目光晃晃悠悠，神情恍恍惚惚。简拾遗收了袖弩后，快步上前查看我有无受伤。就在他走近时，我却见不远处树梢顶一点寒光闪耀，随即无声无息划过夜空，直奔简拾遗后心而来。

我奔前几步，推开了简拾遗，惯力将我甩得正对暗中刺客。

"小心！"简拾遗看清局势，不由得变色。

然而，刺客之外，一队人马闯入，为首之人沉声："放箭！"

也不知是谁，百步穿杨，一箭将刺客手中的剑射偏。刺客当空一个折身落地，提气再度奔来。速度就是生命。一箭又将刺客射得躲开，趁此机，弓箭手一箭接一箭，直将刺客逼得一步步拉开与我的距离。

险象环生九死一生后，我步子都有些虚，退后几步靠着树干，同简拾遗互视一眼，皆有松口气的迹象，再一同转向百步开外的救兵。

何解忧领着一部分御林军闯入了相府，神色凝重，在吩咐完御林军搜寻可能剩余的刺客后，一路快步到我与简拾遗跟前。

“老师受惊了！”何解忧诚恳揽罪。

简拾遗目中微凉：“解忧好生及时，领御林军前来，莫非一切尽在指掌，知晓今夜跌宕？”

何解忧顿了顿：“学生得到消息，今夜相府有难，担心老师和御镜殿下有不测，特地赶来护驾。”

说话间，御林军木统领前来回禀：“御镜殿下醉卧美人膝，似乎并不知晓刺客一事，卑职不敢打搅。相府共发现十九具刺客尸首，有一人在逃，卑职已命人追捕。”

何解忧沉吟着听完，又吩咐今夜着重护卫相府。木统领却有些不耐：“大长公主究竟何在？吾等本属大长公主殿下统领，只听命于殿下一人，何驸马得到情报说这帮刺客特为殿下而来，吾等才奋力赶来护驾，可如今怎不见殿下身影？”

“这个……”何解忧视线越过众人，落于我身。

闻听此言，简拾遗亦诧异地看向我。

见大家都看着我，御林军木统领也狐疑地望过来。

不应该呀，难道面前这几人认不出我来，刺客竟认出来不成？

木统领初时眼中一亮，待看清后，眼中那点火苗扑腾着便灭了，指着我质问何解忧：“莫不是要说这蛮族女子竟是大长公主殿下？真是笑掉人的大牙！”

何解忧也无奈地摇扇子：“诚然她不是，但方才你也瞧着了，刺客似乎非她不杀。”

木统领又对我打量几眼后，彻底绝望：“刺客要杀她，兴许是她欠了人家银子，与吾等何干？何驸马，你情报失误，谎报军情，害得吾等夜半扔了老婆孩子热炕头，没命地赶来，就为了救这个欠人银两的不知哪里冒出来的酷似殿下的异族女子？你让吾等情何以堪！”

“难道木统领便忍心一个酷似殿下的女子遭了刺客毒手，见死不救？”何解忧被唠叨得不耐烦了。

“一个酷似殿下却不是殿下的女子，你让亟盼一见殿下之面的吾等情何以堪？”木统领依旧绝望不堪。

何解忧将此情不堪回首的木统领选择性无视了，甩开袖摆踱步到我跟前，细细打量。一直在一旁沉思的简拾遗忽然将我一望：“此事蹊跷，有请花小姐到内室一叙。”

我也觉着蹊跷得紧，难道真如简拾遗从前对我所说，最熟悉你的人莫过于刺客？

这也忒悲催了。

一间暗室内，简拾遗与何解忧分左右坐了，审案一般对着我。

“老师，你觉着她与公主有几分像？”何解忧托着腮瞄着我，目中充满思考。

“神似三分，形似一分。”简拾遗幽幽凝眸，湖水涟漪一般牵动在眼底，流水潺潺，潜流暗动，却迷了方向。

“那便是只有四分像。世间六七八分像的人比比皆是，为何老师独独对她有些另眼？”何解忧悄然转动眸子，似玩笑，又似认真。

“我对她，不过是……”简拾遗微微敛了一下眼，湖底波光寂灭，“平常看待罢了。”

二人谈得投机，也没吩咐我一把椅子，是以只好站着听他们聊天。这句“平常看待”砸在心间，还真是有些滋味莫名，一时不知该将自己代入成谁合适。自己心头的纠结怕是别人体会不来的。这几步的距离，这张画皮的距离，便是超越了所有吗？

“嗯，原来如此。可遇刺时，她似乎是不想老师受牵连，宁愿自己挨下刺客一剑，若不是我们及时赶到……”何解忧敲着扇子回忆思索。

简拾遗噙着惘然难解的目光，投视我一眼，片刻后，自解道：“在此之前，我救过她一回，投桃报李也无甚奇怪。”

他却不说，在此之前的在此之前，我是如何自己犯傻以身作肉盾想将他扑倒。是不值一提，还是这番话中的因果太过纠结复杂，只会越解释越是一团乱麻？

何解忧一副“原来如此”的表情，不再纠缠我与他老师的这点细枝末节的关系，却转而目光灼灼地盯着我，嗓音一提：“哎，这位花小姐，本侯要同简相审你一审，烦请你跪下答话。”

我在距离二人几丈外站得笔直，半垂着眸子，一动不动。

等了一阵儿后，何解忧倾着身子向简拾遗请教：“花小姐听得懂长安话吗？”

“嗯。”简拾遗也有些意外，“她只是不会说而已，听应该是听得懂的。”

得到肯定回答后，何解忧再将音量抬高："还不跪下？"

我抬起眼皮将他一扫，再将视线往上一撩，继续站得直挺挺。

"老师觉着此时此刻，有几分像？"

"八分。"

二人交换意见，达成了一致的看法。接着又尝试了各种试探的法子，然而即便在九分五的度上，也依旧没有十足的把握。

就在我快眯上眼睡过去时，何解忧郑重地一清嗓子："那么，便只好走最后一步了——脱了她的衣裳……"

我一个激灵醒来。

简拾遗神色一僵，某种疑惑不言自明。

何解忧娓娓道："且看她肋下可有三处无法消去的伤痕。"

简拾遗面上十分震怒，四分因"伤痕"二字，六分因何解忧一副笃定的语气和态度。默然半晌后，如坠入虚无般的嗓音沉沉道："解忧还知道多少？"

"嗯，公主大腿上有一处剑痕……"何解忧努力回忆着。

简拾遗的面色一分分沉下来，搁在桌上的袖角动了动，手指关节渐渐发白。

当着太傅的面，历数本宫身上的特征，何解忧，你当真是知道得太多了！

"老师居然不知道吗？"回忆半晌后，何解忧忽然回到人间，认真地望向简拾遗。

简拾遗不去看他，只将一双眼放在我身上，看着我，似乎又不是看着我："解忧可知先帝托孤时，将她托付于我，命我替她遴选驸马？何人做得了驸马，何人做不了驸马，都只在我一句话。"

何解忧微微沉了眼，嘴边却勾了一勾："老师莫不是要说，解忧人品奇差，不够尚公主的资格？"末了又补充一句，"难怪这些年公主殿下都还待字闺中，原来老师一句首肯的话，是谁也等不来的。"

我将他们二人望过来望过去，深深明白了物以类聚、人以群分、煎饼配大葱的至理名言。难怪从前三哥对我谆谆告诫："像你这种以色取人的姑娘，千万要明白，男人不能光看形貌，即便如三哥这样貌赛潘安的男子，也无法排除其内心阴暗狡诈的一面。"我当时很是吃惊，忙问："其内心阴暗狡诈的一面，譬如？"三哥为我解惑到底，从袖中取出一个册子："譬如三哥近来写成的这篇《论促进夫妻和离的一百零八种方法》。"

赶紧拜读完后，我从三哥悠悠远望的眼神猜到，他对那个人还是没有死心。我只得这般安慰他："听闻他们最小的孩儿都可以打酱油了，和离后孩子怎么办？”

三哥依旧远望：“我不介意他们叫我二爹。”

经过三哥的这番熏陶，我隐约明白，男人即便好看，内心也有长蘑菇的阴暗角落。然而直到今晚，我才彻底体会到蘑菇可以长到阻碍本宫努力想要嫁人的地步。

我隐隐记得，何解忧同我说过相似的话，就在那个失败的洞房之夜。难道这一切真的全拜简拾遗所赐？

我是该悲伤呢还是悲伤呢？

不过此际似乎不是悲伤的时候，我追往昔思今朝之际，相府的如意被传唤了来嘱咐一番后，拖着我去了隔壁的小房间。

关好门窗后，如意示意我脱掉衣裳。

为着大局着想，我还是须得尽快恢复身份，儿女情长之事还是捆起来埋了好。

如意在一旁默默看了我身上各种剑伤刀伤留下的淡淡痕迹，目光很是连绵悠长。证明了我的身份，她却还在肆无忌惮地打量。我有些迁怒高唐，还号称神医，百般药草提炼出来的药膏也没能把那些伤口较深的地方填平，留下这么些痕迹供人观摩。

形容美人的所谓肤如凝脂，一直都是本宫忌讳的词语，公主府里的《诗经》都是撕下了《硕人》那一篇才敢搁到我案上，传奇话本但凡有这个词语都是先将其涂黑才敢呈上来。这如意胆子不小，我扫视她一眼，她这才缓缓收了目光，转身出去了。

想着即将恢复公主身，我也懒得治罪于她，穿好衣裳后，也出去了，等待接受简拾遗同何解忧的叩拜，再责问他们二人也不迟。

我方走到二人审问我的内室门口，这二人便一前一后地出来了，一个个面容失落得仿佛丢了五百两银子，无视旁人地从我面前路过。

简拾遗立在中庭，抬首望明月：“决然不是。”

何解忧也跟着站成一排，同望明月：“断然不是。”

“确然不是？”

“诚然不是！”

我在后边匪夷所思地望着两人昂然望月的身躯，那月色下浓浓的惆怅连我也被感染了，难怪古人说：我本将心向明月，奈何明月照沟渠。我转身将目光锁定如意。从前的“小鹿”如今镇定自若，清亮的眼神越过我，朝向前方。

感伤失落一阵后，何解忧凌然道：“重阳前，我必寻回公主！哪怕将长安翻个遍！”

我开始觉得自己前路漫漫，长夜漫漫。

相府管家巴巴地赶来送客。何解忧一走，相府小厮丫鬟都挤在屋檐下，齐齐观望他们相爷。

简拾遗独立明月下，很有些寂寥清寒的仙风道骨，忽略其情绪的话，还是比较耐看的。莫非都是赶着来看美人的？我狐疑地扫一圈角落众人。

相府管家送完客后，也过来站到了人堆前，与众人视线保持一致，估摸着时间差不多了，道："一、二、三。"

"三"字刚落，简拾遗转了身，吩咐道："摆琴。"

屋檐下，丫鬟小厮们同时神鬼莫测地从身后变戏法一般，拖出了琴案、香炉、七弦琴，转眼便在月下摆好，然后众人才相继退散。

琴轸下的流苏缓缓漾动，铜炉内的香烟袅袅升起，简拾遗素色衣袖拂过琴弦，梵音起，弦声注入夜空，树梢月影都跟着颤了一颤。

好几个年头没听过他的琴声了，尤其是监国这几年。我为公主他为太傅时，尚可偶尔听一曲；我为监国他为宰辅时，却再也寻不到合适的身份能够一听长音。实在想听，便得召宫廷琴师，万没有号令宰相抚琴的道理。

揽着衣摆，我就势坐到屋檐门槛下，捧脸听琴。

如斯月色如斯景，配上拾遗的琴曲，必是天上应有人间难闻。我打叠精神，暂时排遣了愁情，只听弦声幽幽，转哀婉，转凄切，转凄惨……

赫然竟是一首《长门怨》。

我胳膊肘滑了一下，脸没撑住。

长门怨，昔年武帝薄情，长门闭阿娇，独宠卫子夫，阿娇千金买得相如赋，是为《长门赋》。后人乐师同情其遭遇，为之谱曲，是为《长门怨》。

愁在春日里，好景不常有；愁在秋日里，落花逐水流；当年金屋在，已成空悠悠；只见新人笑，不见旧人愁……彼时再藏娇，长门不复留；六宫粉黛弃，三生望情楼。

抚完一曲，简拾遗起身离案，寻了一壶酒，拔了壶塞直接便饮，不多时，酒壶自明月下划了个抛物线落地，不见有酒洒出。

复回琴案，琴曲零零落落，不成调。琴声小下去后，他不再弹，一手撑着头。

叫你喝酒，叫你喝这么猛！借酒浇愁，不是你想浇，想浇就能浇！

我从门槛上起身，绕到琴案前，站着看了一会儿。他撑着头，闭着眼，一缕青丝因沾酒濡湿覆在面颊上，颇有几分憔悴风骨。

不知不觉，再往跟前近了几步，他霍然睁眼，瞧着我，眼神飘忽，十分涣散，许久，艰难开口：“别在我眼前晃。”

果然是喝多了。饮酒过量是件痛苦事，我切身体会过，不由得同情心泛滥，上前扶住他：“练酒量这事，欲速则不达。”语入风中，依旧是令人悲伤无奈的扶桑语。

一下子拉近了距离，他眼神还在缥缈中：“虫……虫……”

我四下看了看，安抚他道：“没有虫。”

他依旧眼神飘忽，望着空中。我担心他再有什么奇思妙想的幻觉，当机立断扶了他起身，往卧房兼书房转移。

这一路不远，走得却甚为艰难。我往左，他往右，我往右，他往左……

世间一些事，总是南辕北辙，背道而驰。

终于送了简拾遗回他房间，我何等的劳苦功高！就在我功成身退之际，他回旋转身，撞合了房门，顺道撞得我抵住门窗。脑勺正疼着，他一身酒气地欺了过来，一尺不到的距离……

他微启眼眸，一丝清明也未有，绝对是离魂症的模样，只闻，唇边轻语：“世人谓我恋长安……”

一尺距离……半尺距离……没有距离……

醇香冽酒入唇，品了品，醉了。一路探寻，浅也醉，深也醉。

一只茶盏碎裂在窗外。

简拾遗身体一震，眼眸开启。我更是心虚得要命，忙往他眼中瞧，好在那眼神还是迷离着。这才往尚未完全合上的窗口瞅了一眼，如意定定地站在那里。

我方将简拾遗往外推了小许，如意已推门而入，毫无避讳地直直盯着，眼里掩不住地惊骇，水雾瞬间弥漫，一滴泪划过脸庞，立即又抹去了。

看得我心头一颤一颤的，有嘴也说不清。

简拾遗却如在无人之境，继续离魂症一般，独自去了书案前，提笔挥毫，最后一笔尽时，身体便要倒下来。如意忙上前扶住，将他往卧房转移。我在后边跟着，视线全在如意身上。

果然是朝夕相处的人，宽衣散发动作娴熟，服侍得恰到好处，简拾遗没磕着没碰着，安然地躺上了床榻。如意替他盖好了被子，掖好了被角，动作轻柔至极。一切安置妥当后，她离了内室，往外门去，经过我身边时，颤着嗓音道：“夜里他可能要喝茶。”说完便径直出去了。

我在脑子里绕了个弯，这是要我留在这里不睡觉的意思？

夜深人静，我拖了把椅子坐到床边，人家睡着我看着，这应该不是我的风格。我打着哈欠起身到前面书房，书案上一堆的奏折，都是本宫失踪这段日子积累下来的，需要批复的折子都留待未发，可是这么留下去也不是长久之计，打算一一细看，忽然瞅见简拾遗方才梦游写的句子。

——其实只恋长安某。

心里某根弦忽然"铮"的一声，久久回响。

视线凝固在那份蛟龙奔舞、意气挥洒的墨迹上，思绪却被捆缚住了，如同那七个凌云乱字，心事纵横，却挣脱不出方寸纸裁。

似乎有悟，待从头寻起，又一片空茫，只得重新盯住这行字，盯得眼睛酸涩，忐忑地赌一把，这句所指之人，是……是我？

心绪一时难平，莫非此前种种，不是他为规劝我从良的委曲求全？是我当局者迷，看不透人心？是花子酱一副画皮，更能旁观者清？

送他玉蝉，珍藏至今；赠我袖弩，自留同双。

相离徒有相逢梦，门外马蹄尘已动。怨歌留待醉时听，远目不堪空际送。

……

恁时相见已留心，何况到如今。

……

如意似洛姜，洛姜与我姑侄血缘近容貌似，如意，如以，我有口无心，他有心难言，去口便是姒，以姒本同源。

醉后那声唤，不正是重重？

一直都是我错了？

这些年的过往纷纷扰扰自心头划过，纠结成一团，无力打理，也没人能替我打理。情感一事上，我果然是个粗犷的人。可是弄明白了又有什么好处？心间好不容易这些年熬出了跳跃的一点甜丝，立即又被黑沉沉的巨浪压服下去，那点蜜糖相当不甘心，一番挣扎后再度占据上风，无情的理智之海泛滥决堤，将蜜糖席卷稀释掉。

这番斗争折腾得我好苦，肺腑五脏快要碎掉了。

满口苦涩，悟出一个道理：暗恋容易相恋难，当一个人的事情变成了两个人的担当，便是世间最最复杂的问题。然而，当两个人变成了三个人，便已然不能用复杂来形容。如此，世间一切的悲剧要素随之衍生，层层推进愈演愈烈直至毁灭。

这厢我正处于崩溃毁灭的边缘，那厢外头一阵喧闹吵嚷。

"相爷已歇息，有事明日再议。"是如意。

"刺客已被捉拿，为免夜长梦多，还需速速请简相拿主意！"是木统领。

“今夜刺客本已扰得相爷不得安歇，一个漏网刺客便要再扰他一回？”

“如夫人这是说哪里话，事关刺杀以及舞阳殿下的下落，半刻也耽搁不得！别说相爷睡了，就是相爷跟人洞房，本统领也得将他请出来！”

我忽悲忽喜，冰火交织的内心煎熬到了承受不住的地步，却也有些清明，不想他们吵了简拾遗醉眠，几步跨出去拉开了房门，闪身到了外面，再将门轻轻关上。

木统领作势要往房内冲，见我出来，及时刹步，眼神极其微妙：“原来如此……”

见我挡在路上，木统领有些不耐烦，伸手意欲扒拉开我，却在离我半寸的距离上又缩回手，甚为不悦地道：“喂，你一个扶桑女子不要模仿我们大长公主的气势，还学得像模像样。说，你是不是叛匪的同党？”

我站在房门前，不喜不怒不动。

“快快让开，不然……”木统领火气上脸，撸起了袖子，忽然身形一定，眼神溜到我身后。

众人都将视线聚到了后边，我也跟着转了身。

我身后，房门悄然而开，简拾遗半醉半醒地倚在门前，一手扶着门廊：“有殿下的消息了吗？”

看着他如此模样，我抑制不住欢蹦乱跳的心，正要上前，如意却已抢先一步到他身边，扶着他，细声道：“木大人说捉拿到漏网刺客。”

“带来。”简拾遗离了门廊，沉稳地站住。

这漫长而波折的一夜将到尽头，天际泛出鱼肚白。刚躺下不足一个时辰便又起身提审刺客的简拾遗此刻正坐在椅中，手肘支在桌边，屈指撑着头侧，眼眸半合：“木统领，带刺客。”

如意端了杯茶搁在桌上，随后默默站到一旁。我沉郁着无法言语的心情，随便坐到了简拾遗下首。木统领却是站在堂中，虽对我坐着他站着的情形极度不满，却也不好再牵扯其他，审问刺客要紧。不过他望了一眼半垂眼睫眉头微蹙的简拾遗，还是担忧地问：“简相，宿醉最是头疼，且容易头脑不清，要不您还是……”

简拾遗语气沉了几分：“休要耽搁，带刺客！”

木统领只得领命，着人将捆绑着的黑衣刺客扔到地上，并作简短介绍：“这是御林军在宣阳坊捕获到的一名逃窜过程中迷路的刺客，请简相过审。”

被绑着推到地上跪着的刺客调整了一个稍微舒服点的姿势，抬起桀骜不驯的眼，盯向前方："要不是老子迷了路，你们逮得到老子？"

简拾遗一手按着额角，垂着眼眸："掌嘴。"

木统领撸了袖子上前按住刺客："当着简相的面，嘴放干净点儿！"言罢，啪啪数声耳光。

刺客被打得满嘴冒血，愈加光火："日你先人……"

简拾遗再道："掌嘴。"

木统领毫不客气左右开弓，扇得刺客两颊肿成了馒头。刺客还欲叫骂，简拾遗再命掌嘴。满堂耳光声声，血丝飞溅。我不忍视，举袖子遮目。木统领扇得手软，对着手心哈了哈气，偷偷看几眼堂上。

简拾遗维持着以手撑额的动作，覆着眼睫，颇令人担忧他已在有节奏的耳光声中入了眠。木统领正要多偷看几眼，确定一下，不防简拾遗忽然出语："花小姐见不得血光，可去内室休息。"

木统领吓了一跳，我也跟着吓了一跳。简拾遗何时有这种本事，闭着眼都能洞察入微？我撤了袖子，摆手表示不必客气。

这句见不得血光似乎也令刺客吓了一跳，不排除这句含有加刑见见血光之灾的意思。刺客肿着脸含混不清地道："我这条命虽贱，杀了我却对你们也无甚好处。"

木统领这才欣慰地放下了手，这嘴巴干净了就不用人为清净了，尤其是刺客服软，一切都好办。

这掌嘴的下马威倒是威力无边。

简拾遗缓缓睁了眼，端起了手边茶盏，品了口浓茶，视线依旧低垂，并未看刺客一眼，也未看任何人一眼，道："我不杀你，只问你几个问题。昨夜刺杀，所为何来？"

"自然是为大长公主。"刺客含混回应。

众人面上皆惊。木统领已然迫不及待，不过还是咽下了嘴边的话。简拾遗手中盏托微微一顿："公主何在？"

刺客手脚被缚，便扬了扬下巴，指向一人。下个瞬间，满堂主审与陪审的目光都汇聚一处——正是身为花子酱的我。我清楚地看见如意目中的片刻慌乱、木统领脸上的不可思议、简拾遗眼底的浅浅波澜。

不过也只是片刻，众人视线纷纷收回。木统领拔出了剑，撩到了刺客脖颈下，怒道："敢戏耍老子？"

刺客立即一口气道："我们只是得了主子的命令，行刺监国公主，指令中画了画像，且说公主定会出现在宰相身边，几条都符合，不杀她杀谁？另外，杀了扶桑亲王也有额外赏赐，当然，一举解决掉简相会有更多赏赐。不过这三人排名，还是公主的赏金多点，所以兄弟们主要还是奔这位公主来的。”

“谁指使？你们主子是什么人物？”木统领将剑逼近寸许。

“说不得！说了没命活！”刺客小心翼翼地避开剑锋再摇头。

“不说你也活不过今日！”木统领剑尖一划，一串血珠洒了下来。

刺客身体一颤，举目望向简拾遗：“相爷说不杀小人的……”

木统领桀桀而笑：“简相不杀你，不代表爷爷我不杀你！”

刺客执着地望着简拾遗，后者似乎又在假寐，不发片言。不过，若有点觉悟也该知晓，这便是传说中默认的意思。

顿悟了的刺客彻底绝望了，瘫在地上：“昨夜刺杀是场预谋，有消息说大长公主失踪，不知去向，然而同时又有疑似公主的女子出现，不知是真公主还是假公主，主子叫我们来行刺，他再来救主，也好体现一片忠心，不管她是真还是假。”

“啪”的一声，简拾遗重重搁下了茶盏，双目凝波，直视刺客：“一派胡言！”

木统领跟着惊醒过来，怒喝：“诬陷驸马，爷爷一样可剐了你！”

刺客辩白道：“主子叫我们拿捏好分寸，计算好时机，以便他及时赶到。行刺公主越是逼真越好，他再将生死置之度外营救公主。一个假公主，哪怕只有一丝可能是真的，他都可以如此维护，更何况真的大长公主呢？如此以消解众人的最后顾虑，找到公主后，再成功迎娶公主。要说的都说了，你们还要怎样？”

木统领惊惧不已：“他处心积虑迎娶公主，究竟是什么目的？”

刺客咽了口血水道：“主子心怀天下，取而代之，还不是尽人皆知！”

心怀天下，取而代之！

没有谁在听到这句大逆不道的话后不惊惧的，然而我却觉得有些好笑。

简拾遗面无表情，挥了一下手：“放了他。”

“放了他？”木统领不敢置信。

“该问的都问了，一言九鼎，我简某还是做得到的。”

刺客被解了绳索后，冲简拾遗拜了一拜，一个翻身便蹿了出去。木统领还在方才的话中回不过神，忽听简拾遗低语：“派人跟着他。”

“啊？”木统领一愣，顿悟，“哦！”

这边刚吩咐完，外边猛然冲来相府管家——

“相爷，不得了了！长公主她……”

简拾遗霍然起身：“怎么？”

相府老管家喘着气道：“漆雕大人命漆雕小姐来报信，说是昨夜御林军往相府救驾，大长公主府兵力空虚，襄城长公主趁机窃了监国大印，控制了大长公主府及文武百官，颁了诏书发往各地，取消大长公主变法，恢复祖宗之制！这般猛然新旧交替，国家要乱了！”

我从椅中猛然起身，一夜未眠顿感头昏脑涨。

简拾遗沉着脸听完，一阵沉默后：“今日可有百官上朝？”

管家跺脚：“长公主声称舞阳殿下失踪，幼帝又不理政事，这监国之位便由她代理，昨夜便坐镇大长公主府，百官都被困在大长公主府上，如何上朝？”

简拾遗摸着就近的椅子坐下，抬手压着太阳穴：“速传禁军左将军。”

门外一人肃然道：“末将在！”

如此变故，御林禁军早已待命。

“左将军携我相令，速出京师，前往各州拦截诏书，安抚地方。”

“末将听令！”

简拾遗倚在椅中，目视前方：“木统领听令，余下御林军分三路，一路留驻相府护卫御镜殿下，一路前往大长公主府营救百官，宣布监国大长公主归来，今日辰时大明宫含元殿早朝不误，一路随我护送大长公主入宫。”

“末将听令！可是大长公主何在？”木统领站在门口一脸纠结。

简拾遗转眸朝我一望：“自然在此。”

众人一愣，木统领越发茫然：“可她不是……”

简拾遗眸底深沉，暗流涌动：“我说她是她便是。”

我压住手指的颤动，缓缓走到众人面前，同时欣慰不已地同简拾遗对视。可是后者立即转了眼眸，吩咐管家：“带花小姐去后厅易容师秦先生那里。”

我呆了呆，易容师？

我扑过去拉住他一片袖角，努力想表达我就是真的，真真切切的真！

似乎被我的情绪所感，他放缓语气，安抚我道：“不用怕，易容后，你便是大长公主。有我在，没人敢将你怎样。”

我使劲摇头，拽住他的手，诚恳地凝望于他。

他抽回手，缓缓闭上眼：“去吧。”

〔第十五章〕

爱江山更爱美人

宰相府中，御林军整兵待命，数千人肃然静立。

不知是谁喊了一声：“大长公主到！”

简拾遗于千军之前慢慢回身，如同将要面对极不情愿的一幕，却又不得不面对。御林军亦随之移目。

我已换了一身宫装，重梳了云髻，配了金凤冠，当然，也换上了一张几可乱真的面皮，抹去了花子的形貌，再现了重姒之容。易容师改天换地手段高明，不过再高明，也未能辨识出我因扶桑阴阳师术法而顶着的一张画皮，于是画皮之上再画皮，二皮脸都不足以形容。

据说秦大夫已对着我几十张画像琢磨了数日，每张画像取一分神韵，终于琢磨出一个基于画像却又胜出画像的活灵活现面容，便是我脸上这张杰作，与原本容貌相去无几。简拾遗寻觅来的人，果然不同凡响。

一寸寸穿过回廊，我于重檐八角亭前站定。

木统领震惊已极，握住腰间佩剑的手颤了几颤，整个人屈身前跪，嗓音也跟着颤动：“殿、殿下……”

御林军齐齐跪地：“恭迎殿下！”

简拾遗望着我的眼眸，如海如渊，一瞬不瞬，终于，也揽衣拜俯：“恭迎殿下。”

我仰脸迎住朝阳，终于盼得夜尽天明，只期望这个帝国也永永远远地天明，永永远远地照于太阳之下。

我抬手上扬，众人起身。

“护送殿下入大明宫！”木统领高声嘹亮。

御林军开出相府，一路浩浩荡荡前行。

我乘坐玉辇，垂眼看着一旁伴行的简拾遗。除了方才的第一眼，他未再注目过我，似是极力避免视线再撞见我。此际他目视前方，面容沉重，薄唇紧抿，银簪束发，一丝不乱。深紫官袍贴身，一褶未有，玉带环腰，洁白无瑕，金色鱼袋悬挂腰间，随步履摇摆出一道道明晃晃的光芒。

即将入大明宫时，木统领诸多忧虑地拉住简拾遗低语：“简相，这公主究竟是真的还是假的？她能说话不？”

“殿下感染风寒，暂时失语。”简拾遗面容云淡风轻，“朝堂之上，我替殿下问答百官。”说罢再掠了我一眼，意思就是让我不要多嘴。我瞧向云外，蓦地叹息一声。

大明宫内，风雨欲来，满目兵戈。御林军已将文武百官从我府中解救了出来，当然，罪魁祸首洛姜也一并被请到了含元殿。惊疑不定的百官凑齐了一个乱糟糟的朝堂，人心惶惶，不知国家走向何方。洛姜抱着监国大印稳稳坐于龙椅旁的监国之位上，御林军也一时不能奈她何。

朝臣七嘴八舌——

“大长公主归来，怎么不见人影？”

“突然失踪，当真能在这个节骨眼儿上归来？”

“究竟是留着大长公主的监国之位，还是交由长公主监国，各位大人拿个主意吧！”

洛姜一拍扶手：“大印在此，本宫监国，谁敢不服？”

“我——”低沉的一字，拖曳了尾音，直透宝殿。

百官与洛姜看向声音的来处，简拾遗一撩官袍，施施然迈步入殿。宰相现身，满朝的目光忽然如同迷航的夜船遇见灯塔，久旱逢甘霖，他乡遇故知，洞房花烛夜，金榜题名时，都不足以诠释此刻之兴奋，之激昂，之欣慰，之荡漾。

满朝文武的目光齐刷刷地放射出光芒。洛姜却是一条道走到黑，抱紧了监国大印，昂头道：“本宫监国，简拾遗，你不服又如何？姑姑生死不明，下落未知，你一句公主归来便归来？妄传国旨，你……”

我跨过了含元殿门槛，在满朝公卿的目瞪口呆与洛姜的忘词僵化中，行到了殿中央。四周寂静得呼吸可闻。洛姜睁大了眼，怀里的大印似乎化作了千钧秤砣，抱得十分艰难。

简拾遗抬起了袍袖，伸出了修长而白净的手，五指展开，手心朝上。洛姜倔强地勒紧大印，却耐不过木统领几步上前从她怀里夺了去。失去大印的洛姜踉跄了一步，却依旧不服输，又笔挺地站在宽阔的檀木椅前。

木统领恭恭敬敬地将大印交到简拾遗掌中。简拾遗收了印，目视洛姜道：“襄城长公主私窃监国之印，扰乱朝纲，假颁诏书，祸乱天下，依律……”

我咳嗽一声，扬了扬袖，打断他。众臣以为本宫此际当发表几句感慨兼治国方针，遂越发安静地候着聆听。唯有简拾遗与木统领认定我是个假的，且不能开口，今日纯粹是个傀儡旗帜，以皮相震慑乱局而已，因而对我这一举动很是吃惊。

简拾遗以陌生而又挑剔的视线凝视我这个傀儡，半是诧异半是不满。我拂着袖子悠悠然从他面前走过，一步步走向洛姜身后的位置。见我走来，洛姜不自觉地往旁挪了挪。我便径直走到檀木椅前，转身缓缓坐下。

简拾遗面色变幻不定地看着我，木统领更是木头一般杵在殿前，这两个偷天换日的主谋以各自不同的风格表达着疑惑与诧异。

洛姜捏着手心，凝望我，艰涩道：“姑姑这是不打算治我的罪？”

我点头。

满朝惊讶。简拾遗与木统领对视一眼，后者满脸懊悔，似是不该轻易任用我这个傀儡，焉知傀儡不是敌方安插于自己身边的暗线？木统领手心已按在了自己的佩剑上。简拾遗虽是面色不定，最终却冲他摇了摇头。

身边洛姜却不买账，一身正气满面愤恨，指向我：“即便姑姑不治我之罪，我却要数落姑姑之罪！自父皇手中接过江山，姑姑不思励精图治严守国本，却任性妄为擅自变法，弄得贪官横行民不聊生，叛军连连战火绵延，百姓流离农田荒芜！如此监国，你不觉得愧对祖宗吗？你不觉得愧对天下黎民吗？”

我合目，默然。

见我沉默，洛姜越发凛然：“犯下如此罪过，你还不引咎辞印？”

“放肆！”简拾遗沉声，“国家沉疴已久，墨守成规如何求得生存？不行变法，如何挽救黎民？殿下监国不过三载，帝国顽疾如何能于三载之间消除殆尽？历朝变法，不破不立，破除旧疾，重获新生，哪一朝不是阻碍重重，步履维艰？上行下不效，上令下不达，庇护变搜刮，这是殿下之罪，还是贪吏之罪？是变法之错，还是人为之弊？”

“变法有利有弊，如今弊大于利，你们依旧倒行逆施，罔顾黎民，又是何道理？”洛姜不屈不挠，显然是有备而来，“来人，将本宫从大长公主府批朱阁收集来的奏折带上来，各位大人看看姑姑压下了多少地方民情，各州各府多少怨声载道！半年前的折子都积压在此，姑姑视而不见，不予批示！”

大殿一角，五箧的奏章被搬到了中央。洛姜走下台阶，随手抄起一份折子，展开示众。

“缘何？正因这些全是弹劾正二品宰相简拾遗的民情！”

满朝哗然。

我倚着檀木椅，撑额，看来没将批朱阁换上九铜密锁是个极大的失误。

洛姜咬唇看向简拾遗。简拾遗扫了一眼那满满五箧的奏章，面上十分平静。洛姜等了一阵，不见他辩驳，便咬咬牙，继续道：“简拾遗从前身兼大长公主教导太傅，一早便向她灌输变法思想。先帝弥留之际，只有简拾遗侍奉跟前。为推行变法，矫诏重姒为监国公主，从此这二人便一手遮天，狼狈为奸……”

听得我太阳穴一突一突的，偶感晕眩。

“若非简拾遗为相，变法不至于到今日，州县刺史身在地方，深感其弊端，上奏弹劾，却都被大长公主滞留不发，源源不断的奏折如同泥牛入海，溅不起一丝波澜。吏治腐败根源何在？首当其冲便是监国公主与其太傅独揽大权，无视民间疾苦！今日唯有废相以清君侧，振朝纲！”洛姜甩下手中奏折，幽幽怨怨看一眼简拾遗。

殿中又静了，无人敢附和。

简拾遗纹丝不动。

三朝老臣漆雕白抖着嗓子大声道：“襄城公主无权过问政事，更无权主掌宰相任免……”

“那朕可以吗？”含元殿外，洛陵一身小龙袍，背着手踱步进来。

漆雕白仰天一叹，同文武百官一齐叩拜于地：“吾皇万岁！”

小皇帝踱到殿心，板着小脸，威严地咳嗽一声，道：“众卿家平身。朕听皇姐说得甚为有理，姑姑执迷不悟这些年，全是简拾遗造成。朕为国家社稷着想，不得不罢相。木统领，还不速速撤去简拾遗官袍玉带！”

“这……”木统领一脸迷茫，望望小皇帝，又望望我，不知何去何从。

百官更是不敢再言。

“若陛下与天下觉得臣乱了社稷，臣也无话可说。”简拾遗扯下腰间鱼袋抛于殿中，平放的视线忽然一抬，掠过我所在，“只是殿下今日身体不适，不如先请殿下往宫中歇息，臣之罪由陛下审度。”

小皇帝翘起唇角，无邪一笑：“哪个殿下？那个假姑姑吗？”

“什么？”众臣讶然。

洛姜亦是不敢置信，凝视我许久，猛然开口："这不是姑姑！姑姑怎会从始至终一言不发？"

"假的殿下？"

"那真殿下何在？"

木统领冷汗涔涔。

小皇帝天真地望向简拾遗："简相，你偷梁换柱，妄图取而代之吗？行迹败露，你还有何话可说？"

数百道目光真假难辨，全数聚到了简拾遗身上。两朝权相，当真心怀不轨？平日美誉，难道尽是虚伪？

简拾遗闭唇不言，孤清地垂手站着，最终还是屈了膝，叩了地："臣一人承担。"

"简拾遗，朕送你那么多美人，你不领情，那些美人个个都是照着姑姑的模样挑的，难道你没发现朕的苦心？这就是你跟朕作对的下场。"小皇帝笑嘻嘻地道，"来人，脱去他的官袍玉带，打入死牢。"

"且慢！"洛姜急急挡在简拾遗跟前，"今日且罢相候审，死牢暂免。"

小皇帝继续笑道："皇姐累了，先去歇着。"

洛姜被皇帝身边亲随拖到一边，如何也挣扎不过来。又有两名亲随护卫走到了简拾遗面前，拉他起身，动作粗鲁地剥衣袍。

我心中火起，抄起椅边香案上一只香炉，砸去了阶下，心口如有烈火焚烧，一股气息直冲喉头。

——"放肆！"

——"你们当本宫是死的？"

——"谁敢于本宫面前罢相！"

顿时，万籁俱寂。

所有视线刹那间不谋而合地投到一处——本宫身上。

百官目瞪口呆地望着我。

小皇帝与洛姜惊疑不定地瞪着我。

木统领不敢置信地瞧着我。

简拾遗亦是遭遇霹雳一般，于护卫间抬了视线，仿佛要将我穿透。

见他们如此这般惊骇失色呆若木鸡，我霍然起身，拂袖道："几日不见，都忘了朝仪规矩了？"

众人惊魂回神，黑压压一片，忙不迭伏地叩拜："公主千岁千千岁！"

简拾遗神情震惊而复杂，眼神没片刻离开我，也随着众卿施礼。

洛姜面失血色，与小皇帝一起孤零零地站着不动。这二人一时间还没转过弯来，不甘心不置信的心情我可以体会一二。纵容得他们这般胆大妄为，也不能不说是我管教不严的过失。

我肃着面色，缓声道："圣上还认为本宫是假的？"

小皇帝眯着眼打量我，左打量来右打量去，满目思索，稚气的声音揭穿道："朕有线人报告，你原本是扶桑亲王的一名随身侍女，因与姑姑有几分神似，被简相瞒天过海，找了易容师，替你易容成姑姑的模样……"

我沉下几分脸色："容貌可以易，嗓音如何变？"

小皇帝百折不挠，清脆的童音笃定道："朕听说有药物可改变音色！"

跪伏的百官见皇帝如此笃定，不由得也跟着起疑，纷纷抬了头静观其变。若在平素，我未命平身，谁敢抬头？

我缓缓扫过全场。数百双目光都在等待一个真相，即便是我嫡系的简拾遗与木统领，亦是犹疑不定。也难怪，眼睁睁看着一个扶桑女子画了个皮，怎就脱胎换骨成了真？

我坐回椅中，斜倚着一侧，一手托腮，视线漫漫，掠过大殿，直至殿外的长空："本朝开国一百二十八年，历经七次藩王之乱，五次边疆之乱，三次迁都，一次易服，十六次流民迁徙，二十七次黄河水患，三十二次严重饥馑，以及大大小小战事五十七回。"

殿中抬起的脑袋战战兢兢次第伏了下去，小皇帝咬着牙坚守阵地。

我视线落回到他身上："圣上一岁两个月的时候，大明宫太液池跃出过一条尾带七彩的鲤鱼；圣上两岁七个月的时候，会蹒跚迈步口唤万岁；圣上三岁五个月的时候，会念第一首诗——小时不识月，呼作白玉盘。又疑瑶台镜，飞在青云端；圣上四岁半的时候，会临帖摹字；圣上五岁的时候，会背七卷《孟子》……圣上十一岁的时候，登基即位；圣上十二岁的时候，会看奏章；圣上十三岁的时候，想废姑姑。"

语毕，满殿朝臣深深俯下了身姿。

"扑通"一声，小皇帝跪到了大理石地面上，脸蛋埋下，一声不吭。洛姜左右看了看，无力再逆流而行，便从众如流地悄悄跪了地。

我再从椅中起身，踱了几步，转头瞧了瞧殿中央的几箧奏折："自实施《青苗变法》以来，第一年国库收入一千八十万八千余缗，谷两百一十五万七千余石；第二年国库收入两千五十万三千余缗，谷四百二十万八千余石；第三年国库收入三千六十万七千余缗，谷六百三十五万九千余石。试问圣上、长公主及诸位大人，这场由简相倡议，本宫执行的变法，是利多还是弊多？充实国库，富国强兵，开通运河，疏浚河道，与民休养生息，便是你们所谓的一手遮天、狼狈为奸？自古变法难两全，利弊同行，只因触动了某些人的利益，以及某些特殊原因新法实施过程中产生的过激或扭曲的意外，便主张废除变法，且问，有以噎死者，欲禁天下之食呼？”

短暂的沉寂后，群臣叩拜高呼：“大曜永固！变法无疆！殿下圣明！殿下千岁千岁千千岁！”声震栋梁。

我牵衣下了殿阶，行到群臣之间，简拾遗面前，俯身握住他的手臂。他身形一顿，抬起沉沉的视线，那视线里说不清是喜悦还是悲伤，抑或只是感慨。

“拾遗，太傅，简相。”我扶他起身，他站于我面前，最终我只能仰视于他。

我扯动这张不属于自己的脸皮，绽放了个笑容：“其实，我常常不知该怎么称呼你，公主太傅，国朝简相，还是……我的拾遗？”最后一句含含糊糊在我哈哈大笑中化解，不给旁人思索追寻的机会，我回身又上了御阶，转身站定，“大曜可以没有本宫，却不能没有简拾遗。你们记着！今后，只要本宫还有一口气，便不容谁践踏他一步！”

“谨遵殿下懿旨！”

以漆雕白为代表的老臣以及以木统领为代表的本宫嫡系，俱是志得意满满心欢喜喜不自胜，唯独正主简拾遗未有一丝荣宠至极的表露，眼眸却深了一深，若有所思若有所感若有所失。他的神情，我总是读不懂。便如此刻，群臣叩拜，只有他与我遥遥对视，目光相接，也依旧是无从揣度。

我转了目光，盯向一直跪着的小皇帝与洛姜姐弟二人，心头复杂难耐，不因这不谙世事的两个孩子，却是不知其背后的线头牵向哪里。一片无底的深渊，叫人无处着手。

“即日起，圣上前往太庙追念祖先，静思己过。”我望着那小身影一动不动，果然倔强得很，再看洛姜，跪得很低调，“长公主禁足三个月。”

一波三折的朝议结束后，我往偏殿暂歇，并猛灌茶水。内侍来报，简相与木统领求见。

最大的疑惑不解决，这二人哪里会善罢甘休。一宿未睡，有些扛不住，我窝在椅里半假寐补觉半候着。

二人入了殿，一个个步履轻盈。

我在椅子里换了个姿势：“你们是怕踩着了蚂蚁？”

简拾遗看了看我前一刻还翻云覆雨，下一刻便萎靡不振的样子，低声提议："殿下还是先休息一日……"

我将眯着的眼缝撑开，手探进袖子里，取出一卷黄绸："我刚拟了新诏书，若是洛姜发出去的诏书追不回，左将军那边一有消息，立即将这道发下去。"

简拾遗上前接了诏书，神色稍缓，有些意外，又有些意料之中似的松了口气："你倒想得周全。"

靠近后，他有意无意地目光扫过我面上。

我耷拉下眼皮，跟瞌睡虫作最后的斗争，喃喃絮叨："关于我这副皮囊的事，将亲王身边的花开院奈汀找来，一问便知。他要不说，没收了他这半个月到翰林院的摘抄笔记。另外，今早你放掉的那名刺客，跟踪情况如何？及时跟我汇报，我想知道到底是谁在背后指使。他说是驸马，我不信。还有，陵儿说的眼线，了解得那么清楚，我猜应该就在你府上。"

简拾遗沉吟不语。我尽最大的努力再将眼皮撑开一点点："会是你那位如夫人吗？"

他看着我，依旧不言。

我垂下眼，即将陷入彻底的迷糊："对了，她是知晓我身份的，她没说出来，你不要去怪她，其实……她用心良苦……她是为你着想……"

身体一沉，我滑下了椅子，隐约感觉到似乎被一双手接入怀抱。

这一觉睡得实沉，连梦境也无，好多年没这么睡过。日上三竿时，我意犹未尽地由沉睡转为浅眠，忽感卧榻之侧另有旁人，呼吸舒缓而绵长。

蓦然睁眼，映入眼帘的是一张近在咫尺的面容，垂覆的眼睫，墨裁的眉，因一手支着头侧，袖摆遮下半明半暗的光影到脸上，越发衬得五官精致分明，灼灼其华。

我趴在枕头上看了许久，动也不带动一下。偏殿小凤榻，我不知被谁移来了这里，不过看眼下情形，也不难猜。他倚着我的小凤榻，就地取材撑着头就睡了，想必也是同我一般困顿不堪。

如此不设防的简拾遗，我还是头一回见，昨夜醉酒却是不算的。趁他熟睡，我往近处挪了挪，以便能够更加酣畅淋漓地观赏。调整好了姿势，正要全身心地投入偷香大业中去，忽然，一点儿征兆也没有，闭着的眼眸豁然洞开。

我瞬间将偷香姿势转为侧卧，手心撑着脑袋，欲求不满的目光一眨眼间便是无欲无求，淡泊明志地看着他。突然醒过来的简拾遗目光聚焦到我脸上片刻又片刻，与我视线重叠又重叠，终于错开了去，说了句废话：“殿下醒了？”

我体贴入微道：“难为拾遗守在我身边，睡得很辛苦吧？”

他眼睛转向一处，不太好启齿。我又体贴入微地跟随他视线，瞧过去……

我腰下，压着一片袖子，显然，那袖子不是我的。

原来如此。

从前，汉哀帝与董贤白天一同睡觉，起身时袖子被董贤压住，哀帝宁愿割断自己的袖子，也不愿惊扰爱人的睡眠。

我不由自主地脑补了一下我是怎么压住简拾遗袖子，他若不是抱我过来，跟我接触这么近，我也压不住他的。而正因为如此，他才离身不得，只好简陋地打盹儿。那他是乐意被压呢，还是不乐意呢？

“拾遗怎么不效法汉哀帝，取刀断袖？”我继续压着他的袖子，好整以暇地望着他。

面前简拾遗转回视线，诚恳地看着我：“臣只有一套官服。”

我顿了顿，将身下袖子揉巴揉巴还给了失主。恢复了自由身的简拾遗带着一只皱巴巴的袖子起身站到一边。

“殿下，诏书已发。”

“嗯。”我趴回枕头。

“花开院奈汀已候在殿外请罪，臣已知晓殿下换容的来龙去脉，还请殿下早些换回来。”

“反正都一样，换不换有什么要紧。本宫觉得做花子酱挺好，要换就换回花子的脸吧。长年累月顶着一张脸，怪厌烦的。拾遗，你要不要也换张脸？”

“……”

“花小姐不是挺可爱的嘛，不然怎会被人在大街上询问婚配与否？”

“……”

“花小姐不是挺迷人的嘛，不然怎会被人醉后摁在墙上那个什么。”

简拾遗霎时抬眸，不知真假半信半疑，看我一眼，不敢再看第二眼，一只手握住袖子紧了又紧，脸上颜色变了又变：“殿下说、说什么？”

“本宫说……”我侧卧凤榻，淡然看他，“简相对扶桑女子比较有兴致，要不要本宫替你向御镜亲王求几个？”

对面之人目光闪避：“臣没有。”

“怎会没有？照顾周到，体贴入微，舍身相救，哪一点没有？对了，还跟人月下谈心，国度不是问题，语言不是障碍，当真可歌可泣。”我不假思索，一一列举，顺带咬了一下枕头角。

“我……我……”简拾遗将自己的袖子捏得越发皱巴，无计可施，只得投来蒙冤的目光，将我默默望住。

正在那边厢含冤莫白，这边厢咬枕头如火如荼之际，殿门口跪了许久的阴阳师终于扛不住：“请公主殿下饶恕奈汀之罪！奈汀可赠送公主殿下一个测谎术法！”

此言一出，掐袖子的简拾遗悚然一惊，迅速转头盯住殿外跪着的身影。我从榻上离身，惊奇不已：“真有如此术法？”

“阴阳术博大精深，吾扶桑天皇便是借用测谎术甄别嫔妃真心与否，殿下亦可一试。”

“你起来，到本宫跟前来。”我整整衣襟，坐于榻上。

“殿下不可轻信妖术！”简拾遗抢了一步当先，力谏又苦谏。

“阴阳术不是妖术。”奈汀施施然从简拾遗身边经过，侧头向其解释道。

简拾遗也向他投了深沉一眼：“你若再敢向殿下施妖法，本相绝不放过你！”

奈汀拈了个手诀到嘴边，殿内侧的一把椅子倏地一下自发移了过来，停在他身后。我吃惊不小，脱口赞道：“好厉害！”

奈汀唇边含笑，眼线也随之上扬，即便笑得如此狐狸，也是一副宠辱不惊的高士模样。

简拾遗不以为然：“跑江湖的卖艺人亦有如此手段，不过障眼法而已。”

奈汀又将眼线和唇线上扬几分，再捏了个诀。虚空中往我面前一压，一片银光闪出，直奔我脸上来，来如雷霆却化如春雪，仿佛初春的雾气从我面上拂过，令人神清气爽，变化只瞬间须臾。简拾遗看着我，愣了一愣。

我忙从袖中摸出一面小镜，一照竟是易容前的花子酱。能将顶级易容师的手艺顷刻间化为虚无，实在是可敬又可怕。

忽然，手上一热，被人握住。我一抬头，见是简拾遗。

“花小姐，你可爱迷人，又有异域风情，我真的喜欢你！”

我呆住，手里小镜“啪嗒”一声落了地。碎裂声中，简拾遗眼里一震，回魂一般，见此情此景，又闻余音绕梁，后悔不迭：“不、不是的……”

我从傻呆呆中回了神，转眼锁住一旁坐着看戏的狐狸阴阳师：“本宫几时赐你座了？”

奈汀保持着微笑，依旧坐得端正。

我越发气愤：“花开院奈汀！”

却闻“啵”的一小声，椅子里端坐的阴阳师瞬间缩小为一张人形小纸片，飘飘荡荡落到地上。

今日真算是大开眼界，还有如此的金蝉脱壳之法！

简拾遗恍然记起我还是花小姐模样：“他跑了，可是殿下尚未……”话未说完，又盯住了我。

“怎么？又要跟花小姐诉情长意短？”我横眼。

他脸上微红，退开一步：“殿下易容与阴阳术均已破除，终于是彻底换了回来。”

我抬手摸摸脸，确是原本模样。这阴阳师还真是神奇。

简拾遗看了看我，眉眼染上一层欣愉之色。

我瞧他几眼：“最是人间留不住，花小姐一去不复返，简相节哀顺变。”

“臣方才是中了妖术，殿下不可当真！”他眸中熠熠，神情认真，费心解释，并迅速转移话题，“臣有一事不明，起初，殿下是如何被御镜亲王改扮的？”

我踌躇片刻，思及那个月上柳梢头的黄昏，洛姜府中人迹罕至的园子里，我偷听墙脚被敲晕脑袋，人事不省后被扛走，从此做了花子酱。虽说彼时偷听墙脚是无心的偶遇，但多少有些不雅，多少有些损伤本宫威仪和尊严。

“这个……那个……”

见我闪烁其词，简拾遗越发盯着我不放，眼里的怀疑和猜测满满：“莫非，殿下有难言之隐？”

我鼓气豁出去：“也没什么，就是那什么，洛姜前段日子不是开了个昙花宴嘛，本宫那什么，也想见识见识，就混了进去，哪晓得出门没看皇历，被御镜的一个随身武士敲昏了头劫走了。”

简拾遗大吃一惊，忙往我头上扫视一圈，忘乎所以地抬手摸了摸我脑袋：“敲了哪里？可疼？一个小小的武士竟敢敲你的头，他叫什么？”

我下意识拿住他手心往脑后去，虽然那块包早已消了下去，但没有经过慰问就这么消下去，总有些不甘心，心理暗示之下，便又觉得其实那个肿块还有那么一点点不甘悄无声息地消亡。

“这里。虽然现在不疼了，但当时可疼了，我几夜都没睡着觉。”我闪动着眸子，望住咫尺的人。

伤口处被温热的手指轻轻摩挲过去，袖摆从我脸上若有若无地拂过，简拾遗也看进我眼里，波光神韵重重叠叠跌跌荡荡，一点点都要溢出来，可是言语逻辑一点儿不受影响，即刻察觉某些不合常理之处：“在哪里遇的袭？扶桑武士怎会出现在长公主府？他又为何要袭击你？”

“他们一行人似乎是要调查我什么，打算随便劫一个侍女回去问话，不巧走岔了路，摸去了洛姜府上，更不巧，劫了我。既然身入虎穴，我自然是要反调查一下。然而，不巧中的不巧，御镜随行还有阴阳师，会妖术，于是我就着了道。”我一五一十讲述给他听，将这番奇遇引入悬念之中，扶桑背后的阴谋诡计什么的跃然纸上。

果然简拾遗听得越来越慎重，满目思索：“看来，御镜亲王这中原一行，还有着不可告人的阴谋。一个武士能够随便出入公主府，可见绝非等闲之辈；一个阴阳师能够如此操纵术法，也不可小看。”

我深深点头：“我不能同意你更多！”

简拾遗话锋一转：“可是殿下作为监国公主，怎可如此随便将自身安危置之度外？怎可随意身入虎穴？怎可故意不与我相认？”顿了顿，话锋再一转，“你究竟在哪里遇的袭？”

被逼入死角，无处可逃。铺陈那么多的悬念、阴谋都不能冲淡这一疑问。

我头一扭：“洛姜府上的荒园子里。”

简拾遗身体一震，脸上有着类似不欲他人知的隐秘被发觉的尴尬：“你、你那时听见什么了？”

“彼时月上柳梢头，自然是人约黄昏后。不巧我撞见人家互诉衷肠，还论人的是非，嫌弃谁太老，作风又不好。”

简拾遗脸上颜色轮了一圈：“你乱说！”

我别过脸：“就是那样说的。”

“我几时说你年纪了？少有少的童真，大有大的风韵，怎么样都是好的。”

我悄悄低头抹去眼角出的汗：“即便这样，可身上还有很多伤，特别难看。”

简拾遗一句一顿：“每处伤都有一个不可替代的故事，很多伤便汇成一卷永远也翻不完的书册，女人若是一卷耐看的书，便能历久弥香，越有年头越有看头。”

〔第十六章〕

画人画虎难画骨

情感上的些许伤痕得到抚慰后，果然别有洞天，即便对着扶桑阴阳师金蝉脱壳的纸片人偶，也觉得那剪裁的几根线条极为巧夺天工。浮生偷闲睡了半日，倒也精神大好，亟待处理这场险些夺宫之乱的幕后种种。地方各州有诏书安抚，暂时无大碍，反倒京都疑云此起彼伏，而相府更是疑点重重的地方，必须再度莅临。

我如此表达了一番忧虑之情后，简拾遗十分配合地邀我过府。

殿堂惊变后，帝都枢机已全面封锁，大长公主府与相府均是一只苍蝇也飞不出来。

见相府大门守卫森严，我转头对简拾遗体恤道：“刑不上大夫，本宫会对简相家眷从宽处理的。”

简拾遗脚步停在门前，身形一顿：“殿下秉公即可。”

相府主人归来，上上下下里里外外男女老幼都迎了出来，必是得知了他们老爷险些被罢相下狱，九死一生才完璧归赵，纷纷嘘寒问暖，柔弱一些的早已梨花带雨，场景十分之感人肺腑。

瞧得我不胜唏嘘。

简拾遗寥寥数语应答完毕，自莺莺燕燕中穿行而过，衣袂翩跹，片叶不沾，一面径直往前走，一面淡淡道：“如意随我来。”

人丛中，独独如意被点名，惹起一片嫉妒的目光。唯独如意自个儿低着头，面色变幻不定，怯怯跟去。

我清清嗓子，众侍妾收了黏在如意背后的目光，乍见满场还多了一个我，越发惊疑，各种视线来回探寻，且少不了窃窃私语。

——“那身衣裳料子看起来蛮贵的哦，人长得勉强还过得去啦。”

——“你懂什么！那衣裳款式怕是几十年前的了吧，品位这么差，相爷眼光也降了一大截，竟然把个小狐狸带回府！”

暗中对比了一下她们身上的衣裳和我自己的，似乎也没有太大差别，不过是年轻人穿得少些，露得多些，布料花哨些。我的衣着都是宫中司制房一手包办，自己从未费过心思，也未留心过坊间潮流，莫非眼下时兴多露少穿？

我绕过她们走了，拐到一个视线死角的角落里，扯了腰带，变交领为直领，再将抹胸衬衣往下扯了扯，对着大理石壁嵌照了照，甚是满意。

提审如意的房间就在书房旁，本着公开透明不徇私的原则，简拾遗必要我跟着一起听审。他们二人已进去了一小会儿，是我特意为之留下的独处时间。眼看着时间差不多了，我推门而入。

毫不意外，如意已跪在地上，怯怯地望着坐在太师椅里的简拾遗。

我反手合上门，迈步入室，走过如意身边，往简拾遗旁边的另一张太师椅里坐了去，顺手端起桌上备好的茶盏，顺便抬眼，望着对面。

简拾遗挪了挪视线，浅咳一声道：“殿下一路走得热了吗？”

我手握茶盏停在空中：“委实有点热……”

对面的人立即起身往墙壁上的多宝格搬来一个小盒子，放到桌上打开，轻轻取出里面睡着的一柄象牙玉骨檀香扇，递到我面前。

我不得不欣然接过，摇开扇面，一缕檀香袅袅娜娜扑向鼻端，很是能熄掉人的火气，摇几下，凉风飕飕直灌衣领。

简拾遗在等我彻底凉快下来，我自然不好扇三下停半晌这么不给人面子，只得扇，扇得汗毛根根抖擞，最后扇出一个喷嚏。

“喝杯热茶。”简拾遗体贴地重新倒了一杯茶，推到我手边。

我合了扇子扔给他，揽衣将自己重新裹上，直领变交领，眼睛一低，人家的小侍妾也是同外面那些人一般的穿着，心中顿时不乐。

见我面上忽阴忽晴，简拾遗忽做商榷的语气：“殿下气色不好，可要改日再问？”

“如意姑娘都跪了这么久了，饱受煎熬，怎可如此不人道，改日还要人家跪一回？”我收袖，压在太师椅扶手上，凝视跪着的人，“如意姑娘，你是自己坦白，还是由本宫来问？”

跪着的人沉默，垂头不语，这俏生生的姿态一如往昔，任谁也不会轻易对她生疑，如此洁白无瑕又无辜。我朝简拾遗看了一眼，他也正目光笼罩着地上的人儿，如同在看一片由自己亲手培植起来的花蕾，如许温柔，如许熟悉。

“如意，你不答殿下问话，那我便问你。”

地上的人儿身体微微一颤，终于开口：“……是。”

“昨夜，为验证花小姐的身份会否是公主，命你去查看殿下身上伤痕，你既见了殿下真身，为何颠倒乾坤，故意瞒而不报？”简拾遗看着如意，眼里的温柔渐渐退去。

头顶温度渐退，如意似有察觉，两手无意识地绞着衣带，依旧垂头，嗓音低缓：“奴婢是为了相爷……奴婢知晓相爷喜欢花小姐，想替相爷留下花小姐。”

同为女人，我并不意外，这点确实在我猜测之中。倒是简拾遗忽然一愣，脸色泛青：“胡言！”

“奴婢没有胡言！”如意将头垂得更低，嗓子带着颤音，一发不可收拾，“若是相府有了花小姐，相爷兴许会淡去心中一些念想，踏实过日子，兴许就不会时时郁症发作，兴许就不会罚奴婢一遍遍抄书，兴许就不会痛饮烈酒，兴许就不会辗转难眠……”

“砰”的一声，一只茶杯摔碎在如意膝盖旁，阻了她的妙语连珠。我手掐木椅，悄悄转头看向摔杯的人。

简拾遗眼如无边之海，荡起一只独木舟，无帆无桅，独自漂洋，没看我，只语气极压抑地对我说了一句：“这丫头平日受我怨气太重，胡言乱语，殿下不必当真。”

我收回视线，淡淡“嗯”了一声：“她姑妄言之，我姑妄听之。”

简拾遗缓了神情，淡了语气，问如意：“既然你如此希望留下花小姐，为何又出卖她，向圣上告密？”

如意缓缓抬起低垂许久的头，空茫的眼里忽然无征兆地滚落两串水珠：“是我。可相爷为何能这么肯定是我？莫非你从来都没有信过我？”

“你是圣上的一枚棋，混在赐下的美人中间，论容貌，不是最瞩目；论聪颖，不是最顶尖。可若是挑不出你，我简拾遗如何做得一朝之相？你们以为，宰执只需洞察天下，却不需洞察人心？”简拾遗冷然至极，“一百条要密，你缄口不言九十九条，等待的不过是第一百条绝处杀机。可你不知，你在等，我也在等。”

如意坐到地上，眼泪决堤，花容失色，悲酸苦楚岂是一言能尽？

“可我待你真心，从未有过加害你之心，你……你却这么说我……”

“你做的这些难道还说不得？”简拾遗转开视线，不再瞧她，嗓音越发冷，“你终于是等来了这最后的杀机，妄图将真的殿下当作假的替身，于含元殿上将计就计，指认监国公主作伪，接着便废相囚主。如此一来，按着你们的计划，再也不会有我简拾遗这块绊脚石，而大长公主，生死如何，全在你们一念之间。可你们千算万算，也算不到殿下竟能自行逆转乾坤，彻头彻尾的伪公主转眼间竟成了名副其实的真公主。因为，我也算不到。”

我倒了杯茶送到简拾遗手边，以弥补粉身碎骨的那杯，随口附和：“本宫也没算到。可如果那时本宫没能逆转乾坤，我们从此就将活在史书中的‘奸佞传’中了。”

简拾遗接了茶杯，手不太稳，从我指上掠了过去：“既然我算不到你自己便能逆转，我如何会将成败压在你身上。”

“你还有后招？”当时乱象丛生，他明明已经被人扒了官服，如何还有备招？我很是惊愕，不由得压住他的手。

他未动，眉目很深的样子，似乎将要提起一件极为隐秘之事：“你怎么忘了，先帝既留了遗诏约束你，自然也有遗诏约束圣上。”说得语焉不详。

我惊了一惊，这最后一式，初听起来很厉害，深思一番很惊险。我是公主，废起来容易；陵儿是皇帝，废了之后呢？谁坐江山？

我思来想去，觉得这事另有蹊跷，思来想去，觉得江山的问题还可以继续深究，思来想去，觉得如意的目光凄然落在了我手上。

“对了，方才简相问你的话你还未答，既然你如此希望留下花小姐时的本宫，为何又要出卖本宫？”俗话说女人心，海底针，还真是不错，一个小小的如意，心思竟这般跌宕。我无视她的凄然，凌厉责问。

如意将泪光转向简拾遗，凄凄惨惨牵起嘴角苦涩的一缕笑意，丹唇勉力开启：“我是想留下花小姐，可、可你们就那么迫不及待……我、我头一回见相爷和别的女子……花小姐不过是初识几日的外人，而我……我陪伴相爷三年了！不公平！撞见你们亲热，我就再管不住自己！”

面对如此直白的斥责，我脸上忽然发烫，手上也烫，低头一瞧，赶紧撤了手，同时撤的还有简拾遗。两厢一撤，带得茶水小盖滚到桌上滴溜溜转。

情景一时间十分之……尴尬。

酝酿片刻，我试图化解一下气氛：“其实……”

“不过……”另一边也想要化解。

结果自然是更糟糕，气氛再度凝固。

再这么下去，不晓得是谁审谁了，我咳嗽一声，再厉声问如意：“即便如此，你难道是爱而不得，便要一手毁灭，置你家相爷于死地？”

如意睁着空茫的眼："当然不是。"

"不是？你可知朝堂变故，不成功便成仁？"

如意收了泪，直勾勾地盯着我，那眼里仿佛有道催命符咒，忽然阴森："圣上杀你也不会杀相爷，你死了，相爷也不会死！"

虚空中一股寒风萦绕脖颈间，激得我打了个寒战，心底透凉。从那阴森的眼中，我仿佛瞧见了自己的未来。

监国公主，几个能有好下场？这道理很清楚，只是被人这么直白地点明，还是第一次，多少有点措手不及。

直到一声耳光脆响，才将我拉回眼前。简拾遗背对着我站在如意跟前，业已收手垂袖，袖摆还在激烈动荡中。我看不见他的表情，只能听见他压抑极低的嗓音："不要再试探我的忍耐底线。"以及更低更沉、缥缈或可闻的一声不知是否是错觉，"我要她太平一世，不管用多少人的命去换，用我的也成。"

如意歪倒在地，嘴角淌下血迹，她却神态安静，默默抬起眼，望在简拾遗脸上。

"来人！"简拾遗似是不愿再多看她一眼，蓦然转身，袖摆随之扬了个很大的弧度，坐回椅中，对着恭敬候命的佩剑护卫道，"送她去掖庭，不得与任何掖庭之外的人相见，终身禁锢。"

这样的惩罚，不知如意是料到了还是没料到，她还是哭了出来。

"等等。"这个结果我始料未及，出言阻止，"她也没做什么伤天害理的事，大不了是个偷情报的眼线，毕竟真心伺候了你这么多年。"

简拾遗看着我："她若是成功，你我还能在这里坐着吗？这长安还会如今日这般太平吗？这大曜江山还会安定如初吗？"

"没发生就是没发生。"我转头摸了茶，慢慢品了一口，"关她去掖庭洗衣浣纱，待有一日，本宫还政，圣上亲政之时，便是她自由身之时。"

本宫令下如山，绝不更改。简拾遗无法，命护卫照办。如意被拉走前，最后痴痴望了一眼。

"欢乐趣，离别苦，就中更有痴儿女。"我感叹一句。

新仇旧恨，皆因爱起。

怪只怪，她是一枚错位的棋子，乱了自己的方向。

简拾遗望着门外如意离去的方向，微不可察地叹了一声。

"可是舍不得了？"我揣摩其意。

良久，他道："有些事情，不能因为你不愿而不做，不能因为慈悲而宽恕，种因得果，代价总是要偿还的。待到将来，是否有人会宽恕你我呢？”

我托腮沉思。

一人闯了进来：“本王的花子酱呢？阿花花——”双臂张开，扑了过来，一脸陶醉。

我在一个混着酒气与脂粉味的怀抱里屏息：“御镜亲王委实热情，见本宫就不必如此吧？”

一夜醉生梦死不晓得在多少脂粉堆里打过滚儿的御镜搂着我的脖子停了停，忽然身体一抖，大惊失色地甩开我：“花花，你怎么说的是长安话？”退后几步站定，看清我的模样后又成了惊弓之鸟，抖着手指指向我，“你、你、你……你谁？”

“殿下——”门外闯进一人，正是花开院奈汀，忙将御镜拖到一边去，“殿下，你不听我把话说完，没有花子酱了，只有大长公主，我们祸大了，赶紧赔不是！”

御镜在奈汀拉扯下茫然地眨了眨眼：“本王觉得这女人很面熟，会不会是给本王侍寝过的……嗯……”奈汀将其堵了嘴。

“花开院大人的阴阳术如此高明，怎不为御镜亲王下个明心咒术？”刚刚失去爱妾的宰相大人言辞颇不近情面，只怪御镜撞在人家目送佳人之时，被迁怒也只能怪自己运气太背。

“明心咒术是什么东西？”御镜挣脱开差点被捂断气的桎梏，片刻也挡不住他的好问。

“能把人变聪明的东西。”花开院奈汀悄声提醒。

“哦？这么神奇？”明显没抓住重点的扶桑亲王摸着下巴沉思瞬间，又毫无征兆地手指向我，“哎，我想起来了！跟本王睡觉时剥了本王衣裳的花傻姑！阿花！还是阿花花！本王的阿花花！”说罢，提足奔来，幸被奈汀拦腰抱住。

“还以为御镜殿下贵人多忘事，不记得本宫作为花子酱之前的模样了。”我靠在椅中，微眯着眼，“彼时阿花，此时本宫，御镜，你还不知罪吗？”

愣了一愣后，御镜痛快地道：“本王有罪。”

这么快认罪？我一时间没能适应。

接着便见御镜拉了奈汀到一旁，小声耳语：“中原人说话就是太绕，奈汀，给本王翻译一下，本王有什么罪？”

本宫开始怀疑从前获得的关于这位殿下深得天皇宠爱并极有可能被立为新储君的情报，不过，若情报属实，那么本宫要不要顺便开拓一下疆土，也好告慰一下列祖列宗？说不定还可载入史册震烁千古，供后人敬仰。

以掌托腮，本宫思维一时发散得收不回来。

直到不晓得什么时候，简拾遗站在桌边，手指叩了一下桌面。

我从臆想中的不世功勋里走了出来，眼珠转了转，左边见两人咬耳朵，一个连解释带比画，一个连连点头，点完头继续提问，右边见简拾遗站得犹如青松，眼睛却低着看我，衣服上熟悉又陌生的男子气息萦绕在侧。

我晃悠悠即将再度跌入臆想中。

兴许是见我目光渐次涣散，桌面又被叩了一声。

"殿下可有什么事情未同我讲？"

"啊？开拓疆域……"我张嘴乱七八糟答了一句。

简拾遗从桌面上收了手，负到身后，过滤掉我的回话："殿下同御镜之间……是否有些曲折？"

"当然曲折，这还不曲折？实在太曲折了，本宫可是第一次呢！"我看向那个始作俑者扶桑亲王，定要让他意识到自己的愚蠢以及犯下了怎样不可饶恕的罪过。

视线里，简拾遗忽然一手撑着桌缘，目光跌跌荡荡撞向我。

我扫了他一下，原本打算关切一句是否未吃早饭头晕之类，不过那扶桑亲王还在视线里晃荡，嘴里不由得继续讨伐："实在可恨，居然让本宫承受如此屈辱！"

简拾遗身体狠狠晃了一下，吓得我从椅中弹起来，扶住他胳膊："拾遗，可是未吃早饭熬不住了？"

他竟反手抓住我的手臂，眼睛盯着我，好像要把我给炖了当早饭："你、你、你……"

我忍着手臂上一阵紧过一阵的握紧，这手劲儿可真大："我、我、我也没吃早饭。"

"本王可以请你们吃烧饼！"斜刺里钻来御镜，讨好似的眨眨眼。

"御镜，你可知罪？"我瞬间迁怒。

"大、大长公主恕罪，小、小王非有意冒犯，委屈大长公主做了这么久的花子酱，实、实在很抱歉！"终于听清楚解释后的御镜一脸诚恳，伴以不时低头羞愧，此举大大消解了我心中的愤懑火花。

我安抚一直抓着我手臂不放的简拾遗："我们先跟他算账，再吃早饭也不迟。"

"吃不下！"甩开我，简拾遗就近将我那张太师椅给坐了，偏过头去谁也不看。

我活动了一下手臂，继续跟御镜算账："你不识本宫身份，本宫可以不追究你对本宫生平的第一次改头换面，也可以不追究你将本宫当侍女使唤的屈辱，但是，你擅自命人潜入长公主府擒人，究竟是打的什么算盘？本宫知你属下将长公主府误当作了大长公主府，那么，你们私自打探本宫消息，究竟怀有什么不可告人的阴谋诡计？照实说来！”

如此声色俱厉的诘问，遑论是罪魁祸首御镜了，就是宰相大人也不由得转回了头，忘了饥饿与疲倦，一刻不离地注视到我面上，同我一起等待揭穿扶桑阴谋的时刻。

果然，御镜彻底认罪，蜷作一团，跪到我脚下：“小王和父亲大人的阴谋本来是不可以说的，此事关乎国家一级机密……”

顿时，我神情紧张，竖着耳朵仔细听，紧张得嗓子眼儿里冒烟，劈手夺过简拾遗正往嘴边送的茶水，灌了一口，再送还他手中。

御镜继续坦承罪过：“小王这大曜一行，肩负着一个非常神圣的使命，便是开拓疆域，兼并大曜国……”

居然有着同本宫一般的宏图远志，不由得人不越发紧张，再劈手夺过简拾遗送到嘴边饮了一半的茶水，灌了一口，还回去。

御镜接着道：“据可靠消息，大曜国的执政大长公主至今待字闺中未招驸马，父亲大人便命小王以邦交为名前来大曜，行色诱之实。若能一举拿下监国公主，那么，蚕食大曜国土便指日可待。可、可又听说拿下公主不易，小王便命人暗中潜入大长公主府抓个侍女回来，打听打听公主在床笫之间的嗜好，以、以便对症下药。谁知属下愚钝，竟然爬入了长公主的府邸，竟然还抓回了大长公主……”

说着，扶桑亲王抹了一袖泪：“哪里晓得命运如此曲折，我们的缘分竟然如此迫不及待，早知道，就、就直接一举拿下……”

原来竟是这么个曲折的机密，对于御镜最后一句话的最后一个词，我琢磨了一番其微妙的含义，总算知晓了来龙去脉。我紧张的情绪渐渐放开，接过了简拾遗手中端了许久的斟满的新茶，品了一口，温度适中，味道刚好。

“御镜殿下先不要自伤，我们两国未必做不成姻亲。本宫有个貌美如花的侄女，你也见过，就是当日冒充本宫接见你们使节团的长公主。她可做得殿下你的王妃？”

“啊？”御镜抬头傻傻地望着我。

“你可仔细考虑考虑。”我和蔼可亲笑眯眯地道，“长公主可是本宫最宠爱的侄女，素来有求必应，迄今为止，也才只在一件事上未满足过她而已。”

花开院奈汀急急地拖着御镜跪谢：“多谢殿下，容我们考虑两日。”

我还未舒心片刻，御林军统领来报——

“简相放走的那名刺客，我们暗中跟随发现，他所见之人，竟然真的是……”

我抓紧了茶杯。

“驸马何解忧！”

“砰！”茶杯脱手，坠到地上，粉身碎骨，新茶撒了一地。

我跨过碎片，走出屋子。后边，简拾遗紧紧跟随：“殿下，还是先吃点东西……”

我停步，简拾遗也停步。迎着我们走来的，是一身风流隽永的准驸马，脸上的喜悦不可遏止，急走到我跟前：“公主……”

一声脆响后，天地都静了，周遭来来往往有关或无关的行人也都凝固了。御林军统领及几名随从僵了，相府管家及侍从呆了，一同赶来的神医及落月蒙了，未来得及离开的御镜及阴阳师傻了，简拾遗也怔了。

我收了袖角，两手卷到身后，紧紧攥在一起，袖底微甜中泛苦的莲香还停留在空中，何解忧左颊上已赫然多了一个五指印。

那一刻，我心头百般滋味尝不过来，是苦是涩是酸？要全部否定往日点点滴滴的情意，承认都是作伪，我活了这把岁数，即将大婚，情何以堪？

众目睽睽之下，何解忧止步在那一掌的距离中，抬手摸了摸面上的红痕，对我身侧还在发呆的简拾遗道：“老师，借个地方敷个脸。”

简拾遗如梦方醒：“啊，好。”说罢，叫管家过来带路。

众人目光惊诧地恭送何解忧洗脸去了。

这是个什么态度？不哭不闹不上吊，不闻不问不申辩，我倒叫他弄得下不来台，刚刚冒出来的一点忧伤全遁化了。

落月连忙走来，小心肃穆地朝着简拾遗行了个礼，接着便对着我簌簌落泪，抽噎不止：“可算是找着殿下了，殿下跑哪里玩了？叫我们担心死。这些日子为找殿下，驸马也都是三更睡五更起的。殿下跟驸马好不容易破镜重圆，怎么就打他？”

高唐也跟过来，象征性地临主涕零了一番，便对我上下左右细致看了一遍，以神医看问题的角度做了定论：“殿下阴阳失调，气脉紊乱，容易上火，且让我开几服方子。”

那边尚未离去的扶桑亲王也拖着阴阳师蹭过来，不知怎么这么快手里已托了一张小纸条：“奈汀说你们中原有个成语叫遇人不淑，破镜未必好重圆呢，这是本王的生辰八字，请大长公主殿下笑纳。”

简拾遗微笑着上前一步，抬手接过小纸条，温文有礼展袖伸往另一个方向：

“前厅我已备好赔给亲王殿下的越窑青瓷，一共五只，请殿下查收。”

一听数量，御镜瞪圆了眼，立即拖着阴阳师奔去了前厅，其间隐隐传来阴阳师无力的劝谏：“殿下，女主要紧啊！”

被这么多方一打岔，那种因欺骗与背叛而激起的怒火暂时压抑住了一些，正准备同简拾遗道别回我的公主府时，相府管家快步跑来，细声细语道：“殿下，何驸马有请。”

我欲无视之，甩了袖子便往前走，简拾遗将我一扯。

“殿下留步。”

我暂停。

他跟上来，沉吟片刻，道：“事情还未水落石出，勿要偏听偏信。”

我被劝进小偏厅时，何解忧已敷好了脸，指印已然消尽。我也懒得多看他一眼，往椅中一坐，漠然饮茶。

他望着我，我望着茶，整整僵持了半盏茶时光。

他终于率先打破沉默：“公主可是第一次打男人？”

我搁下茶：“莫非嫌本宫力道不够？”

“力道是欠缺一点，不过公主似乎底气不足。”

“若不尽兴，可再来受一遍。”

门外一阵轻微的响动，不晓得趴了多少人听墙脚。

他竟真的起身，走了过来。猝不及防，他拿起我的手，我甩没甩开，最后顺着他的动作贴上了他挨打的面颊，迫得我在椅中仰头看他。手下肌肤温润，比缎子还滑溜，保养得倒是不错。

“公主一掌下来，就没有一点点的心疼？”他牢牢抓着我的手，按贴上脸，人也靠得很近，十分有气势地压过来，讨债一般理直气壮。

我岂能比他没气势？

“打便打了，老娘作甚要心疼？”

他皱了皱眉，继续压低身形，欺到我面上一尺的距离上来，气息微凉：“理由？”

我也不是退缩的主，跟他面对面地瞪着，如此暧昧的姿势，氛围却是不甚和谐。

“你跟刺客可有关系？”

他眼里沉了一沉：“你想说什么？”

"非要我说破吗？"我暗地抽了抽手，没能从方才固定的姿势中抽出来，"你怎知刺客闯入相府？怎知我就在相府？洛姜在府上横行无忌、搜罗批朱阁机密奏章之时，你在做什么？你也希望我还政于主，是吗？你也看不惯我一手遮天，是吗？你也想替天行道、为民请命，是吗？"

他眸底聚了一股暗流，我问一句，那暗流便汹涌一分，终于破出河道，汹涌肆掠："欲加之罪，何患无辞！"

"空穴来风，未必无因！"

他松了手，却没有离开我座椅旁，居高临下地俯视着我，眼波敛了一敛："我又要娶你又要行刺你，我何解忧的癖好竟如此奇特。"

还要跟我比气势？我腾地起身，在他面前站直了："自编自演一出刺杀大戏，刺客是你，救兵也是你，这般欲擒故纵，护主有心，岂不叫人感动？"

他抬手压上我肩头，略微施力，将我按回椅中："就因我出现得太及时，使得你作如此猜想？"

我试图起来，奈何被他一只手掌压住动不得："何解忧，你究竟是有多神通广大？"

"重姒殿下！"他再将我肩头压了几分力道，"你以最大的恶意来揣测我心，可有当我作驸马来看？你这般推论可有人证物证？"

"若非有人见到昨夜刺客归去后与你会面，你以为本宫乐意炮轰准驸马？"我将他的手狠狠拂落。

他愣了："刺客与我会面？有人亲眼见到？"

"带证人！"

昨夜被木统领派去跟踪刺客的一名小军官被带了上来，一眼见到何解忧便面色略微失常。后者见到小军官自然也是没有好脸色，拿扇子指了指证人，扭头便责问于我："他是谁？原来，你宁愿听一个莫名其妙的人做伪证，也不愿信你枕边人。"

小军官跪地禀道："小人昨夜奉简相与木统领之命，暗中跟随刺客，后来见那刺客于屋檐下同一个人会面，且口称'主上'。昨夜月光尚足，小人见那人身形模样，竟是何驸马……"

"胡说八道！含血喷人！"何解忧一掌拍案，面色甚冷。

我淡然瞧他一眼，再问地上跪着的小军官："昨夜，你可看清楚了？"

"小人看清楚了！"

"你且退下。"我挥了挥手。

我再淡淡看向被指认的罪人。何解忧在我目光扫视下，极其不配合：“既然如此，公主就要将我下狱移交大理寺吗？”

简拾遗进屋来，正听见这话，慈师人格附体，立即劝谏：“此案有待商榷！”

我目光徐徐将何解忧打量，若有所思：“拾遗，你说解忧这身形是不是挺标致的？增之一分则长，减之一分则短？”

听见我如此世所罕见地夸赞，被夸奖者毫不买账，“哼”了一声转过头去，依然一副“你负我，有能耐就负到底”的神情。简拾遗未随我的打量而打量，却抬眼掠过我，停顿片刻，回道：“殿下所言甚是，着粉则太白，施朱则太赤。”

我正欲点头，忽觉味道不太对，这《登徒子好色赋》我引用前句在驸马身上尚说得过去，简拾遗加的这句有点不太合语境哪。原来太傅也有引用不当之处，不过讲究为尊者讳，我就不点明他的错误了。

“本宫的意思是……”我将简拾遗一望，“这样年轻标致的身量，不独他一个。”

浑身低气压的何解忧此时更是“先扬后抑，明褒实贬，你果然要负我到底”的形容，已彻底将我无视。

姜还是老的辣。我如此一点，简拾遗立即会意：“殿下是说圣上身边那位？”

我欣然点头：“本宫这便去兴庆宫走走，你们一同去吧。”

起身往外走，走过他身边时，我鬼使神差地极小声地蚊子语了一句：“太傅忘了数上自己呢。”

他随之侧身，视线从我面上拂过。

我轻袖翩翩，已然逃之夭夭。

〔第十七章〕

千里姻缘一线牵

兴庆宫素来门前冷落鞍马稀，今日一改往常，本宫带着宰相与驸马兼一干御林军莅临，声势浩荡，宫人们均措手不及。

我问讯兴庆宫大总管："囚禁的那位公子，近来做些什么？"

大总管恭恭敬敬地据实禀报："回殿下，迦南公子一直在禁宫内莳花种草，早间饮茶，午后钓鱼，晚间赏花。"

我拂袖而过："他倒好闲情雅致。"

宫人带着我们去寻迦南，兴庆宫内寂寥的气氛一扫而空。宫女太监们见着我们一行，来不及回避，一个挨一个，连绵不绝地跪了一地，均惶恐垂首，不敢多看一眼。

大总管一路陪行，很是如履薄冰，谨小慎微。道旁分花拂柳，我再问他："迦南可曾离开过兴庆宫？"

"不曾！"大总管大汗淋漓，生怕我带着人是来找碴的，"殿下吩咐禁锢迦南公子，臣等不敢有丝毫违逆。哪怕之前圣上曾派人过来，试图接走迦南公子，也被臣等冒死拒了。殿下之令，令行禁止，臣等奉若天旨！"

这马屁拍得过了点，好像在说本宫凌驾于圣令之上，可与天齐，这般本宫绝对就是奸佞了。我叹了口气，对左边简拾遗道："本宫真的很霸道？"

宰相很体贴："殿下过虑了。"

右边何解忧淡然一笑："当着天下人的面，把圣上都给骂了，这时候虚怀若谷作甚？"

我瞟他一眼，不予搭话，决定冷化处理。这男人计较起来，心思也是跟针一样。

本宫带着浩荡的人马，往兴庆宫愈行愈深，愈深便愈是心情微妙，有种"与其见那妖人，不如掉头走人”的冲动。察觉我的迟疑，简拾遗伸手替我拂开面前一枝垂柳：“随便问他几句话便是，无须烦恼。”

我点点头，一马当先闯入一幅田园画中。

高墙琉璃瓦，殿阁亭台，长桥画廊，垂柳依依，波心潋滟，金菊丛丛，灿若云锦。那妖人便是一身素白缎衣，立于菊花丛中，挽着袖子修剪花枝。整个静态图，只在微风过时，柳拂湖波秋水皱，菊瓣飞花落袖间。妖人之所以为“妖”，便是无论如何都能成为画中点睛之笔，意态闲雅，一颦一笑，都能将众生拉入颠倒之轮回。

一张扇面遮到我面前。

“公主一见他就得发痴，屡试不爽。”何解忧一展数落之能事，不毒舌会死。

简拾遗淡然瞥我一眼。

我合上扇子甩到何解忧脸上：“明明是你目不转睛。”

众人瞬间将视线从迦南身上转移到何解忧身上。

这边动静引得菊丛中人抬了头，望过来，展眉一笑。

“咣当”，御林军掉落一地武器装备。

看来，人多势众也未必然。我将袖子往身后一甩，大步走出，走向那边菊丛。

“不知公主殿下驾临，有失远迎。”迦南隔着菊花丛，眉目含笑，遥施一礼。

“数月不见，迦南公子过得可还逍遥？”

他淡淡地笑，垂下眼帘：“迦南以为公主会来探望，可没想到，公主竟是这般狠心的人。今日公主屈尊，可是来兴师问罪？”

我无视他前半句暧昧不明的话，既然他开了口，那我也不用拐弯抹角了：“迦南，本宫问你话，你老实回答，不然，本宫禁你终生！”

他抬眉，丹凤眼一挑：“公主是在威胁恐吓？”

“显然如此！”仗着人多，我亦挑眉，睥睨向他，“不要以为本宫不知道你干了些什么。老实交代，你出过几次兴庆宫？”

他颇有兴味的目光逡巡到我面上：“禁宫幽深，万人把守，一个小小的迦南如何能未得公主谕令而走出禁宫？”

“妖人！”我在心内狠狠腹诽。

“那个小禁卫，你过来。”我转身搜寻御林军的证人——那个声称见到“刺客与驸马会晤”的小军官，“面前这人，可是你那夜所见之人？”

小军官唯唯诺诺行过来，小心打量迦南，眉头皱得很深，神情似乎拿不定：“这个……”

何解忧“啪”地合上折扇，往迦南身边一站，众人顿时失语。

一个妖魅，一个风流，身形仿佛，身量齐高。啧啧，之前我竟不曾注意。

我皱眉深思：“有没有这种可能，你们本是孪生兄弟，还未长大便各自被领养，其中一个被改头换面易了容，当然，修习媚术也会潜移默化长脱了形，然后你们这对绝代双骄便被仇人训导得相爱相杀。”

众人同时将我望住。

何解忧幽幽地挂几缕薄笑：“公主果然是看了不少话本子，这烂俗狗血桥段张口便来。”

简拾遗微不可察地叹了口气，似乎在悔恨当年没有将我的话本小说全部没收。

我咳嗽一声，岔开话题：“那个小禁卫，就是你，别往后躲，你再好生看看，那晚见的究竟是谁？”

小禁卫军左看看右看看，手指终究落不到哪一个身上：“这个……那晚雾比较大……”

“本宫记得，你明明说的是月光尚足。”

“殿下恕罪！小的昨夜觉得是驸马，可今日今时实在拿不定！也许是那位迦南公子也未可知。”

何解忧似乎多一刻也不愿在迦南身边待，几步走开，一扇子重重敲到小禁卫军头上：“诬陷本侯，饶不了你！”

小禁卫军跪地哀求。

“又是什么事要算到我头上？”迦南一副超然的样子，脸上是习惯了背黑锅的神情。

“行刺本宫！”我冷然以对，“迦南，虽然本宫不知你来历，但你惑主乱国，妄图窃夺本宫监国之权，无所不用其极，甚至命人来将本宫行刺，可惜未能如你所愿。”

听完后，他转身准备继续侍弄花草：“多一罪也不多。”

在死不认罪这一点上，两人倒真有孪生兄弟的气场。我只好使出撒手锏，一步跨前，抓住迦南碰向花叶的手指：“你种这么多菊花做什么呢？”

由于两人靠得近，他微微侧头便与我咫尺，脸上依旧是淡淡的笑：“寂寞东篱湿露华，依前金靥照泥沙。世情儿女无高韵，只看重阳一日花。”

我怔了怔：“何意？”

他眼波流转，与我再近一分，迷迭香幽幽送来：“公主重阳婚期将近，迦南有一份薄礼，届时送上。”

我警惕地瞪他一眼：“你敢再生乱，我杀你绰绰有余！”

他毫不收敛，暗自将我手心捏了捏："你真要嫁他？可不要后悔。"

我假作思索，忽然脱口："主上？"

迦南未有反应，见我试探般地瞧他，忽然展颜大笑："好吧，好吧，你要认为是我，就是我好了。"

老娘怒了，还是没试探出来。

"啪"地一下，扇骨从天而降，落到我与迦南相握的手上，敲开。何解忧拉着我闪出了菊花丛，非常不友好地瞥了迦南一眼，将我拉出去几丈后，低眉问我："他跟你说了什么？早跟你说过，不要离他太近。以你目前的功力，你是看不透他的。"

"他可是为了帮陵儿夺回江山，才处处跟我作对，想置我于死地？"我反问。

"没那么简单！"何解忧一口否定，"他绝不是来辅佐圣上的！当然，更不是来辅佐你的！"

"那他究竟要什么？"我满心疑惑。

何解忧凝目，郑重道："你有两个选择，一是杀了他，甭管他是什么目的，先砍了再说，一了百了，防患于未然。"

我手心颤了颤，方才被捏的几下好像还带着温度："二呢？"

"二就是留着他呗，看他怎样兴风作浪，再将他一网打尽。我知道这样比较符合你的心意，可是重重，这样多几倍的危险，而你所在的位置决定了你所受的冲击将是最严重最致命的！"何解忧再郑重地看着我，"可是，我不放心。"

我安慰他："你放心好了，我暂时不杀他，但也不会任由他兴风作浪，我再加强兴庆宫守卫，严密看管，就是他洗澡上茅厕，我也会派人监视的。"

说完，忽然觉得不太对，我何时跟他何解忧和解的？顿时翻脸："何解忧，本宫告诉你，你的嫌疑还没洗脱，不要装作跟本宫很熟的样子！"

我在前边走，何解忧在后边跟，极其不满："本驸马的嫌疑没洗脱，那妖人就没嫌疑了？重重，你可是又被他蛊惑了？唉，老师，你说她是不是不讲道理？"

吩咐了兴庆宫加强戒备后，我们一行人回程。何解忧说得不是没有道理，可是，我又没有充足的理由将迦南赐死，这么好一副皮囊，砍了委实可惜。

见我长吁短叹，简拾遗走在我身边，沉默许久后问："迦南同你说了什么？"

我踌躇一番，还是据实说了："他说，我嫁给驸马不要后悔。拾遗，你说是什么意思？"

身边脚步忽然停了，他看着我面前的垂柳，道："后悔吗？后悔的也不止是你，你何必问我的意思。"

说罢，一人当先走了。柳枝垂到路前，他也不去拂。浅黄将凋的绿柳，将要迎来百花杀的重阳，颓然得几无生机。薄雾飘浮，又仿佛烟雨迷蒙，罩在柳梢，终于模糊了背影。

我蹲在树下。何解忧跟了上来："公主怎么不走了？"

"走不动。"

"那是要我背你还是抱你？"

"你抱迦南去。"

"咚"，又一扇子敲到我头上。

重阳，终于还是要来了……

大婚的事，礼部已筹备了数月，拟了十来个方案，从大明宫的第一块砖头铺上哪国进贡的纹锦，到本宫头上的夜明珠数量，再到洞房置办多少个铜鹤香炉，燃几个时辰的熏香……提着朱笔勾选方案的过程中，本宫睡过去五次，礼部尚书巴巴地候着本宫醒来。第五次醒来后，我将方案折子摔回去："本宫日理万机，这种事就不要再来烦本宫了，交给简相处理。"

翌日，宰相把事情办妥。据说其一目十行过后，朱笔一批，勾了最烧钱的奢华方案。礼部尚书对其雷厉风行的行事风格大为折服，然对其素来勤俭却走了奢华风的逆转大为困惑。

方案一定，整个长安城都忙碌开来，同时昭告天下大婚之期。

洛姜、洛陵均解禁，我力促洛姜与御镜交流感情，洛姜虽不乐意，但见我将嫁，如意被逐，于是频繁出没相府，日夜不停。

我公主府亦不得消停。

宋茂才公子将自己绑在风筝上，绕过大门守卫，直飞我府中，三次落入荷花池内，两次挂在树梢，一次坠到屋顶。京兆尹召开紧急会议，颁布领空不得私自飞行的法令，肉纸鸢遂止。

御镜亲王以邦交为名，屡屡来我府中下榻，每次离开都顺走不少瓷器花瓶。我以洛姜美色利诱，竟不如一只花瓶更能引其注意。

简拾遗倒不多见，除了朝堂上公共会面外，私下总寻不着他人影。我对高唐这般慨叹，高唐做捻须之态，高深道："当一个人想见到你的时候，自然能让你时时见到；当一个人不想见到你的时候，你便是费尽心机也见不到。"

我托着腮眼望屋外，耳中听着这般哲思。

高唐凑近："公主，你完全信任驸马了？"

我保持姿势不动："没有。"

高唐大疑："那你当真要嫁他？"

"当真。"

"这是为何？"

"《金光明经·舍身品》里有段故事，你可知道？"

高唐想了想，颂道："'是时饿虎即舐颈血啖肉皆尽，唯留余骨'这段？"

我点头。

高唐大骇："公主要舍身饲虎？"

我跷起腿，仰靠进椅中，眯了眼："本宫是这种人吗？"

高唐嘘了口气，抹了把虚汗："那公主究竟作何打算？难道欲以美色感化？"

"答案很简单。"我给自己倒了杯茶，看着上方水汽氤氲蒸腾，"他是第一个自荐做驸马的，我不嫁他还能嫁谁呢？我虽不全信他，却也宁愿信他。"

这话，高唐应能替我转达给简拾遗。

最终，他也没将先帝密诏拿出来阻止。

重阳前夕，本宫失眠。

不是紧张，也不是烦躁，终于在左翻右翻，右翻左翻，滚了几个时辰后毅然掀了被子，立在地上。

为顾全礼节，驸马已暂时搬出了公主府，我也没法让他陪我一同失眠聊天。

穿了身白裙子，懒得梳发髻，任由头发披垂到腰下，本宫决定三更半夜去坊间做个散步疗法。当然，自会有护卫暗中跟随且不会影响到我，这个无须我费心思。

婚期至，子夜宵禁越发严厉，路上自然不会有活人游荡，除了方才一名更夫扔了锣和梆子，以见鬼的惊悚模样从我身边飞驰而过，吓得我以为有鬼。

散步散心，散得心都快没了时，一块"相府"匾额正悬挂头顶。我掐了自己几下，确定蛮疼的，不是梦游。望了一会儿，转身准备返程，可是脚下不听使唤。

一个响指唤出护卫，下一刻，我便飞身入了相府，稳稳落在院中。几乎是同一时间，四面八方的寒意蓦然渗了过来，训练有素地将我瞄准。待看清本宫后，寒意同时消退。

相府影卫虽经上次大劫折损不少，剩下的却是历劫后经得住考验的雄狮。当然，影卫的天职除了护主外，另一美德便是杜绝爱欲与八卦之心。所以本宫这番来偷窥也不怕在他们耳目下丢脸。

熟门熟路，我寻去了书房所在。

子时将尽，丑时将至，书房还亮着灯火，窗纸上影影绰绰勾勒出熟悉的轮廓。

我就站在离书房十几丈远的草木中，背靠一棵树干，望着那身形忽静忽动。从动静来判断，应是在批阅公文，其中必也包括我批过的折子，最后一个环节便是由他审阅，合理便能下达地方，不合理便被他驳回。不晓得今夜他要驳回多少我的御批。

近，可在咫尺；远，可在天边。

然而，一步之遥的咫尺，那也是可以很远很远的。

丑时过了一半后，窗纸投影忽然停了动作，应是差不多批完了吧。按说以他的效率，应该早在子夜之前就可以歇息，今日能拖到这个时候也是个奇迹。

身形往后微仰，似乎是靠入了椅内，接着便不再动了。

莫非睡着了？我掸了掸衣上的露珠，忽然想到如意，若是她在，好歹能体贴一二。

身影忽又拿起案上折子，入定一般地看。我不记得有过特别有趣的折子，莫非他批阅完还有回味一番的习惯？

到我顶了一头露水时，差不多已是寅时，我快被好奇心折磨死，究竟是什么好玩的东西能看这么久？挥手拂去眼睫上凝的夜霜。蓦地，窗户哗地被推开，简拾遗薄衣站于窗边，两眼定定望过来。

不过此处已是一片空空。

我被护卫瞬间移向了暗中的屋脊，可居高临下看着院中一切。

接着是书房门开了，简拾遗走了出来，缓缓走向我方才的立足之地，走到那棵树前，他伸出手，触向树干，久久没撤手。又是忽然之间，他仰头环视四周屋脊。

当然，不等他目光追来，我已随护卫跃出了高墙。

希望他不要以为今夜见鬼就好。

薄雾浓云愁永昼，瑞脑销金兽。佳节又重阳，玉枕纱橱，半夜凉初透。东篱把酒黄昏后，有暗香盈袖。莫道不销魂，帘卷西风，人比黄花瘦。

一早，我便被拖起来描画细致的妆容，穿上一件件繁复的锦衣，当然，最外面一件必是千古如一的单一色调——大红。除了是新嫁娘，我还是监国公主，所以还得背冗长的诏令辞，骈俪韵文，其辞华美，其意祝祷。

背了一半，我便见了周公。

其间有人意图强行拆散我与周公会晤，被我一句脱口而出的“再扰本宫，凌迟处死”的梦呓给消了音，于是本宫便捏着一摞纸稿偷得浮生半日睡。

“公主昨夜干什么了？没睡觉？”

“嘘！别吵！”

“听说昨夜长安闹鬼了……”

“公主大喜之日，别说晦气话！”

再醒过来时，已在车辇内，何解忧怀中。他一身大红喜服，透着一种陌生感。我依旧俯在他怀里，闭上眼继续睡。他替我整理鬓髻凤钗，嗓音沉定：“重重，一会儿就不能睡了。”

他却不知，我想跳过这一切的过程，我想一直睡过去。

车辇步步驶往大明宫。

这一路铺的均是波斯地毯，沿途以绸缎拉起屏障，遮蔽了十丈红尘。甫一驶入大明宫，金鼓齐鸣，一路百官跪拜。含元殿前，车辇停住，我从何解忧怀里抬头，睡意已过。他指间拈一朵艳丽的牡丹，簪入我发髻之上。

“驸马，牡丹难道不俗气？”

“唯有牡丹真国色，唯有牡丹配公主。”

看在马屁拍得这么足的分儿上，我赏他一个笑，在他的扶持下，下了车辇。

简拾遗已率领皇亲国戚及三品以上官员候在殿前，下辇时一眼见到他，他亦一眼见到我，各自愣怔一下，又极快掩饰过去。一夜之间，他怎就清减那么多，该不会是闹鬼事件吧？

何解忧上前迎向众卿，跪地施礼：“长乐侯何解忧求娶监国公主百里重奴，天下允否？”

都是虚礼，却也得一项项来。这礼仪性一问，须得宰相代天下回答。宰相答个“允”就算过了这一环。可须臾后，又须臾后，还是静寂。众人诧异地转移视线，我亦随之转移。

简拾遗独立众人之前，何解忧之前，我之前，一句话也不说。

难道忘了词？几个好心同僚背后提醒：“允、允，简相答允就是了！”

仿佛充耳不闻，仿佛十丈红尘都干涉不到他，简拾遗清清朗朗立于天地之间，眼帘微垂，鬓发飞扬，唇间抿作一线。

他不答话，何解忧一直跪着，我也只能跟着一直傻站着。

没有人再对他作无谓的提醒，宰相大人惜字如金，沉默是金，谁又能奈他何？

许久的僵持后，何解忧提高了音量，再问：“长乐侯何解忧求娶监国公主百里重姒，天下允否？”

“爷爷我不允！天下不允！老子不允！”嘹亮的嗓音伴着一阵杂乱的马蹄声，竟然肆无忌惮地闯入大明宫。

众人大惊，纷纷望向声音来处。我听这声儿，几许熟悉几许陌生，仿佛牵扯极遥远的回忆。

一匹飞奔的汗血宝马上，一身戎装的青年将军身形笔直，头盔下的肤色沐浴惯了边疆的太阳与风沙，呈现小麦颜色，面容棱角分明却不掩俊气。

这这这，正是老娘的初恋！

他从马上飞奔而下，气盖山河：“谁敢娶公主？公主，你怎能嫁给这货？”

殿前数百名公卿，数千名宫人侍卫，原本都有礼有节参与着婚仪的进行，谁也没想到会有一骑闯宫，更想不到会有人来砸监国公主与长乐侯大婚的场子。

这场冗长繁复的婚礼终于有了点儿叫人不那么瞌睡的因素，不少人打叠起精神，伸长了脖子围观，待看清来者不善之人的面容后，更是惊诧中带着几分期待。

“小白将军？小白将军回来了！”

“真的是小白将军哎！听说公主早年险些被他拐去私奔，原来这段秘史是真的哎！”

何解忧从地上起身，阴沉着脸望向来人。来人甩了马缰，飞步上台阶，直往这边奔来，甚至拔出了佩剑。

众人大惊。

“白小起！”我移步上前，拦住去路，“未得诏令，你私自还朝，竟然还敢闯禁宫，携带兵器搅乱本宫的大婚典礼，你该当何罪？”

“公主为何随意嫁人？罔顾我们从前花前月下的山盟海誓？！”小白弃了剑，一脸愤慨，跑过来拉住我。

何解忧脸色极度难看：“阁下便是小白将军？”

小白挺了挺胸，气宇轩昂：“老子正是公主春闺梦里人！”

我忽然后悔没扯块盖头遮脸上，甩了几遍没将他铁钳般的手甩开，一脚踩在他鞋面上：“你给本宫闭嘴！”

“公主这般有脑有胸、美貌与智慧并存的不世出佳人，怎能随意委身于这个小白脸？”白小起对我的一切攻击视若浮云，对公卿们宣布，“只有我白小起这样的汉子才配得上公主！何况我们都是彼此的初恋！”

众人继续大惊。

何解忧步步上前，步步冷笑：“陈芝麻烂谷子的旧事也值得一提？先不说初恋一事真伪如何，便是如今公主择婿嫁谁不嫁谁，也都是公主的意愿。你一介少将，莫非还能逼迫公主不爱本侯，不嫁本侯？”

“你你你……”白小起气红了脸，“你个小白脸好不要脸！居然当着这么多人的面声称公主爱你！你个不要脸的小三！”

“你才不要脸！”何解忧毫不犹豫地回击。

“你你你……”白小起气紫了脸，“公主很傻很天真，不晓得人心险恶，上了你的当，被你一时迷惑，你休想得逞！”说罢，将我拦腰一抱，转身便往台阶下狂奔。

“公主！”众卿围观意犹未尽，陡然遭此变故，所幸还知道要拔足来追。

我被颠簸得晕头转向，一拳朝他脸上打过去：“本宫要吐了！”

白小起顶着熊猫眼，将我搁到地上：“你先吐了我们再私奔。”

我揉着腰，咽了几口酸水。他趁机将我从上到下打量了几处关键部位：“许多年不见，虫虫长得这么好看，原本担心你整天闷在宫里批奏折，缺少锻炼，胸肌会比我小……”说着，还拿手比画过来。

我抬手附赠一拳，让他面部对称些。

文武百官气喘吁吁地追了来：“放下公主，赦你无罪，否则判你谋逆之罪！”

宫廷护卫们也兵分几路进行围追堵截。

白小起黑着两只眼眶，作势要将我扛起来：“虫虫，我们快些私奔！”

汗血宝马就在近前，一个跃身便能上马，届时这班朝廷栋梁是万万追不上的。若再以我为质，别说是大明宫，就是整个长安，他也来去自如。

袖中暗弩滑出，使出浑身力道，以圆滑一端击在白小起腹部大穴上，这厮顿时瘫在地上。

侍卫与百官戛然止步，惊愕交加。

我理了理鬓发，整了整髻上的牡丹，掸了掸衣上的灰尘，拂袖一步跨过白小起的肉身，迎向众人。

片刻的安静后，众人跪地：“公主受惊了！”

我抬手示意平身：“众卿家受惊了，来，我们接着大婚。”

白小起被捆绑起来扔进偏殿听候发落，我自然是没时间顾及他，当务之急还是同何解忧完婚。风波后，何解忧紧紧攥着我的手，重新上台阶，跪向以宰相为代表的公卿及天下。

简拾遗自始至终都站在高台上，静观一切，似乎并不为白小起的搅局而有丝毫牵动，也不为白小起的被擒而有丝毫波动。不过，这一回，何解忧跪地叩求尚主时，他终于有所松动。

“何解忧，本相问你，你尚主之心可真诚？”竟不是按着预定礼节来的。

众人有些窃窃私语，不过简拾遗身为一国之相，想要自由发挥一下，也没有人规定不可。

何解忧自然是不假思索地回答：“十二万分的真诚！”

过关！

我准备入殿进行下一个环节，谁知简拾遗发挥起来不可收拾。

“何解忧，本相再问你，你尚主之后可否善待公主？”简拾遗立于殿门之前，身姿挺拔，如渊如岳，衣袂可随风动，身形却无可撼动。他微垂着眼，眼眸内的光景无人可见，桃花色浅淡的唇在几句话后又紧闭。

“何解忧定然善待公主！”

我抬脚准备入殿。

简拾遗又发言：“何解忧，你发誓。”

满场静了一静后又是一阵窃窃私语：“简相今日的话真多，闹得跟他嫁闺女似的。”

何解忧抬起头，笃定道：“我发誓，我定善待公主，爱她一世，若不然，便让我命折于公主之手！”

大婚之礼发此毒誓，实在跟喜庆的氛围不融，何况，爱你一生一世这样的话，要多虚假有多虚假，这年头还相信这种话的人不是傻帽就是傻缺。但是，这样的话，男人爱说，女人爱听，这个世间就是这么荒谬。

更荒谬的是，本宫内心深处还是感动了。

约莫简拾遗也感动了吧，终于没再发问，身形一动，让开了通往含元殿的红毯大道。

我扶了何解忧起身，深深凝望他。我们二人并肩前行，百官随在后边。今日我是刻意收敛了平日追随惯了简拾遗的视线，目不斜视，往殿内走，去举行我们的正式大婚仪。

何解忧牵着我，一同迈过高高的殿门槛，长长的嫁衣被殿内吹来的风掀了一角，比胭脂还红的色调飘满了半空。

旁侧一道视线还是投了过来，那许久垂着的眼，还是抬了一回。我快步入殿，险些被绊一跤。

“当心。”何解忧拉着我。

颁布大赦天下及婚礼诏令辞，我把背了一半就睡着的原稿随口作了修改，这才绵绵不绝续了下去，没在这时候失礼。虽然礼部尚书对于自己亲笔所写的令辞最后吐出来是这般模样很是吃了一惊，但也由不满到担忧到释然。

满篇辞藻堆积的优美骈文词义俱全地念了出来，满殿大臣纷纷对礼部尚书的文采表示了崇高的敬意。当然，只有我幼时太傅了解我做文章的习惯用词及各式毛病。

他只是坐在大殿一角，什么也不看，什么也不说而已。

烦冗的仪式一项项进行，跪天跪地跪龙椅，便是我如此好耐心，也有些不耐烦。前前后后总共折腾了五个时辰，我快虚脱。何解忧在我耳边不停安慰——快结束了再忍耐一下，这回是真的，不骗你。

如果胆敢有六个时辰，我定让礼部尚书去边疆一年自费游。

殿堂下，我侄女都用同情的目光望着我。当然，大臣们都用目光表达了一个意思——礼部尚书老儿，你害得老子饿到现在，没看见已经饿晕过去几个大人了吗？老子跟你拼了！

五个半时辰后，礼官一声“礼毕”，成功解救了黎民。

笙箫歌舞与山珍海味一齐进献，我则与驸马共入洞房。这洞房象征性地设在大明宫后宫太液池旁的凤寰宫，环境优美，布置奢华，飘逸雍容，如同仙境。比之我的藏娇阁，又别有韵味。

此时洞房并非真正意义上的洞房，婚仪折腾了整个白天，本宫与驸马都困顿不堪，这里也就是用来休息，恢复体力之所。大婚当夜没有体力洞房，这实在是件遗憾的事。我原本想逆天而行，爬到驸马身边扯了扯他的衣袍，他按住我的手：“公主娘子，你且缓一缓。”

我们各自在宽大的喜床上躺了一个时辰左右，来了一个侍女，叫醒了驸马，我也迷迷糊糊醒了，也没听清他们说什么，驸马便窸窸窣窣起了身。

“公主，我出去一下，你先睡。”

我“嗯”了一声，接着睡。又不知睡了多久，又渴又饿，爬起来找东西吃，方觉已是夜半时分。何解忧出去绝对不止一个时辰了，大半夜的，他干吗去了？

唤了侍女去找，我便坐在桌边吃点心，又喝了几杯小酒。吃得有些热，我开了一扇门吹吹夜风，继续用点心下酒。越来越热，比夏天的炎热还要炙人心肺。

我脱去喜服扒去所有，只剩一件单衣时，侍女惶惶回来：“不好了，殿下，听说驸马是被小白将军找去的，现下两人都不见了踪迹！”

我一个激灵：“什么？小白将军？他不是被捆绑了吗？难道回来寻驸马报仇？”

“奴婢不知，只听说小白将军火气很大。公主未将他治罪，大家以为是公主放了他。”

我的火也上来了，只怕事情不妙，传令所有宫人，寻找驸马及小白将军。不多时，御林军被惊动，木统领叫了宰相，一同来凤寰宫询问。

二人进来时，我正拼命摇扇子，见我夜半衣衫不整，二人立即识相地退出门去。

我已语声发颤：“驸马不见了，恐怕是小白绑架了他，你们速派人去寻！”

“公主无须忧虑，末将这就去寻驸马！”木统领以为我是担忧驸马才导致嗓音颤抖，片刻不敢耽搁，立即领命去了。

简拾遗在门外迟疑，沉默半晌，才问：“殿下可是不舒服？深秋夜冷，要多加些衣裳。”

我语带哭腔：“拾遗，我快热死了……呜……你替我把门窗都打开……”

他不敢再迟疑，立时进了来，看到我面色吓了一跳，拿手探我额头温度，更是吓一跳：“殿下这是怎么了？可是染了风寒发热？”

他冰冷的手带来的温度让我很是受用，不禁死死按住他在我脸上的手，此举更是令他一惊。

“殿下穿得太少，定是染了风寒，别怕，臣去叫御医。”

“不是的！”我抓着他不让走，急不可待，又不知道心底焦躁急不可待什么，“我是很热很热，才脱得不能再脱了，我很热，要热死了！”

他这才意识到问题的复杂，仔细看着我，眼里凝起一点点惊疑：“什么时候开始的？”

炙烤焚烧中，我语无伦次颠三倒四叙述了今夜的所作所为，难得他听了一番后找到了语言逻辑自发梳理一遍，这才将视线投到了桌上。

一碟点心，一壶酒。

简拾遗研究了片刻，一手持玉壶，揭盖闻了闻，似乎并未发现有何异样。正匪夷所思之际，他倒转了玉壶，于壶底发现一排小字。

“薄礼不成敬意，相思引一壶。”

我扯开衣领：“相思引是什么？这么烈的酒！”

简拾遗看我一眼，神色如同遭了什么沉重打击，他不答我的话，手里玉壶砸向了墙壁。白玉碎成了一片片，夹杂在溅了一地的胭脂色酒液中。

“甜甜的，我以为是西域葡萄酒，难道被下了毒？”我惶恐不安，气息急促，急切想贴上一切冰冷的东西。不晓得为什么，看着简拾遗仿佛看见一块可解我焚心之苦的冰块，扶着桌缘我便往他身边蹭。

大概是我太如狼似虎，吓得他脸色又红又白。拉扯闪躲间，我竟已将他半扑在了桌边，也不知道是谁不小心横扫了桌上的杯盏盘碟，噼里啪啦砸了一地。

简拾遗额头汗水密布，甫一落掌到我手臂，便被烫得起了手："殿、殿、殿下，臣去找解药……"

"你就是解药……"梦呓一样的话语从我嘴里吐出，说不出的诡异陌生，嗓音软绵魅惑，仿佛不是我自己。面前的人隐约化作冰块模样，可惜裹着一层布料，我急需冰块解热，哪里容其他障碍物的存在，扬手便撕扯。

"重重，别胡来！"简拾遗想将我推开，捉着我的手不让动，脸上也仿佛染了胭脂色，几许无措，几许难堪。

冰块抵抗不从，咫尺的解药到不了嘴，我被虐哭了。

"我要死了，你不救我，呜……你们都想我死，故意给我下毒，故意把解药送来，又不给我，呜……"

他拿袖子给我擦泪，慌乱得很："重重，我们想其他办法，你别哭。"

我继续对他上下其手，寻找冰冷的温度，可是冰块仿佛也不是那么冰，好似被我传染，这可怎么好？

"那你把驸马叫来……"我泪流满面。

他按着我的手，脸色忽然退了红，又一点点发白，浓密的睫毛颤了几颤："……驸马……要叫驸马吗？"

冰块又成了冰，可是这冰带着浓浓的寒意。对呀，驸马不见了，这不是叫他为难吗？上哪里找驸马？得了刹那清明，我推开他起了身，一步步艰难挪向大门，带着就快被业火焚成灰的身体，咬牙推开门："来、来人，备笔墨，本宫要立遗诏，还政……"

身后忽然来人将我往后一扯，"砰"地拉上门，嗓音冰冷："你干什么？"

我想与他拉开距离，不然真怕忍不住，抖着声音回他："找不来驸马……叫御医也丢人……男宠也没有，我……我觉得自己身体就快爆炸了，经脉大概也要撑不住了，五脏六腑都要烧得枯竭了。要不……我口述遗诏，拾遗你记……"

他前一刻冰冷，这一刻忽然将我抱入怀里，垂首在我耳边，颤声道："别说遗诏，永远别说，好不好？有我在，绝不让你再说这两个字！"

"咔嚓"一声，他抬手给门上了闩，死死地关上一切可泄露秘密的缺口。

〔第十八章〕

公主在上臣在下

简拾遗背对着落锁的雕龙戏凤梨花门，烛光火影跳跃在洞房之内，一室妖娆红。他不进不退，态度同这气氛一样暧昧，可惜我半分理智也留不下，明知道不该如此，脑子却已经转不过弯，只想快些吃到解药。

饿虎扑食般将其推到门上，极其顺溜地将其解衣，外袍甩到一边地上，仰头先将他啃了一口，火油一触即发，顺着他唇沿想往深处探究。他双眼也没闭，任由我索取。

这样不主动又不抵抗，很是不够味，我不满地哼唧了一声。他有所察觉，将我推离出一寸，神色低回："你同解忧大礼已成，我同你……却是无名无分，有悖君臣，有违人伦……"他神情不可谓不痛苦，似乎中了比相思引还要厉害的毒，毒噬之力比我尤甚，"可我禁锢在宰相之位上，一辈子也不能尚主，看得到你，却盼不到你，即便在你身边，也永远都是，你是君，我是臣。这样的时日，何时沦丧？"

这个时候他还在抒情，我却是等不及的，趴在他胸前咬衣服，边咬边哭："今夜没有君臣，我一切都准奏！"

他将前襟从我牙齿间拽出来，悲苦之色还在持续："我又如何对得起你，对得起天下……"

我也很痛苦，很悔恨。痛苦的是此际百爪挠心哭得七零八落，妆容毁了大半毫无美感可言，悔恨的是那本珍藏多年的玉房指要未能一窥天机，书到用时方恨少，悔之晚矣。

痛苦而悔恨的泪水淋漓直下，我抽噎着："太傅，是不是你不会？"

抒情而悲苦的简拾遗身体忽然僵了僵，我看他模样，好像是矜持羞涩气恼愤慨皆有之。这模样不啻火上浇油，我的业火愈加噼里啪啦地燃烧。老娘真是支撑不住了，腿脚发软，如踩着云朵，软绵绵就往地上倒去。

他探手一抱，阻止了我掉地上，此刻他脸上也有些挂不住了，所抱之处早已是非礼级别，只薄薄一层绸缎衣料，这是超级非礼了。

我就势往他身上一倒，喘着气努力地环住他的腰，贴着他的身体。

他的手终于落在我后腰，搂紧了几分，低着头，嘴角擦过我耳边："你会后悔吗？"

"不会！"我努力地答。

身体腾空，被抱了起来，一步步往帷帐后的寝殿去……

鹤嘴铜钩上最后三层蚕丝纱帐被放了下来，整个宽阔的床榻自上而下被全部遮掩，苏合香袅绕于帐内，更添几分绮丽。

简拾遗将我发髻上最后几根发簪拔下，掷于帐外，长发便跟着他的手垂泻下来。其动作轻柔优雅，导致我兽性大发，猛然将他扑倒在榻。折腾间，双方衣衫垂垂将落，反正已然不是障碍。

在他唇间噬咬翻腾，追逐泉水，迫得他无路可逃，再将其抓住调戏逗弄，纠缠许久，气息都乱作一片。可是，还不解渴，焚心之火还是那么旺盛。从他嘴唇上一路咬到光洁的胸前，留下一路牙印。

他想颠倒过来，将我掀翻，奈何我不同意，触手不将他摸遍不罢休。快三十的男人了，肌肤竟还光洁紧实，弹性十足。他抓住我肆意游走的手，企图将我扯下去。我全部力量往他身上一压："本宫要在上……"

又折腾一阵，还是两不相犯，不知怎么吃下去，我绝望地俯在他胸膛上。虽说书到用时方恨少，不过也有圣贤说，尽信书不如无书。

一阵窸窸窣窣，简拾遗抱了我下来，见我烧得神志模糊，知晓战机不可贻误，当速战速决。火热的身体忽然带来一丝清凉，我微微睁了眼，见他居高临下俯视于我，视线一寸寸下移。这样的角度实在不是本宫的嗜好，抓着他想起身，忽然见伸出的手臂光溜溜不着寸缕，再跟随他视线一看，自心口向下，过小腹，至大腿，处处刀剑浅痕，凌乱纵横于这具身体。

我拉着旁侧的锦绣鸳鸯被褥，便要往里钻，他一手固定着我的肩胛，一手轻轻拂过那些伤痕，修长如玉的手指触过那些尘封已久的故事，冰凉中带有温润的指腹柔柔描画深深浅浅的痕迹。我仰躺着望着他低垂的头颈，发丝漫过他面颊，神情不可揣摩。

被他触摸之处，渐渐发颤、发烫，喉咙里便跑出了奇怪又魅惑的音符。他俯身，柔软的唇瓣落在心口下最深的沟壑处，辗转而上，洒下一路清凉，只不过那清凉极为短暂，随即便被更炙热的烈焰取代。红莲业火席卷全身，他跋涉而来，落吻于唇上，舌尖更深地求索，绵密悠长。追寻与陪伴，随着地老天荒，沧海桑田，浮生过尽。

原来深吻可以不用噬咬，可以以最温柔的姿态传递，如春冰化水悄无声，似平林漠漠烟如织。这场大梦，却不知究竟谁被谁诱惑，谁又入了谁的局。我不忍放他走，持续又持续。

困囿此间之际，他却是轻舟已过万重山，同样以最温柔的力道抵达。待我反应过来时，抗拒与不适将他推了出去。

“重重……”他伏在耳边，嗓音低徐，惑骨入髓，温热的气息洒在耳郭，“再拒绝，我可不放过你……”

我侧头，抓着他只要索吻。他只好继续安抚，比之前更持久更温柔的深吻，可还是不够……

他抱着我，继续低在耳畔，为我吟赋：“其形也，翩若惊鸿，婉若游龙，荣曜秋菊，华茂春松……”

蛟龙入潭，若惊鸿，若游龙。我蹙着眉，手指死死抓着身下锦缎，一股无法形容的力道开天辟地，却又极尽温柔地抵达彼岸，伴着我一声三颤的痛呼。

“疼疼疼……”我抛洒热泪，哽咽难言，“可、可以收工了……”

力道缓缓撤出，他也不替我擦泪，只俯瞰着我，一瞬不瞬，再低俯身：“秾纤得衷，修短合度。肩若削成，腰如约素……”

波澜冲击，不啻先前开天辟地，我一口气差点上不来，后背随着他的动作蹭过缎面，床榻一动，帷帐飘摇，苏合大盛，重重的喘息连绵不绝。

“披罗衣之璀粲兮，珥瑶碧之华琚。戴金翠之首饰，缀明珠以耀躯……”

言语于我喉中再也吐不出来，不知不觉已被断断续续的吟声淹没，遮天盖地，一室靡靡。想要寻找支撑点，可立身汪洋波涛间，哪里去寻停泊处?

“拾遗……救我……”

牢牢抓住他的手臂，企图减缓，终不过是徒劳。

紧闭的眼前仿佛有璀璨之光，照亮长夜，引渡这未央天。攀过高峰，越过山峦，追寻天地奥秘。忽而云端，忽而坠落，如梦似仙，此之谓也。

“重重……”他呼吸亦浓重，“《洛神赋》的每一字，都是我对你之心，你，知不知道呢？”

“拾遗……”我也只能间续以简短之音回复。

简短的音节，很快又被淹没，覆以爱欲交加的永恒音符。两人的长发纠缠在一起，床榻上凌乱纵横，帷帐外的红烛，蜡炬成灰泪始干，不知何时已灭尽。

红烛尽，夜有尽，这漫长又短暂的一夜，就要过去了吗？春宵苦短，恨匆匆！

“拾遗，夜尽了，天要亮了……”

他手指拂开我面上汗水泪水浸透的乱发，邃如深涧的眼眸就这么看着我。我也替他拂开面前的碎发，摸着他的面颊，描摹其轮廓。泪水瞬间将我双眼模糊，为什么只能拥有一时？长长久久，就只能是梦寐？夜总有尽的时候，天总有明的时候，聚散总有时，又奈何情孽成痴。

这一夜癫狂，又将以怎样的代价轮换？

他不言，我不语，继续重复着这黎明前的最后痴狂。一宫情浓，一殿销魂。

相思引早已解除，恰如其名，不过是相思一引，一旦引了刻骨相思入魂，便是无论什么也不可阻挡。

波涛巨浪铺天盖地，吞骨噬魂，我睁眼铭刻这最后的时光……

从来云雨过巫山，只托梦魂间。何如醉逢倾国，春到一瓢颜。歌窈窕，舞双鬟。掩云关。重城五鼓，月下西楼，不忍轻还。

更漏尽，宫阙五鼓响彻，拂晓时分。

“走吧。”我俯在被褥内，脸埋在枕下，蹭干了脸上湿漉漉的泪水。

简拾遗起身更衣，我不想见，只听凭声音计数这须臾弹指，他一步步离开了多远？“咔嗒”一声，锁已去，他站在门边，没有出去：“送热水，殿下沐浴。”

外间宫女们早已候着，我可以想见她们脸上的错愕。

热水一桶接一桶地送来，浴具备齐后，她们统一沉默着退散。简拾遗折回床边，扯下一条纱帷将我裹起，抱入浴桶中。

此时天光透窗，不比夜里昏烛暗灯，我抬头看他一眼，随即缩回水中将自己掩埋。他挽了宽袖，手心掬水，淋洒我肩头，一点一点洗过。这番清洗，他认真的神情仿佛是在描摹一幅工笔画。我趴于桶沿，低垂着眼看他衣襟染水，袖角漾动，昏昏沉沉便要睡去。

静谧的水声仿佛来自三川途，那是跋涉了几世轮回的水滴，盛于他手间，渡于我心间……

凤寰宫的幽静蓦然被打破——

“公主和驸马可曾起身？臣有要事禀报！”

宫女吞吞吐吐：“这……不曾……公主和驸马尚未起身……”

那脚步声却不停顿，仿佛有十万火急之事催促，直闯内宫。

敢在这个时候闯宫的人不是疯了就是嫌命太长。

宫女们没将他拦住，只听见他火急火燎地直接撞开了门："大事不好啊公主——"

隔着层层垂帘与幔纱，简拾遗还是拿自己衣袖往我身上覆来。

听嗓音不太熟，闯宫者慌张跪在地上，十分惶恐："不知殿下同驸马在、在……"

"还不出去，你要看到几时？"我沉了几分音。

"可是——"

"本宫沐浴，还由得你可是？"

几个内侍忙上前将他半拖半拽弄了出去。

"可是大事不好啊！公主——"余音绕梁。

我命内侍守在门外，任何人不得进来。

沐浴完毕，简拾遗又用纱帐裹了我抱起来。为了不让他看到我此刻窘迫的模样，我便扭过脸将脑袋搁到他肩上。回到床榻上，那一片凌乱更是叫人不敢看第二眼。

简拾遗找了衣裳来一件件替我穿上，动作很是轻柔。我从他手中接过，自己来系腰带。他转眼准备收拾床榻，我将他拦住："让她们收拾，你歇着。"

他手上虽停了，视线却聚到了一处。

床单上点点红痕，如一夜东风催下绽放的红梅。我将手边换下的贴身衣物抛了过去遮住，转身坐到床边："我会让她们守口如瓶的，再说，我行事作风她们也见惯了，你不用担心。"

简拾遗坐来身边，伸手从我腰上抱住，一手理过我肩上的散发："不要管太多，有我在呢。"

我探出手，回抱住他，深深嗅了嗅他身上的味道："拾遗，我有不好的预感。"

"嗯？"

"刚才那小吏带来的。"我再往他身上蹭了蹭，寻找一些定心的温度，"他敢这么闯，定是出了不得了的大事，可是，我好想睡一觉，什么也不管，好想你不要走。"

简拾遗将我放开："那你睡着，我去外面看看。"

我拉住他的手，将一物放入他手心，正是当初他还回来的玉蝉："拾遗，这是十五岁那年我送你的，以后留着吧。"

他握回手心，神思略有恍惚。

我起身往外走。

走了七步，转身，三步奔回来，攀着他肩头，亲到他嘴上。原想意思一下就去办正事，又受不住蛊惑，学着昨夜他的样子，来了个深吻，主动越过齿关，探寻他的所在，迅速环绕，唇齿交缠依依不绝，沉溺其间难以自持，呼吸也跟着急促起来。

明知时间一点点流逝，另有政务要处理，可就是这般纵情一发不可收拾。简拾遗毕竟是个理性的宰相，中途几次三番想要制止我再这么持续下去，虚推了我几下。我即将撤走，忽然后腰一紧，被他扣得死死。再一个翻转，战况一变，他改守势为攻势，越陌度阡，一路尾随，于唇瓣上流连少顷，再乘虚潜入……

气息渐渐浓重，他果断鸣金收兵，放开我的后腰，自行退了三步，很克制地呼吸着。

我果然是不知死活，挑到这般地步，险象环生，心口起伏，喘气严重。

简拾遗脸色不太好地看着我："不要再闹了。"

我尽快平复气息，却还是喘得厉害："你、你也闹了！"

他不说话，微微转了视线。我再幽幽问道："我学得怎样？快不？"

他回我一眼："你学什么不快？"

我乐了一乐，看着时光确实不早了，这才开了殿门出去。

宫女内侍们纷纷跪地，原本礼仪之中的"恭贺殿下"一语谁也不敢说。我垂着眼，走过她们身边："驸马还没人影？"

"尚未找着。"

我站于晨曦中，渐渐凉却一身的燥热："简相几时来的？"

"今早。"

"嗯。"我稍感满意，"备些热水，伺候简相沐浴更衣，再进些粥食。"

"是。"

我走出几步，稍顿："殿内收拾妥当，明白吗？"

"明白。"

凤寰宫前殿，我刚踏进，一人便"扑通"跪下，"殿下大事不好啊——"

"你只会说这一句吗？"我踹他一脚，"重点！"

蓝衣小吏咽了下口水："赵尚书命小的速来禀报公主，又有叛军……"

"什么？"我定了一定，"可还是东鲁？"

"不是，这回是——"蓝衣小吏白着脸色，颤声道，"是殿下的封地——舞阳郡！”

我脚下不稳，晃了几晃，两个宫女惊呼着上来搀扶：“眼下情形如何？”

“大半个舞阳郡一夜之间都落入了叛军之手哇公主！”

我脑袋里“嗡”地一下，全身都虚了。

“公主！公主！”

我在椅子里坐下，平复情绪：“赵辅国呢？”

“赵尚书正在紧锣密鼓地部署，特让小臣先来禀明……”

不过是不敢闯宫，特让替死鬼先行。火烧眉毛的军情，竟然有人顾忌我新婚，不敢前来冒险。

舞阳是什么地方？是本宫的封地！是素有帝乡侯国之誉的沃土！是历代兵家必争之地！此地绝非一朝一夕可攻破，所谓的一夜之间落入叛军之手，不知叛军背后做了多少准备，才有得这“一夜之间”。我却丝毫未曾察觉。

早不是，晚不是，偏偏在我新婚，偏偏在我的封地。当然，公主大婚，天下大赦，各地戒备松弛，京中喜气冲天，遮蔽了底下的暗涌，更是阻隔了军情报备，便如此刻，兵部堂堂尚书都缩了起来。

舞阳，离京师长安不过一千两百里，快骑六七个昼夜便可抵达。

一边夺下要塞，一边也是向我示威。

无论哪个朝代，公主封地被夺，便是被废的昭告。

只不过，从前都是掌权者削夺公主封号与封地，如今竟是叛军来夺掌权公主的封地。

一夜的疲惫，加上这一早的军情，我心力交瘁，从椅中栽倒。

……

不知过去几时，一阵清新的气息环绕在旁，仿佛春雨后的杨柳，携着春风的柳枝轻抚过我脸颊，柔和低沉的嗓音不停唤着我。

“重重……重重……”

这样温柔，又这样急切，我转过千山万水，寻回他身边。

醒过来就见着一张熟悉的脸，头发上还带着水珠，身上气息十分好闻。

“拾遗……”我蹭着往他脖子上抱去。

脑袋搁在他颈旁，抱住后，视线开阔起来，瞧见，一屋子的人……

兵部尚书、兵部左侍郎、兵部右侍郎、御林军少将、禁军都尉……

僵了一僵后，我同简拾遗各自分开。他表情淡定地坐到一旁，众人也不管前一刻如何的视觉冲击，总之下一刻也都跟着淡定起来。

被宫女灌了几口参汤定了定神后，我扫视众卿："舞阳失陷，叛军是什么来头？"

兵部尚书赵辅国上前答话："听说是东鲁叛党余孽，躲避朝廷耳目，私下在舞阳郡筹备多时。"

我淡淡垂着眼："本宫封地没了，各位大人等这一天多久了？比本宫还要淡定。"

众人大惊，急忙赶着跪地，纷纷摆上忧急之色。

"公主息怒！臣等无能，致使叛军猖獗！"

我不为所动。众人便将求助的视线投向简拾遗。

"殿下，"宰相为百官之首，自然还是当护则护，何况此刻我一半是迁怒，一半是威胁，"舞阳与长安相距不过千里，叛军锋芒毕露，虎视眈眈。为今之计是早些点兵平叛，阻拒叛军西进，却不知谁可担任。"

禁军都尉道："上次东鲁之乱，终被驸马领兵平叛，不如这次也……"

"驸马……"我沉吟着。

"殿下——"门外木统领如释重负的嗓音传来，随即人也跟着入了内，喜形于色，"驸马跟白将军找着了！你猜他们俩在哪儿？"

外臣并不知晓洞房夜驸马失踪之事，此时闻言，都深感吃惊。不过都没有最外层那名最先来报军情的小吏吃惊之甚，那眼神便穿越了众人朝我瞄了来，难得他脑子也好使，立即醒转过来，神色大变，知道自己命不久矣，抽搐着祈求于我。

我送他一个警告的眼神。

似乎是见我没有意料中的惊喜，木统领木头一样杵着，无辜的眼珠转来转去。

简拾遗替他解难，接了他一句："在哪儿？"

木统领顿时枯木逢春，咧嘴大笑，一拍大腿："小白将军胁迫驸马上了那醉仙楼，叫姑娘们睡了一夜，哈哈哈！"

满殿寂然无声，只有木统领粗犷的笑声绕梁三周，回音不绝。

听见只有自己的回音飘荡，这厮才意识到不对，四顾一圈，在众人同情的注视下，渐渐悟了，"扑通"一声，跪了："公主，臣、臣、臣其实不是……"

我懒得听他解释："是驸马睡了姑娘们一夜，还是姑娘们睡了驸马一夜？"

这厮正要答话，见有人暗中使眼色，便装起哑巴来，不再多嘴。

洛阳花落入青楼，也不晓得会被摧折成什么样儿。

我摔下一只杯子："带回来了没？"

"带、带回来了。"木统领咬字艰难。

殿门“吱呀”一声开了，白小起神清气爽昂首走了进来。众人略过他，看向他身后——衣衫勉强还算整洁，却失了平时风流隽永的劲儿，一身半是酒气半是脂粉味儿的驸马，站在门外，一脸受了奸计被人陷害的愤恨和愧伤。

瞧了他一眼，我心中仿佛被刺了一下。众人见我脸色不好，都投来宽慰的眼神。

我一脚踹翻椅子：“白小起，你他娘的给老子跪下！”

罪魁祸首昂扬的姿态丝毫不动摇，白小起军姿魁步站得笔直，不动如山。我掀了桌，上前便要踹得他哭爹喊娘。几位军机大臣傻了眼，都没敢动。唯独简拾遗赶来拦住我：“殿下息怒！”

我怎么可能息怒，尤其对着这么一只不知天高地厚的货。这货一边拒不下跪，一边还用哀怨幽绝的眼神望着我：“虫虫，你变了！”

“你以为人人跟你一样，数年如一日地莽撞幼稚？”我怒斥。

白小起眼里霎时愁云密布：“你、你还嫌我幼稚，分明是你移情别恋、始乱终弃，这些年一封书信都没给我回，果然是你变心了……”

众臣苦着面孔，想要回避，又不知该往哪里避。

我正要接着怒斥他造谣生事，简拾遗又将我打断，低声道：“不要动怒！他毕竟是四品少将！”

勉强压下火气，我稍作淡定：“书信？这些年，你连我的名字都没写对过，词不达意，句子混乱，毫无长进，还指望我给你写回信？”

白小起惊讶地抬起澄澈的眼：“什么？你的名字不是虫四吗？是你亲口告诉我的。”

火气又上来了，奈何简拾遗一直在跟前制止我的过激之举。

被半拖半拽进椅子里，我跟白小起之间的战火距离拉远了些。看一眼门外，何解忧意趣寂寥地望着天边云朵，看得我不忍心，吩咐宫女：“送驸马去歇着，我一会儿去看他。”

白小起又不平衡了，脸上十分委屈。

我无视他，召众臣接着商议军情。

兵部尚书分析来分析去，只一个意思：速速召回镇守边疆骁勇善战的老白将军，抗击叛军，护佑京师。

众军机大臣一半认同一半反对。反对方的意思：边疆若缺了白将军镇守，恐怕会生动乱，边境十六国无一不对我大曜虎视眈眈，若是知晓白将军重师撤离，必生滋扰之心。

军情同上次东鲁相似，为难之处也仿佛，于是有人提议效仿上回，命驸马出征平叛。被我否决。

我询问简拾遗的意思，他不疾不徐地道：“有可平叛之人就在眼前。”

我揉揉头：“不要开玩笑了，你还不如让我亲征呢。”

“殿下是一叶障目。”简拾遗神情很是认真，分析道，“你只看他书信中的错误，可看到他带兵练兵巡守边境的案例？白将军曾命小白将军率三千骑兵做先锋，数次攻破来犯敌军，那敌军数量却是三万。”

我不由得坐直了：“当真？”

“你在内政上耗了多半心力，边境战事我自然格外注意些。”

既然简拾遗都这么说，我也没有理由反驳，只是有些不放心：“可这次非同小可，舞阳便在眼前，平叛稍有闪失，便是纵容叛军长驱直入京师！”

简拾遗面容沉定，目光坚定：“自然需有个万全之策。先令小白将军率京畿驻军五万，前往舞阳郡平叛，同时，派八百里加急羽书传于白将军，命其速派两名偏将率三万边境铁骑支援小白将军，合围舞阳郡。另外，为保京师万全，京畿地区进入备战阶段，峤关、蓝田、武关等隘口要加固严守。”

众人听得有些心惊，我也捏了一手心的汗，实在是承平日久，未曾受过这般存亡之秋的冲击。

于是，白小起被临时任命为平叛大将军，即刻前往舞阳迎击叛军。

简拾遗反复叮嘱，舞阳西边伏牛山一带极可能有叛军设伏，千万小心。

“你们放心，我定为公主夺回封地！”小白走出去，又折回来望着我，“公主还会说我幼稚吗？还会原谅我叫你虫虫吗？”

我将他看了一圈：“你若凯旋，我定向你郑重道歉，也不追究你篡改我名一事。”

他咧嘴一乐：“其实虫虫蛮可爱的。”

大军出城后，一切后续事宜也都办妥，我跟宰相累得直接歇在宫里。内侍推开殿门来掌灯，僵化了片刻，又默默退了出去。

开门关门声颇为吵人，我动了动，醒了，发现自己枕着宰相的腿，睡得姿势极为不雅。目光探寻过去，还好简拾遗也闭着眼睛倚着书案休憩。

恍然记起两人其实都一天一夜没休息了，难怪讨论着军国大事都能讨论得睡过去。

我小心翼翼地撑着地毯，从他腿上侧身，替他减去重压。这动作有点儿小难度，转折过程中没留神，闪了腰，僵持着便动不了了。

动不了便罢了，可是这姿势太诡异，扭头再来一个转折，直接撞上了桌腿。

我埋头桌腿下默默饮泪。

倚着案边休息的人被这响动弄醒了，静观片刻，蹲了下来，温柔得要滴水的嗓音灌入耳朵："怎么了？是不是哪里撞着了？我看看。"

身体被翻了过来，我一手捂住眼睛和额头，誓死抵抗下还是被他拿开了手。

温热的手指便覆在了额头，轻轻地揉动，很是受用。

"还有腰！"

他停顿了一下，犹豫着探手到我腰部，再轻轻揉捏。他这一俯身，距离便十分近，我被这气息魅惑得迷了方向。

晦暗的殿堂，浅浅的呼吸，静谧的相伴，须臾也是奢侈。

……

叩门声终于响起："殿下，时候不早了，驸马还等着殿下。"

"知道了，门外掌灯。"

我扶着简拾遗肩头，从地毯上缓缓起身。他一手托着我的腰，助我起来，一手却在上方将我阻住，语声低微："要去吗？"

借着门外的宫灯，我看着他夜里略白的脸容："可以不去吗？"

静了片刻，他扶我起来，却沉默着不说话。我自然知道这是不乐意、不开心，我又哪里愿意他不开心。

"去看一下，又不留宿，我今晚回公主府睡去。"

他还是不开心的样子，半晌后才开口："就不能直接回公主府？"

这样讨价还价的简拾遗还是头一回见，我再对他进行安抚："我说过会去看他，而且看他情绪好像不稳定。"

简拾遗忽然定定地看着我："你真的相信他情绪不稳定？你今日倒真是替他着想，为了他都宁愿得罪白将军。"

"那你说我怎么办？他毕竟是驸马不是？我知道东鲁的事他对叛军网开了一面，不过我也没有想将造反百姓一网打尽，所以任他去了。这次舞阳郡的事，传说是东鲁余孽，是否真是如此尚未可知，而他是否脱不了干系，我也想知道。"

简拾遗侧开一步，眼睛看着别处："既然都想到了，还要去说服自己原谅他是不是？他毕竟是驸马，你心中早就认定他是驸马，不管他是什么来意。"

我想把脑袋再往桌腿上撞一撞："你今天是怎么了？以前你可没这样的说法！"

我果然是搞不懂男人。

他看我一眼，背过身去，不再言语。

出了大殿，腰还是没揉好，再加上气血冲脑，走路不大利落。走出老远一截，回头，大殿内亮起了灯火。

男人就怕有脾气。

扶着我的内侍叹了口气："简相是要熬通宵处理政事了。"

我也叹口气："一会儿你们送些夜宵过去。要是子时还亮着灯，就去把灯给我灭了。"

凤寰宫寝殿内，琉璃宫灯迤逦了一路。

我在门口站了站，其间对驸马青楼失身一事做了诸多猜测和假想，安慰的话也预备了一些，这才推门进去。进去后吓一跳，何解忧一袭白衣负手站在我面前。这样看来，他也是站了许久。可他没有被我吓到的迹象，说明我在明，他在暗。

"你、你站这儿做什么？这么晚了怎么没睡？"

"等你。"吐字简洁。

"我这不是来了吗？"我走到桌边坐下，拿起个果子吃，"有些事情不可挽回，就想开一些。"

"要是想不开呢？"他慢慢走来，也在桌边坐下，宫灯下，面容有些冷冷淡淡。

我把果子停在嘴边，暗中打量他的气色："必须想开啊。这种事，其实嘛，不要太往心里去，谁没个失足？"

他牵了牵嘴角，说是笑又不太是，说是哭那更不是，只回味重复着我的话："不要太往心里去……"

我点点头，继续啃果子。他挽了袖口，在桌上给我倒了一杯红酒。

我正琢磨着接下来的劝解慰问词，忽然，果子从我嘴边溜到地上，砸在静静的夜里分外响，骨碌骨碌滚开一丈远。

红酒……红色的酒……

我不动声色地挪了挪步子，起身，跑走，一气呵成。

可惜，有人比我更加一气呵成，起身，拦截。我一头撞在他身上。

"跑什么？"他一手抓住我的手臂，步步逼回。

"要小解！"我只能顺势往后退。

一直退到后腰抵上桌缘，我想反手把酒杯打翻，他快我一步，夺过酒杯送到我眼前，幽冷的眸子盯着我。

“这酒听说不错，要不要尝尝？”

“不要！”我抬手去打，还是被他躲过，“何解忧！你给我滚开！犯上你上瘾了？”

“这就不玩了？”他漆黑的眸子里起了一丁点儿笑意，笑得让人毛骨悚然，“莫非这相思饮，你尝过？”

“尝了又怎样？”我抬眼横过去。

他眼里的笑意一点点散去，只剩冰原一样的寒冷，身体前倾。我跟着后仰，忽听“哗啦”一声，身后桌面上的杯盏物什都被他一手扫落到地。

“这么说，有人替我做了新郎？”

“当时，你不在。”我红着脸辩解。

“我不在，我为什么不在？”何解忧继续前倾，脸色越发冷漠，“若不是我的恩师、你的太傅放出消息到边关，那小白能知道你何时何地大婚？若没有暗中打点，他能顺利返回长安？若不是他一再拖延，小白能在我们婚仪上搅局？”

我强撑着后腰：“不能什么都推到拾遗身上，你不也是经他许可来的长安吗？再说，他哪能预料这么多？相思引就更不可能了，都是巧合……”

“没有巧合！”他索性推我到桌面，俯看于我，“拾遗，你还能叫得再热切一点儿吗？昨晚，你就是这么叫他的吧？他没有阻止我自荐驸马，是因为他自己没有机会。你看不出他有多么不情愿吗？原本我敬他让他几分，给过你们时间在一起，可他是不是太得寸进尺了？你们做下这苟且之事，是否有哪怕一丝的愧疚和不堪？百里重姒，你是不是以为我何解忧是臣，你是主，便可任意践踏我的尊严？”

“何解忧，你也不要得寸进尺！”事到如今，我也冷然了，“驸马并不恒定，驸马也可以被休。”

“是吗？”他淡淡地笑，仿佛当日初见之时，华灯下，阴谋也好，缘分也好，总是初遇，“只怕你没机会了。”

他俯身直下，咬破嘴唇，抵开齿关，横冲直撞，肆掠攻伐……

〔第十九章〕

翻云覆雨凤囚凰

寝殿内的战事如火如荼，被压在下面的一方想要反攻实在太艰难，随着衣裳一件件被扯掉，凉意一点点爬上脊背，失望与绝望也一寸寸占据心底。

衣不蔽体地被摁在桌面上，腰也快要折断。见我放弃抵抗，何解忧终于不再那么暴虐，让我有了喘气的时机。他压在我身上，黝黑的眼瞳盯着我，如同在看陷阱里的猎物，粗重的呼吸吹得我面上发烫。

喘息片刻，我养精蓄锐。

“怎么，认命了？”他眼里染起暧昧的颜色，手已往不该去的地方伸去，“不打算叫人来护驾？”

“你敢这么犯上作乱，这外面还有我叫得来的人吗？”我忍着难受，尽量忘记腰部的痛楚。

“明白就好。”他继续胡作非为，手法娴熟，“辛苦你一下，这里不比床上舒服，但也别有趣味是不是？”

“你就不嫌弃这身体？”我不做丝毫反应，不迎合不抗拒，木头一样躺着。

他脸色陷入半冷峻状态：“被人夺走的东西，我也可以夺回来。”

“那我可以嫌弃自己的驸马吗？”

他停了手，一动不动地看着我。我在赌，点人死穴后，是同归于尽还是劫后重生。看不出苗头，我便再加一把火：“我会要一个睡了青楼的男人吗？”

他没有怒，反而淡定地反问于我：“如果是简拾遗呢？相府侍妾那么多，他还会是清白身？”

被人反戳死穴，我一时思维僵化。

他低下头，附在我耳边，言辞暧昧蛊惑：“简拾遗也不清白呢，你会怎样？”

太阳穴隐隐涨疼，我咬破下唇，一掌甩到他脸上，清脆如玉瓶乍裂：“你不过是想知道他和你分量几何，我告诉你就是。洛阳花乱迷人眼，我当然喜欢你，喜欢你到任由你妄为，任由你索取，你做什么，我都不过问，也不准别人过问。原本这样就够了，你就该知足了，守着我安安稳稳过日子。可你没有给我这样的机会，你跟从前的那些人又有什么不同？”

“是吗？”他二度挨我巴掌，似乎比较习惯，又回看着我，“这短暂的喜欢抵得上你对他多年的积淀吗？”

“你既已知道，何必问？我爱慕渴慕仰慕了他多少年，不因得不到才这么想爱，却是不知不觉与生俱来骨子里的爱，仿佛那情愫的种子就在那里，不晓得什么时候就生根发芽，那花朵就盛开了，开得那般鲜艳夺目。我只能避开那花容，转移这附骨不绝的依恋。”我望着脸色渐沉的何解忧，兀自笑出声，“我爱他所有，不论其他。”

准备好了遭报应挨巴掌，他的巴掌却迟迟没落下来。

“好。”他闭上眼，许久后才睁开，居然放了我起身，“昨夜我是被小白捆去了醉仙楼，他自己喝醉了，却以为我同他一样。我哪有时间睡青楼，一夜都在撤换你的嫡系御林军。这凤寰宫里，也都不再听命于你。昨夜你错饮相思引，简拾遗到来，我也知道，你却不知道，我就在这门外。”

不似我衣裳凌乱，他随手几下便整理好自己，捡起裙子甩到我身上，再拉开了门，对外面道：“取来没？”

御林军左将军走了来，托起手中一物送上，何解忧接了。

我坐在地上，感到全身冰冷。御林军，我的御林军……

何解忧合上门，走到我身边蹲下，手心一物伸到我面前。

头晕目眩，心如死灰，喉中凝固了半晌才找到自己的声音：“你……做了什么？”

白玉蝉躺在他手指间，夜里散着幽幽的光，那上面定然还有温度。

何解忧起身，对着外面扬声道：“左将军，公主殿下问，今夜发生什么事了。”

“回驸马和殿下——”左将军熟悉的嗓音传来，一句句敲在心口，敲得我窒息，“舞阳郡叛乱，宫里有人意欲夺权，与公主发生争执后，私下召集木统领，欲来对公主逼宫。驸马识破其诡计，命吾等前去镇压，方才已将叛党同谋简拾遗与木可遇一举拿下！”

我攀着凳子爬起，迅速跑到门边，闯了出去：“你们，要反了不成——”

凤寰宫上上下下，却已是左将军部下把守：“请公主早些歇息！”

何解忧来到我身后，给我披上一件外衣：“外面天寒呢。”

我挣脱出去，几步上前抓住左将军的衣襟："本宫诛你九族！为何叛变？说！"

"臣等是为保圣上的江山，殿下，行叛乱之事的是简相……"

"你住口！"我一脚将他踹到地上，怒火难平，扑过去拔他的佩剑，他未防备，竟被我拔了出来。

我一剑在手，四下易主的御林军也都进入戒备状态，准备随时替他们主子护驾。我猛然转身，剑逼何解忧。

他白衣立于跟前，丝毫不惧，面容不起波澜："公主拿剑的样子，也一样美得很，不知公主若杀人，是不是更好看呢？"

"这就是你尚主的目的？"我语声颤了一颤，手却稳当当，"你以为我没杀过人？你以为我没见过宫廷政变？你以为我没见过血流成河？"

一剑向他胸前刺去！

他不退不让，站在我剑前仿佛理所应当，又仿佛这不是一把剑，或者他以为我不会下手？新来的宫人会以为我仁慈，却不知我曾经手染多少鲜血。

夜风凛冽，剑风更甚，吹得彼此发丝凌乱。剑刃割破如雪的衣襟，刺入肌骨。剑力之下，他往后退了一步，眼神复杂莫名地看着我。

凭君莫话封侯事，一将功成万骨枯。

为了江山，我又有什么是不能舍弃的？这个道理，难道他不懂？手上再加一分力，他脸色也渐渐苍白。

夜空里，一只羽箭掼入我右肩，迫得我退步，那一剑没能完全刺入便脱离了控制，剑刃从他肌骨中抽离，带出一串血水。

"驸马——"

"殿下——"

几名御林军扶住何解忧，也来了几名宫人要为我疗伤，我一剑挥得他们散开，剑端扬起刺目的血滴，划过夜空。

方圆十步内，无人敢近前。

何解忧一手捂住伤口，血水渗过了他的指缝，染红了他的衣襟，另一只手却甩到一名持弓御林小卒的脸上。

各自带伤，隔着十几步的距离对望。

肩头的痛楚算得了什么，不过是身上又多一道伤口而已。我倚剑拄地，随手撩开垂落的发丝，嗜血的灵魂被逼出躯体，握剑的手紧了又紧，我真的很想杀人。

兴许是浑身散发的杀意太过浓烈，周遭宫人退了又退，仿佛第一次意识到，面热心善的公主原来是个魔鬼。

御林军护卫在何解忧身前，不给我半分再袭的机会。

强弓易折，时因势易。

我甩下手里的剑，倒拔出肩头的箭，扫视全场："说，你们要什么？"

他们齐齐跪地。

"请殿下还政圣上！"

我冷眼看着："然后呢？"

"请长乐侯摄政，革除变法，更弦易辙！"

我喉咙里溢出一串笑："你们何必呢？直接给我定个擅权祸国之罪，以清君侧之名诛了我，不就还政了吗？长乐侯居头功，摄政不也理所应当？"

何解忧脸上血色褪了一半，步步向我走来："强将在外，我们怎能弑主？监国公主和平还政，于大家都有好处。"

"静悄悄地政变吗？本宫不感兴趣。"

"简拾遗的命，你也不感兴趣？"他走到我面前。

肩头伤口血流不止，此刻更是感觉不到疼痛，因为有利刃直入死穴。稳住身体，我牵动嘴角笑了笑："诛相，你就不怕强将在外？你就不怕白老将军杀入京师，来诛你？"

何解忧微微垂眸："今夜，简相叛国。"

我还是没稳住，闭了眼。

一人将我接住。

再醒来时，依然在这寝殿内，手心里还攥着一枚玉蝉。挪了挪身体，肩头刺痛异常。箭伤已经处理过，药水味直冲鼻端。身体带伤是寻常事，并不怎样难过，可是毕生心血经营的江山旁落，却是无法承受之痛。

"别动。"同样负伤的罪魁祸首拂过帷帐，端了碗药过来，"可是伤口疼？"

我抬眼见他换了身衣袍，虽然气定神闲，动作还是有些滞缓，必是那一剑让他尝到了我的厉害。我冷冷盯一眼药碗，没有喝的意思。他叹口气，缓缓坐到床边，端起药碗自己喝了一口，再停下来看着我。

是保住尊严不吃嗟来之食，还是委身屈尊卧薪尝胆？

也许旁人会以为我有这样进退维谷的两难选择，事实上，我夺过他手里的药碗，捧着咕咚咕咚喝起来，直喝得一碗见底，再暴点脾气摔碗到地。

何解忧脚下避开了四溅的碎片，不怕死地拿着手巾来给我擦嘴，我扬手往他身上奋力一推。

他惨白着脸直退到桌边，衣襟再见血渍。我亦惨白着脸倒回床上，往肩头一抹，一手血。

侍女们进来一看，愣了刹那，忙唤太医。太医们分成两拨，取药取刀取绷带，往两处疗伤。

折腾完后，众人退散，房中再陷入沉寂。

我在床上躺平，擦去额头冷汗，望着床顶："我要见拾遗。"

桌边半晌传来回话："公主还政了，自然能见到。"

我闭上眼："见不到他，看不到他完好无损，你们什么也别想。"

又沉默半晌，回话："未罢相前，他还是宰相，完好得很。"

"我要见他！"

何解忧出了寝殿，一天未再出现。

我绝食了一天，他依然未出现。

我绝食了两天，他还是没出现。

我准备绝食第三天，他端了一碗红豆粥，踹开了殿门。

大理寺天牢。

大理寺卿漆雕白一路跌跌撞撞冲到我面前，眼圈发红："听说殿下中了箭，可有没有事啊？"

我在宫女的扶持或者说是劫持下，顿了顿身形，忍了头晕："无碍，漆雕大人也知道了？"

漆雕白抬袖抹眼睛，语带哽咽："谁不知道呢，殿下受苦了，老臣愧对两位先帝，谁知道这江山就要落入……"

"大人！"我截了他的话头，非常时期行非常事，唯独不能直言心事，"简相可好？"

"啊，对了，简相……"漆雕白收了泪，盯了盯随同我来的前后左右四面八方三十名随从，"驸马吩咐过，不可苛待简相，臣一天探望一回，简相他一直都好。"

"带本宫前去。"我缓缓吐纳，调匀呼吸。

漆雕白竟迟疑了："可那是天牢啊，殿下从小到大都没进过那种地方……"

"难道简相之前进过那种地方？"我音调忽然拔高，吓众人一跳。

漆雕白又红了眼圈，在前边带路。到了天牢入口，他便无权再带我前行。

卿相的牢狱，与寻常罪民集体关押不同，有着分隔开的单独狱间，四面封闭，白天与黑夜无异。再关照，再独特，也是牢狱。不流通的空气透着腐败的味道，虫鼠成群横冲直撞，拦在我面前毫不回避。

随从宫女与侍卫都是娇贵之躯，老鼠不避人，他们避老鼠，倒没人再跟上来。我独自前行，淌过鼠群，不知踩着了多少条尾巴多少条腿儿，吱吱的叫声连着扑腾声回荡在幽暗的狱中。凭借着墙上微弱的火把，踩着一地虫尸走过了甬道。

唯一的一个狱间里亮着一盏油灯，将人影投在斑驳的墙壁上。听见动静，他手里正看的一卷书停在一边，两眼望到黑暗中来。我抬袖拭额头的汗，一起将眼里的泪拭了。

他立即起身，甩了手里的书，走到栅栏锁链的一边，衣衫整洁发丝不乱，视线由下往上看了我一遍。我站在另一边，也将他看一遍。隔着这不远不近的距离，隔着这不长不短的时间，互相看着。

狱卒带着钥匙来开了锁，执行命令一样，口气生硬："半个时辰。"

锁落门开，我弯腰进入狱间，再关门落锁，狱卒守在一边。我拔下一根玉钗甩了出去，冷声道："滚到外边去！"

犹豫了一下，狱卒捡了玉钗揣入怀里，一步步走了。

我回身，看着数日不见的简拾遗，忍了又忍，脚下却不受控制，直奔他跟前去，在他身前一步的距离上站定。他面色依旧那样平静，一手伸出，抱我入怀，气息停在我耳畔："怎么瘦了这么多？"

我在他怀里一顿蹭："想你想的。"

他便又将我抱紧些："他可有对你怎样？"

"他不敢。"

又抱了一阵，简拾遗将我放开，目光仔仔细细地看着我，抬起手划过我脸廓。

我将他的手按住："清瘦些，是不是好看些？"

他看着我："不要再瘦了。"再将我揽入怀里，"我看着会心里不舒服。"

贴在他心口感受着安定人心的跳动声，被他低了头亲了一下到脸上。我装作入定，垂着眼不动。他再缓缓移到唇上，看我有无回应。等的就是现在，我立即追随上去胡搅蛮缠，将他抵在了桌边。

一番深入交战，适可而止。各自面红耳赤，喘息不定。

他视线忽然落在我右肩，竟有血迹洇透衣物，定是方才行为太过激烈。再掩饰也来不及，被他几下解开了衣领，扯到一边。

伤口绷带也染了血，奇怪我竟是没感觉到。

他眼里沉了下去："何解忧？"

"我刺了他一剑，这是他部下还我的一箭。"

简拾遗继续阴沉了脸一阵，不知是否在脑补当时的画面，我想打个岔，推他坐下，再入他怀里，一手勾住他的后颈，做出了一个高难度的风情动作。

“他拿你威胁我，要我还政。我若不还，怕他来硬的，怕他对你不利；我若还了，怕他废新政……”

听者却不知是否在听，目光不晓得是在看我还是在看这个高难度动作。

被注意到了！虽然说打岔成功，但本宫这个模样实在出乎平常，还不太能平常心，该怎么挽救？

他在看我……

我不能让他看到我脸红，凑上去继续大尺度深深浅浅地吻过去，果然让他闭了眼。权宜之计，又把自己给套进去，忘了初衷。直到外面吱吱的鼠叫声传来，才意识到残酷的现实。时辰不多，内不能尽兴，外还有耳目。

简拾遗依旧抱紧我：“若还政，新法的心血全部付诸东流，天下大乱，百姓亦苦。重重，做你该做的事，不要顾念儿女情长。”

我很觉委屈：“可你拿儿女情长诱惑我。”

“我相信你！”他放开我，替我整理衣衫，“记着，你是监国公主！”

我抓住他的手，认真看着他：“拾遗，江山重，你也重！有你，江山才重要；若无你，江山于我何益？”

他手心抚着我的脸，眼里笑了一笑，那一刻，有动容，有喜悦，却终是劝诫：“重重，你生在皇族，肩负社稷，要明白孰轻孰重。两害相权取其轻，两利相权取其重。你又如何忍心舍弃那万千黎民？放手这百年基业？”

我也笑：“人若无心，还能不能活？”

他不说话，看进我的眼睛里。我将他衣角紧紧攥入手心，生怕一放开，就没有我的心了。

半个时辰走到了最后的时光，狱卒的身影已有些不耐烦。简拾遗牵着我到桌边，拿起那本破旧的书随便一翻：“京中兵力空虚，强将全在千里外，我也不知要在这里过多少个日夜，若有书看倒也不烦闷。”说着，他深意地看着我，目中含有暗示，“殿下若得空，可否替我回府，往书房里取几本我搜罗的珍本，拿给我打发时日？对了，书房墙上有幅《耕织图》，是前代名家真迹，早就想送给殿下，你一并取走吧。”

我竖着耳朵听，点头铭记：“还有吗？”

他抬起袖子，一手掠过我额头，整理散发，遮掩我后方的视线，一手在此掩饰下，蘸了杯中水，于案上书了一个浅浅的“诏”字，依旧目光温和，语声无波道：“那夜在大殿里看奏折，御林军左将军要了我的官服去，问问他何时能还我。”

他说一句，我点一下头。

“好了，时辰到了，这里空气不好，你不要待太久。”他握了握我的手，再松开。

狱卒开了锁，打开牢门：“请公主回宫！”

我三度将玉蝉放入他手中，也松了他的衣角，一步步挪到了门口。

“重重——”他唤我。

我迅速回身，定定地看着他。

他站在牢狱里，哪怕四周环境污秽不堪，却分毫不减损一朝之相的气质：“多吃饭。”

出了天牢，恍如隔世。

我立身于光与影的一线之间，竟似踩在了生与死的天平之间，我是衡量的筹码，可我又该如何下注？仰望苍天，天命才是操纵这一切的大手，我如筹码，命却如蜉蝣。一朝权在手，万千生死都决于我手。可这权是多么虚无缥缈的东西，当它来时，你光鲜无比，当它去时，你晦暗无光。

这皇宫里，在我之前，曾有过多少的命运流转，几度成王几度败寇，风起云涌，一朝尘埃落。在我之后，又将有多少命运的轮转，流血与牺牲？

天命之神，抛给人间权柄，而后看凡人追逐，不吝生死。

纵使我看透看破，也依旧不能拒绝这场名利之争。不争，便将两手空空，一无所有，我爱的，我护的，便将沦为权柄的牺牲物；争了，也许天翻地覆，也许万劫不复。

人生，本就是一场豪赌。

“殿下，请回宫！”见我半晌没动静，侍从催促再三。

什么殿下，明明是阶下囚。我踏步，以自身做注，走向天平另一端。

公主府里都是旧人，我是回不去了，如今同驸马共居凤寰宫。朝议早就罢了，朝官直接面见驸马，奏章由驸马代为公主批阅。而这时候，小白将军应该还在赶往舞阳郡的路上，也许不到舞阳郡，便将与叛军相遇。

我回凤寰宫时，朝官们刚退出来，与我狭路相遇。

公卿之列，少了不过十来人。据说几人托病告假，几人直接入狱，并没有大清洗，多数人还是乖乖等待着权柄交接、和平过渡，又或者他们其实早就盼着这一天。

众人垂首退到一边，我从他们中间走过去，身后窃窃私语声，并没有多少避讳——

“公主竟是从外面回来。”

“长乐侯宠爱公主可见一斑啊！”

“这样下去只怕不妥呀！”

我直接回寝殿更衣。不叫宫女，不叫太医，自己解开了绷带，伤口还在渗着血。正要拿止血药膏，一只手伸过来，取了药膏，另一只手固定我肩头，轻轻将药膏涂抹在伤口，拿棉布吸取渗出来的血水，再用绷带缠了几遍，打了结，剪刀剪断。

完成后，何解忧直起身：“热水备着，去洗个澡，去去一身牢房味。”

我把衣裳穿好，走开去倒茶喝：“这味很正，我喜欢。”

僵持片刻，他道：“今夜我在这边睡，你是要熏死我？”

我面向他，指了指自己的伤口：“你不会是想跟我洞房吧？”

“驸马跟公主洞房，有什么不对？”

驸马留下这句绝响后，飘然去处理政事了。我赶走了所有侍女，关好门窗，滚回床上裹好被子，抢先把瞌睡都睡掉，以便晚上进入持久备战状态。

一边琢磨着狱里简拾遗说的那番话，一边思索如今的形势如何逆转，还没琢磨透彻，我竟已睡过去了。朝政动荡，无论如何也睡不踏实，浅睡了一段时光，我翻了个身，扯动伤口痛醒了。眼睛将睁未睁时，准备转回去继续睡，有个模糊的人影好似在床头，彻底吓醒了我。

我睁眼一看，竟有人跪在床边，哀切地望着我。我眼神好一阵聚焦，这人影才慢慢汇成形。想必我此刻眼神和表情都十足呆滞，才导致她一阵惊恐，蓦然扑过来，趴到我床沿，怯怯地喊一声：“姑姑。”

我将脑子里残存的梦境清理干净，这才彻底看清她：“姜儿？”

“姑姑，你还认得我？”她惊喜交加，两手抓住被子，好似心情激动又忐忑，“驸马对外说您突染恶疾，深宫静养，无法处理政务。我、我以为姑姑遭此巨变，心智丧失，会认不得我呢。”

“老年痴呆吗？那还早些年头，你暂且放心。”我挪了挪肩，以免压迫伤口，转头看了看关闭严实的门窗，“你是怎么进来的？”

洛姜回首一指：“从大门进来的，又没有落锁，门闩都没有推过去。”说罢，她以一种看老年痴呆的神情看着我。

我压了压枕头，略过此话题：“如今情势你也知道，若有什么问题，直接去求那位你举荐来的驸马比求我有力十倍。”

“姑姑！”洛姜移动膝盖，挪近几寸，巴巴望着我，“何解忧自荐驸马原来怀有不可告人的目的，其实我是不知道的，您相信我！虽然是由我举荐，但纯粹是因为当时他自荐。而且他在庐州做刺史时确实有贤名，廉洁清政，爱民如子，声誉很高，也不乱搞男女关系，虽然是大众偶像，却没有过一段绯闻，跟姑姑是天壤之别。当时我都觉得他做驸马实在是屈才了，他配姑姑绰绰有余……”

从前简拾遗批阅洛姜的文章，有一句话很是有见地，便是：离题万里若等闲。此刻我深有感悟。

我调整了个姿势，做深呼吸，试图接上方才的瞌睡。

褒扬了何解忧贬损了本宫之后，洛姜扯回九霄青天外的思维，意识到原本的立场乃控诉何解忧心怀不轨，不意竟走岔了路：“姑姑，你莫要误会，姜儿的心是向着您的！何解忧一介外臣，妄想离间我们百里氏，他是不会得逞的！”

眼看是睡不下去了，我叹口气：“要不是他放你通行，你今日进得来吗？要不是囚禁了我，你出得来公主府吗？你那几个月的禁闭期满了？他得势，你继续做你的长公主，不会有丝毫损伤。”

洛姜欲说还休，再不说我便要睡去，只好一咬牙道：“可是姓何的也囚禁了简相，还不准我去探望，陵儿也不理我，我、我只有来求姑姑……”

终于点题了。我欣慰地看着她：“我准你去，你便能去了吗？”

“听说姑姑刚去探望过简相，既然姑姑可以去，那姑姑替我跟何解忧说一说，让我也去一次，就一次！”

我闭目入定。

洛姜小幅度地摇了摇我的手臂，不太敢大摇：“姑姑，从前是姜儿错了。上次姑姑被易容，姜儿被人误导才以为姑姑是外人所扮。都是那个迦南怂恿陵儿对姑姑不敬，我也只是想让简相卸任，这样才、才可以尚主。是他们利用了我，最后又骗了我。上一次和这一次，我终于发现，以我之力，根本就保不了简相。每一次风浪，他都是站在最前面，我不想他这样，却无力助他。呜……我好没用……救不了心爱的男人……”

受不了这般凄风惨雨，我抬高音调：“哭什么哭！我百里氏的公主除了闹事就是哭，你长进不长进？”

洛姜哽咽得一抽一抽的：“父皇去得早，我没人教养……”

提到皇兄，我只好稍稍熄了火：“堂堂长公主，哭哭啼啼，成什么样子，男人最受不得这样。”

洛姜马上抹了泪，信誓旦旦：“见了简相，我一定不哭！”

我撑着起了身，洛姜乖乖地给我垫靠背，我看她这番乖巧伶俐梨花带雨，便想着皇兄去时的托孤叮嘱，心中不忍也无奈："天牢里耗子多，你几时见过那个。"

"耗子……"洛姜又红了眼圈，不敢哭出来，"我不怕！"

我笑了笑："为着简相，你什么都不怕？"

洛姜点头，又暗瞟我一眼："姑姑不会还惦记着简相吧？"

我将她看了一圈，青春年少，芙蓉如面柳如眉，虽然傻帽一些，但也不失天真烂漫。我收了视线："把自己收拾妥当，明日去看他吧。你是长公主，命那些守卫先去清道，牢里路面狭窄不好走。天气寒冷了，你顺便送些衣物被褥过去，带些点心果物，叫狱卒供应清茶一日五次……"絮絮叨叨说了一堆，越说心中越空，见洛姜眼中透着异样，只好打住，想了想，还是忍不住，"以后局势怎样，谁也说不准。不管发生什么事，你要保他平安。"

"我会的，姑姑！"

"遇事要知变通。"我斜倚着床头，眼里虚了半晌，再聚焦到她身上，"陵儿性情乖逆，必要的时候，你得用些非常手段，保他平安，懂吗？"

洛姜茫然摇头："不懂。陵儿是皇帝，还要我用非常手段……"

"唉！"我揉着头，不可再细说，"迦南最近在做什么？还跟陵儿亲近吗？"

"迦南被驸马隔离得远着呢，现在到陵儿跟前走动的是驸马。有一次听他们说，姑姑不久将和平还政，那时简相就可以出天牢了，是真的吗？"

"嗯。"我撤了靠枕躺回去，"还不回去准备一下明日去天牢？"

"好的，好的，姑姑你休息，我走了！"洛姜阳光明媚地撤了出去。

夜晚宫里华灯初上，晚膳在我要求下准备得极为丰盛，宫人们得知驸马被邀请赴宴，都无比欣慰。公主同驸马婚后吃的第一顿团圆饭终于姗姗来了。

在宫女们的恳求下，我同意她们替我上了些淡妆。三哥曾说我不适合浓妆，会坏了天然形态，只适合淡抹，介于璞玉与雕饰之间，恰到好处勾勒到男人心间。今夜，我且试一回。

宫裙送上来，一件比一件通透，我捏了半晌这堆蚊帐一般薄的衣裙，摔回妆台："给本宫拿些人穿的来！"

试了十来回，终于穿上了一件不那么通透的粉色宫裙，往镜中一看，衣领拉得快到腰了，敞得太宽了些，露得太多了些，我给稍稍往上拉了些。

晚宴设在寝殿。我坐到饭桌边，等了又等，果然太给人面子自己就没面子。宫女们无声地看着我，神情无一不在感慨落毛凤凰不如鸡。可是吧，凤凰落架，那也得先填饱肚子。于是，本宫我拿起大碗，倒了一碗清水，捧着喝。

撑着头，一边灌水一边养神，不留神就把头搁在桌上睡过去了。非常时期解决温饱有两个方案，一是灌水，二是睡觉。

睡梦中，一只温热的手掌覆到我面上，太过有质感，我醒了过来。

何解忧站在桌边，一只手果然是贴在我脸上。我稍稍别过脸，他收了手，揽衣坐到我身边，面色宁和："饿了没？"

"不饿。"话出口，发现语气太冷淡，为缓解，勉强笑了一笑，语声转柔，"驸马饿了没？"

他一时没适应，愣了一下："啊，饿了。"

贤妻附体，我提起筷子夹了一块红烧肉到他碗里，神态柔和，笑容温婉："那就多吃。"

他看了看我，再看了看红烧肉，神情一时间变得复杂又微妙，提了筷子便吃起来。看着他吃东西，恍惚又回到那日七夕街头，馄饨摊前。

"洛姜想去探望拾……探望简相……"我一边看他形容一边琢磨措辞。

"嗯，去吧。"何解忧吃得眼睛也不抬。

如此干脆，我深感意外，忙又给他夹了一筷子的菜："我想回公主府。"

"太远了。"依旧简短干脆，回绝得不留余地。

倒也不意外。

他吃到一半，举筷子给我挑了些肉："得空了，我陪你回去。"

我埋头吃肉，不言不语。

见我过分安静，他抬了视线，从旁看过来："还有吗？"

我放下咬到一半的肉，回看他："一会儿床上说。"

"咣当"数声，旁边侍立的几名小宫女受不得如此刺激，手里的托盘落了地。

"公主、驸马恕罪！"小宫女们瑟瑟跪地。

我挥挥手："没事，你们下去吧。"

宫女们陆续逃走。何解忧还在维持那个打量我的视线："你刚说什么？"

我厚着三尺脸皮，脉脉注视："夫君今夜不是要在此留宿吗？"

他抖了一抖，筷子没拿住，忽而郑重瞧着我："太逆天的事，床上也未必能解决。"

我灌下一杯酒，"啪"地搁下筷子："他娘的！你要睡，老娘能让你白睡？"

何解忧嘴角一笑："也是。"

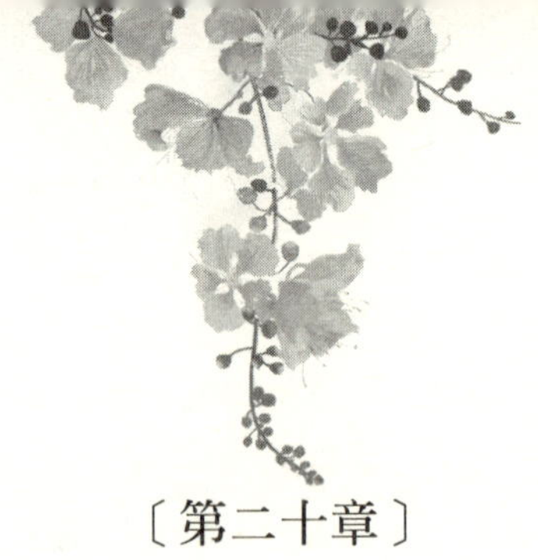

〔第二十章〕

半壁江山一纸书

晚膳后，沐浴毕，华灯撤，香帐上。

何解忧闲闲地坐在床沿，半闭眼眸，睫毛覆下一层暗影，光泽润滑的面部肌肤在寝殿内柔和宫灯的映照下越发如玉，鼻梁挺拔，嘴唇仿佛染了胭脂，红得醒目。

帷帐飘浮在四周，暗香隐隐。一朵娇艳的洛阳花此际正在夜里盛开。人，自然是年少俊美，风流无双；夜，自然是寂静安宁，幽晦半明。

三尺外，我背贴帷帐站着，脚下千斤重，挪不开去。从前藏娇阁并非没有胡闹过，然而此一时，彼一时，以身荐枕，所求不过是一场各自心知肚明的交易。

僵持了太久，何解忧缓缓睁开眼，作势要走：“为难就算了。”

“不难，不难。”我甩开帷帐，大步上前按住他，半只膝盖跪压在他身边的床沿上，替他解散了束发，整理在肩头，按着步骤认真执行，接着弯身去腰带，解开衣襟，沐浴后的清新气息顿时弥漫。

他好整以暇地享受着我的伺候，同时配合地抬手脱去外袍，宽掉中衣，毫不掩饰的目光一直在我脸上打转，忽而抬手摸一下我的脸颊：“很热吗？”

我抬起火热的面孔，呼吸都发烫，给一个男人宽衣解带，老子能淡定吗？便说：“还好。”

给他一层层剥皮，终于快剥光了，薄衫单衣，依旧坐在我面前。我腿发酸，手发软，还有点儿颤。他一声笑，将半跪着的我拉到身上，三两下除了我的腰带，我捂着衣襟跳了开去。

他也不阻止，身着单衣往床上一躺，头枕夫妻鸳鸯枕，黑发散了半枕，一副欢迎来睡的形容。权衡再三，我蹭上去，慢吞吞解了衣裳，保留一件单衣，褪了鞋，爬去床上半尺距离外。

再三观察，他闭着眼，睡相纯良，我这才爬近一分。听他呼吸很是淡定，我再靠近几分。经一盏茶时光的腾挪，我凑上了枕头。瞧他的模样，应是不打算主动，全要我执行。

不过是场交易，不过是睡一夜，又有什么要紧。有些事情不去想，一闭眼一睁眼也就过去了。躺在他身边，却半分松弛不下来，汗透衣背。又过得一阵，什么也没有发生，我的汗水渐干，防备渐渐松懈。

这时，仿佛已入眠的何解忧忽然一个侧翻身，半压住我，左手轻覆我右臂，一寸寸上移，直到箭伤处，附耳低声问："是不是恨我恨得要死？"

我忙应声："没有。"

"说谎。"他右手在我腰间一搂，双唇继续在我耳边流连，"再给你一把剑，你也一样会毫不犹豫地将我刺穿。重重贵为公主，怎会甘愿对我委曲求全？怎会甘愿自荐枕席？怎会甘愿我夺你天下？可是重重也会骗人，你骗自己也骗我，还骗天下人以为你有多喜欢我这个自荐的驸马，害我险些当真。"

我推了推他，没推动，喘口气："你到底要什么？要睡赶紧。"

他按着我手心，手指相交，仍旧耳语："重重百般姿态，可治国，可嬉闹，可求全，可杀戮，千娇百媚不失铁血手腕，妖娆魅惑不缺杀伐果决，若为男子，你必是风流帝王，可生为女子，你如何在权柄旋涡中求得万全？"

"驸马是在为我算卦？"

"岂敢。"他低沉至极的嗓音透入耳膜，"在庐州时，我就想见一见传说中的大长公主，看看她究竟是怎样的荒诞不经，是否如传说中那般容颜难描，乃至民间众说纷纭。"

"敢于自荐驸马的小小庐州刺史，不仅仅是出于这个好奇吧？"

他低低一笑，气息洒在耳郭："你可不要小看这个好奇，没有这般好奇，我也不会趁你大好年华来做这水深火热的驸马。"

"事实上，你是不认同我的新法，便想靠个人之力改天换地。"

默了许久，他缓缓抬头，视线移到我上方，再转了身，从我身上移开，平躺下："我知你新政有理，可我多年在地方，也深知新政扰民良多，说到底，不过是立场不同。你身为执政，自然从充实国库方面考虑，可你是否想过，国库收益从何而来？强征暴敛，搜刮民财，这便是百官的作为。自古王朝，兴，百姓苦；亡，百姓苦。你收得三分利，一分新政，两分百姓血汗。"

我叹口气："如你所说，立场不同，在其位，谋其政。不过，除此以外，你就没有为你们陇西卢氏一族覆灭而复仇于我百里氏？"

良久，旁侧传来一阵笑声："百里重姒，果然是我小看了你！"

"不不不！不是我，是你小看了你的恩师！"我捏着被角，仰看头顶，"明明那个时候他早就暗示过你。简拾遗怀疑是你放走东鲁叛军之一时，就命人查访过你洛阳何家，何氏家谱经过你恩师之眼，你还指望你那假造的何家幼公子的身份不被揭穿？你本陇西卢家遗孤，我父皇早年诛卢氏满族时，何家与卢家有旧，冒死收养了你们母子。当年那场屠戮，也是皇位之争，你父亲以全族性命押注于我叔父，最终我父皇赢得君位。果然是报应不爽，如今卢家遗腹子尽得百里氏的江山，可真是天意弄人。"

何解忧侧起身子凝望我："说这些，就是要逼我诛你灭口吗？杀了你，引得白将军讨伐我，还是杀了你，留简拾遗活命，平衡政局？你是料定我不会杀他，才这么迫切求死？"

"那你是杀我还是不杀我呢？"我也转头看着他。

他深眸锁住我视线："你的赌注可真不小！既然知道这些过往，你怎么还敢召我为婿？"

我半撑起身："你从万千人中走到我面前，我是不会问出身的。你的家世，于我而言，不过是可有可无的一抹背景。前代的恩怨，如果要后代偿还，总得有人承担，总得有人了结。"顿了顿，我再道，"当然，你风华无双，我也不大能抗拒。招你为驸马，封你为长乐侯，分你半壁江山，是不是也算得上是对你卢家的一种补偿？难道你非得灭了我百里氏才解恨？不过话说回来，就算你灭得了我，也未必灭得了我皇族。"看了看时辰不早，我问，"哎，你还睡不睡？"

他哼一声，掀了被子要走人。我连忙拉住："你这是要赖账？"

被他挣脱了，一身单衣披着头发站于地上。兴许是动作幅度太大，牵动了伤口，他身形滞了，少顷才言："睡过了。要什么？"

"明日我想去相府。"

他反手抛了一样东西到床上，抬步便往外走："随你！"

我捡起床上的物事，竟是在天牢里买通狱卒的一只玉钗。

这场豪赌，一注注地下，一盘盘地收，我还真是有点上瘾。驸马啊驸马，我们彼此的试探与博弈，看来不到最后，是看不出胜负了。

一夜无事，不过翌日一早，宫中盛传驸马与公主床第不和，分居独睡。得知公主失宠，各大臣费尽心机进献美人到驸马床头，驸马照单全收。

既然失宠了，我便低调一些，低调地出了宫，去了相府。当然，依旧有护卫跟随。

相府名存实亡，奴仆散尽，只有一个管家还守着这冷清的庭院。今非昔比，人生荣华也就如此，盛衰都是命数。相府管家意外见我到来，忙询问简相安危。我安抚老人家一番，表示自己来是替简相取些东西。老管家抹了泪，带我去书房。

护卫都留在书房外，我独自入内。果然见书橱书册顺序颠倒，被人挪动过。简拾遗让我替他拿几本珍本解闷，我便随手顺了几本。放眼书房墙壁，名画若干，皆是山水，唯有一幅山水掩盖下的男耕女织图，用墨点染都是神韵，山水情景与耕织情趣相得益彰。他送这幅画给我做什么？

搬了椅子踩上去取《耕织图》，小心翼翼取了下来，拿帕子揩拭灰尘，再仔仔细细从上到下，从左到右摸过去，反复数次，终于让我摸出点异样。《耕织图》的部分比山水部分要厚少许，区别十分细微，不反复感知难以察觉。比对之下，可发现，这两个区域纸张用料没有差异，完全是一张画纸。那么只有一个可能，《耕织图》内有夹层。

我卷起画纸，绑上丝线，再搬椅子到每一幅名画下，将书房内的画一一取下，全部卷好。最后，抱了一捆画与几本书，出门。

一开房门，数名护卫站成一排肉墙，将我拦个严实。没几个回合，我怀里的东西尽数被抢了去，连个封皮也不留。

好嘛，这就是大大方方让我来相府，给别人作嫁衣裳。

我直闯内宫，找何解忧理论，无视议事的大臣们，直接抱了花瓶瓷器砸了个满厅。众臣吓呆了。何解忧很淡定，拂去衣袖上的瓷器碎片："纳小这事，公主若不乐意，也可以好好商量的嘛。"

众臣恍然，那些送美人的忙不迭借故退场，余下众人为避免殃及池鱼，也各自家中有事此时蓦然记起纷纷遁了。

我将手里举了半晌的名贵瓷器不偏不倚砸到何解忧椅子边："不还我东西，我们就和离！"

他合上手中奏章："午饭要不要一起吃个？"

比淡定，我自然比不了何解忧，便极尽所能地撒泼了一阵。满宫的人都找地方躲了，何解忧身在暴风雨的中心，对和离的话题不接茬。我闹得累了，暂时偃旗息鼓，摔门而出。

回寝宫的路上，身后成群的侍女护卫跟随，我已然习惯了。太液池在望时，身后一名职位较高的青衣太监忽然跑到我前头，诚惶诚恐道：“驸马都是为公主好，公主切勿再生驸马的气，还是早些回寝宫等驸马一同用膳吧！”

我愣了愣，心道，太监几时管这么多闲事，再说我不就是准备回寝宫吗？忽见这青衣太监大袖下，手指指往太液池方向。因他在我身前，我便成了替他遮挡身后众人视线的天然屏障。

“本宫气得吃不下，要去荷花池边消消气，谁再跟来，本宫便绝食一天！”我拂袖便往太液池去。

青衣太监又劝得几句，见我去势不可挡，只好无可奈何地吩咐众人原地待命。我绝食两天，驸马便任由我天牢探监，想必他们也不敢再惹得我绝食一天，招驸马怪罪。

今已入秋，太液池上荷花凋残，一派肃杀，实在没甚风景可言。到底有何等奇观要叫我来看？

这池边距离侍从们几十丈远，若是打算趁机将我神不知鬼不觉地解决掉，倒也不失为一个良策。我望着池水，唯一的忧虑是水太凉。池风吹着衣摆，都能感到阵阵寒意。这大明宫的寒气，原来已是这样重了。

水面倒影忽然多出一个人来，似乎是从旁侧丛丛荷叶中现身出来。

我手腕一翻，袖口一收，掌心握着的利簪迅速指向他面部。

“……”来人停步，没再靠前，笑意更浓，“公主防范甚紧呀，再近半寸，我这容颜可就不保了。”

这天籁之音，稀世之貌，正是向来如鬼魅的迦南。

我收了发簪，诧异：“你找我？”

妖人迦南折了半支枯荷在手，叹息：“公主一点儿也不想我？就算不想我，也该念着我那份厚礼的情意吧。”

我将前因后果想了想，愤怒地拿发簪向他戳去：“厚礼的情意？那酒果然是你送的！你竟敢如此捉弄本宫！”

他两指截住发簪，脸上一副幕后黑手的满足感：“公主哪点儿不满意？你那夫婿不好吗？”

“闭嘴！”收不回发簪，动不了手，我只好动口，“你个无耻妖人，存的什么心思，叫本宫喝那种药！万一当时在本宫跟前的是别人呢？你是想看本宫名誉扫地，还是想看笑话？”

迦南笑意盎然地听完，道：“命中注定的事，哪有那么多万一。当一个人心思集中在另一个人身上时，冥冥中便会将他送到你面前。对你如是，对他亦如是。发生了的事，自有其发生的必然因果。这世间，没有偶然。”

这似妖似佛的家伙说出来的话，不是极度无耻就是极有禅意，叫人摸不透，可又让人不由自主去相信。这么说来，那件事情不能以单纯的对错衡量，不能以该或不该来判断。

于是不知不觉间，我对迦南的敌意有所缓解：“那你要什么？”

迦南凝聚起眼里的光芒：“要你的合作。”

“怎样合作？”

迦南两眼一眯：“先帝遗诏。”

我眨眨眼，表示不解：“遗诏？那不是在我皇兄殡天时就公布了吗？由他儿子登基，本宫监国，简相辅政，还要什么遗诏？”

迦南凑近笑了笑，压低嗓音道：“还有一道密诏，在简拾遗手里，也许你都没有见过。”

“本宫都没见过的东西，你怎知会有？”

迦南表情莫测，审视我半晌：“据说宰相不得尚主，这个遗命是从哪里透露的？你之前不也是不知吗？你不知，简拾遗却知，而且是在你做了监国公主后，他才对你若即若离，是也不是？你以为他是碍着你监国的身份才疏远你，却不知他是受了遗诏不得不绝去念想。然而，念想能绝情念难绝，他才跟你斩不断理还乱。”

我听得怔怔的。

迦南继续道：“另外，先帝曾派人到民间查访你另外几个皇兄的后嗣，并没有赶尽杀绝。”

“你、你想说什么？”我警惕起来。

“听说你探望过简相，接着便去了相府，取回些东西，再接着又被驸马给夺走。”迦南笑得诡异，“究竟什么东西，让你们夺来抢去？”

“不过几幅字画、几卷旧书，你想说遗诏在这些东西里？”我蹙起眉头，愤愤道，“可是现在都到了何解忧手里，你该去找他！”

迦南一点儿也不着急，对我痛悔的表情视而不见：“是吗？这么堂而皇之？看来公主还是不信任我。”

我忽然奇怪道：“你素来是辅佐圣上的，何解忧也是辅佐圣上，为什么你们俩不合作，居然来找我这个一无所有的阶下囚？”

“监国印不是在你手里吗？”

“那还不是驸马说拿走就拿走的东西。”

“那他怎么没拿呢？何解忧名不正，言不顺，凭什么监国？他让你还政，再废你新法，说起来容易，做起来还得有个十足分量的名头吧？何况，白氏一族领有百万雄师在外，他用什么来让白老将军折服？”

我盯住他：“何解忧要废新政，你呢？你的终极目的是什么？”联系他今日所言，我再一联想，不由得大惊失色，“你、你莫非是我失散多年的亲侄儿？”

猜测一出，顿觉雷霆高悬。

迦南淡淡看着我，唇边漾了一漾：“姑姑为何如此表情？”

我即将晕过去。

他再不屑地接了一句：“你做我侄女都嫌小，我这把年纪能是你侄儿？”

我才又活过来，抚着心口长舒口气：“请问贵庚？”这妖孽怎么看怎么嫩，口气倒是不小，莫非修习媚术还能驻颜？

妖孽不接话茬：“该说的都说了，如何押注就看公主的了。”

太液池畔，各自散了，如同什么也不曾出现过。

当夜晚饭过后，我在灯下闭目冥想。皇族谱系、皇储之争、先皇遗诏、地方叛乱、简拾遗、何解忧、迦南、洛陵……

前几次相府出现的刺客，只怕也跟迦南脱不了干系。他到底什么目的？会不会是跟何解忧争夺圣上的辅佐权？

遗诏究竟会是什么内容？除了宰相不得尚主外，还有什么不可告人的秘密？会对谁不利？

……

忽然，一只温热的手掌轻轻按到我肩头，利索地为我披上一件外衣，然后自己便在旁边凳子上坐了。

思绪被打断了，我不予理睬，接着冥想。

再忽然，一个温软的物事触到了嘴上，辗转少许。我两眼一睁，见近处放大的俊美面孔。我当即后撤，却被他连着外衣抱在怀里。一番无理取闹无耻纠缠，嘴里满是他的气息。我愤怒至极，一袖拂落桌上茶杯：“明着不睡玩暗袭，你有完没完？”

何解忧整理衣襟，调整呼吸：“烛火朦胧戏公主，不是别有味道？”

“那么些美人还不够你戏的？”我甩下他的外衣到地上。

“原来重重生这个气呢。”他托腮望着我。

“我只盼驸马同美人夜夜春宵，我耳边清净，也能多活几年。”

他继续托腮，目光转向我旁侧的虚空中，许久淡淡笑了一下，眼里烛光如流萤：“原来我竟这般招人厌恶。”

我没表情地看他一眼："红袖招爱慕你的姑娘多得是，如今你身价百倍，再去定能惹得花魁为你争缠头。"

"重重不要这么毒舌。"他转了视线看我，"若我放了简拾遗，你能从此不跟他见面吗？"

我打点精神："放他的理由？"

"圣上亲政，大赦天下。你若能答应我，我便可赦免他。"何解忧从袖中取出一卷黄绢，"这是你白日从相府取回的，藏于书画夹层。简拾遗用心良苦，可惜并不如何高明。"

我抢过黄绢，展开，果然是皇兄笔迹，皇帝印玺。

"朕百年后，若帝姑无道，可还政吾儿，另选贤者佐之。宰相为政，不得尚主。钦此。"

果然是坑妹的皇兄亲笔，货真价实的遗诏。

有道无道，还不是当权者说了算？这处的用词可真够微妙，难怪简拾遗藏得那么紧，几拨刺客都没找着。

何解忧从我手中收回诏书，怕我承受不住，又安抚地拍了拍我的手背："监国易老，重重还是做个享清福的公主为好，是不是？"

我木然："那拾遗呢？"

"让他做个山中宰相，离开长安，纵情山水，如他收藏的书画中一般如愿，美好吗？"

我望着何解忧："美好。"

"监国公主还政，圣上亲政的大典就定在五日后。"何解忧若无其事地抚过我的脸，"还需重重配合一二，拟份诏书，出席大典并宣读，我就让简拾遗来见你最后一面。"

烛火中，我们互相看着，就仿佛谁也不认识谁一样。

寝殿外脚步声响起，有人膝盖跪地："启禀长乐侯与公主，前线八百里加急送呈！"

"进来！"我与何解忧同声。

二人互相看一眼，我出示一个抱歉的神情，预备做一个颐养天年的公主，不再问政事。

呈信进入寝殿内的，是何解忧亲随御林军左将军。左将军入殿再行一礼后，直接将战报呈给何解忧，半眼未看我。那作甚要启禀我？害我硬生生管住自己的视线不往信上看去。这么些年，第一军情必是我先阅，看不到还真是寂寞。

何解忧看完信件，手里捏着那薄薄的一张纸，对我道："一个好消息，一个坏消息。"

我"嗯"了一声，一点儿也不好奇。

见我如此淡泊，他便很乐意地同我分享这奇葩的好消息与坏消息："曜军行至伏牛山，确如简拾遗所料，叛军早已埋伏于此。白将军骁勇善战，指挥得当，曜军八万人很快冲破三万叛军的伏击圈，反击叛军势如破竹，大胜。"

我捏着的拳松了大半："拾遗没看错人，小白果然不同凡响！"

"不同凡响的小白将军旗开得胜，一面命边疆派来的援军追击叛军残余力量，一面亲率了几个随从登上伏牛山顶，寻找大石，效法古时名将，刻石记功，却不慎从峭壁上掉落，为叛军余孽所擒。"

"……"我瞪着何解忧手里的信件，张口欲言，"……"

他接着道："叛军以小白将军性命相要挟，责曜军八万人全部撤退。我军目前已退守武关，是退是进，需公主定夺。"

本宫这辈子都没听说过这般奇葩的军情。

我缓了缓神："驸马以为呢？"这叛军若说跟何解忧没关系，我却是不信的。

何解忧道："得胜不易，须乘胜追击，轻骑营救小白将军。"

我看了他几眼，道："性命攸关，小白若有个三长两短，我如何跟白老将军交代？箭矢无眼，不可轻易冒险。再退三十里，我亲书信函一封，承诺还政，废新法，免赋税徭役三年，驸马满意否？"

何解忧笑得温柔，将战报交于我手，起身亲自研墨。我坐于桌前，接过他蘸饱墨的玉笔，书到宫廷信笺上，最后拿起监国印玺舔了红泥，稳稳盖到白笺上。

见我一气呵成，不带丝毫犹豫，何解忧眼神复杂地看着我："初恋的地位竟如此重要？"

我咬了下笔杆："那可不？"

"要不趁着现在文采好，灵感足，把五日后还政大典要宣的诏书一起写了？"

我搁笔回笔架山："论文采，本宫如何及得上太傅，还政大典的诏书不同寻常，须文采斐然骈俪结合方显体面。当今能写一手古体典雅诏书的，除却简拾遗，不作第二人想。"

何解忧冷笑一声："好，就给你机会，明日再见他一面。"

"今晚！"

"……好。"

"天气寒，我要带些衣物。"

“随你。”

我欢快地跳下凳子，到一旁默默守卫的左将军面前，伸出手：“左将军可记得要还简相一样东西？”

他愣了片刻，恍然记起：“哦，公主是说简相的官服？”

“还政大典上，简相必须出席，他终是宰相，不穿正二品的官服吗？”我叹息着补了一句，“他就一套官服，你们不知道吗？”

何解忧都看不下去了：“还他！”

左将军得令，立即去取官服了。

我转头望着门外夜色，成败只在此一举！

二度入天牢，狱卒再不敢怠慢，率先清理了过道，点燃了壁灯。我带了一篮子衣物用品下到天牢内，果然洁净了不少。监牢内重新进行了布置，有点法外开恩优待犯人的感觉。我已明确表示配合长乐侯还政，这点优厚待遇也是应该的。

似乎是得到我要探望的消息，简拾遗已沐浴更衣等着我了。狱卒开锁放我进去后，再落锁，主动退避开去。我也不等狱卒走出多远，径直扑向了等候我的人。

简拾遗一手迎我入怀，一手接了篮子甩到一旁。我将他紧紧一抱，脑袋在他心口蹭了一蹭：“好香。”

“今天都这么晚了还过来，明日再来也不迟。”虽是这般说，他却将我抱得紧。

“也是，那我明天再来。”我作势要回。

还没踏出一步，被他拉回去：“重重！”

我等了一阵，再等不来更多的话，不由得愤然：“然后呢？然后你就不说点儿什么？譬如一日不见，如隔三秋什么的？”

简拾遗一本正经地看着我：“非要说出来吗？我不说就不是吗？”

“你说出来，我听着就高兴，你不说，我就认为你三秋不见我也没事。”我厚着脸皮讨甜言蜜语，这事不讨不行。

他沉吟片刻，有点陷入回忆里：“三秋嘛，十五秋都不在话下……”

我惊愕地看他一看：“简拾遗，你给我记着！你二十年都不要再见我！”

听我语气不对，他立即清醒过来：“我不是那个意思，重重，从前我有耐心可以等，可如今我是一春半秋都不想等！”

我坐到桌前，翻乱他的书，再摔到地上：“骗人的话！你简相是多有耐心的人，我一个弱女子哪里耗得过你。”甩手再将他一只笔筒砸到墙上，四分五裂。

简拾遗看了看地上的狼藉，没敢捡起来，特意绕过去，来到我身边，将我从椅子上抱了起来，往焕然一新的床榻上去。我以为他开窍了，要用行动证明自己没有耐心再等。被他抱着放到床上，我强撑着厚脸皮配合。

安顿好我后，他再回到桌边收拾残局，颇为心疼地捡起地上的一册册书和毫笔……

原来是先清除祸害，拉起防线隔离，再收拾战场。

我败了。

时间也不早了，我跳下床，把篮子提到床边，将物品一样样取出来。要换的衣物叠好搁到床尾，要用的熏香放入香炉置到床头，要看的书也包在锦缎里塞到枕下……

简拾遗在一边看着我布置："不生气了吗？"

"账留着以后再算。"我摸出几个贡橘丢到床上，再摸出几串枇杷、龙眼、木瓜、石竹、柿子……看得他眼花缭乱："这些东西你留着吃就是了。官服带来了没？"

最后，我从篮子最底下取出他的官袍，递给他，顺便控诉何解忧的强盗行径："你叫我去取画，却全叫你学生抢去了，那幅《耕织图》也让他给毁了。"

"画里的遗诏也让他拿走了吧？"简拾遗拉我坐到床边，官服入手后甩到了一边。

"是啊，所以现在可以名正言顺逼我还政了。"我认真看着他，小声问，"那份遗诏一定是伪造的吧？"

简拾遗剥了贡橘，送了一瓣到我嘴里："先帝的笔迹，你还认不出吗？"

我含着橘瓣，微惊："这一定是个比较高明的伪造手段吧，跟先帝的笔迹一模一样。"

简拾遗垂着眼继续剥橘子："一模一样，那便是真迹。伪造的话，明眼人便看得出来。这是当年先帝亲笔书写的诏书，命我藏好，不到万不得已不得拿出来。"

我掉下床，摔了个结实。

被重新抱回床上后，我依然不敢相信皇兄会下这种诏书，顿感人生凄凉。简拾遗灭了桌上灯，回到床上，扶我躺下，自己也跟着躺过来。

我本心如枯槁，此际顿时便爬了起来，幽幽地将他一望。没想到几日不见，他竟豪爽如斯，也不分时间场合的吗？监牢内幽暗，外面过道处的火把余光还可照见一些光景。简拾遗转过头也望着我，各自目光试探揣测。半晌，他将我拉回枕上，按住。

我挣扎了一下，脸上发烧：“这个时候吗？外面还有人呢……”

他低头将我看了几眼，抬手拔了我一根发钗。我正心神荡漾间，忽然见他扬手取了官袍在我与他之间，翻出袖子内衬，手里发钗划拉过去，内衬的一部分破开，露出更内侧的一段黄绫。他手段果决，用力撕下那段与衣料融为一体的黄绫，再理好官袍，外面看来无任何异样。

难怪只有一套官袍，这样便不会混淆，并时刻不离身。

他将黄绫交到我手里，我迫不及待地拿过来，借着微弱的火光展读。

一见是皇兄手笔，我便心口狂跳，但当读完内容后，心中便被一种凄怆感填满。

“若吾儿无道，或为奸人所用，朝堂昏聩，可寻重省长子易之。”

重省不是别人，正是我们联手干掉的大皇兄。

父皇子嗣并不多，排行下来便是：重省、重贤、重齐。当初皇家只有三位皇子，再算上唯一的皇女，便是老四我重姒。三位哥哥的名讳，与我不同，父皇是寄予了“见贤思齐，见不贤而内自省”。父皇哪里会料到我们竟会你死我活一番下场。可我如何也料不到，三哥最后竟将江山交还给大哥。是他原本就不对自己儿子抱以厚望，还是怕百年后地下也于心难安？

我想不到会是这样的结果。为解决两份亲笔诏书的矛盾和真假，还有至关重要的一句——“大曜天下，以本诏为准，此前诏书可废。”

不过，这遗诏还没完，三哥那句为江山打算却不为妹妹考虑的遗言依旧是——“宰相为政，不得尚主。”

还好，反正已不是第一次看到，打击便也不是那么大。江山易主之动荡，必须有简拾遗为相安邦，宰相的位子，他推不了，辞不了。大长公主，是前一任的辅佐者，而宰相是下一任的寻找者，这是明面上不可调和的。刨去这一层，宰相辅国，是朝廷的中流砥柱，绝对不能是附庸皇家公主的驸马，否则威严不足以震慑天下。驸马，谁都可以做；宰相，却是万里挑一。公主可以失去驸马，天下却不能失去一名宰相。

我不怪三哥，即便没有这份诏书，为了宰相的前途，为了大曜的江山，我也不会强迫他做我的驸马。不管这份诏书的前半部分如何令人难以置信，后半部分如何令人凄凄惨惨戚戚，总之是一份希望，一份保住新政的钥匙。

我迅速思索起可行性与可操作性：“先太子的长子，我的大侄子，早已流落民间，可上哪里寻去？”

一直沉默脸的简拾遗见我如此快速进入实战模式，有片刻的怔忡："没有人主动找过你吗？"

"啊？"我一时不解，不过很快醒悟，想起那番太液池密谈，"迦南？他、他确实找过我，让我跟他合作，好像他也对遗诏内容很感兴趣。难道，他真是我大侄子？"

"先帝曾派人暗中查访过，后来我也寻找过，却一直寻不到蛛丝马迹，原来是被人刻意隐藏。"简拾遗沉吟，"当年武帝在时，先太子世子年岁已不小，你也是见过的，即便改换容貌，与迦南也相去甚远……"

我琢磨着这话有道理，松下一口气："但愿不是迦南。"

我收好诏书，接着又将前线战况同简拾遗讲了，当然也包括小白的奇葩行径与我允诺叛匪的和平谈判筹码。简拾遗叹息一声，愧悔自己未曾考虑那么长远。我安慰他一番，表示神仙在世也考虑不到那么长远。

我再将何解忧要求的五日后还政事件汇报了。我溜来天牢的借口便是借他之手拟一份还政诏书，届时我们再一同出席还政大典，幼帝掌权，大赦天下，安抚地方，那舞阳郡的叛乱便可不攻而破。

这自然是何解忧的算盘。不过目下，我们是人在牢狱中，不得不合作。

简拾遗点了点头，起身下床，往桌边点灯。我跟着过去，研墨以待。他铺开我带来的黄绫，在灯下看我，目光似潺潺流水，比之春日太液池还要旖旎几分。我很是不大受得住他这般看，便催促："赶紧酝酿一下骈俪。"

他便收了目光，提笔蘸墨，悬腕下笔，丝毫不凝滞，古典端雅的骈四俪六，六朝的锦心绣口，一一书于笔下，字体端研，美观又凝厚，辞藻华饰不失雅达，对仗工整不落窠臼，运笔流畅，极尽风流，看得我是目瞪口呆。这般功力，不愧是书香世家，不愧是殿试头名的状元，不愧是翰林首席。

看他下笔千言，我连墨都忘了磨。原本准备一卷长长的黄绫，多写些内容，也好拖延宣诏还政的时间。我是准备了一晚足够多的时间让这位狱中宰相酝酿的，谁知他工作效率这般高。

我趴在桌前，一边看他写，一边悔恨当年没跟着他多学些文章，尽看话本去了。看他手腕不停，不知要写到什么时候，遂感叹这世间辞藻之多，竟是他用也用不尽的。我蹲一边看他写，其间剥了一地的橘子皮，看他写字的优美样子看得忘了形，秀色可餐，不知不觉橘子便吃得有些撑。

半个时辰后，简拾遗搁了笔，长达五尺的黄绫终于写满。我立即给他送上茶水，满意地看着这有史以来最长的诏书，忍不住幸灾乐祸："还政诏书，哼，拖不死他们！”

简拾遗茶润口后，道：“这诏书，可是由你念的。”

我手捧诏书，目光凝滞，一时不知悲喜。

接着，我又花了剥下一地橘子皮的时光磕磕绊绊地预习这长篇大论，一半不到的地方，已经问了简拾遗三十来处古奥难懂的用词。经他讲解后，我觉得他大概就是这些词汇最后的考古者和训诂学家。

读得我泪流满面后，我问：“你是不是嫌我不够文盲？为什么要用几辈子都用不到的词汇？”

简拾遗放下茶杯，收起墨盒：“百官一时间听不懂，也就不知道你在念什么，念错了也没关系。另外，造成他们思维混乱，分散注意力，以便我们行事。”

我觉得我付出的代价实在太大了。

没文化确实挺可怕的。

在我饱受摧残之时，简拾遗夺走了我手里险些要掺着我泪水与汗水的史上最长诏书，丢于桌上，含蓄地说了一句：“五日后才举行大典，你何必浪费这个时间。”

我抹了一把泪：“确实。反正还有好几天可以练习。”

他不再接话，默然将我看了一眼。

“那我们吃东西吧。”念诏书有助消化，我又想起带来的一堆贡果。

“时候不早了。”他似对果物不太感兴趣。

“没事，吃得完。”我安慰。

“……”见我要布置一顿果品夜宵，他转过脸，“我困了。”

“那你睡吧。”我继续腾地方摆果子。

他似是忍无可忍，走过来，俯身一拦，将我拦腰困在桌边：“大半夜吃那么多夜宵做什么？”

气息缭绕在耳边，这氛围，我觉得，我悟了。

〔第二十一章〕

皇图霸业谈笑中

黎明时分，我打道回宫。

被起了早床的何解忧堵在了门口。

按着他近来篡权后的作息，这个时辰要么是在前殿与他的小朝廷商议国事，要么是在书房一个人看书批奏折，绝不会浪费他的黄金时间站在门口充门神。

我将自己稳住，面上摆出和气生财的微笑：“今日阳光明媚，当真是人生何处不相逢啊。”

周围众人为逃避炮灰的命运，全部垂头侍立。

何解忧丝毫没有让开大门的意思，眼皮斜斜一抬：“今日明媚与否不知，昨夜想必是明媚的。”

众人将头垂得更低。

我在晨风里站得凉飕飕的，昂首便要强势穿过门神，大步前行。到得近前，何解忧稍稍侧身，原以为他良心发现舍得放我过去，正悠然跨过门槛时，一只手臂便被他强力拖拽着，闪身入了大门。

后面“咣当”一声，关了门。

我在惯力中退了几步，直到撞上一只盘地狻猊大铜炉，才刹住步子。袖里的加长版诏书滚了出来，摊了半截到地面。我正要弯腰去捡，被何解忧快一步抢了过去。

大略过了一遍诏书后，何解忧凉凉一笑：“老师文采果然无人能及。”

“那你满意了吧？”我掸掸袖口的灰，“何必对本宫这么无礼。”

何解忧倏地合上诏书，一双电目扫过我：“公主纡尊降贵夜宿天牢，还知道

‘无礼’二字怎么写吗？礼法在你们眼里，又是什么东西呢？”

“礼法嘛，自然不是东西。”我把自己衣衫理顺了，气定神闲道，“驸马僭越的时候，想过这不是东西的礼法吗？”

你做初一，我做十五，不过如此罢了。

他冷眼望着我，面上极度的阴晴不定：“好，待他做了山中宰相，我再教你‘妇道’两个字怎么写。”

门再“咣当”一声后，殿内只剩了我。

虽然礼法真不是什么东西，但是本宫昨夜还真是没有太明媚。

不过是字面意义的留宿罢了，一点儿内涵的意思都没有。

何解忧倒是小瞧了他的恩师，他岂是这种急在一时的人？本宫又岂是这种吃热豆腐的人？

虽然其实不大好吃到嘴就是。

彼时简拾遗没收了我的夜宵，原以为他是要用自己来替换我的夜宵，却还是我思虑过度了。当他在我身后躺下，许久后，约莫是趁我入睡了，才搂了一只手过来，慢慢收拢。我便快速入睡，呼吸平缓，静待事态发展。

事态发展到他贴着我的脑袋一起入睡，呼吸平缓。我竟然也没有在心内悲叹，相反，却有一种满足感自心间缓缓生出，心底柔软成了一团棉花，软着软着就真的睡着了。

这一夜非君非臣的，旁人必有诸多传言，何解忧自然能第一时间得知。虽然他这驸马当得有名无实，但只要有个名头在，一般人总还是会想要保持一定的光鲜度和纯洁度。如今我公然败坏他的声誉，那他自然不会给我好脸色看。

果然，我再度被禁足了。

自我从天牢回来，他就尽量跟我保持一定的疏离间距，我才得以护住藏在心口的先帝诏书。只是日夜这么护着，总会夜长梦多，身边又没个亲信。

愁苦了几日，终于来了个故人。

扶桑使者归国的日子到了，御镜来辞行。

纵然再迟钝，这异国王子也感觉到了长安天空上笼罩的诡异气氛，对我表示了深刻的同情。趁侍女泡茶的间隙，御镜左右环顾，生怕别人不知他要做贼。

“公主若不嫌弃，小王可以带花小姐回扶桑。”御镜挤了挤眉，一派“我有阴阳师在手”的自信。

我待侍女走近了，才叹息道：“本宫生死不离大曜，不离长安。”

御镜顿时忧愁暗恨生：“小王再难见公主一面。”蹙眉思索一阵，他欣然提议，“本王因介入大曜宫斗，肉身被扣押，使节团连夜逃回扶桑，何如？”

我表情凝重：“大曜本就硝烟不断，亲王殿下还要为我朝东海引入战火？”

御镜不气馁，又接连提了十个主意，主旨就是他要留在长安讨老婆，官方说法是被扣为质，忍辱负重背国离乡。这般胡搅蛮缠了一个半时辰，侍女们一个个暗自取笑，深觉此货不足为虑。如此拖延至晚饭时分，侍女们换岗时刻，我成功将遗诏拍进御镜衣襟内。

“本宫性命所托，千万交给一人！”

御镜挥泪而别：“小王还会再回来的。”

转眼五日期限将尽。还政大典的前一夜，后宫大火。

深夜，凤寰宫寝殿，火舌吞噬一切，热浪滚滚。

宫中乱作一团，宫女太监提着木桶救火，不过是杯水车薪。何解忧连夜赶来，往内硬闯。

众人阻拦：“驸马不可呀！”

终是让他闯了进来，在一个角落处把我拽了出去。难为他千钧一发之际还认得出熏黑了的本宫。

众人拿水扑灭了我身上的火苗，何解忧举过一块湿毛巾，在我脸上揉了几把，仔细一看，确实是我，才转身指挥灭火大队有序进行。

我被安顿在一边补水，内服外敷。几千宫人被召集起来灭火，火势很快得到控制，不过凤寰宫已是废墟一片了。

众人扼腕这煌煌宫殿一夕之间毁于一旦，更有人揣测还政前夜天降大火恐是大凶之兆。

何解忧脸色很是不好看，勒令速查失火原因。

我在他们身后捧着一碗水喝得淡定。要是他们知道这火是我放的，不知道会不会直接废了我这名存实亡的监国公主。

闹了大半宿，宫中才安静下来。中心事件很快从大火转移到天明后的大典上，火烧凤寰去旧迎新，大吉。

我在废宫前做最后的凭吊，并向已故的父皇致歉。这座耗尽匠人心血的宫殿就这么毁在我手里了，俯身摸一摸烧焦的瓦片，犹带余温。

何解忧不知从哪里冒出来，站在我身旁，语声缥缈：“那时你待在火中央做什么？”

我蹲在废墟前，面对着余烬，摸着一砖一瓦：“不做什么，就舍不得走。”

"你想烧死自己？"

"也不是那么容易的事儿。"

他一把拽我起来："想死也不是这么个死法。"

我真心没有想去死，可是说了别人也未必信。我叹口气，便不多言了。何解忧抖掉我手里的砖瓦，拿衣摆擦掉我手心的焦土，拉着我不回头地离了废墟。

没了我的凤寰宫，只得被迫去何解忧那里借住。

说是借住，可是两人坐在桌边大眼瞪小眼，一言不发，也没有睡觉的意思，虽然天就快亮了。

天一亮，就是另一个开始，天翻地覆的开始，所以他不放心，试图从我眼里看出一点情绪，或者一点不甘心。

两厢坐了许久，窗户纸都透了白，他起身离座："你先睡一会儿吧。"

困吗？当然困；累吗？当然累。可是多睡少睡又有什么区别？以后长眠的时间多得是。

他走到窗前，背对着我："这件事完了后，我们可不可以做对平常夫妻？"

我低头喝了口茶："你涉火相救，是为了做平常夫妻，还是为了有人宣诏？你篡权矫诏，是为了家族复仇，还是为了天下黎民？你对我半禁锢半纵容，是为了我心存感念，还是为了予我时机？"

他慢慢转头，看我一眼，又转身走了出去。

"答案嘛，我自己也在想。"

还政的这一天终于到来。

我一身庄严的盛装，比成亲还要正式，足足穿了半个时辰，再加上半个时辰的描妆，一切就绪后，坐上宫内玉辇，往含元殿去。

成亲那天的高台又搭建了起来。台上有帝王，有长乐侯，台下有百卿，有御林军，还有围观的公主、扶桑的王子，一个个都是热烈期盼的表情。在这紧张又肃穆的时刻，兴许人人都想交头接耳，议论一下本宫的心路历程，从堂堂掌权公主沦落到仰人鼻息的弃妇，这是怎样一种传奇？

我在玉辇内也这般想着，自袖中取出一个精致小盒，把玩……

下辇后，我在众人的注视中走向高台，承受百卿最后的叩拜。

"公主千岁千千岁！"

我扫视台上台下，问何解忧："简相为何不在？"

他目视前方："戴罪之身，自然得圣上亲政后，大赦天下，他才出得天牢。"

事已至此，也罢。

我的亲侄子一身小龙炮，目光炯炯地看着我，小嘴巴闭得紧紧，小拳头搁在膝盖上攥着。那是我从小抱到大的娃娃，看着他出生，看着他吃奶，看着他学会走路。我手心痒痒，想去摸摸他的头，可是才挪动一步，他便整个神情紧张，嘴巴咬得更紧。我只好放弃。

“即日起，大长公主还政于圣上，宣诏——”

我接过何解忧手中黄绢，站于大台之上，面向百官，展开手中飞龙诏书，念道：“惟德动天，玉衡所以载序；穷神知化，亿兆所以归心。用能经纬乾坤，弥纶宇宙，阐扬鸿烈，大庇生民。晦往明来，积代同轨，前王踵武，世必由之……”

洋洋洒洒一篇诏书念得秋风飒飒秋阳肃肃，满场屏息。我尽职尽责，一字未错，追忆太祖到先帝的功德，检讨自己监国的失误，赞美新帝的早慧，如今外有强国环伺，譬如扶桑；内有叛军作乱，譬如舞阳。鉴于我监国屡次失误，遂将朝政还于圣君，由长乐侯辅佐。

日晷偏移了一小段，才将这篇璀璨诏书念完，这实在是个虐身虐心的活儿，一起被虐的还有文武百官。再看小皇帝，听得一头雾水，也要保持严肃的神情。真想上去捏几把，不过这样的情形，只怕永远不会再有。

内侍托着监国大印，从我身边离开，代表收归，宣告了公主监国时代的终结。

最后一项，为表示皇权的至高无上，司礼监宣布——

“舞阳大长公主跪拜天子！”

小皇帝神情更加肃穆，何解忧面容坚定中带些复杂难辨的神色，众卿眼神急迫中带些建功立业的忐忑。

我稍稍抬头看天，日头被云彩遮住了，天边，慢慢起了风，吹入广场中，掀起众人的衣角。

我看着风吹云朵，一片飘走，一片飘走，又一片飘走……

广场中略有躁动，众人不淡定了。司礼监清清嗓子，再宣布——

“舞阳大长公主跪拜天子！”

小皇帝的脸色白了。

我的侄儿啊，你受得了姑姑这一拜吗？

既然你们都想看这一幕，那我就不吝膝下黄金，跪给你们看就是。我提了裙角，上前一步，屈膝半跪下一条腿，另一条腿还没来得及跟上，忽闻场外一声——“慢着！”

空谷回音。

小皇帝自椅中站了起来，何解忧抬头远望，神色一定。

我也跟着转了头。百官不约而同回身，无不诧异。

为什么原本该在天牢蹲着的简拾遗会出现在此时此刻此地？

为什么原本谋逆罪加身还绰绰有余的简拾遗会身着二品宰相紫袍？

他一步步正往高台走来，谁也没有想到要去阻拦他。

何解忧沉声问："阁下所为何来？"

简拾遗步步踏在大明宫中轴线上，以郁美风姿、俊朗之仪，边走边答："清——君——侧！"

清君侧，指明了何解忧作奸犯上，蒙蔽圣听。

开门见山，一言戳要害，这三字就是一面旗帜，一声号角。

众人沸腾，何解忧自然不能坐视。

"圣上有令，简拾遗专权祸国，纵容大长公主倒行逆施，扰乱朝纲，以致烽火四起，民不聊生。念大长公主帝姑之尊，又为妇人，旁听偏信，皆为他人所惑。"何解忧上前几步，抬手示意外围御林军，"保护圣上！"

御林军连成一线，拦截简拾遗，将其隔离在高台十几丈外。

简拾遗将目光牢牢锁在小皇帝身上，面如寒冰："圣上果真如此纵容何氏为孽？"

小皇帝蹙起眉，离座挺直了身板："朕亲贤远佞，自当以长乐侯为相！简拾遗，退位让贤，朕且算作你的美德。"

简拾遗远远望过来，不知在看谁。何解忧面露讶异，似乎之前小皇帝未曾剧透相位给他。

一旁，我存疑："驸马为相，从来没听说过。"

大臣们难得认同了我，驸马怎可为相？

小皇帝露出天真无邪的可爱虎牙："长乐侯同姑姑和离了，不就不再是驸马了吗？"

众人哑然。

方知幼帝之手腕。

我也深感意外。我侄儿竟能提出这个建议，为他亲政铺路，从此便朝政是朝政，再与后宫无关。

何解忧盯了小皇帝好一会儿，身为大人，被个小孩子摆一道，他该感受到我皇家的孩子不可小觑吧。何解忧看向我的时候，我正心情复杂着，一面自责侄儿在我监护下长歪了对不起他父皇，一面想着皇家和离的公主应该比被休掉的名声要好听点儿吧？

见我与驸马均无行动和表示，我侄儿从自个儿怀里掏出一张华贵的纸，白嫩的手牵着两端，泛着嘴边的酒窝，道：“姑姑和驸马的和离书，朕已经让人准备好了。”

虽然今日这出实在出人意料，但众人看我的眼神同情中带着事后诸葛的了然。好端端的还政，竟能发展到和离，这下彻底光杆了，权柄没了，驸马也没了，委实悲催。不过，这似乎也是历史的必然，我能有驸马本就是一件颇不可思议的事，驸马跑了才符合常情，因此和离便是入情入理的了。

朝臣们接受了，默认了，我只等结果，何解忧却不知道在等什么。

台下，被御林军拦在安全距离外的简拾遗一脸身外人的样子，没打算干涉我们家内政。

我侄儿的打算很显而易见，我同驸马和离了，驸马摇身一变可为相，我再还政，名义上何解忧便可接手，同时也能将简拾遗的相位取而代之，一石二鸟，一箭双雕。

如果不想让他们的计谋得逞，这亲就不能离。显然由我说不离不合适，死皮赖脸也没这个样子的，我自忖还是个有点儿自尊的公主，只好向远处投递视线，不过不巧的是，简拾遗意识不到我胶着的视线，他只看云。

这番耽搁下，已有宫人送来了笔墨和红泥，要么签字画押，要么摁手印，这婚就离了，本宫就被弃了。

何解忧不接笔：“陛下，为相之人非独臣。”

小皇帝道：“卿不为相，洛阳何氏置何处？”

拿人家家族相威胁。

何解忧顿了顿，还是不接笔：“臣与公主新婚不久，谈何和离？”

小皇帝眯了眯眼，淡然抛出撒手锏：“姑姑妇德如何？七出尚嫌轻。”

一个闷雷滚得我与何解忧都不淡定了。我实想不到一个孩子竟能说出这样凶残的话。这还只是序言，他若乐意，再来一篇正文，在场三人都不要指望名声了。我名声早就坏了，我不在意，但我不能不在意另一人。

我抓起了笔，何解忧忽然无悲无喜一声笑：“你倒是真紧张，维护他一人，比天下重要，是不是？”

我手心发软，怕握不住笔，便直接摁了手印。何解忧看我的眼神彻底凉透，也不再笑。宫人将纸笔托到他面前，他提笔落字，一派流畅。我心稍安。

小皇帝满意了，当即开始任命他的小朝廷，宣布何解忧为相，简拾遗废相，公主还政新朝。

简拾遗这时看完了云彩，抬高音量对全场道：“圣上如何做的亲贤远佞？可知何解忧出身来历？他本非洛阳何氏所出，乃当年陇西卢氏之后！”

“陇西卢氏”四字激起千层浪。卢氏满门覆灭，是本朝一等一的叛逆。

小皇帝咬咬门牙：“你有何证据？”

简拾遗示意百官中一人出列：“大理寺自有证据。”

万众注目中，大理寺卿漆雕白揣着袖兜上前，跪禀：“臣搜查有当年何家与卢家未毁书信来往，证明两家确有旧。臣已核对何氏族谱，长乐侯确非何氏所出。两份物证均在此。”说着，托出了袖里厚厚一沓证据。

小皇帝身边的内侍忙跑下去，准备接过。哪知漆雕白旋即起身，送着物证往简拾遗跟前去。谁能保证小皇帝气急败坏之下不会毁灭证据，死不赖账？何解忧出身叛逆之族又如何？敌人的敌人就是自己的朋友，小皇帝未必不会这么想。

不过，如此公然藐视幼帝，还是激起了小皇帝的怒火。

“大胆漆雕白！你欲通废相谋逆不成？”

我在台上旁观事情进展，注意到这一事件的当事人何解忧倒也有些世家风范，不现明火于脸上，目前还在淡定中。这也使得文武百官无法断定真相。

简拾遗快速扫完物证，发言了：“大理寺断案自有法度，漆雕大人断狱多年，所获证据来源自然可靠，简某不疑。”

且不管他们是不是狼狈为奸，这样的说辞还是颇有信服力的。

官员们再度沸腾了。

简拾遗再发言，重申了立场，首尾呼应点明了来意：“故而，臣奉先帝之命，诛佞臣，清君侧！”

字字落地有声。

众卿开始站队了，一部分人转移了阵地，站到了简氏代表队，另有一部分人自视清流，奉王命，不与世俗同流合污，皇权在谁，便誓死跟随。还有第三部分人明哲保身，隔岸观火，局势未明朗前绝不站队。

政局的筹码，各有各的押法。

小皇帝被点燃了，手指百官，愤愤道：“朕乃天子！先帝乃朕之父！江山是朕的，不是你简拾遗的！你们欺朕年幼，先帝不会放过你们的！”

何解忧淡定道：“御林军听令，今日叛臣冒犯天威，一律就地正法！”

刀出血溅，不过眨眼间。御林军的行动力向来以神速著称。

一瞬间，坚持站在简拾遗身边的大臣一部分已沦为刀下魂。皇亲与外族亲王纷纷跑到台上避祸。

“住手！都住手！”我无法再等待，厉声喝止。此际却有谁肯听我的？当下我便要奔下高台，谁知何解忧眼明手快，将我牢牢攥住。眼看得御林军刀剑无眼，挥向了简拾遗。我心跳都停了，跪到了何解忧脚边。

简拾遗站在刀剑密雨中，一身无法撼动的安宁，注目眼前的利刃。那持剑御林军竟一时露怯，愣住了。我依然不敢呼吸，不敢转眼，只扯着何解忧的衣衫，语无伦次：“别伤他……快住手……快……”

只是须臾之间，御林军手中的剑终于还是落下……

我才知何谓生无可恋。

我倒在何解忧腿前，半晕过去。

青天下，一支清亮的光划过众人头顶，准确击落利刃。我抓住何解忧，不敢晕过去。只见更多的清亮之光交织而来，射落一片御林军。

广场外，百名骑兵弓箭手飞马奔来，各自手里羽箭飞驰，交辉若星光。

“虎贲军奉公主之命，诛灭叛贼！”

御林军足半被射亡，何解忧一把拽起我，拉我到跟前，嗓音不可置信：“虎贲军？哪里来的？”

左御林，右虎贲，一护皇宫，一卫京师，是本朝帝都的两大重要屏障。开国之初，两股力量同时护卫，后来，虎贲渐为御林所取代，先祖削减兵力，整顿冗员，曾直接撤销虎贲军，世人便以为虎贲已不复存在。

不做帝王，不知帝王所想。即便亲近如御林，便可彻底放心吗？兵力制衡与权力制衡同等重要，明灭实藏，明撤实防。只因御林军驻扎在皇宫，虎贲军便隐藏于宫外。这是保命的底牌，自然不会有旁人知晓。小皇帝与何解忧均是震惊非常的模样。

这张底牌，我也打得没经验，第一次使，果然不太顺手，险些以为他们不来了。

面对着何解忧的质问，我老实回答：“大火烧来的。”

他眼中再一震，顿时明白过来：“火烧凤寰宫……”

宫中大火烧到黎明，傻子也知道出事了。

何解忧眼里冷却，嘴边也泛起冷笑：“亏我还以为你是要自尽，你这样的人，又怎会轻生呢？”

场下，御林军与虎贲军一阵恶战，刀枪箭雨，亡者甚众。

我立即喊道：“护简相！”

虎贲立即调整队形，将简拾遗护在中心。如此一来，兵力分散，渐不敌御林军。

何解忧再将我拉近，手下力道颇重："公主还有什么本事？"

我喘了口气，攀着他的手，弱声道："你看前宫门。"

他迅即抬头，面色一变："那是什么？"

小皇帝也跟着远望，沉下小脸："姑姑，你当真要谋逆，竟使人乘华盖帝辇！朕就将你们全部拿下！"

我看看他稚气中带些坚毅的小圆脸，有些不忍，有些愧疚，往事如何堪追忆。我伤感之际，那缓缓驶来的帝辇便进入了含元殿广场，进入了众人的视线中。

迦南当先驰入混乱的修罗场中，四下看了看，满脸的不在乎，却还是清了清嗓子，道："各位先放下屠刀，我要宣旨。"

一名御林军砍红了眼，直接往迦南头上砍去。后者用手里的诏书敲到了前者头顶，那名御林军顿时头骨四裂。不止我，连我身边另两人都是吸了口冷气。

迦南脸上鬼魅莫测，以独特心法传语，满场皆闻——

"奉先帝遗诏，废幼帝，奉前太子世子为帝！先帝语：若吾儿无道，或为奸人所用，朝堂昏聩，可寻重省长子易之。"

御林与虎贲的交锋暂时停滞，修罗场中幸存者同幼帝一般，呆了。

何解忧道："假传遗诏！"

"先帝亲笔手迹，且吩咐前份遗诏作废。何解忧，你费尽心机拿到的诏书，才是假的。"

两份遗诏核对，经幸存老臣鉴定，判断两份均是出自先帝之手，若遵先帝旨意，便只能取后一份为准。

小皇帝摇摇欲坠："朕不信！朕不信父皇会废了我……我不信……"

何解忧稳住他，冷眼相对："那么，帝辇中的前太子世子，如何证明其身份？"

迦南优雅一笑，转身面向帝辇："请公子下辇。"

所有人转了目光。

只见一身华服的年轻男子款款下辇，玉颜清容，身姿修长，缓缓抬了视线。

被雷劈也不足以形容我此刻的震惊。

我也终于明白，为什么我会遭雷劈。

多么希望这只是幻觉，抑或是大梦一场，可辇中人实实在在地走入所有人的视线中来，还在迦南的笃定神态中，作为帝皇合法继承人迈向了权力的宝座。

是谁都好，可为什么会是他呢？

楼岚。

不是说过再也不见的吗？

他面上的镇定似乎也是勉强为之，深深的眉眼看遍所有染指权柄的人，就是避过我。

小皇帝率先口无遮拦，也是抓住了最好的反击点："嘻嘻，这不是姑姑收过的面首吗？卑贱之人也想抢朕的皇位？"

今日被推上了风口浪尖，楼岚作为众矢之的，是逃不开恶言诘难的。

我也同样逃不过。

何解忧看着面如纸色的我，似乎找到了报复的绝妙时机，嘲讽地对我笑道："公主连自己的大侄子都不认识吗？你当真要承认他是前太子世子？面首做皇帝，千古笑谈，公主可要想好了。"

迦南风情万种地走来，面上却是云淡风轻，任何攻讦之言都不在乎："当年宫闱之乱，皇太子与二皇子受了奸人离间，欲要置三皇子于死地，四公主不忍见手足相残，暗中警示三皇子，素来机敏的三皇子先发制人，险中取胜。二皇子命丧战火，皇太子自刎御前，两位皇子的后人被逐出京师，废为庶人，多流散，不再相认。而太子世子岚亦于战火中烧毁面容，奄奄一息，后来不知所踪。"

论起当年事，我心中早已麻木。

楼岚眼中茫然一片，似乎那些事都与自己无关。

迦南接着解谜："东宫仆人带世子岚偷离长安，多番寻求名医。世子经此大难，身心两重打击之下，竟失了当年宫中记忆，亦不知自己是谁。迦南不才，闲极无聊，夜观天象，知紫微宫乱象横生，帝星无光，便生出拯救万民于水火之心。由是，迦南耗尽毕生所学，为丧失记忆的世子改头换面，给了他一介平凡书生身份，促他再返长安。"

众人听得惊诧连连，简拾遗亦是若有所思。我听得心口隐隐作痛，虽然知晓迦南半是信口开河，但大体情况也差不离。当年之伤，是我不愿再提起的，今日这样剖肉见血晒出来，噩梦重临。

"为保世子周全，只有将他放在长安。所谓最危险的地方就是最安全的地方，天子脚下，当然是最安全的。不过还有一处是最最安全的。"迦南笑得很舒展，"那便是监国公主身边。"

我心口又是一记重拳。

这便解释了陌上相遇果然非偶然，面首一事更是预谋。

简拾遗冷着脸问："莫非行刺公主亦是故意为之？"

迦南颔首，坦然受之："我命世子行刺，当然世子是不知原因的，他不知我的来历，不敢违逆。”不用猜也知道，楼岚死也不愿供出指使之人，必是迦南用那宋小怜相威胁，这人没有什么做不出的。

何解忧冷笑一声：“好大的口气！你就不怕这行刺之下公主香消玉殒，楼公子便也活不过片刻？”

迦南一指轻摇，满眼自信与微笑：“谁见了公主真下得了手将她往死里刺？又不是专业刺客。何况楼公子毕竟是年轻人，没有行刺经验，亦没有见过如此公主。我根本就没指望他当真能行刺，吩咐给他的药，他更是宁愿自己吃了，也没给公主下毒，实在是个善良的孩子啊！”

简拾遗依旧不爽他这番言语：“你明知他们是至亲，还如此设计，就不怕酿成大错？”

楼岚站在众人的目光中，面色白中泛红，不知他是如何接受这一真相的。我昏天暗地，身心俱疲地听着这一事，灵魂仿佛受到地狱的召唤，一点点抽离。

小皇帝继续童言无忌：“嘻嘻，面首……”

迦南颇有舌战群儒的气概，从前低调掩盖的光华今日一一流露：“公主即便收了面首也得有酿成大错的天时地利人和吧？试问哪一点具备？简相作为先帝托孤重臣，自然不会坐视不管，这大错如何酿成？”

简拾遗不与他再争论，毕竟是一条战线上的，内部矛盾毕竟可以以后再解决。

我将真遗诏从天牢带出，再交给御镜传递给迦南，就是同意与他合作的意思，虽然冒险，但也别无选择，只能孤注押到他身上，却不想会是这么个结果。不过，既然押到他身上，那便必须应对所有可能的结果。

迦南解释了前因后果，但事情还没有完。

“说这些也不足以证明这位楼公子便是前太子世子，随便一个面首便可觊觎帝位，简直是笑话！”何解忧昂然与之对峙。

开口面首，闭口面首，我已经没有什么可言语的了。楼岚起初神情有些抗拒，慢慢就只能受之了。

漆雕白踊跃提议：“前太子世子身上可有什么胎记等标识？”

众人都看向我。此乃皇家事，也只有长辈知道了。我辈分虽长，年纪倒不如几个侄子长，他们不乐意有我这么一个姑姑，我也不乐意有他们这些侄子，虽是至亲，关系却不深。尤其是大侄子，身为东宫世子，倨傲又死板，性格跟我非常不投。也就逢年过节皇家内宴时，大家聚一聚，见见礼罢了，我哪里知道他身上有没有胎记。

我半晌不言。简拾遗道：“此事只怕无人可证明。”

楼岚嗓音微哑，却说得大家都听得到："我身上没有胎记。"小皇帝跟何解忧正要发难，楼岚忽地一撩袖子，露出胳膊上的一块狰狞伤痕，"不过，我十岁的时候从马背上摔下来过，折断了臂骨，伤痕犹在。"

众人再看向我，我无奈。我大侄子十岁的时候，我也就七八岁，正是赖皮糖的年纪，哪里会去关注那个桀骜少年骑没骑过马，断没断过臂骨。

"寻来当年东宫日常簿和太医院记录，查证一下就是。"我强撑一口力气。

这边信誓旦旦，何解忧那边自然不乐意，但耐不过宰相命人速取档案对证。

场中对峙的最后时刻，各方都蓄势待发。何解忧要是坐以待毙等证据齐备，那就不是何解忧了。也不知他用了什么暗示手段，御林军率先而动，直取楼岚。

虎贲军却在简拾遗暗示下早做好了防范准备，当即防守。战火又点燃，中心是楼岚。此时的迦南却是任务完成再与自身无关一般，袖手旁观起来。

流矢乱飞，刀剑肆掠，伤亡不计其数。局势一乱，便再难控制，我也快撑到了极限，趁人不备，捡起地上散落的一支箭，迅速袭向身旁的何解忧。他反应更加迅速，错身一让，我刺了空。不待我回身再刺，他已扳下我手中的箭，回手往我咽喉一拦，整个人便被他禁锢住。

他浑身冷意，毫不怜惜地将我牢牢箍住："果然是恨我到极致了！你也想我死？或者你更想亲手杀了我？"

喉间被箭身紧紧勒住，我说不出话。

他语声寒气逼人："从前一声声驸马，是你情真意切吧？今日刚一和离，就要置我于死地？我从前真以为那些关于你狠毒的传言是假，平日里和气温雅的公主怎会嗜血好杀？你太会骗人了！"

呼吸不畅，我咳嗽数声，说不出话，也不想说话，视线只投向场中的厮杀。这一切，总会落幕的。

"重如喜欢杀人是不是？"他冷笑连连，"那我杀给你看。"

旁边一个宦官惊得手足无措，险些从高台上摔下去，忙对着厮杀的人群喊："救公主——救公主啊——"

何解忧并不阻止，直到人们注意到了这里的生死一线。

"公主命在我手，虎贲军都住手！"

"何解忧！"简拾遗怒极，一把夺过虎贲军手中弓箭，搭弓拉弦，"她一命系于你何氏卢氏九族之身！"

何解忧一声长笑："枉费口舌！你的箭敢放吗？若有公主作陪，我九族荣幸之至！"

浴血奋战的将领担心宰相怒极之下会一箭两命，忙劝解：“简公，不可啊！”

虎贲军皆不敢轻举妄动，却没人能劝动他。

何解忧喝道：“御林军听令！取叛军首级，一个不留！”

小皇帝忽然呆呆地对他道：“姑姑她……”

何解忧视线一低，手上蓦地一松。我喉间的羽箭移了几寸，他视线也终于抵达我肋骨间。“你……”他声音抖了一抖，忙握住我的手。只不过，两人手上瞬间被涌出的鲜血淹没。

袖中藏匕首不难，匕首刺进自个儿身体里也不难，难的是此刻困顿非常，还要强撑着睁眼。

“姑姑——”楼岚妄图从人群中突围。

“公主——”人群也松动了。

“何解忧弑主作乱——”

一支利箭破开虚空，自简拾遗指间射出，奔如雷霆，直击目标。何解忧胸口中箭，被冲击力带得掼到后方，我从他怀里跌落，跪到地上。

简拾遗一箭全力发出后，弓箭也从手中掉落，身形更是摇摇欲坠，被后方将领急忙扶住。站稳后，他一刻不停踏入血雨中，朝着一个方向，失魂落魄地赶来。众将领一边护他周全，一边也赶向高台。

遭此一变，何解忧、小皇帝与御林军皆被控制住了。

我一直强撑着他到来。这一路，我们究竟隔了多远？

简拾遗将我从冰冷的血泊中抱起，紧紧抱我入怀。这一刻，我们再也没有距离了吧？我走向我该有的宿命，任谁也不会再说什么了吧？

可是我没力气再抱他，只能任由他情绪失控地半跪在血泊中，抱着我嗓音颤得几不成声：“传御医……高唐……速传高唐……太医院一起……传！”

“拾遗……我好困……”躺在他怀里，他的气息，他的衣香，可以驱散这浓浓的血腥。

“重重，你看着我……不要睡！”他手心贴上我的脸庞，竟是彻底的冰冷。

又累，又困，该是睡觉的时候了。我拉着他的手，叮嘱：“善待陵儿，别杀解忧。”看他最后一眼，牢牢记住他眼里的悲凉哀戚和忍住不落的泪滴，以及这梦里都描摹得出的模样，“别难过，对不起。”

那凝满半生的泪珠，在光阴的虚化中，垂落，承接入我即将合上的眼中。

史载，公主殁，叛乱灭。

〔第二十二章〕

不胜人生一场醉

暗夜寂寞，阴阳两界，往生途中，仿佛有谁在唱：

一滴红烛一生陌路，满园尽殊途，月下畅饮丝竹注定是却步。风中飘洒泯灭不散你绵长温度，画出你的身影却无法驻足。

魑魅魍魉琵琶萧瑟从此隔阴阳，白首相知恨晚蒹葭尽苍苍，望穿秋水柔肠寸断挥袖两茫茫，画出你的弧度却无法徜徉。

……

黄泉奈何，忘川三生，是否真有望乡台？

望乡台上再回首，爱别离后，再无今生。

我若是一缕孤魂，为何能感念到你心底的凄怆？我若是一缕孤魂，是否涉过忘川，再无你的讯息？

绝望与惊恐带我坠下望乡台，仿佛谁在背后踹了我一脚。

老子落地甚疼。

无尽的黑暗里，开启一线光明，是拘魂无常的引魂灯吗？无常鬼拘魂也这么聒噪吗？你到底拘不拘老子走？

黄泉路上的纸钱味熏得我这缕孤魂呼吸极度不畅——如果孤魂也有呼吸的话。迷雾中，看不见身影的黑白无常还在继续聒噪——

“公主停棺十来日，再不合棺行国葬，入皇陵，实在于理不合！”

“这灵堂还不准皇亲国戚和百官来拜祭，大家对简相这番作为可是大有怨言！”

“唉，可不是？他一个人守这十来日的灵，不准人来替，这日夜不息，身体如何受得住？”

“谁说不是呢！十来天滴水不进，只言不发，他是想殉葬呢还是殉葬呢？”

“嘘！小点儿声！”

“怕什么，我看他也撑不了几天了。这外头流言蜚语的，他一个外臣守着公主遗体日日夜夜，像话吗？”

“哎，你看，他倚在凤棺边的姿势都没换过吧，要不，我们去把他抬走？”

“也只能这么办了，小心点儿，见机行事！”

无常鬼的脚步声靠近，窸窸窣窣拉扯一人。

“我说简相啊，要不您去旁边的小灵堂歇一歇，补个觉？”

“我说张三啊，你没瞧着他神志不清，已是手无缚鸡之力？还啰唆个什么，快抬！”

“我说李四啊，你有、有没有听见棺木有响动？”

“胡、胡扯！难、难道公主还诈、诈尸不成……啊——救——救——”

“你鬼叫什么？救什么？”

“救命啊——公主诈尸了——”

张三回头一看，瞬间毛发皆张，根根竖立，嘴唇哆嗦：“快、快逃——”

李四一把将他拉住，没让他逃了，拉着他一起跪地磕头：“公主饶命啊，您就安心地去吧，小的给您烧纸钱，烧驸马，对了，还有面首……”

仿佛从一场大梦中醒来，意识尚处在混沌状态，我无意识地坐了起来，两眼茫然地看着眼前的人和物。简单地说，就是我攀着棺木坐了起来。

两人捣蒜一样地磕头求饶，我初步琢磨他们的意思，好像是希望我躺回去继续睡，不要干扰活人。我觉得有理，就要躺下去接着睡。

被两人抬到一半又扔地上的那个谁，形如枯槁，神将涣散，无神的眼比望乡台还要空旷，却忽然逆转阴阳，以骇人的神情扶着棺木爬起，摇摇晃晃奔过来，两臂将我抱住，不放。

张三惊叫：“使不得啊简相！快快松手！这是诈尸啊！”

李四哆嗦着爬起来扯这个抱住我的谁，用力地拽，使劲地扯：“抱不得啊简相，你糊涂了，公主已经薨了啊！”

紧紧抱着我的人仿佛捡到宝一般就是不撒手，面上发痴，嗓音低哑：“重重，你回来了吗？你听见我唤你了吗？你是来跟我告别的吗？告别后就又要走了吗？一个人很怕吧？我陪你一起，我去陪你……”

我抬手抱上他的后颈，摩挲他的脸庞：“一起？一起去哪里？”

他头抵我鬓边，痴语：“黄泉，地府。”

“可是……”我想了想，觉得自己似乎没有那个行程计划，“我没打算去那里呀。”

他愣了片刻，将我从怀里放出来，再愣愣看着我，一手放到我颈边探了探。须臾后，他的表情错愕与狂喜交织，大悲大喜毫无过渡，转换得太快，而他的身体已处在强弩之末。

“传高唐……”沿着棺木晕倒前，他最后一句话。

没多久，我也睡倒过去了。

再醒来时，呼吸顺畅，再没有熏人的烧纸钱味儿，隐隐还有暗香浮动，清爽至极。我置身的地方，不是望乡台，也不是那口黑漆漆的棺木，而是柔软舒适的床榻。床前站了一二三四五六七排人，还有一人拿手指摁着我的手腕，专注地思索。

见我睁了眼，七排人洒泪跪地：“公主千岁！公主万福！”

只有摁着我手腕的人不受打扰，还有一人站在床边，紧张忐忑地看着我，仿佛视线中的一切随时会烟消云散。

“公主，请换一只手把脉。”摁住我手腕的人肃然道。

我乖乖地把另一只手伸出去，由他再次摁住。他把了一会儿，收了小药枕，神情严肃。

站在我床边的人脸色略显苍白：“怎、怎样？”

“公主死而复生实在蹊跷，除非是有金丹护体，可又把不出来。不过简相放心，公主刀伤已然愈合，身体已无大碍。认不得人只是返魂期的短暂现象，慢慢会好的。”

被称作简相的人这才舒了一口气，脸色缓和了一些。

“只是……”把脉的人忽然愈加肃然，似乎遇到很棘手的问题，“还有一个消息。”

简相脸上的一点血色又褪尽，强作镇定：“……什么？”

“公主出现滑脉，她已有喜一个多月。”神情严肃的人十分悲痛。

某人震惊片刻后，脸上的血色又倒回来了，面上带红，颤了颤嗓音：“你……确定？”

“我是神医，区区滑脉绝无有差。”该神医先天下之忧而忧，“可是孩子的生父，何解忧那个叛逆还在死牢，唉！”

神医声声叹息，跪地一干侍女便无人敢出声。可是他们似乎没有注意，那个脸上红得镇定自若的人已经返回床榻边，俯身看着我，把我的手收回被子，再掖好被角，静静坐在床边，轻声跟我说话，十分小心翼翼：“渴不渴？饿不饿？困不困？累不累？”

神医见此一幕，满面狐疑，小步跟过来，不要脸地问：“跟何解忧没关系吧？”

坐着的人恢复了神色如常：“嗯。”

神医进一步不要脸：“那是？”

对方绕过他的问题不答，反而问了一些如何安胎养胎的细节，以及向神医讨要几册相关医书看看。神医一一为之解答后，露出一脸恍然的样子。

“我去给公主配几剂安胎药……”飞也似的逃走了。

一屋子的人也都跟着逃光了，只有床边的人看着我，我看着他。他眼里的色彩好像有很多种，情绪也有很多种，种种交错，让人看得目眩神迷。他俯身过来，咬住我的嘴唇，闭了眼，原本的镇定一分分溃散、决堤，掀了被子直接覆在我身上，要确定真假一样抚过我身体的每一寸温度。

……

那是我重生的日子，也是他重新活过来的日子。他们说我死过一回，连奠仪祭文都准备好了，将以国丧的仪式葬入皇陵。他们说我八字太硬，阎罗不敢收。也有说我魂魄太重，飞不走，被简拾遗十几天如一日地追思扰乱，灵柩不得安宁，无法往生。民间死而复生的异事多有传闻，因此死去的公主再还阳也还是说得过去的，只不过带了些神异色彩。

正史如实记载，只不过将要遭受正史野史化的诟病。明明是一段野史嘛，偏要装冷艳高贵，冒充严谨正史。

民间有戏文衍生出一曲《牡丹亭》，情不知所起，一往而深，生者可以死，死可以生。生而不可与死，死而不可复生者，皆非情之至也。

历史长河湮没了多少尘沙，掩盖了多少真相。事情的真相便是——

还政的那一天，我一身庄严的盛装就绪后，坐上宫内玉辇，往含元殿去。人们在交头接耳地等待，紧张肃穆地期待。我若从堂堂掌权公主沦落到仰人鼻息的弃妇，这是怎样一种传奇？

我在玉辇内也这般想着，辇车四周为轻纱遮掩，我自袖中取出了一个精致小盒，最后把玩。这是三哥秘密赠送于我，说是最后的锦囊。没有第三人知，便是简拾遗也不知晓这小盒的存在。我也从未打开过，不知里面会有什么惊人的存在。鉴于三哥总是做些坑妹的事，我不敢太乐观。

此时再不打开，怕是没机会了。

攥在手心许久，决定打开。

掰下扣环，开启盒盖，内里雪白的丝绸垫上，一枚黑乎乎的小药丸神秘地睡着。我捻起来捏了捏，硬的。

这肯定不是秘密留给我玩的，那就只有一个可能，留给我吃的。

我犹豫再三，还是吃了下去。只盼这枚药丸经过这许多年，还没有过期。我也不知道它会产生什么功效。当还政典礼上变故一出出后，我越来越困，越来越没了力气，才知这药大概是催眠的，催你长眠。

长眠前，我自然要做些事情，譬如当着所有人的面舍生取义，自尽于人前，震慑叛臣，打乱他们的筹码，倒转政局的天秤。

至于长眠后，我能否醒来，何时醒来，只有天知地知。那么就赌一把，赌我会不会醒，赌他会不会等。

不过我不知道，彼时肚子里还有一个小生命，不知道这一长眠对它会有怎样致命的影响。公主府人人小心看顾我的饮食起居，生怕保不住“它”。高唐一天为我把三次脉，说这个胎儿还未见人世已是命途多舛，先是陪我在凤寰宫的三昧真火里炼了一炉，再是匕首一刺的惊心动魄，接着是长眠十来日，阎罗殿上应了个卯，经此种种，还能扛到现在，我必是怀了一朵不世奇葩，练就了钢筋铁骨。

不管怎样，这胎还是稳住了。他爹折腾得整个太医院以及公主府神医三四个月，这才能睡个安稳觉。

新帝登基后，重新整顿劫后余生的新朝廷，任用了不少新贵。漆雕白已是四朝老臣，做了大半辈子的大理寺卿，这一年五十二岁上被提拔为宰相。新帝继续推行大长公主的变法运动，与民休养生息，革除从前的弊政。百废待兴，宰相人手不够，值此之际，简拾遗上奏请辞，并为朝廷举荐了自己的另一门生——中书侍郎容素年。

有志不在年高，容素年虽只二十来岁，却少年老成。本宫我长眠期间，简拾遗悲恸昏迷，灵堂不准旁人拜祭，这一无礼要求竟被容素年执行得十分彻底，连我几个侄子都没能来见一见我的遗容。据说后来实在得罪的人太多，简拾遗守灵也守得奄奄一息，这姓容的看不下去了，便指使了张三李四来做替死鬼，自己绝不跟简老师当面起冲突。

一番考核后，新帝提容素年为相，与漆雕白并列。这一老一少，资历太过极端，引起诸多人的不满和质疑，新帝便又提拔一相，三相并列，这才让简拾遗成功辞掉相位。不过为表尊崇，还是给了简拾遗一个一品太师的至尊称号。本朝宰相职位已是为官者的最后高峰，位极人臣也不过是正二品，而正一品的三公，太师、太傅、太保，一般不设立，即便设了，也是虚衔，不再干政。

白老将军入京奔丧过程中，救回了他儿子，顺便灭了舞阳郡的叛军。抵达长安又听说我活过来了，我不能让老人家白跑一趟，建议新帝为白老将军加封为二品骠骑将军，与宰相同级别同待遇，为本朝军衔之最。鉴于小白将军平叛也有功，刨去他刻石记功掉下山崖被擒一事不论，要论也是回去后他亲爹跟他论，特封为五品荡寇将军。

楼岚认祖归宗，改回本名百里岚，封废帝洛陵为逍遥王，遣送到汉中，不得再返长安。他是考虑到自己堂弟小小年纪太多毒辣手段，不得不防。洛姜来跟我哭诉过好多回，舍不得幼弟背井离乡。我虽依旧是帝姑，却已不再监国。新帝比我年长，用不着我监护。虽说我可以对朝政建言，毕竟新帝推行的变法是我一手制定，但新的朝廷新的气象，已非当年可比，几乎用不着我建言。

新帝既已存了仁心，不杀废帝，再提要求未免过分。一山不容二虎，一个长安又如何能容纳两帝。都是至亲，却终究君是君，臣是臣。新帝待我帝姑礼，我便待他君王仪。

一切似乎已尘埃落定。

只是，一品太师最近很愁没地方住，因为辞相的缘故，相府也被朝廷收走了赐给新相。太师毕生也没多少积蓄，托人去坊间问房价，得知近来长安米贵，房价更是涨得离谱，要么买郊区，要么买长安城内二手房，颇感踌躇，一番打算后，准备贩书卖字画。

新帝来我府中问安，顺便提及了这事："要不，朕赐太师一座府邸，离姑姑近些？"

我坐在荷花池边的软椅上，喝养胎参汤，淡然道："这怎么使得？岚儿刚为帝，须勤俭治国，胡乱赐宅邸，只怕要被御史劝谏弹劾，史官也要记一笔流传后世了。"

新帝脸色略白，仿佛才意识到问题的严重，看一眼我欲盖弥彰的肚子，为难道："那如何是好？"

我垂眼看汤碗："没听说过驸马没地方住的。"

新帝一愣，恍然，语气略复杂："朕这就去筹备姑姑的婚事。"

刚说完新驸马，前驸马就在狱中闹事了，绝食数日，定要见我。高唐不同意我去，落月、侍墨也持反对意见，从良附议。几月前，何解忧就向狱卒提出过要求，被驳回。他这段日子也没消停过，就这几日闹得厉害。

我换了宽松些的衣裳，不顾众人的反对，去了死牢。

狱卒引路，这处特殊待遇的死牢倒也算不错，空气流畅，光线充足，衣食住行也都周到。条件虽好，他的脾气却越发不好。我刚下到狱中，便听闻他砸了一只碗。

“我什么也不吃！我要见重姒！”

我走过碎片，到上锁的牢狱前：“见我做什么？”

他猛然抬头，眼中雪亮，形容十分憔悴，一步步在铁链声中走来，手扶上护栏，死死盯着我：“你果然活着！”

狱卒搬来了椅子到我身后，我坐下，隔着护栏同何解忧对视：“我活着，你可以不必内疚。新帝可以不追究你洛阳何家，不过同你一起叛逆的军官大臣们，都交给了大理寺，按律当斩的斩，当流放的流放，该收监的收监，没族的没族。我说过，不会杀你，你还要见我做什么？”

一身囚服的何解忧扶着栅栏，莞尔之间，风情依旧在：“我说我昨晚梦见了你，想见一见你，这个理由，够吗？”一颦一笑的风情，宛如昨日，轻言细语，又仿佛不曾隔着这咫尺的距离。

“就这一回了，以后什么理由也不够。”我避开他的视线。

他目光灼灼，落到我腹上，笑意不再：“是吗？你有身孕了？”

“嗯。”我下意识地将贴着肚子的衣裳扯开些。

他收了笑意，神态便陷入漠然中：“将来，你会跟你的孩子讲何解忧的故事吗？”

我找不到合适的回答。

他便又笑了一笑，垂了一下头，发丝落下肩头：“好了，我也想睡一觉了，多谢你今天能来。”

我从椅中起身，再看他一眼：“我以后不来了，你需要什么就跟狱卒说，我让他们给这里置一些盆景字画，你看可好？”

“好。”他又笑了笑，美如晴雪。

我转身出了监牢，心中总不大畅快，似有什么东西让我不安。没走出几步，身后一片纷乱，有人叫喊：“不好了！长乐侯他——”

我略感晕眩，转步奔了回去，直冲牢内。何解忧倒在监牢内，身下血泊一片，松开的手中躺着一枚破碗碎片。狱卒们站在一旁手足无措，纷纷将我拦住。

“快去传御医！”我语声发颤，拂开他们，“开锁！快开锁！听见没有？”

狱卒拗不过，只得开锁。我一步不停地冲进去，扑向地上的人，哭着唤他：“解忧……解忧……”

他是用瓷片切开了颈边，血涌不止，气息将断，微微睁眼，见我在前，便越发笑得妩媚：“公主，你当着我的面死过一回，我当着你的面也死一回，这是我还你的，你该记住一辈子了吧？”

“解忧……”我语不成声，哽咽不止，抱着他枕在我膝头，“你若能活过来……我放你自由……我不怪你……我什么都不怨你……”

“我不活，我就要你看着我死。”他笑得如风如云，“藏娇阁上岁月尽，荷花池畔半生缘，我要你年年花开日，都记得我何解忧。”

微笑合眼，头颈从我膝头无力地垂落。

你说陌上人如玉，他说公子世无双。

尘世喧嚣都已尽，谁来唱取白头吟。

……

自监牢昏倒后，我又昏睡了三天，噩梦频频，脉象紊乱，神医连救三夜。醒来睁眼的一刻，汹涌的泪水夺眶，仿佛是要还尽今生的情债。又哭又吐了半宿，折腾得阖府不宁。简拾遗伺候在侧，三夜未歇，每无奈处总抱紧我讲些往事。可我听什么都是泪眼滂沱，每半个时辰都要吐一回。

他们劝我收泪，劝我冷静，再这样下去，胎象不保，母子皆受损。我止不住，谁能告诉我怎么止住悲伤不流泪？

高唐、从良无计可施，落月、侍墨手足无措，全府凌乱，新帝夜访亦无法。

简拾遗摔掉拭泪毛巾，将我摁在枕上，眼中泫然：“一个何解忧，就能害得你这样，你是有多舍不得他，才舍得我与你的腹中骨肉为他陪葬？我守你日日夜夜，竟不如他以死挑拨？若我也这般死在你面前，你可否满意？可否回心？”说罢，拔了床头镇邪佩剑便要自刎。

众人大惊失色，上前抢夺。

我被吓得止了泪，爬下床，扑着抱住他：“不要！我错了！我错了！是我不好！”紧紧抱住他，害怕得忘了所有。

众人夺下剑，虚惊一场后都心有余悸，呆呆地看着我死死抱住简拾遗不放，不哭也不闹。

新帝咳嗽一声：“那个，没事了，大家也散了吧！姑姑安心歇息，什么也不要管，下个月就大婚了！”

众人散场。

我也不怕丢脸，就怕简拾遗还在幽愤中，谁知众人一退，他便抱了我起来，轻拿轻放地丢回床上，重新捡了毛巾，在温水盆里过了一遍，拧干，拉过我擦脸。我一声不敢吭，乖乖配合。

安顿好后，他又将高唐传来把一把脉。高唐回禀，公主怀的乃金刚铁骨的哪吒，只要公主不再闹腾，必无碍，完了后，又附赠了我一碗浓浓的苦药汁。我看了看简拾遗的脸色，没敢反抗，一声不吭地喝了。

神医自动退场，微妙地带上了房门，并无其他医嘱。

简拾遗倒腾了一碗糖水，到床边一勺勺地喂我喝，解了我满嘴的苦味，也补充了昏迷三日耗损的体力。整个过程，他都一言不发，我更是不敢发一言。他神态疲惫又落寞，喂完我，让我睡下，便要离开。

我将他衣角扯住，爬起半个身子，怯声："别、别走。"

他背对着床榻，站着不动，也不言。

我爬出被子，从后面抱住他："我知道错了，你还不肯原谅我？"

"我是不原谅自己。"他回过身，再将我抱回被褥中，"丢下你乱跑，以为不会再有什么事，害得你受刺激。"

"你难道不要补偿？"我在被子里巴巴望着。

他跟我对视半晌，果断开始解衣。我踢了被子，将他扑倒。

"熄灯吗？"他问。

"不熄。"我答。

他起身放床幔，我半趴在枕头上，瞅着他，问："今晚吟什么赋？"

准备妥当后，他回身，脸色微红，俯身过来将我翻个面："重重赋。"他小心翼翼，安抚了一下我微隆的肚子，便开始了前奏和正题。

温柔中带些小蛮横，不饶人，比先前更加自如。我方知自己错了，嗑药的记忆作不得数，太有偏差了，怎么会是这个样子的呢？我想爬走，被拽了回去。他呼吸浓重，压住我："后悔了吗？"力度不减。

"下回、下回好吗？"我气喘吁吁，寻找一切理由，推他踹他皆无法，哭求："太师，太傅，简公，我们去看夜景，我们去吃东西，好吗？"

他将我无视，攻势越发凌厉，帐中的喘息也更重，以此法让我闭嘴吗？想咬他，又舍不得咬，只能要死要活地承受。他俯身在我耳边，呼吸可闻，叹了一声："你得陪我一辈子。"

我含着哭腔应了。

"叫夫君。"

我顺势而为，勾上他后颈："好夫君，好相公，我真的累了。"

"那你先歇一会儿。"

"……"

翌日，公主府里提前住进了新驸马，落月要去打扫藏娇阁，被我严厉禁止。藏娇阁上锁，不再住人。

翌月，一品太师简拾遗迎娶了大长公主，大婚典礼持续了三天三夜，大赦天下，举国同庆，长安放灯半月。

翌年，小郡主出生，小名阿蝉，大名长乐。

我越发觉得高唐不仅是神医，更是一言成谶的智者。阿蝉除了能哭能闹外，还能摔能打，一岁不到就奔走如飞，一眼没防住，就摔进了荷花池。阖府仆从惊吓不已，一众人等跳入水中打捞，阿蝉自个儿从岸边默默爬了出来，一身淤泥站在桥上，好奇地看着众人争先恐后跳水，看得欢快，便蹲下小肉身托着胖脸继续瞧。

她爹很是苦恼，请来了宫里的资深嬷嬷看护小宝。老嬷嬷见了阿蝉种种形容，爱不释手，笑呵呵道："没错，当年阿姒公主小时，也是这般顽劣，大了就好，大了就好。"

她爹回头看着我，我扭头："我才不是这样。"

她爹慨叹："大了未必好得了。"

我觉得阿蝉还是放养好，她爹总把她看作小金豆，恨不能十二个时辰蹦跶在他视线中。

育儿，实在是，路漫漫其修远兮，她爹上下而求索。